숭실대학교 한국문예연구소
학술총서 45

박경리 문학의

가족 서사학

이금란

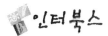인터북스

    인간 삶의 존재 양식에 따라 변화를 겪어온 '가족'은 항상 문학의 핵심에 자리해 왔다. 그것은 작가 박경리에게도 예외일 수는 없다. 작가는 그의 작품에, 윤색된 자신의 가족이 충만해 있다고 밝히고 있듯이 전 작품을 통해 '잘 짜인 완전한 가족'을 이야기하고자 했는지도 모른다. 이처럼 가족은 늘 인간 삶의 근원으로, 모든 문제의 시발점이라 해도 과언이 아닐 것이다. 더 나아가 인류의 역사를 가족의 역사로 치환할 수도 있을 것이다.

    사회적 통념으로 볼 때, 두 이성이 만나 결혼이라는 통과의례를 거침으로써 (새로운) 가족은 탄생한다. 결혼은 두 남녀의 결합으로, 더 나아가 두 집안, 두 문화의 결합이라 할 수 있다. 그러나 '새로운'이라는 표현에 필자는 굳이 괄호를 치고 싶다. 왜냐하면 우리의 가족문화는 기존 체제로의 편입만을, 그것도 한쪽 집안, 한쪽 문화로의 편입만을 강요해 왔기 때문이다. 여성들은 이미 짜진 가족에 자신이 살아온 가족문화를 버리고 흡수·동화되기를 끊임없이 요구받았다. 남성 권력이 지배하는 사회에서 한쪽에 부당하게 요구된 불평등은 큰 문제가 되지 않았다. 그러나 불평등을 당한 쪽에서 더 이상의 부당함을 감수할 수 없 말할 때 문제는 야기된다. 일부는 그러니 여성들이여 부디 문제를 일으키지 말고 가만히 수용하라고 한다. 정말 그래야 하는 것일까. 그런데 한 가지 그들에게 묻고 싶은 것이 있다. 과연 그 수용은 누구만을 위한 것인지, 그렇게 하면 정말 가족은 건강해질 수 있는 것인지 말이다.

    연일 대중 언론을 통해 보도되는 내용은 참으로 기가 막히다. 부모가 자식을, 자식이 부모를 서로 해하는 기사를 볼 때마다 과연 인간이, 가족이 무엇인지에 대해 의구심을 갖게 된다. 그들에게 가족은 무엇이기에 저토록 잔인하고 파렴치할 수 있는 것인지. 그들이 지금까지 꾸려온 가족은 어떤 형태이었기에 그들이 주체가 되어 짠 가족을 저토록 처참한 지경으로 끌고 간 것인지 말이다. 무엇이 문제란 말인가. 어디에서 잘못된 것일까. 지금의 현상은 실상 그들만의 잘못으로 돌리기에는 문제가 있다고 본다. 주위에서 살펴보면, 어렸을 때부터 부모로부터 인격적으로 무시 받고, 폭력을 당하며 자란 사람들은 자신들이 성인이 되어 가정을 꾸렸을 때 그들 자녀들에게 똑같은 행동을 반복한다. 문제는 그들이 전혀 그것에 대해 죄의식이 없음은 물론이거니와 잘못을 인식하지 못한다는 것이다. 왜냐하면 늘상 자신이 그렇게 당해왔기 때문에 부모의 사랑 방식을 그것으로 오인하고 있기 때문이다. 즉 사랑 받지 못한 자식은 그들의 자식에게도 사랑을 베풀 줄 모른다는 게 필자의 생각이다.

이 땅에서 서로에게 가장 가까운 존재는 아마도 가족일 것이다. 건강한 가정에서 성장하지 못한 인간은 각종 사회적 문제를 야기할 소지가 훨씬 높다. 법적 처벌을 아무리 강화한다 하여도 각종 사회문제를 근절하기는 어려울 것이다. 언제나 법은 일어난 범죄에 대한 처벌의 양상을 띠기 때문이다. 그렇기에 보다 효율적으로 예방하기 위해서는 건강한 가족, 잘 짜인 가족을 만드는 것이라고 본다. 필자는 아주 소박하게나마 잘 짜인 건강한 가족을 만들기 위한 필수 요건으로, 상대에 대한 인정과 배려, 존중과 감사, 사랑의 마음이라고 본다. 가족은 누가 누구를 위해 존재하는 것이 아니라 서로가 서로에게 도움을 주는 존재들이다. 부모가 열심히 일하는 것은 자녀를 위해 희생하는 것이 아니라 그 누구도 줄 수 없는 완벽한 사랑을 준 자식에 대한 고마움과 감사의 마음에서 우러나오는 자연스러운 보답을 내포한 사랑의 행위인 것이다. 그런 의미에서 필자는 이 모든 것을 몸소 보여주고 돌아가신 필자의 어머니, 고 오영길 여사를 진심으로 존경하고 사랑한다. 자식들에게 모든 것을 다 주고도 아무것도 주지 못해 미안하다는 말씀을 늘 달고 사신 어머니께, 그런 사랑을 주신 그 분께 모든 영광을 돌린다.

또한 부족한 필자를 부모와 같은 마음으로 지도해주신 한승옥 선생님께 감사드리며, 이 글이 나오기까지 많은 관심과 독려를 아끼지 않으셨던 송하춘, 김현숙, 송현호, 김미현 선생님께 이 글을 빌어 무한한 감사를 드린다. 새로움과 설레임, 낯설음으로 가득했던 대학생활을 이끌어주신 소재영, (고)최태영, 권영진, 박종철 선생님의 고마움도 잊지 못할 것이다. 그리고

이 책이 나오기까지 관심과 배려를 아끼지 않으셨던 조규익 선생님, 언제나 학문에 대한 갈급함을 느끼게 해주신 그 분께 다시 한 번 감사의 말씀을 드리고 싶다. 학문에 대한 게으름으로 뒤처질 때마다 격려와 염려를 함께 해 준 선배님, 동료, 후배들에게도 감사를 전한다. 이 모두가 아마도 내게는 또 다른 의미의 가족일 것이다. 그 깊이야 다르겠지만 모두의 배려와 사랑이 있었기에 지금의 내가 존재하는 것이 아닐까.

그리고 무엇보다도 어려운 가정에서 서로를 돕고 아끼며 사랑했던 이희영, 이학영, (고)이수영, 이태영, 이진영, 이근영, 이강영 오빠와 올케들에게 고마움을 전한다. 이 간절한 고마움을 뒤로 하고 먼저 간 이수영 오빠와 팔남매의 맏며느리로 한평생을 살다 간 큰올케에게 또 한 번의 사랑을 전한다.

무엇보다도 묵묵히 곁을 지켜주는 착한 남편에게 감사와 사랑을 전하고 싶다. 특히 우리 가정을 위해 오늘(4월 13일) 힘들게 학습 세례를 결심하고 받아준 남편이 정말 고맙다. 그리고 귀엽고 사랑스러운 두 딸 정단이와 건희에게는 나의 어머니에게 배운 그 사랑을 꼭 실천하고 싶다. 엄마가 세상에서 제일 좋고, 엄마와 결혼할거라는, 그들이 내게 준 사랑을 어찌 평생에 다 갚을 수 있을까. 하루를 살 수 있는 힘을 주고, 일할 수 있는 힘을 주는 두 딸. 우리 팔남매 때문에 고생했다는 말씀을 한 번도 하지 않으셨던, 오히려 그 모진 고생을 하시고도 팔남매 때문에 고마웠다는 말씀만을 남기셨던 내 어머니와 같은 그런 어머니가 될 수 있기를 이 자리를 빌어 다짐한다. 지금도 이들을 생각하면 가슴이 뭉클하다. 이런 가정에 보내주신 하나님께 감사를 드린다. 끝으로 어려운 여건에도 출판을 위해 애써주신 편집진과 김미화 사장님께도 감사의 뜻을 전한다.

2014년 4월 13일
저자 이금란

Contents

Part I
서 론

1. 박경리 문학 서사 연구 현황 및 기원 탐색

박경리는 1955년 8월 ≪현대문학≫誌에 단편 〈計算〉이 김동리의 추천으로 실리고, 1년 뒤인 1956년 8월 同誌에 단편 〈黑黑白白〉이 추천 완료되어 작가로서 작품 활동을 시작한다. 이후 많은 단·장편들을 발표하였고, 『土地』에 이르기까지 왕성한 글씨기를 통해 우리 소설사에 엄청난 재화를 축적하였다. 대작 『土地』만 하더라도 한 작가가 일생을 통해 일구어 낼 질적·양적 업적에 해당한다. 그러나 안타까운 점은 『土地』가 가진 문학사적 의의로 인해 여타 수많은 그의 작품들이 제 빛을 보지 못하고 있다는 점이다.

전후 현실을 살아야 했던 미망인 가족에 대한 그의 초기 작품들은 사소설적 경향의 소설이라 하여 폄하되었고, 60년대 이후 장편들은 통속소설이라는 타이틀에 묶여 제 가치를 인정받지 못했다. 대부분의 논자들이 『土地』를 정점에 두고, 그 안에서 박경리 소설 세계를 규명하고자 했다.

그러나 박경리의 단·중·장편들은 『土地』의 작품 세계와 전혀 별개의 작품이 아니다. 단편들의 소재와 이야기는 『土地』 곳곳에 드러나 있으며, 중편이나 여타의 장편에서 보이고 있는 작가의식은 곧 『土地』에도 공통적으로 유지되고 있다. 따라서 『土地』를 말함으로써 그 작품들을 이야기하는 것이 아니라 전체 작품들과의 관계 속에서 『土地』를 논해야 할 것이다..

이 글에서는 『土地』를 비롯한 장·단편들을 '가족'이라는 큰 테두리 안에서 살펴보고자 한다. 박경리의 소설 속에 '가족'은 늘 전경으로 자리한다. 따라서 '가족'이라는 테마를 중심으로 그의 소설을 바라본다는 것은 박경리 문학 서사의 기원을 탐색하는 작업이 되리라고 본다.

지금까지 박경리 소설에 대한 기존의 연구[1]는 상당히 많다. 말할 필요도 없이 『土地』에 대한 논의가 상당 부분을 차지하고 있으며, 그 외 장·단편소설에 대한 논의도 어느 정도 성과를 보이고 있다. 최근 박경리 초기 단편만을 중심으로 한 연구[2]와 주제별 연구[3]에 많은 관심이 집중되고 있는데, 이는 박경리 문학에 대한 전반적인 이해 작업의 시작이기 때문일 것이다. 그러면 이 글에서 다루고자 하는 '가족' 문제에 대한 논의는 어느 정도 다루어졌는지 살펴보자.

정명환은 『漂流島』, 『김약국의 딸들』, 『시장과 전장』 세 작품에 등장하는 '가족' 테마에 대한 작가의 의식 변모를 살피고 있는데, 『漂流島』에서는 가족제도가, 『김약국의 딸들』에서는 시대적인 상황과 격리된 채 쇠퇴 일로를 걷고 있는 가족구조가, 『시장과 전장』에서는 전후 정치상황의 폐쇄성을 드러내고 있다고 보고, 이를 통해 박경리의 작품 세계를 폐쇄된 사회의 문학이라고 규정[4]하고 있다. 염무웅은 박경리의 작품을 일관되게 지배하는 하나의 중요한 모티프가 현실 상황의 무자비한 橫暴이며, 그 횡포에 가차 없이 짓밟히는 인간의 처참한 運命劇[5]이라고 말하고 있다. 서정미는 최초로 『土地』의 인물군을 '가족' 단

1) 김치수, 「不幸한 女人像」, 『朴景利와 李淸俊』, 민음사, 1982.
   류보선, 「비극성에서 한으로, 운명에서 역사로」, ≪작가세계≫, 1994. 가을.
   채진홍, 「인간의 존엄과 생명의 확인」, 『1950년대 소설가들』, 나남출판사, 1994.
   김명희, 「박경리 소설의 비극성 연구」, 전주대 석사학위논문, 1994.
   조남현 편, 『박경리』, 서강대학교출판부, 1996.
   최유찬 편, 『박경리』, 새미, 1998.
   박태상, 「삶의 비극성이 가져다 준 깊이」, 『논문집』제29집, 한국방송통신대학교, 2000. 2.
2) 김혜정, 「朴景利의 초기 단편소설 연구」, 개신어문연구회, 『개신어문연구』제11집, 1994.
   김미향, 「朴景利初期小說硏究」, 인천대 석사학위논문, 1996.
   김현정, 「朴景利 初期 短篇小說 硏究」, 성균관대 석사학위논문, 1996.
   정인숙, 「박경리 초기 단편소설 연구」, 경원대 석사학위논문, 2000.
3) 장미영, 「박경리 소설 연구-갈등 양상을 중심으로」, 숙명여대 박사학위논문, 2001.
   김영미, 「박경리 소설에 나타난 소외의 양상연구」, 한성대 석사학위논문, 2001.
   김현숙, 「박경리 작품에 나타난 죽음과 생명의 관계」, 『현대소설연구』제17호, 한국현대소설학회, 2002. 12.
4) 정명환, 「폐쇄된 사회의 문학-박경리 씨의 세 작품을 중심으로」, ≪사상계≫, 1966. 3.
5) 염무웅, 「朴景利文學의 魅力」, ≪세대≫, 1967. 6, 409면.

위로 나누어서 비현실적인 '恨'이나 '탐욕'을 중심으로 인물을 심도 있게 분석하고 있다.6) 김치수는 박경리 소설의 서사가 개인의 차원(초기의 단편들)에서, 가족의 차원(『김약국의 딸들』), 사회의 차원(『波市』), 민족의 차원(『시장과 전장』)으로 이행하다가 결국 『土地』에 이르러 모든 종합이 이루어지고 있다7)고 보았는데, 이는 점차 '가족' 서사가 어떻게 사회와 만나고 있는지 살필 수 있는 근거를 마련해 주었다는 평가를 할 수 있을 것이다. 이재선은 『土地』에 흐르는 서사시는 단순한 한 가계의 생활사나 연대기라기보다는 역사적인 변화와 시대-사회적인 연대기로서의 포괄성 속에서 가족의 혈연적인 연쇄성과 권도가 소멸·쇠퇴하는 운명적인 과정을 제시한 이야기8)라고 평가하고 있다.

김용구는 박경리 소설에서 유독 여성이 남성보다 혈연의 한 가운데에 위치하고 있는데, 이는 박경리 소설의 핵심이자 한국민의 무의식적 원형을 드러낸 단초라도 볼 수 있다9)며 박경리 문학의 가족 이야기를 높게 평가하고 있다. 이는 박경리 문학 전반에 흐르는 본질적 주제를 밝히고 있다는 점에서 의의를 찾을 수 있다. 유종호는 『시장과 전장』이 성공적으로 전쟁을 다루지는 못했지만 전쟁과 그 충격의 의미가 힘없는 가족에게 파급된 결과를 추구해 전쟁의 의미를 생생하게 포착하고 있음에 그 의의를 두었다.10) 김정자는 『김약국의 딸들』을 자전적인 소설의 범주에서 벗어나 모계가족과 사회문제로 전환을 보여주는 작품이라고 평가11)하였고, 구재진은 60년대 박경리 소설에 나타난 '생활과 이데올로기의 대립 공간 개념'을 분석한 후, 작가 박경

6) 서정미, 「『土地』의 恨과 삶」, ≪창작과 비평≫, 1980.여름.
7) 김치수, 「비극(悲劇)의 미학과 개인의 한(恨)」, 『朴景利와 李淸俊』, 민음사, 1982, 31면.
8) 이재선, 「숨은 歷史·人間사슬·慾望의 敍事詩-朴景利의 『土地』論」, ≪문학과 비평≫, 1989.봄, 365면.
9) 김용구, 「朴景利 論-가족, 그 恨의 뿌리」, ≪문학사상≫, 1991.5.
10) 유종호, 「여류다움의 거절」, 『동시대의 시와 진실』, 민음사, 1982.
11) 김정자, 「박경리 소설의 공간의식」, 『한국여성소설연구』, 민지사, 1991.

리는 결국 생활의 세계를 지향하고 있다[12]고 밝히고 있다.

백지연은 "가족 관계의 양상에 따른 여성 인물의 정체성 탐색"의 과정을 초기 소설을 통해서 연구하고 있다. 특히 그는 박경리 소설에 나타난 가족 관계에서 여성 인물들의 갈등은 사랑과 애정 중심의 부부관계를 지향하는 데에서 발생한다고 보았다.[13] 김혜정은 박경리 소설에 나타난 여성성에 대한 연구를 통해, 여성 작가인 박경리가 자신의 경험에 비추어 여성 인물의 性, 사랑, 가족, 욕망, 쾌락, 자율성의 문제를 여성의 특이한 性심리적 발달 단계와 관련시켜 어떻게 구성하고 변주시키는지를 분석하고 있다.[14] 이나영은 『시장과 전장』의 주 인물들이 개인의식의 자각과 성장을 통해, 타자와의 관계 속에서 자기를 인식하고, 자신의 행동방향을 설정해 나가고 있다고 보았다.[15]

이선미는 1950년대 박경리와 강신재 소설에서 한국전쟁과 여성가장의 관련성을 살피고 있는데, 여성가장이라는 말속에 내포된 남성 부재의 '결핍성' 때문에 여성들이 고통 받고[16] 있다는 것이다. 그러면서 이선미는 남성가장을 중심으로 한 '가족'이 여성들에게 행복을 보장해주었는가를 증명할 수 있을 때, 남성가장이 부재한 '가족'을 불행으로 받아들이고 위기로 인식할 수 있다고 말한다. 이상진[17]은 『土地』의 표면에 드러난 유교적 가족 윤리의 해체 양상 분석을 통해 이면에 자리 잡은

12) 구재진, 「1960년대 박경리 소설에 나타난 '생활'의 의미」, 『1960년대 문학연구』, 민족문학사연구소, 깊은샘, 1998.

13) 백지연, 「박경리 초기 소설 연구–가족 관계의 양상에 따른 여성 인물의 정체성 탐색을 中心으로」, 경희대 석사학위논문, 1995.

14) 김혜정, 「박경리 소설의 여성성 연구」, 충북대학교 박사학위논문, 1999.

15) 이나영, 「박경리의 『시장과 전장』에 나타난 '개인의식' 연구」, 『어문론총』제38호, 한국문학언어학회, 2003.6.

16) 이선미, 「한국전쟁과 여성가장: '가족'과 '개인' 사이의 긴장과 균열」, 『여성문학연구』통권10호, 한국여성문학학회, 2003.12, 93면.

17) 이상진, 「박경리의 『토지』에 나타난 유교가족윤리의 해체양상과 그 지향점」, 『현대소설연구』20호, 한국현대소설학회, 2003.12.

지향점을 밝히고 있다. 여기에서 그는 작가가 유교적 가족 윤리의 해체를 통해 진정으로 얻고자 한 바가 무엇인지에 주목하고 있다. 그것은 가족 해체라는 고통스러운 과정을 통해서라도 진정한 인간관계 형성을 소망하고 있다는 점이다. 거기에는 '사랑'이 함께 해야 하며, 사랑에 바탕을 둔 인간관계의 추구야말로 잘 짜인 가족 형성의 바탕이라 할 수 있을 것이다. 이는 모든 생명 가진 것은 그 자체로 사랑 받을 이유가 있다는 박경리의 생명사상과도 맥을 같이 한다 하겠다.

지금까지 논의와는 달리 조윤아[18]는 박경리의 『단층』과 『토지』를 연구 대상으로 하여 작품에 등장하는 문제적인 아버지와 그에 대응하는 자녀의 삶을 중점적으로 분석하여 작가의식을 고찰하고자 하였다. 이는 두 가지 측면에서 의의가 있다고 본다. 앞서도 살펴보았듯이 주로 박경리 문학의 가족 서사를 이야기하는 가운데 남성가장은 부재의 양상으로 논의되어 왔다는 점이다. 그런데 아버지와 아들의 관계 분석을 통해 바람직한 '아버지 상'을 모색하고 있음에 주목한 점은 이 글에서 필자가 살피고자 하는 바와 어느 정도 부합하기 때문이다. 또한 더 나아가 아버지와 아들의 관계 분석을 통해 당대를 바라보았던 작가의식을 구명하고자 하였는데, 이는 작가의 시대의식까지를 읽을 수 있는 기회를 제공하기 때문이다.

기존 연구에서도 살필 수 있듯이 박경리 문학의 기원에 가족 문제가 자리하고 있음을 확인할 수 있다. 따라서 여기에서 기존 논의에 대한 한계성이나 피상성을 지적한다는 것은 아무런 의미가 없다고 본다. 그럼에도 아쉬운 점은 본격적으로 박경리 소설의 '가족 서사'를 중심에 놓고 다룬 연구들이 없다는 데 있다. 단지 박경리 문학을 바라보는 한 요소로 '가족의 문제'를 이야기한다는 점이다. 물론 가족

---

18) 조윤아, 「1970년대 박경리 소설에 나타난 '아버지'에 관한 연구」, 『현대소설연구』36호, 한국현대소설학회, 2007.12.

이야기가 박경리 문학의 한 요소임은 분명하다. 그런데 여기서 필자가 강조하고 싶은 점은 가족 문제가 박경리 문학의 한 요소의 차원을 넘어 박경리 문학 전체를 조망할 수 있는 거대 담론으로 기능하고 있다는 점이다. 필자는 박경리 문학의 핵심이 박경리가 말하고자 하는 '가족'에 있다고 본다. 흔히 박경리를 생명 중시의 작가라고 말하고 있는데, 그 생명 중시 사상의 뿌리도 바로 가족 문제에서 출발하고 있다고 보기 때문이다.

지금 우리 사회는 가족의 위기를 부르짖고 있다. 가족은 해체되고 있으며, 가족 속에서 아버지는 자리를 잃어가고, 구성원들은 서로의 역할을 방기하고 있다. 이제는 가족 속에 매몰된 개인이 아니라 개인의 아성에 무너지는 가족이 되어 버렸다. 한국사회에서 가족의 위기가 대두된 것은 90년대 이후, 특히 IMF를 거치면서 급격히 위기론이 부각되었다. 직장에서 쫓겨난 아버지는 가족에게도 소외되어 길거리를 전전한다. 어머니는 자식을 버리고 자기의 행복을 찾아가고, 자식들은 부모에게 부모의 도리만을 외친다. 왜 지극히 가족주의를 표방해 왔던, 서구 선진국들이 부러움의 대상으로 바라보았던 한국의 가족이 이렇게까지 해체되어 버렸을까에 대한 궁금증을 자아낸다.

아마 이에 대한 궁금증을 박경리 소설에 나타난 가족 이데올로기의 성격을 규명해 보는 데에서 풀어볼 수 있으리라 본다. 인간 삶의 존재 양식에 따라 변화를 겪어온 '가족'은 늘 한국문학의 핵심에 자리해 왔다. 박경리 문학에서도 이 점은 예외가 아니다. 박경리 문학 전체를 꿰뚫고 있는 주제가 바로 '가족'이라고 해도 크게 틀리지 않을 것이다. 초기 단편에서 다루어지고 있는 가족 해체에 대한 문제는 중기의 장편소설에서도 끊임없이 이야기되고 있으며, 『土地』에 이르러 그 대단원을 장식한다. 작가 스스로가 밝히고 있듯이, 그의 작품 속에는 윤색된 작가 자신의 가족이 충만[19]해 있으며, 전 작품을 통해서 작가는 '잘 짜진 완전한 가족' 이야기를 쓰고자 했는지도 모른다.

가족은 늘 인간 삶의 근원에, 그리고 모든 문제의 원인 제공자로 이야기된다. 인류의 역사는 곧 가족의 역사로 치환될 수 있을 것이다. 이처럼 인간들에게 가족은 항상 '화두'로 자리한다. 이 '화두'가 곧 박경리 문학의 '화두'이기도 하다. 그의 소설 속에서 가족은 지켜져야 할 소중한 것이며 또한 개인의 삶을 한없이 고통 속으로 끌고 가는 떨쳐버려야 할 그 무엇이다. 이 화두를 풀어낼 수만 있다면 박경리 소설의 전체적인 서사문법은 자연스럽게 풀어지리라 본다. 더 나아가 가족의 위기를 부르짖는 시기에 가족을 지킬 수 있는 열쇠를 제공받을 수 있으리라고 본다.

따라서 필자는 '가족' 서사를 중심으로 박경리 소설을 분석해보고자 한다. 이 작업을 통해서 새로운 가족 질서를 모색해 보고자 한다. 이를 위해서는 한국사회에서 가족이 위치한 사적 영역을 규제해 왔던 가부장제 이데올로기에 대한 천착은 필수적이다. 가족이라는 이름 뒤에 숨어 가족 내 불평등을 조장하고, 여성에 대한 성적 차별을 정당화해 왔던 가부장제 이데올로기가 가족을 규율함으로써 가족은 비극적 삶을 살 수밖에 없었던 것이다. 따라서 가부장제 가족 이데올로기의 문제점을 제대로 짚어낼 수 있다면, 문제를 양산하는 가족이 아닌 서로에게 안식을 줄 수 있는 가족을 복원시킬 수 있으리라고 본다.

2. 가부장제의 개념 및 특징

2.1. 가부장제의 개념

가부장제[20] 가족 형태는 동·서양을 막론하고 가족 이데올로기를

---

19) 박경리, 「지상 강의노트」, 『현대문학』, 1993.

형성하는 중심에 자리한다. 서구의 가부장제에서도 가부장권의 절대적인 권위를 인정하고 있다. 서구 가족 개념에서도 명백한 것은 남성, 특히 가장의 나머지 성원에 대한 지배의 관념이다. 이런 관점에서 본다면 가부장제는 가장의 권위와 권력을 전제로 한 불평등한 제도였다. 궁극적으로 가부장제란 가부장의 권위를 극대화하고, 가부장을 제외한 남성과 모든 여성에 대한 가부장의 지배를 의미하는 것이다.

린 헌트Lynn Hunt는 『프랑스 혁명의 가족 로맹스The family ro-mance of the French Revolution』[21]에서 어떻게 부권(형제권)이 상징화되고, 모권이 실추하게 되었는지, 따라서 어떻게 교묘한 방법 속에서 여성이 남성에게 예속되었는지를 구체적으로 보여준다. 혁명을 통해 아버지(국왕) 죽이기를 감행했던 형제들은 어느 누구도 "아버지의 최고 권력"을 가질 수도 행사할 수도 없는 "형제애의 새로운 가족 로맹스[22]"를 탄생시킨다. 그러나 그들의 아버지-국왕 살해는 한 여성-왕비에 대해 절박한 문제를 남기게 된다. 한 여성-왕비(마리-앙투아네트) 문제와 여성의 지위라는 쟁점은 밀접하게 연관되어 있기 때문이다. 공과 사의 접점에 있다는 전략적 위치 때문에 왕비는 18세기에 여성과 공적 영역 사이의 관계라는 좀 더 일반적인 문제의 상징이 된 것이다. 이는 여성의 특수한 지위뿐만 아니라 성차별 자체의 근거와도 관련되어 있는 문제이다.

왕비는 공적 영역에서의 여성의 지위와 역할이라는 측면에서 혁명 정부에서 해결해야 할 중요한 쟁점으로 부각된다. 따라서 의도적으로 구체제 말기와 혁명 기간 동안에 왕비는 상당한 양의 호색적 포르노

---

20) 가부장제가 어떻게 만들어졌는가에 대해 거다 러너는 그의 저서 『가부장제의 창조』(강세영 옮김, 당대, 2004.)에서 그 과정을 밝히고 있다.
21) 린 헌트, 『프랑스 혁명의 가족 로맹스 The family romance of the French Revolution』, 조한옥 옮김, 새물결, 2000.
22) 린 헌트, 위의 책, 104면.

그라피 문학의 주제가 되었다. 이처럼 왕가의 육체가 성적 관점의 초점이 되는 경우, 정치체(body politic) 안에서도 무엇인가 쟁점이 되고 있음을 알 수 있다. 특히 혁명 정부에 의해 이루어진 왕비의 재판-특히 여성을 명시하여 여성의 통치권을 기본법에서 제외시킨 국가에서 왕비를 재판에 회부한다는 것은 공화국에 가해질 수 있는 의식적, 무의식적 위협을 제거하기 위한 방편이었던 것이다.

프랑스 혁명의 결과 "국가와 파리와 혁명은 모두가 좋은 어머니였던 반면, 마리-앙뚜아네트는 나쁜 어머니"[23]로 규정되어 버린다. 이때 왕비는 "방탕한 관계"에 빠진 성적으로 타락한 여인, "모든 것에서의 괴물"로 묘사된다. 이로 인해 여성의 공적 사회에서의 행동은 "나쁜 어머니, 방탕한 아내"라는 명제 속에서 억압되고, 공적 영역에 진출하려는 여성에게는 "자신의 성별에 합당한 덕성"을 기억하라고 말한다. 프랑스 혁명기 동안 마리-앙뚜아네트를 통해 이루어진 어머니 비하, 여성 비하는 여성의 공적 영역에서의 퇴출을 정당화했으며, 남성에 의한 여성의 지배를 더욱 강화하는 결과를 가져왔다.

이제 여성들은 공적 영역에서 그들의 지위를 상실했을 뿐만 아니라 그들에게 가해진 성적 억압의 굴레에 복종해야 했다. 강력한 왕권이 무너지고 새롭게 탄생한 시민 사회가 어떻게 가부장제로 연결되고 있는지, 그리고 여성의 성적 억압이 어떻게 은폐되었는지를 캐럴 페이트만Carole Pateman은 그의 저서 『*The Sexual Contract*』[24]에서 보여주고 있다. 그는 시민 사회와 정치적 권리의 새로운 형태가 어떻게 원초적 계약original contract을 통해 성립되었는지를 살피고 있는데, 그가 보기에 이 최초의 계약은 '성적인 사회계약'이지만 성적 계약에 관한 이야기는 억압되어 있다는 것이다. 바로 이 다루어지지 않은 계약

---

23) 린 헌트, 앞의 책, 142면.
24) 캐럴 페이트만, "*The Sexual Contract*", 이충훈·유영근 옮김, 이후, 2001.

이야기가 "근대적인 가부장제가 어떻게 확립되는가"[25]를 말해준다고
보았다.

사회계약은 자유에 관한 이야기로 시작된다. 시민들은 자신들의 불
안정한 자유를 국가가 공인한 시민적인 자유와 맞바꿈으로써 원초적
계약을 성립시킨다. 따라서 모든 시민은 국가 안에서 동일한 시민적
자유를 향유할 수 있다. 이것은 아버지의 지배를 시민정부로 대체해
얻은 것이다. 따라서 시민 사회는 아버지의 지배-또는 가부장제-가
전복된 후에 원초적 계약을 통해 등장한다. 새로운 시민 질서는 반가
부장적이거나 탈가부장적임을 보여준다. 시민 사회는 계약을 통해 등
장했기 때문에 표면적으로 계약과 가부장제는 완전히 상반되는 것처
럼 보인다.

혁명을 통해 아들들이 아버지(국왕)의 지배를 무너뜨린 것은 아버지
로부터 자유를 얻기 위해서만이 아니라 아버지에게 예속되어 있던 어
머니, 여성을 차지하기 위해서이기도 했다. 그러므로 혁명 이후 그들
이 만들어간 시민 사회의 법에는 '성적 계약의 이야기'가 포함되어 있
다. 따라서 시민적 자유를 보장했던 계약은 애드리언느 리치Adrienne
Rich가 '남성의 성 권리의 법'이라고 명명하고 있는 것처럼, 가부장제를
반대한 것이 아니라 궁극적으로 근대 가부장제를 만드는 수단이 되었
던 것이다.

그런데 이 원초적 계약으로 시민 사회의 성격이 또 다른 가부장적
특성을 띤다는 것을 인식하지 못한 것은 '가부장제'를 "아버지의 지배"
로만 해석했기 때문이다. 아버지의 권리는 가부장제를 이루는 가부장
적 권력의 한 차원일 뿐, 가부장적 권력은 아버지로서의 남성 권력이
그가 한 여성(아내)에 대한 한 남성(남편)의 가부장적 권리를 행사한

---

25) 캐럴 페이트만, 앞의 책, 17면.

이후에 도래한다는 것을 간과한 데서 온 착오이다.

캐럴 페이트만Carole Pateman은 성적 계약의 이야기가 누락된 또 다른 이유로 사회계약이 시민적 자유의 공적 영역에 관련해서만 이야기하고 있다는 점을 들고 있다. 따라서 사적 영역에서 행해지는 결혼계약은 그들 관심의 중심에서 배제된다. 그렇지만 결혼계약은 곧 성적 계약임에 주목해야 한다. 성적 계약, 결혼계약이 사적 영역으로 치부되면서 '가부장제' 또한 공적 세계와는 관련 없는 사적 영역으로 자리하게 된다. 그렇지만 가부장적 권리는 시민 사회를 통해 확대되고, 시민적 자유는 가부장적 권리에 의존하고 있다는 점은 '공/사의 영역'으로 명확히 구분할 문제가 아님을 시사한다.

원초적 계약은 근대 시민 사회의 성립을 통해 만들어진 산물이다. 여기서 파생된 실제 계약은 성, 결혼, 고용 등과 같은 일상생활에서 권력관계를 만들어내는 근대의 독특한 방식이 되었다. 페미니즘은 항상 권력관계 속에서 야기된 여성의 성적 차이에 대해 이야기해왔다. 여성은 남성과의 성적인 관계에 속박되어 있고, 그들은 어머니가 되기 전에 한 남자의 아내가 된다. 어떤 결혼도 가부장적인 혼인관계를 완전히 벗어나기 힘들고, 그 누구도 (특히 여성들은) 결혼계약을 함으로써 야기되는 사회적, 법적 결과를 피할 수 없다.

줄리엣 미첼Juliet Mitchell(1975:409)은 가부장제의 뚜렷한 특징은 인류 역사에서 남성과 여성의 상대적 위치를 규정하는 것[26]이라고 보고 있다. 이 '아버지'와 그 대리인들-즉 모든 아버지들-은 가부장적 사회를 결정적으로 표현하고 있다고 할 수 있는데, 그러나 결정적 권력을 가지는 것은 가족 속에 존재하는 모든 남자가 아니라 바로 남자

---

26) 다이애너 기틴스, 『가족은 없다』, 안호용·김홍주·배선희 옮김, 일신사, 2003, 60면 참조.-여기에서 다이애너 기틴스는 가부장제를 "유사 이전에 살해된 것으로 가정되는 아버지의 법"이라고 말하고 있다.

와 여자의 아버지라는 것이다. 따라서 모든 가부장제는 보편적 문화
를 나타내지만, 각각의 특정한 경제적 생산양식에 따라 이것은 반드
시 서로 다른 형태의 이데올로기로 표현된다고 할 수 있다.

가족의 이데올로기화[27]는 사회적 불평등이나 성의 경계가 필요치
않은, 즉 모든 분리를 조화시키는 유토피아, 위안의 장소라는 점을 적
극 강조함으로써 모든 것들을 은폐한다. 바로 이러한 은폐로 말미암
아 가족은 무역사적이고 무시간적이며 따라서 영원한, 본래적이고 자
연적인 것으로 이데올로기화 된다.

그렇다면 다시 원점으로 돌아가서, 가부장제를 강화시키는 사회·문
화적 기제로는 어떤 것들이 있는지에 대한 천착이 필요하다. 그래야
만 가부장제 이데올로기의 메커니즘을 제대로 파악할 수 있기 때문이다.

혈연제를 속성으로 하는 가부장제는 부계 혈통의 정통성과 가족이
크게 부각되는 과정에서 여성들에게 자신이 낳은 '아들'을 통한 권력
확보의 여지를 마련해 준다. 따라서 여성이 오로지 가족 내에서 권력
을 얻을 수 있는 방법은 가계를 이어갈 '아들'을 낳는 것이었다. 즉 부
계 계승 가계에서 '부-자'의 관계가 공식적인 성격을 띤다면, '모-자'
의 관계는 가족 내적 성격을 띠게 된다. 따라서 "자궁 가족"[28]을 통해
서 여성은 가족 속에서 상당한 지위를 획득할 수 있었다. 바로 이 때
문에 여성들은 가부장제 사회를 더욱 공고히 하는데 적극적으로 동조
하게 된다.

가족 내에서 주체적 존재로 자리하지 못하고, 가부장제 이데올로기
를 내면화하면서 여성-어머니들은 타자적 존재로, 타자 지향적 삶을
살아간다. 이런 어머니들의 삶은 필연적으로 어머니와의 동일시를 통
해서 사회적 자아로 성장해야 하는 딸들에게 엄청난 악영향을 끼치게

---

27) 권명아, 『가족이야기는 어떻게 만들어지는가』, 책세상, 2000, 76면.
28) 조혜정, 『한국의 여성과 남성』, 문학과지성사, 1997, 78면.

된다. 딸들의 어머니에 대한 무의식적 동일시는 기존 이데올로기를 그대로 답습하는 결과를 가져오지만, 의식적 각성을 이룬 딸들에 의해 거부되고 해체되기에 이른다. 이때 딸들이 주체적 자아로 거듭나기 위해서는 필연적으로 어머니 거부의 과정을 겪을 수밖에 없다.

애드리언느 리치Adrienne Rich는 『여성으로 태어난of Woman Born』[29]에서 모성을 가부장제의 산물의 하나로 보았다. 그는 여성에게 해를 끼치는 모든 왜곡과 고통을 수반한 가부장제 아래에 있는 모성이라는 사회관습과 새로운 페미니스트의 가능성을 암시하는 '어머니 되기'의 경험을 구별하여 모성의 영역을 새롭게 제시하고 있다. 지금껏 모성은 자녀들에게 애정의 과잉을 보이며, 자녀의 인생을 좌지우지하려 한다는 측면에서 늘 비난을 받아왔다. 그러나 리치는 자녀들의 인생을 억압하고, 그들을 분노하게 하는 것은 모성이 아닌 바로 가부장제라는 점을 주장하고 있다.

2.2. 한국 가부장제의 특징

조선조 이래로 한국사회를 지배해 온 뿌리 깊은 지배 이념은 유교였다. 유교사상이 한국사회를 주도적으로 규율해 왔고, 국가의 제반 운영에서부터 가족생활에 이르기까지 깊게 자리 잡아 왔다. 따라서 한국사회에서 가족 문제를 논하기 위해서는 유교 이념의 중심사상 특히 가부장제 이데올로기에 대한 천착부터 이루어져야 할 것이다.

조선조에 성립된 가부장제는 '남존여비, 남성우위'를 주장하는 유교적 신분 체계와 부계 혈통만을 정통성으로 보는 혈연 체제와의 교묘한 결탁이라는 '사회 구성적 맥락' 속에서 파악해야 한다. 더 구체적으로 이야기하자면 "유교 이념의 해석을 둘러싼 담론의 정치, 그 교조

---

29) Adrienne Rich, "of Woman Born", New York: Norton, 1976.

주의적인 해석과 실행, 그리고 문중 조직과 부계 혈연적 대가족의 권위 체계"[30]를 중심으로 분석되어야 한다는 것이다.

조선조 가부장제는 일제 강점기를 거치면서 변화를 겪는다. 역사적 혼란기 속에서 조선인으로서 자리할 수 있는 공식 영역은 축소된다. 절대적 가부장으로 존재했던 아버지는 독립운동·강제 징용 등으로 가족 속에 '부재'의 형식으로 드러나고, 가장의 역할을 수행해야 하는 가장으로서의 어머니가 등장한다. 그럼에도 여전히 가족을 규율하는 지배 이념은 삼종지도의 규범과 상징적인 아버지의 권위였다. '부재' 하는 아버지가 상징적으로 존재하게 된 데에는 가부장제 이데올로기 속에서 살아왔던 여성들의 자발적인 동조가 있었기 때문이다. 따라서 가부장의 성격은 조선조와 크게 달라진 것이 없었다고 볼 수 있으며, 다만 비공식 영역에서의 어머니의 역할이 좀 더 적극성을 띠었다는 것이 다를 뿐이었다.

전후 현실에서 여성들은 남성가장들의 부재로 가족의 생계를 위해 사회로 진출하게 된다. 그렇지만 남성 중심의 사회 구조 속에서 여성들은 그들에게 가해지는 이중의 억압에 고통 받는다. 생존을 위한 최소한의 경제력도 보장받을 수 없었기에 그들의 가족은 생존의 위기에 내몰렸고, 어린 자녀들은 어머니와의 갑작스러운 분리로 불안에 떨게 된다.

지금까지 우리 사회는 여성을 자연적 속성으로, 남성을 문화적 속성으로 나누어왔다. 그리고 인류의 진보를 다룸에 있어서, 남성(부권)의 지배를 의미하는 가부장제를 문화적이고 사회적인 속성의 승리로 평가함으로써, 여성에 대한 남성의 지배를 보편화·일반화해왔던 것이다. 그런 측면에서 사회는 어떤 남성 못지않게 가부장적이다.

한국사회에서 가부장제 이데올로기는 여성 억압의 주요 기제로 작

---

30) 조혜정, 『성, 가족, 그리고 문화』, 집문당, 1997, 19면.

용해 왔으며, 여성들의 희생을 정당화하면서 유지되어 왔다. 필자는 박경리 소설 분석을 통해 이를 밝혀 보고자 한다. 이러한 작업을 통해 우리는 일차적으로 박경리 소설에 나타난 가족 이데올로기의 실체를 파악할 수 있을 것이다. 더 나아가 가족이 이데올로기화 될 때, 가족은 하나의 신화가 되어버리는데, 신화가 된 가족이 실제의 삶을 살아가는 가족들에게 하나의 억압으로 기능하고 있음을 목격하게 될 것이다. 특히 가족을 이데올로기화한 실체가 비건강성을 내포한 것일 때 가족 구성원들은 '가족이라는 이름' 속에서 고통 받고, 억압은 '가족이라는 이름으로' 정당화된다. 가족이 위기를 맞고 있는 이 시기에 한국사회에서 이데올로기화된 가족의 성격이 어떤 것이었는지, 그로 인해 가족들은 어떤 비극적인 삶을 살아야 했는지를 살피는 것은 무엇보다도 가족 위기를 극복할 수 있는 단초가 되리라 믿는다. 이러한 과정을 거쳐야 문제를 내포한 가족을 해체하고 새로운 가족 질서를 모색해 볼 수 있는 것이다.

우선 Ⅱ장에서는 한국사회에서 가부장제가 어떻게 성립되고 유지되었는지를 살펴보고자 한다. 더 나아가 구체적인 가부장제의 기본 성격을 규명해 보고, 가부장제 하에서 가족이라는 이름으로 살아가는 가족 구성원들의 삶의 실태를 파악해보고자 한다. 특히 남성 중심의 가부장적 사회에서 타자로 살아가는 여성들의 비극을 집중 조명해 봄으로써, 가족이 어떻게 이데올로기화 되어 왔는지를 살필 수 있을 것이다. 여성은 여성이면서 아내이면서 어머니이면서 또한 딸이다. 따라서 가부장제 하에서 살아가는 바로 이 네 여성에 대한 삶이 입체적으로 조명되어야 한다고 본다. 그리고 그 양상은 다르지만 가부장제는 남성들의 삶 또한 억압해 왔음을 살펴보게 될 것이다. 이를 통해 가족 구성원 누구의 삶도 행복할 수 없었던 이데올로기화된 가부장제는 그 자체적 모순으로 인해 필연적으로 해체를 걸을 수밖에 없음을 분명히 하고자 한다.

Ⅲ장에서는 부조리한 가부장제가 어떻게 해체되고, 가족 구성원들에게 어떤 양상으로 거부되는지를 살펴보고자 한다. 우선 강력한 가부장으로 기능하던 아버지가 가족 속에서 부재로 표현되거나 자식들에게 거부됨으로써 그 기능을 상실한다. 더 나아가 그들은 자식들에게 강박을 심어주는 대상으로 전락해 버린다. 그리고 부계 계승의 마지막 전승자인 '아들'의 '돌연적인 죽음'31)으로 부계 계승의 전망이 차단됨으로써, 모계 계승 가족 서사로의 진행이 필연적임을 살피게 될 것이다. 또한 가부장제 이데올로기를 내면화함으로써 타자적 삶을 살아가는 어머니도 자식들에게 거부의 대상, 강박의 대상이 될 수밖에 없다. 따라서 딸들에게 어머니는 동일시의 대상이 아닌 극복의 대상이 된다. 더 나아가 딸들은 철저한 어머니 주시와 자기 응시를 통해 그들의 서사를 써나가고 있음을 살피게 될 것이다.

또한 가부장적 질서 재생산 기능으로 전락한 결혼계약을 거부하고, 딸들은 대등한 부부 관계 형성을 위한 낭만적 사랑을 꿈꾼다. 낭만적 사랑에는 애정이 수반되는데, 그 애정은 구속이 아닌 인간과 인간의 자연스러운 만남을 전제해야 한다. 이렇게 볼 때, 여성들의 낭만적 사랑 추구는 가부장적 질서 유지의 거부를 내포하게 된다.

다음으로, 불평등한 부부 관계 속에서 자아를 잃고 하나의 사물에 지나지 않는 무기력한 자신을 인식하게 된 아내들이 자아 찾기의 한 방편으로써 '이혼'을 선택하고 있음을 살피고자 한다. 여성들이 '이혼'

---

31) 「不信時代」, 「暗黑時代」, 「돌아온 고양이」, 「玲珠와 고양이」 등에서 '아들'의 죽음은 돌발적 사고사로 다루어진다. 병에 걸려 오랫동안 앓다가 죽는 것도 아니고, 그렇다고 죽음의 원인이 밝혀지지 않은 병인으로 인해서도 아니다. 잘 놀던 아이가 넘어지거나 떨어져서 병원을 찾게 되고, 병원의 방치 속에 "도수장의 망아지처럼" 죽임을 당한 죽음으로 형상화되고 있다.

을 통해서라도 자아 찾기를 실행하고 있는 이유는 그들 삶의 무능화를 조장한 것이 바로 불평등을 내포한 결혼계약에 있음을 인식하였기 때문이다. 남편에게 예속되어 그들의 보조자로서, 사고의 기능을 마비당한 채 살아왔던 여성들은 필연적으로 의식의 사멸을 겪게 된다. 그 속에서 자기의 존재를 찾고자 노력하는 여성들은 이혼을 결행하거나, 이혼의 가체험 성격을 띤 '여행'을 떠나게 된다. 이 과정에서 그들이 가족 속에, 남편의 예속에 매몰되었던 자기를 어떻게 찾아나가고 있는지를 확인하게 될 것이다.

Ⅳ장에서는 가족 문제를 야기하고, 그러한 문제투성이의 가족을 이데올로기화 시켰던 가부장제가 해체됨으로써 그 위에 새롭게 다시 써야 할 가족 질서를 모색해보고자 한다. 더 나아가 기존의 부계 서사가 실질적으로는 모계인 "어머니–며느리–딸"의 구도 속에서 이어져왔음을 확인하고, 부계 계승의 서사가 모계 계승의 서사로 대체되고 있음을 살펴볼 것이다. 또한 어머니 동일시를 거부함으로써 딸의 자아 정체성 서사를 다시 썼던 딸들이 공식 여가장으로 가족 내에 등장한 과정과 그들이 어떻게 가족 내 개인으로 다시 서고 있는지를 파악해보고자 한다. 마지막으로 부부 관계의 새 질서 모색을 위해 왜 아내들이 성적 주체로 다시 서야 하는지 그 타당성을 규명해 볼 것이다. 그리고 새로 쓰여지는 가족의 질서는 동등한 부부 관계로부터 비롯됨을 확인하고자 한다.

Ⅴ장에서는 앞서 분석한 박경리 가족 서사의 특징을 통해 박경리 문학의 문학사적 의의를 확인할 수 있을 것이다. 일차적으로 우리는 박경리 가족 서사가 여타 작가에게서 볼 수 있는 가족 서사와 어떻게 차별화 되는지 살필 수 있을 것이다. 이를 통해 그 차별화의 지점에서 바로 박경리 문학의 특징과 그의 문학적 지향성을 알 수 있을 것이다.

이에 필자는 박경리 문학의 가족 서사를 살펴봄으로써, 우리 사회의 가족 이데올로기가 어떠한 양상으로 형성되었는지, 더 나아가 위기의 가족을 구할 수 있는 방법은 무엇인지 살펴보고, 건강한 가족이란 어떤 가족인지를 모색해 보고자 한다.

이에 연구 대상으로 삼을 텍스트는, 초기 단편들의 경우 『박경리단편선』-〈반딧불〉, 〈剪刀〉(서문문고본), 『박경리문학전집23』-〈돌아온 고양이〉(지식산업사본), 『한국문학대전집 17』-〈計算〉, 〈不信時代〉, 〈玲珠와 고양이〉, 〈僻地〉, 〈暗黑時代〉(태극출판사본), 〈黑黑白白〉은 ≪현대문학≫(1956.8), 〈군食口〉는 ≪현대문학≫(1956.11), 〈海東旅舘의 迷那〉는 ≪사상계≫(1959.12)이다.

장편으로는 『漂流島』(『신한국문학전집』25, 어문각, 1984), 『김약국의 딸들』(나남, 1993), 『시장과 전장』(중앙일보사, 1987), 『他人들/哀歌』(『박경리문학전집 9』, 지식산업사, 1980), 『파시』1, 2(나남, 1993), 『나비와 엉겅퀴』(범우사, 1978) 『土地』(솔, 1995)-을 기본 텍스트로 한다.[32] 이후 본문에 인용되는 작품은 작품명과 페이지 번호만을 적는다.

---

32) 60년대 이후의 단편들과 장편들은 주로 수직적 관계 속에서 의미망을 구축하는, '1세대-2세대-3세대'의 '가족 서사'를 다룬다기보다는 '가족 문제의 확장'을 보여주는 '사회 문제에 집중하고 있기 때문에 논의의 대상에서 우선 제외하기로 한다. 이후 논의 진행 과정 속에서 여타의 작품들은 보조적 자료로 활용하게 될 것이다.

Part II

가부장제의
성립과 유지

전통적으로 한국사회에서 가부장제는 아버지-아들로 이어지는 남성 중심의 부계적 가계 계승을 중심으로 성립되었다. 이는 문학에서도 확인할 수 있는 바, 일반적으로 문학 속에 형상화된 가족 서사의 핵심에는 언제나 '아버지-아들'이 자리하며, 그것은 자연스러운, 보편타당한 서사문법으로 고착화되었다.

이렇듯 보편타당한 가계 계승의 전통적 서사문법이 박경리 소설에서는 다른 양상으로 드러나고 있음에 우리는 주목해 볼 필요가 있다. 그의 소설에서는 '아버지-아들'로 이어지는 부계 계승의 가족 서사만을 정통으로 보는 것을 하나의 폭력으로 규정하고, 그에 대한 비판을 가하고 있다. 특히 아들을 통한 대 잇기 모티프는 여성뿐만 아니라 남성에게도 억압 기제로 작용하고 있으며, 그들 모두의 삶을 도구적 삶으로 전락시키고 있음에 주목한다.

더 나아가 박경리 소설에서는 유교적 가부장제가 개인을 사회화하는 과정에 있어서 아버지의 성(姓)으로 표상되는 '혈통적 정체감'과 남녀를 구분하는 '성별 정체감'을 핵심으로 하고 있다[1]는 점에 여성의 비극이 더욱 가중되고 있음에 천착한다. 그동안 남녀를 구분하는 성별 정체감은 여성의 성을 억압함으로써 남성들의 권위를 더욱 공고히 하는데 기여해 왔다고 해도 과언이 아니다. 따라서 여성들은 성적 차별에서 오는 1차적 억압과 아버지를 계승할 수 없다는 뿌리뽑힘의 2차적 억압으로 인해 주변인으로 부유할 수밖에 없었던 것이다. 이러한 성별 정체감과 혈통적 정체감이 현실에서 남녀 성차별이라는 가부장적 행위로 전화되어, 남녀 결합의 하나인 결혼 형태의 윤리로까지 나아가고 있음을 박경리는 주목한다. 성인 여성과 남성의 결혼이 애정이 아닌 가부장의 권위에 의해 이루어지는, 가부장제 유지를 위한

---

1) 진재교·박의경 편, 「유교 가족 담론의 여성주의적 재구성」, 『동아시아와 근대 여성의 발견』, 청어람 미디어, 2004, 111면과 134면 참조.

'거래'의 형태를 띠고 있음을 확인할 수 있을 것이다. 이때 결혼계약은 여성에 대한 남성의 권위를 제도적 차원에서 보장해주는, 사회적 제도의 한 양태로 볼 수 있다. 따라서 여성은 가족 구성의 원초적 계약에서부터 남성의 권위에 예속되는 불평등한 입장이 된다. 결혼으로 한 가족을 이룬 부부는 동등한 인격체로서의 존재가 아닌 주/종의 성격을 띠게 되며, 궁극적으로 서로의 감정을 교감할 수 없는 부부는 둘 다 불행할 수밖에 없다.

　따라서 여기에서는 가부장제의 성립과 유지를 위해 가부장제 이데올로기 하에서 가족 구성원이 겪게 되는 억압과 폭력의 양상은 어떠한지, 또한 각 가족 구성원들 사이의 관계는 어떠한지를 살펴봄으로써, 가족 문제의 실체를 밝혀보고자 한다. 특히 부조리한 가부장제 유지를 위해 행해진 억압과 폭력이 여성뿐만 아니라 남성, 더 나아가 가족 구성원 전체에게 가해지고 있음을 살필 것이다.

1. '아들'을 통한 대 잇기

　가족 서사에서 대 잇기 모티프는 가문의 존속 여부가 달린 중요한 요소이다. 따라서 대를 잇기 위해 행해진 여성에 대한 폭력은 죄의 개념으로 인식되지도 않았다. 남성들의 축첩은 대 잇기를 위한 방편으로 묵인되었고, 아들을 낳지 못한 여성들은 죄인이 되어 그들에게 가해지는 모든 폭력을 감내해야 했다. 남성들의 가문 대 잇기에 희생된 여성들은 오로지 씨받이 역할만을 수행하는 도구적 인간으로 전락하게 된다. 바로 여기까지가 여타의 작가가 말하고 있는 가부장제 이데올로기 하의 가족 서사였다. 그러나 박경리 문학의 가족 서사는 대 잇기 모티프에 은폐된 또 하나의 폭력을 이야기하고 있다.

　'아들'로만 대를 이어야 한다는 관념은 여성들에게만 억압을 가한 것이 아니다. 가문 계승을 위한 '대 잇기' 모티프는 남성들에게도 엄청난 중압감을 안긴다. 조상에게 제를 올릴 '아들(子)'을 생산해야 한다는 강박관념은 남성들에게도 하나의 억압 기제이다. 본처에게서 아들을 얻지 못한 남성들은 축첩을 통해서라도 아들을 낳아야 했으며, 양자를 들여서라도 대를 이어야 했다. 이때 남성은 더 이상 권위를 가지고 군림하는 존재가 아닌 '씨받이'에 대응한 '씨종자'의 역할로 전락할 수밖에 없다.

박경리 소설에서는 부계 계승만을 오로지 가계 계승의 정통으로 보고 있는 가부장제의 억압을 '대 잇기' 모티프를 통해 보여주고 있다. 즉 '아들'로만 대를 이어야 한다는 관념에서 여성뿐만 아니라 남성도 자유로울 수 없었으며, 그 정도의 차이는 있겠지만 여성/남성의 삶이 비극적일 수밖에 없음을 비판하고 있다. 그러면 우선 씨받이의 역할로 전락한 여성들의 비극을 살펴보기로 하자.

1.1. 도구화된 여성의 몸

『파시』의 서영래는 대 이을 자식을 얻기 위해 서울댁과 '거래'를 하여 수옥을 겁탈한다. 전쟁으로 가족과 헤어져 토영의 '조만섭-서울댁'에 들어온 수옥은 파괴적인 사회에 무방비 상태로 내던져진다.

> "세상에 사람들이 그리 못 미더워 어찌 사노. 보따리 싸 가지고 어디 도망이라도 칠까 봐, 돈도 안 주고 옷도 안 해 입히고, 찬바람이 부는데 저 홑껍데기만 입고 어찌 견디라카노. 순 꼼쟁이 같은, 아무리 피란 와서 어지가지할 데 없는 불쌍한 아이라카지만, 꽃부리 같은 걸 저리 버려놓고 새끼만 뽑을라고, 적악이제 적악. 부모형제가 알면 얼마나 가슴에 피가 지겠노. 에이 쯧쯧……."〈파시, 1;242-243면〉

수옥은 서영래의 '씨받이'로 외딴집에 유폐되다시피 살아간다. 오로지 "새끼만 뽑으"려는 서영래에게 수옥의 인생은 무참히 짓밟히고, 그 속에서 수옥은 점점 삶의 의미를 잃어가고 있다. 서울댁(조만섭의 부인)과 서양래 사이의 거래로 팔린 몸이 된 그는 '도망'갈 처지도 못된다.

전쟁으로 부모 형제와 이별한 수옥은 아직 "꽃부리 같은" 어린 나이이다. 육체적 나이뿐 아니라 정신적 나이에 있어서도 부모에게서 갓 떨어진 미숙아의 상태나 다름없다. 사회 속에서 자기가 살아가야 할 방향이 무엇인지, 어떻게 살아야 하는지에 대한 정체감도 형성하지 못한 상태에서 수옥이 당면한 현실은 폭력 그 이상이다.

수옥에게 가해진 인간적 모멸은 여성의 성을 지배의 대상으로 보고 있는 성 이데올로기에 의한 폭력이다. "피란 와서 어지가지할 데 없는 불쌍한" 수옥은 늘 불안과 두려움 속에서 하루하루 지옥같은 생활을 영위해 나간다. 서영래에 대한 애정이나 신뢰도 없이 씨받이의 역할을 담당해야 하는 수옥에게 지금의 상황은 엄청난 폭력일 수밖에 없다. 따라서 수옥의 경우, 자신의 의지와는 상관없이 서영래의 대 잇기 사업의 일방적인 희생양이다.

또 다른 경우, 자식은 있되 '아들'을 못 낳아 자신에게 강요되는 희생을 감내하는 여성들이 있다. 『김약국의 딸들』의 송씨와 한실댁은 자식은 있되 아들을 못 낳은 죄로 그들에게 가해진 부당한 처사를 감당해야 한다.

> '보소 영감, 그래 내 자식한테 논 한 마지기 없단 말이요? 조카자식만 태산같이 생각하고, 뭐요? 조상 물 떠줄 아이라고요? 내사 물 안 얻어묵을라요. 내 자식은 쪽박 차고 댕기는데 구신인 내가 물 얻어묵어요? 와 쪽박을 차느냐고요? 우리만 눈감아 보소. 병든 자식이 뉘한테 의지하고 산단 말이요. 아이구 불쌍한 내 자식!'〈김약국의 딸들, 50면〉

김성수의 큰아버지 김봉제와 송씨 사이에는 연순이라는 딸자식이 있다. 하지만 딸은 주변인으로서 적통이라 할 수 없기 때문에 송씨와 양자인 김성수 사이의 갈등은 필연적인 것이다. 송씨는 자신의 딸 연순을 젖혀놓고 "조카자식에게는 모든 것이 물려진다는 것"(35면)에 절망한다. 그러나 송씨의 이러한 심정과는 달리 가문의 존속을 중시하는 김봉제는 문중의 유일한 후계자인 김성수에 대해 "병적인 연민의 정"(35면)을 보일 정도다. 딸은 "조상 물 떠줄 아이"가 아니기에 봉제 영감에게 연순의 미래는 생각 밖의 일이다. 죽은 조상을 받들어야 한다는 유교의 제례의식은 살아있는 딸자식에 대한 혈육의 정마저도 억제하게 만든다. 그렇기에 "내사 물 안 얻어묵을라요"라는 송씨의 외침은 '아들'을 낳지 못한 죄인의 항변일 뿐이다. 따라서 모성의 이끌림으로 행하는 딸 연순에 대한 송씨의 행동은 김씨 가문을 저버리는 그릇된 행위일 뿐 더 이상 모성의 사랑으로 평가받지 못한다.

'아들'을 낳지 못한 죄인 송씨는 김씨 집안에 있어서는 불모성으로 간주되며, 그의 모성이 모성으로 정당한 평가를 받기 위해서는 오로지 성수를 향해야만 한다. 이처럼 모성이 모성일 수 없는, 자식이 자식일 수 없는 비극적인 상황은 '아버지-아들'의 계승만을 인정하는 유교적 가부장제의 폭력으로 인해 양산된 결과이다.

> 한실댁은 자손 귀한 집에 와서 아들 못 낳는 것을 철천지한을 삼고 있었다. 남편 보기 부끄럽고 남 보기가 부끄러웠다. 그는 작은댁이라도 얻어서 자손을 보는 것이 어떻겠느냐고 은근히 영감에게 비쳐봤으나 김 약국은 가타부타 말이 없었다.〈김약국의 딸들, 79면〉

한실댁은 아들 용환을 돌림병 마마로 잃고, 딸만 다섯을 낳는다. 가문을 계승할 아들을 낳지 못했다는 생각에 한실댁은 스스로를 죄인이라고 생각한다. 이는 여성 억압의 가장 핵심적인 요소로 자식을 '낳았으되 낳지 않았다'는 불모성을 암시한다. 그에게는 다섯 명의 딸들이 있지만 모두 김약국2)의 가계를 계승할 수 없는 존재들이다. 모성성과 다산성으로 대표될 수 있는 한실댁은 '아들 없음'으로 인해 불모성의 모성으로 평가 절하된다.

김씨 집안의 씨받이로서 임무를 수행하지 못한 한실댁은 김 약국에게 다른 씨받이―작은댁을 얻어 '자손' 보기를 권한다. 이때 '자손'은 오로지 '아들'만을 지칭하는 용어이다. 김씨 집안의 자손을 낳지 못한 자신은 '남편―가정'에서나 '남―사회'에서 소외된 존재가 될 수밖에 없으며, 스스로도 자신을 '부끄러'운 존재로 인식하고 있다.

유교적 가부장제 하에서 여성들은 '아들'을 낳지 못했다는 '적법'한 이유로 남편의 축첩을 받아들여야 했으며, 또한 남편에게 축첩을 권하는 '아름다운 미덕'을 발휘해야만 했다. 그것은 곧 남의 집안에 들어가 대를 잇지 못한 죄인인 여성이 살아가는 한 방편이다. 이처럼 부계 계승의 가부장제는 여성들에게 인격이 무시된 '씨받이'로서의 삶만을 강요한 엄청난 폭력으로 작용한다.

따라서 아들을 낳아 대 잇기를 완성하여 자신들의 지위를 보장받으려 했던 여성들은 적극적으로 '씨받이' 역할에 절대적인 가치를 부여한다. 유교적 가부장제가 지배하고 있는 사회에서 여성들이 자신의 위치를 확고히 할 수 있는 방법은 오로지 그 지배 이념에 철저히 동조하고 내면화하는 방법 밖에 없다. 그렇지만 단순한 '씨받이'로서, 스스로 자신을 도구화한 여성들은 결코 행복할 수가 없다.

> 아이를 배태하느냐 못하느냐, 어쩌면 그것은 신과의 위대한 도박인
> 지 모른다. 아들을 낳는다면 세 사람은 다같이 승리의 술잔을 들 것이
> 요, 딸을 낳는다면 귀녀와 평산의 새로운 음모에서 칠성이는 탈락될
> 것이다.〈土地, 2;43면〉

---

2) 여기에서 쓰고 있는 '김약국'과 '김 약국'에 대한 용어는 다르다. 앞의 '김약국'은 '김씨 집안'을 일컫는 명칭이며, 뒤의 '김 약국'은 '김성수' 개인을 의미하는 명칭으로 사용되고 있다.

『土地』에서는 적극적으로 '씨받이'를 자처해 비극을 맞는 인물 귀녀가 등장한다. 최참판댁의 노비로 신분적 한을 간직한 그는 적극적으로 씨받이 역할을 자처해 신분 상승을 이루고자 한다. 귀녀는 서희 외에 아들이 없는 최참판댁에 아들을 낳아 줌으로써 신분을 상승하고픈 욕망을 가지고 있다. 그래서 최치수의 씨받이 역할을 자처하고, 그를 유혹하지만 여자에 미련이 없는 최치수는 간단히 무시해 버린다.

그러나 귀녀는 "만석꾼 살림", "백만 석의 살림"(2;175면)에 대한 야망을 버릴 수 없었고 마침내 김평산·칠성이와 함께 최참판댁 '아들 낳기' 음모를 꾸민다. 칠성이와 "육체적으로는 불모지와 다름없는 관계"(2;43면)를 감내하면서까지 귀녀는 "아이를 배태"하기 위해 필사의 몸부림을 친다. 세 사람 모두에게 승리를 안길 수 있는 아들을 낳기 위한 정사(情事)는 "목적을 위한 것, 목적을 향한 고행이었으며 본능을 초월한 것", "추악한, 비인간적인 것"(2;43면)이다.

삼신당에서 벌이는 귀녀의 행위는 '잉태'를 위한 "신과의 위대한 도박", 창조주에 대한 도전으로밖에 볼 수 없다. 이것은 아들을 통해 대를 이어야 한다는 잘못된 신념 속에서 이를 이용하고자 한 여인의 비극적 선택을 보여주는 것이다.

> "자식 없는데 우짤 기요? 어디서 떨어졌든지 간에 선영봉사할 자식은 있어야제. 기차분 농사꾼이 무신 성시로 또 장가를 들 것이며, 하기사 놓아봐야 아들이 될지 딸이 될지, 그러나 놓던 바탕이믄 또 놓을 것인께."
> 선영봉사 어쩌구 저쩌구 하면 아낙들도 할말은 없다. 〈土地, 2;326면〉

여인들에게 "선영봉사"할 자식을 낳아야 하는 것은 지상 과제였으며, 그 말에는 그네들의 인생 전부를 억압할 수 있는 힘이 들어 있던 것이다. 선영봉사할 자손은 오직 부계 계통의 혈통만이 중요한 것이었으며, "어디서 떨어졌든지 간"에 다른 것은 문제가 되지 않는다. 선영봉사할 아들을 낳았다면 그 여자가 "샐인 죄인 계집"이건, 백정들에게 몸을 팔던 "꾸중물겉이 더러븐 년"(3;215면)이건 상관이 없다. 그 모든 것은 선영봉사할 자손을 낳았다는 명분 앞에서 한낱 뒷공론에 불과하다.

자손─아들을 낳지 못한다는 것은 칠거지악을 범하는 것이며, 칠거지악을 범한 여자는 남편의 매질에도, 외도에도 입을 다물어야 한다. 오로지 자신이 죄인이기에 남편의 매질과 외도는 그에 대한 응당한 벌로 간주된다.

> 하얀 무명저고리에 갈매빛으로 물들인 무명바지를 입은 홍이가─임이네는 남의 아이들같이 아무렇게나 옷을 입히는 법이 없었다. 밤을 지새가면서 푸새를 하고 바느질을 하여, 홍이는 그에게 자식 이상의 뜻을 가진다. 마치 수호신과도 같은─방그레 웃으며 아비를 쳐다볼 때 용이는 저도 모르게 눈길을 모으며 미소한다. 느긋한 봄날 아지랑이 같은 평화스러움을 느낀다.
> '저놈을 월선이가 낳았드라믄…… 죽은 그 사람이 낳았거나……' 하다가 마당을 왔다갔다 하는 임이네 모습을 피하여 하늘을 올려다보곤 했다.
> "이녁겉이 무심할까. 그 자식이 우떤 자식이라고…… 남으 씨나 받아서 낳은 거맨치로."
> 임이네는 자기에게 무심한 용이 태도를 아이를 앞세워 푸념하기도 했다.⟨土地, 3;212-213면⟩

혈연제를 속성으로 하는 가부장제는 부계 혈통의 정통성과 가족이 크게 부각되는 과정에서 여성들에게 자신이 낳은 '아들'을 통한 권력 확보의 여지를 마련해 준다. 따라서 여성이 가족 내에서 권력을 얻을 수 있는 방법은 가계를 이어갈 '아들'을 낳는 것이다. 즉 부계 계승 가계에서 '부─자'의 관계가 공식적인 성격을 띤다면, '모─자'의 관계는 가족 내적 성격을 띠게 된다. 여성들은 자신이 낳은 아들을 중심으로 자신의 지위를 확보해 나갔고, 가족 내에서 어느 정도 확고한 위치를 점할 수 있게 된다. 바로 '자궁 가족(*uterine family*)'[3]을 통해서 여성은 가족 속에서 자신을 지켜온 것이다. 울프는 여성을 철저히 배제시킨 것처럼 보이는 유교적 가부장제가 여성들을 가부장제 유지에 철저히 복종하도록 만든 기제가 곧 자궁 가족과 공식적 가족 사이의 목표가 '다행스럽게도' 잘 맞아 떨어졌기 때문이라고 보았다. 여성들이 가부장권에 복종하면서 어느 정도의 기간을 잘 견뎌내기만 한다면 자신의 자궁 가족에 의해 응분의 보상을 받을 수 있는 가능성이 열려 있었다는 것이다. 따라서 여성들은 자신들에게 주어진 도구적 삶 자체도 자궁 가족의 확산의 측면에서 받아들일 수 있었으며, '자손' 생산 자체에 자신의 운명을 걸 수밖에 없었던 것이다.

살인 죄인의 아내며, 부정한 여인 임이네는 용이의 씨를 받았기에 새로운 인생을 꿈꿀 수 있다. 임이네에게 새로운 삶을 살게 해준 아들 홍이는 "자식 이상의 뜻"을 가진다. 홍이는 임이네에게 떠돌이의 삶을 마칠 수 있게 해줬으며, 평사리에서 가장 멋있는 남성 용이와의 관계를 맺어준 존재이다. 또한 자신에게 가해지는 주변 사람들의 모든 멸시와 증오를 막아줄 수 있는 "수호신과도 같은" 아들이며, "자기에게 무심한 용이의 태도"를 푸념할 수 있는 방패막이 역할까지 해준다.

『土地』 전체를 통해서 가장 생명력이 왕성한 인물로 묘사되고 있는 임이네는 용이에게 있어서 가장 비옥한 "씨밭"이다. 강청댁이나 월선에게서도 아이를 얻을 수 없었던 용이에게 '자손'을, 그것도 "선영봉사할 자손"을 낳아준 인물이 임이네이다. 그렇지만 임이네의 비극은 바로 용이에게 씨받이 이상의 의미를 지닐 수 없다는 데서 비롯된다.

---

3) 남편의 집안에 편입되어 가장 낮은 지위에 있던 젊은 여성은 점차 자신이 낳은 '핏줄'을 남편의 집안에 더해감으로써 자신의 세력권을 구축해간다. 자궁 가족 내에는 자신이 낳은 자녀들과 며느리가 포함되며 남편은 별로 중요한 자리를 차지하지 못한다. 조혜정, 『한국의 여성과 남성』, 문학과지성사, 1997, 79면.

아들 홍이를 통해 "느긋한 봄날 아지랑이 같은 평화스러움"을 느끼면
서도 그 어미인 임이네에게 용이는 무심하다. 용이가 임이네를 받아
들인 것은 그가 이씨 집안의 '씨받이' 역할을 담당했기 때문이다. 그
런데 '씨받이'라는 말에는 남녀 간의 인간적인 관계보다는 단순한 계
약적 관념이 더 강하게 내포되어 있다. 자손-아들을 낳아준 씨받이
는 계약을 이행했고, 그에 대한 응분의 보답을 얻을 수 있지만 상대
남성과의 인간적인 관계를 형성하기는 어렵다. 이 관계에는 처음부터
애정이 결여되어 있기 때문이다. 따라서 '씨받이' 여인들은 비극적인
운명을 살 수밖에 없다.

> 어머니 염씨는 대만족이었으나 새댁은 남편을 지척에 두고도 늘 쓸
> 쓸한 표정이었다. 의무를 치르듯, 밤의 잠자리는 이를 악물어도 여인
> 에게서 치욕감을 떨쳐버릴 수가 없다. 어쩌다가 발이라도 닿으면은,
> 차라리 걷어차는 편이 낫지 살그머니, 눈치를 챌까봐 숨을 죽이듯 멀
> 어지는 남편의 몸, 그나마 어두운 잠자리 속에서만 남편을 느꼈을 뿐
> 진종일 남편의 얼굴 한번 볼 수 없는 가혹한 반가(班家)의 법도, 그 법
> 도를 빙자하여 사랑에다 보이지 않는 울타리를 치고 앉은 남편이다.
> 〈土地, 5;122면〉

『土地』에서 가장 비극적인 씨받이 역할로 전락한 인물은 이상현의
아내 박씨이다. "남편을 지척에 두고도 늘 쓸쓸"할 수밖에 없었던 박
씨, 오로지 이씨 집안을 계승할 아들을 생산해야 한다는 일념 하에
"의무를 치르듯" 치러진 "밤의 잠자리는 이를 악물어도" "치욕감을 떨
쳐버릴 수 없는" 일이다. 거기에는 어떤 애정도 연민도 없다. 박씨는
상현에게 "영원한 타인"(7;397면)일 뿐이다.
  아이를 잉태하기 위해 치러지는 박씨와 상현의 "밤의 잠자리"는 귀
녀와 칠성이 보여주는 "육체적 불모와 같은 관계"의 또 다른 형태일
뿐이다. 남편의 끝없는 '가출'로 인해 정상적인 남편과 아내로서의 가

족 생활을 영위할 수 없는 상황 속에서 박씨는 이씨 집안의 씨받이로
전락해 버린다. 박씨와 상현과의 관계는 "어두운 잠자리 속에서만" 이
루어질 수 있는, 같은 곳에 머물되 "얼굴 한번 볼 수 없는" 상황에 있
다. 그렇지만 이 모든 것은 "가혹한 반가(班家)의 법도" 속에 은폐되
고, 그 법도를 빙자하여 박씨의 감정을 억압하고 있다.

박씨가 평생 남편 상현을 볼 수 있었던 것은 서너 번, 작품을 통해
서 살펴보면 고작 며칠에 해당한다. 그 며칠 동안에 박씨는 두 명의
아들을 낳았고, 이씨 가문을 유지해 나간다. 박씨는 이상현의 씨를 받
아 이씨 가문을 지탱해줄 '씨받이'였지 단 한순간도 이상현의 아내일
수 없었던 인물이다.

여성들은 가부장제 이념에 사로잡혀 그 안에 은폐된 여성 억압의
실체를 파악하지 못하고 오로지 '씨받이'의 도구적 삶을 살아야 했다.
그들은 가족 안에 존립하기 위해 아들을 낳아야 했으며, 아들만을 자
녀로 인정하는 풍토에 적극적으로 동조할 수밖에 없었던 것이다. 그
들에게는 가족 구성원으로서의 '개인'이 아닌 가문의 존속을 위한 '씨
받이'로서의 삶만이 강조되었기 때문이다.

1.2. 명분에 희생되는 남성

'아들'을 통한 대 잇기 모티프는 여성들의 삶만을 비극으로 이끈 것
이 아니라 남성들의 삶 또한 소외시키는 결과를 가져온다. 가문의 지
속과 번창의 과제는 남성 중심의 가치관으로 이어지고, 가족의 정서
적 유대보다는 상하서열이 강화되는 구조적 경직성을 내포한다.[4] 그
렇지만 계승의 주체인 남성들도 이에 대한 강박관념에서 벗어날 수
없다.

---

4) 장미영, 앞의 논문, 47면.

　지젝에 의하면 냉소적 주체5)는 이데올로기적인 가면과 사회현실 사이에 놓인 거리를 충분히 알고 있지만 여전히 가면을 고집한다는 것이다. 그들은 당위론적 명제와 실제의 삶 사이에 존재하는 거리를 인식하지만 그것에 눈을 감고, 여전히 당위론적 명제를 따르고 있다. 이는 남성들도 ‘아들’을 통한 대 잇기에 내재된 폭력을 충분히 인식하고 있음을 암시한다. 그들은 자신의 피를 받은 자식이 있음에도 불구하고 아들이 아니라는 이유로 양자를 들이는 행위 자체가 얼마나 모순된 행동인지를 인식하지만 그럼에도 불구하고 그들은 그러한 행위를 한다. 왜냐하면 당위론적 명제 뒤에 숨겨져 있는 어떤 특정 이익에 대해 그들은 아주 잘 알고 있기 때문이다.

　『土地』에는 부계 계승의 가부장제를 유지하는데 있어 핵심인 ‘아들’을 통한 가문 세우기에 강박을 보이는 인물들이 등장한다. 『土地』의 김훈장에게는 가문을 이어야 할 아들이 없다. 오로지 남의 집에 가버릴, 김씨 집안과는 아무런 관계가 없는 딸 ‘점아기’만이 있을 뿐이다. 김훈장은 “가통을 이어야 한다는 골수에 박힌 사상”(3;129면)에 사로잡혀 대를 이을 양자를 구하러 전국을 뒤진다. 몰락 양반으로서 생계가 넉넉하지 않음에도 불구하고 그는 대 잇기 사업에 온 노력과 정신을 쏟는다. 마침내 그는 “뼈도 살도 안 닿”은 “팔촌을 훨씬 더 넘”(3;271면)는 한경이를 데려와 가문 잇기를 마무리한다.

5) 지젝은 냉소적 주체가 가지는 냉소적인 이성은 더 이상 순진하지 않다고 본다. 냉소주의는 이데올로기적인 가면과 현실 사이의 거리와 이데올로기적 보편성 뒤에 가려진 특정 이익을 알고 있으며 이미 계산에 넣고 있기 때문이다. 하지만 그것은 여전히 가면을 유지할 핑계들을 찾아낸다. 이러한 냉소주의의 특성은 직접적으로는 부도덕한 입장이 아니다. 그것은 오히려 그 자체로 부도덕성에 봉사하는 도덕성에 가깝다. 냉소적인 지혜의 모델은 청렴함·완전함 등을 불성실함의 최상의 형태로, 도덕을 방탕함의 최상의 형태로, 진리를 거짓의 가장 실질적인 형태로 간주하는 것이다. 따라서 이러한 냉소주의는 공식적인 이데올로기에 대한 일종의 도착된 ‘부정의 부정’이다.—슬라보예 지젝, 『이데올로기라는 숭고한 대상』, 이수련 옮김, 인간사랑, 2003, 62-63면.

> "아무리 겉늙어 보인다고 매이 사는 종놈도 아니겄고 정히 장개를
> 안 갔다믄 그거는 벵신일 기다, 벵신."
> 막딸네는 깔깔대며 웃었다.
> "그런 소리 하지 마라, 남으 집에 씨종자로 온 사램인데 그 어른이
> 들으믄 난리 베락이 날 기다."
> "그거사 겉 보고는 모르니께, 입치레할라꼬 오는 사람이 나 벵신이
> 요 하겄나."
> "참말로 그렇다면 그 어른 십년공부 나무아미타불 아니가."〈土地, 3;125면〉

김훈장 집안의 대를 잇기 위해 온 '양자(養子)' 한경은 "씨종자" (3;125
면)일 뿐이다. 따라서 가문을 이어줄 씨종자인 한경이가 씨를 뿌릴 수
있느냐 없느냐는 무엇보다도 중요한 문제이다. 그가 가문을 번창시키
고, 영달을 도모할 능력이 없는 인물이어도 상관없다. "끼니 잇기도 어
렵게 자란 그는 변변히 글도 배우지 못하였고" 김훈장이 "하라는 대로
꾸벅꾸벅 순종하는 이외에 아무 능이 없는 위인"(3;128면)으로, 김훈장
이 판단하기에도 "크게 장래를 내다볼 위인은 못 되"(3;129면)는 사람
이다. 오로지 가문 "명 보존"의 측면에서 그는 대 잇기 실행에 동원된
씨종자일 뿐이다.

김훈장은 씨종자 한경이가 자신의 가문 대 잇기를 넘어 김진사댁의
대를 이어줄 씨종자로 역할하기를 기대한다. 한경이 "아들 하나 이상
만 낳아준다면"(3;128면) 김훈장은 손자를 통해 "퇴락해가는 집만 남
아 있는 김진사댁의 대도 이어줄 생각"(3;128면)을 넘어선 희망을 가
져본다. 이 속에서 씨종자인 한경은 오로지 자손을 낳는 외에 어떤
역할도 부여받지 못한다.

> "무후한 게 가장 큰 죄로 자손들은 생각들 하니, 바깥 나라들은 그
> 렇지도 않은 모양인데……"
> "……"
> "허나 그 끈질긴 사상 때문에 절손보다 더 험한 일이 생겨나게도 되

는가 보오."-중략-

"이야기인즉 독자인데 늦게까지 자손을 못 보았던 모양이요. 자연
부모는 첩 두기를 권했고, 실상은 씨가 없었으니 자식을 바란들 허사
거늘."

"그걸 당사자도 몰랐었다 그 말씀이요?"

평산은 애써 조준구 이야기 장단을 맞추었다.

"왜 몰랐겠소. 사내 오기도 있고, 그래 첩을 두게 되었는데 그 계집
이 요사하고 간악했던 모양이요."

"흔히 그렇지요."

"살림은 탐이 나고 이미 딴 사내를 보고 난 계집은 본댁과 달라 사
내한테서 자손 바라기 어려움을 깨달은 모양이요."

"하하아……"

"결국 다른 사내를 보아 애를 밴 계집은 남편을 살해했지요."

"저런!"

"흔히 있는 애길 게요."〈土地, 1;342면〉

'가문 대 잇기'라는 명분론의 또 다른 희생자는 바로 최치수이다.
별당아씨와의 사이에 '아들'이 없다는 것은 최씨 집안의 패망을 의미
한다. 부계 계승만을 정통으로 삼는 가족 서사에서 '아들' 없음은 곧
가문의 단절을 의미하기 때문이다. 따라서 "사후 양자"(2;198면)라는
표현에서도 알 수 있듯이 외손봉사에 기댈 수밖에 없는 최씨 집안의
대 잇기는 역설적이게도 최치수의 죽음을 불러온다.

이처럼 아들 대 잇기를 통해 남성들이 그들 권력 기반을 유지할 수
있었음에 반해 그에 대한 집착은 그들 존재를 위협에 노출시키는 결
과를 가져온다. "무후한 게 가장 큰 죄"로 생각하는 "끈질긴 사상" 때
문에 "절손보다 더 험한 일", 죽임을 당하게 된다는 조준구의 말에서
도 알 수 있듯이 당시에는 비일비재한 일-"흔히 있는 얘기"-이었음
을 알 수 있다. 자손을 낳아야 한다는 명분 앞에서 '씨가 없는 씨종자'
는 당연히 죽임을 당할 수밖에 없다.

모성은 확실하다. 누가 낳았는가는 낳은 당사자가 바로 있기에 분명히 알 수 있는 문제이다. 그러나 누가 아버지인가의 문제는 진실과는 다를 수 있다. 분명 "다른 사내를 보아 애를 밴 계집"은 남편의 아이를 가졌으며, 그 남편은 죽었기에 그 아이가 자신의 씨가 아님을 증명할 수 없다. 이처럼 가문 계승의 위업 앞에서 여성들의 불모성은 죄의식과 온갖 부당한 억압에 대한 감내를 요구받지만, 남성들에게 무후는 곧 존재를 위협 당하는 죽음과 연결된다.

『土地』에서 '아들'을 통한 대 잇기라는 가부장제 이데올로기의 가장 큰 희생자는 최치수라고 할 수 있다. 비록 윤씨부인이나 최치수 편에서 이루어진 적극적인 대 잇기는 아니지만, 귀녀와 김평산의 음모가 최참판댁에 대를 이을 아들이 없다는 데에서 시작되기 때문이다. 만약 대를 이을 아들만 있었다면 최치수의 죽음은 조금 더 연기될 수 있었을 것이다.

'아들'의 부재는 아버지의 목숨 또한 위태롭게 만든다. 그렇지만 최치수의 비극의 깊이는 바로 그가 자손을 번창시킬 씨가 없다는 데에 닿아있다. 어머니 윤씨의 부정에 대한 반발로 몸을 함부로 굴린 최치수는 끝내 생식 불능의 진단을 받게 된다. 서희를 마지막으로 최씨 집안의 자손을 더 이상 꿈꿀 수 없는 상황에서 그는 귀녀의 '가상의 씨종자'로 전락해 버린다. 그렇기에 '가상의' "최씨 가문의 핏줄을"(2; 218면) 받은 귀녀에게 '가상의 씨종자'인 최치수는 마땅히 죽어야 할 인물이다. 따라서 최씨 집안의 절손은 최치수의 방종으로 인한 "생산 못하는 몸"(2;218면)-'씨의 부재'로부터 시작되었다고 할 수 있다. 그것은 또한 최치수의 죽음을 부른 원인이 된다.

"그 진시황의 친아비 장사꾼은 꾀가 많고 배포가 크고 앞일을 내다보는 눈이 있었던지 볼모로 잡아온 진나라의 왕자를 뒷구멍으로 많이 도우면서 지 자식을 밴 애첩을 왕자한테 바쳤더라 그 말이지."

"예?"

"그래 별의별 놈의 계책을 써가지고 고국에 돌아간 왕자는 왕위에 올랐더란 말일세. 그러나 장사꾼이 바친 애첩이 낳은 자식을 제 자식으로만 믿었으니 자연 그 장사꾼의 아들놈이 왕자가 되었고 나중에는 진나라의 진시황이 되었다는 건데,"

"한마디로 말해서 씨를 속였다, 그 말심이구마요."

"그렇지."

"그런데 그 친애비 장사꾼은 호강을 했이까요."

칠성이의 눈이 빛났다. 그리고 입술을 우물거리는 바람에 코밑이 몹시 길어 보였다.

"했다 뿐인가? 지금으로 치면 정승 벼슬까지 했다더군."〈土地, 1;238면〉

"진시황의 친아비 장사꾼"이 되고자 했던 칠성은 "앞일을 내다보는 눈"이 없어서 비극적인 죽음을 맞는다. 김평산이 들려준 진시황의 친부 이야기는 물욕에 눈이 먼 칠성에게 '자신=진시황의 친아비 장사꾼', '애첩=귀녀', '진나라의 왕자=최 치수'를 동일시하게 만든다. 그러나 그는 자신이 꾀가 많은 인물도, 그렇다고 배포가 큰 인물도, "별의별 놈의 계책"을 쓸 정도의 지식도 없다는 것을 망각하고 있다.

칠성은 자신의 씨를 최 치수의 씨로 둔갑시켜 광활한 최참판댁 토지를 차지하겠다는 허황(虛荒)된 꿈을 꾸고 씨종자 노릇을 받아들인다. 그렇지만 씨종자로서 그와 진시황의 친부 사이에는 차이가 존재한다는 점에 칠성의 죽음은 당연한 귀결일 수밖에 없다. 진나라 왕자는 '씨가 있'었으나, 최 치수는 '씨가 없'었기에 그는 그가 뿌린 씨 덕분에 호강을 누릴 수도, "정승 벼슬"까지 바랄 수도 없게 된다. 또한 최참판댁 가문 잇기 음모가 밝혀지면서 칠성은 죽음을 맞게 되는데, 자신의 씨를 통해 영화를 꿈꾸었던 그는 역설적이게도 자기 가문의 폐문을 불러온다. 왜냐하면 임이네와의 사이에 낳은 아들 둘이 모두 호열자로 죽게 되고, 딸아이 임이[6]만이 남게 됨으로써 부계 계승의 차원에서 가문 계승의 전망이 차단당했기 때문이다.

> "칠거지악 중에 멋이 들어 있는고 니 아나?"
> 기세와 다르게 목소리는 나직하고 떨려나왔다.
> "그 하나로 아이를 못 놓는 일이다."
> 강청댁의 얼굴은 보기에도 흉하게 일그러진다.
> "옳거니!"
> 영팔이 외쳤다.
> "그 둘째는 강세 보는 일이다."
> "맞다, 맞다! 사내대장부 열 계집인들 못 거느리까."
> "그 다음은 가장을 대수로 안 여기는 일이다. 그래도 할말이 있나?"
> 강청댁은 표독스럽게 용이를 노려본다.
> "저 여자는 애를 뱄다. 자손 없는 집 자손을 놓아줄 기다. 만일에 아
> 이를 못 놓게 되믄 조상네 뫼를 파도 말 못할 기다."〈土地, 2;324면〉

가문 대 잇기의 대의 명분 앞에 부모 삼 년 상을 치른 조강지처의 위치 또한 위협받는다. '용이-강청댁-임이네'의 삼각 구도에서 월선을 사랑하면서도 부모 삼 년 상을 치른 조강지처 강청댁을 용이는 내칠 수 없다고 토로한다. 그러던 용이가 자신의 아이를 가진 임이네에게 패악을 부리는 강청댁을 '칠거지악'을 들어 질타하고 있다. 여자가 시집을 와서 대 이을 아들을 낳지 못한 것은 칠거지악의 하나로 곧 남편 집안에서 쫓겨날 수 있는 가장 큰 죄목이 된다. 따라서 아이를 낳지 못한 불임의 강청댁에게 이씨 집안의 대를 이을 아이를 가진 임이네는 남편의 마음을 전부 가져가 버린 월선보다 더 위협적인 존

---

6) 김두수가 김평산의 뒤를 잇고 있다면, 임이는 아버지 칠성과 어머니 임이네의 속성을 그대로 구현하는 인물이다. 오히려 그악스러울 정도로 돈에 집착하고, 그것을 지키기 위해 노력하는 어머니 임이네보다는 자식을 버리면서까지 자신의 욕망을 찾아 헤매는 임이는 아버지 칠성에 더 가까운 인물이다. 김평산과 칠성의 야합이 김두수와 임이의 야합으로 2세대에서도 그려지고 있는데, 이는 운명의 고리가 한 순간 끊어지는 것이 아니라 순환하면서 서로 떼려야 뗄 수 없는 고리를 형성하고 있다는 작가의 사상을 엿볼 수 있게 해준다. 이런 특성은 『土地』 전체를 통해 지속적으로 반복되어 나타난다.

재이다.

'용이-월선이'의 또 다른 비극은 바로 대 잇기 모티프에 있다. 강청댁의 죽음으로 용이는 '부모 삼 년 상'이라는 관습적 대의 명분에서 벗어나 월선과 가정을 꾸릴 수 있었다. 그러나 월선이 외삼촌을 따라 간도로 돈을 벌러 갔다 온 사이 용이가 임이네와의 관계 속에서 아들 홍이를 낳았다는 데서 비극은 끝나지 않는다. 이씨 집안의 가문을 이을 아들을 낳았다는 것은 그동안 조강지처를 버릴 수 없다는 명분보다 더욱 배가되는 용이의 억압 기제이다.

김훈장이 양자를 들이고 그제서야 눈을 감을 수 있겠다라고 생각한 것과 마찬가지로 용이는 자신의 뒤를 이을 아들을 통해 평안을 느낀다. 용이 또한 겉으로 표현하지는 않았지만 아들을 통해 대를 이어야 한다는 강박관념에 시달려 왔음을 짐작할 수 있다. 이처럼 아들을 통한 대 잇기 모티프는 바로 용이와 월선의 애정을 방해하는 억압 기제로 작용하고 있다. 이후 임이네를 모성성의 불모성으로, 월선이를 모성의 담지자로 그려냄으로써 홍이를 월선의 '아들로 세우기' 작업을 통해 월선과의 관계 회복이 이루어지고 있기는 하지만 궁극적으로 용이의 삶 자체는 비극으로 점철되고 있다.

여성 인물들이 외적으로 가해지는 가부장제 이데올로기의 희생양이라면 남성들은 "자기 속에 있는 가부장제 이데올로기의 희생자가 된다."[7] 이처럼 작가는 사회 깊숙이 뿌리 박혀 있는 가부장제 이데올로기의 모순을 통해 사회 전반의 부조리를 보여주고 있으며, 가깝게는 도착된 사고 속에 살아가는 인물들에 대한 비판적인 시각을 보여주고 있다.

---

7) 이상진, 「박경리의 『토지』에 나타난 유교가족윤리의 해체양상과 그 지향점」, 『현대소설연구』20호, 한국현대소설학회, 2003.12, 330면.

2. 가족의 역할 강조와 희생

가족 이데올로기 속에 내재된 가부장제의 여성 억압적 기제에 대해 인식하고 거부할 수 있었던 것도 2세대 교육받은 여성들에게나 가능했다. 대부분의 여성들은 전통 규범의 변화와 현실에서 외적으로 주어진 삶을 수동적으로 받아들이는 입장에 서 있었다. 그들은 '타자적 존재로서의 여성의 삶'에 길들여진 존재들이다. 문화 제도적 장치 속에 교묘히 숨겨져 있는 억압적 기제들을 발견할 수 없었던 그들은 '여성으로서의 삶'이 아닌 '모성으로서', '무성으로서'의 삶을 살 수밖에 없었다. 문제는 바로 이런 여성-모성의 정체성 형성 과정이 바로 딸들의 정체성 형성에 지대한 영향을 미친다는 데에 더 큰 비극이 있으며, 주체적 정체성을 형성하지 못한 딸들에게 바로 어머니의 비극이 그대로 순환되고 있다는 점이다.

조선조의 가부장제 이데올로기 속에서 자신을 타자화하고 그 이데올로기에 복종해 온 여인들은 그들 삶의 보상으로 '효'의 개념을 강조한다. '효'를 최상의 가치로 여기는 가족주의 사회에서 여성이 본처, 그리고 어머니로 존재하는 이상 응분의 보상을 받을 수 있었다. 따라서 여성들은 며느리로서, 아내로서, 어머니로서의 역할을 묵묵히 감내하고 인내한다면 언젠가는 보상받을 수 있다는 보상심리에 더욱 '효' 이데올로기를 신봉하고 강화해 나간다.

유교적 가부장제 가족제도에서 가부장권은 '효(孝)' 윤리를 절대적 지주로 하여 존립하여 왔다. 따라서 '효'의 규범은 상징적 부계 질서를 구축하고 수호하는데 있어 중요한 역할을 담당해 왔다. 효는 일차적으로는 자녀에 대한 부모, 특히 가부장에 대한 순종을 규율하는 것이지만, 이차적으로 '家→國'의 확장 개념 속에서 볼 때, 국가에 대한 '충(忠)'으로 전화되는 양상을 보이기도 한다. 따라서 '효'의 개념에는 단순한 부모 자식 간의 도리 그 이상이 내포된다. 유교적 관념은 "온 갖 행위의 근본(孝, 百行之本)"에 효를 둠으로써 인간 삶을 규율하는 기제로 활용된다.

그렇지만 효의 개념이 아들과 딸에게서 다르게 나타나고 있음에 주 목해야 한다. 아들의 효는 미래의 '가부장'으로 보상이 전제된 것이지 만, 딸의 효는 일방적인 성격을 띠게 된다. 따라서 여성에게 있어 효 윤리는 "희생의 장치로서의 성격"[8]을 띤다.

2.1. 여성이 거세된 모성

19세기 이래로 여성이 어머니가 되는 것은 중요한 사명으로 인식되 었으며, 여성을 영예의 전당에 올릴 수 있는 유일한 것으로 찬미되었 다. 어머니와 자녀의 유대는 중요시 되었으며, 자녀에 대한 "애정적 보살핌, 자기 희생, 이타주의의 특성은 어머니다움의 본질"[9]로 정의 되었고, 곧 여성다움의 특성으로 인식되었다. 가족에 대한 여성의 경 험을 자녀 양육의 지위에 국한시키면서 모성에 대한 찬미, 애정의 화 신, 천국 같은 가정의 수호자로서 여성을 신비화, 신화화했다. 줄리엣 미첼은 "모성이 하나의 신화로 이용될 때 그것은 억압의 도구가 된 다"[10]고 지적하고 있다.

어머니의 신화 속에서 여성은 모성으로 존재할 때만 항상 찬양의 대상이 될 수 있다. 훌륭한 어머니는 시대, 문화의 변화에 따라 늘 재 창조되고, '인간'으로서의 여성은 실종되어 버린다. 어머니는 집안을

---

8) 정재서, 「동아시아 문화 담론과 성: 효녀 서사를 중심으로」, 『한국의 근대성과 가부장 제의 변형』, 한국여성연구원 편, 이화여자대학교출판부, 2003, 23면.
9) 배리 소온, 『페미니즘의 시각에서 본 가족』, 권오주·김선영·노영주·이승미·이진숙 옮김, 한울아카데미, 2005, 24면.
10) Juliet Mitchell, *Women: The Longest Revolution*, New Left Review 40, November/De- cember 1966, 28면.

유지시키는 일꾼으로 전락하고, 그들의 소망을 늘 자녀의 소망에 일치시켜야 했다. 어머니는 오로지 타인의 삶의 실패 여부, 가치 여부에 따라 평가된다. 가부장제적 가족 안에서 여성은 어머니로서만 존재할 수 있지 개인으로서는 존재할 수 없다. 모성이 아닌 여성은 "비가시적 존재"[11]로 사적 영역에서든 공적 영역에서든 그들은 '개성'을 지닌 개인으로 가시화되어서는 안 된다. 따라서 어머니는 '여(성)'과 '(여)성'의 거세라는 이중 부정의 과정을 거치면서 탈성화[12]되는 한편, 주체적 정체성을 상실하고 만 것이다.

가족 내에서 '개인'으로 존재하지 못하고 모성 이데올로기에 매몰되어 희생적 삶을 살아가는 1세대의 어머니들은 타자 지향적, 자녀 중심적인 삶을 살아간다. 남편과의 관계가 단절된 가운데 오직 그들에게 열려 있는 애정의 통로는 자녀였다. 따라서 그들 삶의 중심에는 '자녀-딸'들이 자리하고, 자녀들의 삶 속에서 자신들의 존재 의의를 확인해 나간다.

타자의 내면화를 적극적으로 받아들이고 있는 1세대의 어머니들은 "어머니, 송씨, 한실댁 등"의 이름 없는 존재로 살아간다. 이들은 가족의 실질적인 가장으로 자녀에 대해서 강력한 모성으로 기능하고 있다. 그렇지만 그 속에서 자신의 존재는 무력화되고, 타자화된다. '훌륭한 어머니 되기'의 이데올로기 속에서 '양육자'라는 제한된 기능으로 전락(轉落)한 모성은 그 전락에 대한 보상심리로 극기와 희생과 자식에 대한 지나친 소유욕을 발현[13]하게 된다.

　　그렇게 고집이 센 주영을 보다 못해 엄마는 이래서 내 못 살겠다고

11) 이득재, 『가부장/제/국 속의 여자들』, 문화과학사, 2004, 125면.
12) 이득재, 위의 책, 129면.
13) 박정애, 「여성작가의 전쟁 체험 장편소설에 나타난 '모녀관계'와 '딸의 성장' 연구」, 『여성문학연구』 통권13호, 한국여성문학학회, 2005, 323면.

치마끈으로 목을 매는 시늉을 했다. 이쯤 돼야 비로소 주영은 불에 덴 것처럼 왕! 하고 울며 어머니에게 달겨드는 것이었다. 이러한 연극은 때때로 일어났다. 주영은 기다림의 불안과 그러한, 가슴이 으스러지는 듯한 연극과, 엄마가 도망가리라는 공포 속에서 자랐다. 어머니로서는 주영을 빤히 쳐다만 보고 있으면 허전해서 견딜 수가 없었다.

그래서 그는 죽어버린다고 했다. 영감을 얻어 도망을 친다고 했다. 그러며는 으레 병아리같이 가뿐한 무게가 와서 목을 껴안았다. 이따금 중매장이 할멈인 곰보딱지가 오는 일이 있다. 그러면 어머니는 곧잘 빙글거리며 내 영감 얻어 갈까? 하고 주영의 약을 올렸다. 이러한 것이 어머니에게는 하나의 사랑의 유희였지만, 주영은 그러한 날의 밤이면 손목에다 어머니의 치마끈을 감고 잤다. 그리고 자다가는 깜짝깜짝 놀라곤 했다.〈반딧불, 151-152면〉

박경리 초기 단편에서 공통적으로 등장하는 것은 '아버지-남편의 부재'이다. 또한 그들은 존재한다 할지라도 가족들과 능동적인 관계를 형성하고 있지 않다. '아버지(남편)'은 늘 타인처럼 존재하거나, '어머니가 아닌 다른 여성과의 가족 형성', 즉 실질적인 별거 상태로 관계가 단절되어 있다. 따라서 '여성-모성'들은 그 결핍의 자리에 주로 '자식'을 가져다 놓는다. 여성으로서 남편에게 거부된 어머니는 자식을 위해서라면 모든 것을 팽개칠 정도로 자식에 대한 강한 집착이라는 감정의 과잉을 보인다. 남편과의 상하 수직적 관계 속에서, 여성으로서 거부당하거나 감정의 교류가 차단된 여성은 오로지 그들의 자식들에게 모든 감정을 소진한다.

희생적인 어머니들은 늘 자녀가 불안정한 상태에 있기를 원한다. 주영은 늘 어머니로 인해 불안과 공포를 경험한다. 그가 겪는 불안은 "어머니의 죽음, 어머니의 도망"에 대한 두려움 때문에 일어난다. 무의식 속에 잠재되어 있는 충격의 기억은 심리적 불안의식을 초래한다. 외부에서 가해지는 어떤 대상에 기인한다기보다는 '내적 위험'을 표현하는, 무의식적으로 형성된 감정의 긴장을 통해 그 대상을 잃어버릴지도 모른다는 공포가 바로 불안의 본질이다.[14] 이러한 불안은 대체적으로 유아기에 경험된 '엄마로부터의 분리'에 대한 공포에서 비롯되는데, 일반적으로 존재론적 안전을 위협하는 현상이다.

일반적으로 전후 생산된 텍스트들 속에서 가족은 훼손된 전체를 재조직하는 상상적 준거[15]로 상정되고 있다. 그러나 박경리 초기 작품에 형상화된 가족은 삶에 대한 두려움·공포·불안에 떨고 있다. 전쟁 중 가족 성원의 죽음으로 해체된 가족은 상실감 속에 불안한 유년을 보내야 했다. 이때의 경험은 이후의 삶에 엄청난 파장을 남긴다.

박경리 소설에서 분리 불안[16]의 증상은 유년 경험–해체된 가족 서사에서 흔히 찾아볼 수 있다. 주영이 겪는 분리 불안은 가장 근원적인 상실에 대한 불안의식, 즉 '아버지 상실'이라는 불완전한 가족 관계에서 시작되었고, 이로 인해 '어머니'마저 자신을 버릴지 모른다는 새로운 불안의식으로 확대된다. 유년기에 겪은 어머니 상실 불안이 원초적인 상흔으로 자리 잡아 타자와의 관계 맺음에 부정적인 요소로 작용한다. 즉 유년기의 상처는 무의식의 저변에 자리하고 있다가 반복 상황·유사한 상황이 재현될 때 외부로 표출된다.[17]

아버지 부재로 주영만이 어머니의 유일한 가족이 된 상황에서 주영이 겪는 존재론적 불안은 바로 어머니에 의해서만 극복될 수 있도록 학습된다. "치마끈으로 목을 매는 시늉"을 통한 연극적 죽음 반복과

---

14) 앤소니 기든스, 『현대성과 자아정체성』, 권기돈 옮김, 새물결, 1997, 98면 참조.

15) 권명아, 앞의 책, 33면.

16) 분리 불안이란 주된 애착 대상이었던 사람(어머니 등)이나 친숙한 상황으로부터 떨어지게 될 때 나타나는 불안상태를 말한다.

17) 하이데거는 '공포'에 대해서는 '덮친다'(ueberfaellt)는 표현을 사용하지만, '불안'에 대해서는 '일어난다'(erhebt sich/aufsteigen)는 표현을 사용한다. 이것은 불안이, 마치 땅 속에서 씨앗이 싹터 오르는 것과 같은 방식으로, 누군가의 '과거'로부터 피어올라, 그의 미래와 현재까지 지배하게 된다는 것을 암시하기 위함이다. 그것은 불안의 시간성이 '일차적으로는' '있어 왔음'(기재)에 놓인다는 것과 일맥상통한다.—구연상, 『공포와 두려움 그리고 불안』, 청계출판사, 1999, 348면.

"영감을 얻어 도망"을 꾀한다는 도망 반복은 어머니에 대한 주영의 고착을 강화하는 역할을 한다. 또한 어머니는 자신에 대한 주영의 고착을 통해 스스로의 존재를 확인하고 있다. 그렇기 때문에 "어머니로서는 주영을 빤히 쳐다만 보"는 상태에서 오는 허전함을 견딜 수가 없다. "가뿐한 무게가 와서 목을 껴안"을 때 어머니는 비로소 행복을 느낄 수 있는 것이다. 주영에 대한 완전한 소유욕은 어머니에게 "사랑의 유희"이다. 사랑의 확인을 극단적인 방법으로 할 수밖에 없는 어머니, 자신의 존재 의의를 자식에 대한 헌신에서 찾는 어머니의 삶은 가부장제 이념에 억압당한 모든 모성의 비극을 상징적으로 보여준다.

그렇지만 자식들 또한 종적 관계에서 감정을 교류할 수 있는 대상이 아니다. 가부장제 질서 체계에 의해 남편이 없는 집안에서 그들은 "가장(家長)"(반딧불, 148면)이며 "호주(戶主)"(148면)이기 때문이다.

> 어머니는 한세상을 사는 동안 남자로부터 사랑을 받아본 일이 없다. 그리고 그 자신도 애정을 위하여 고민을 하거나 연애 감정을 체험해 본 일이 없는 여인이다. 그러한 어머니가 나한테 너무 많은 애정을 베풀고자 하고 또 받아들이고자 하는 것은 당연한 일이었을지도 모른다. 그러나 돌이켜 생각해보면 많은 것을 바라다가 적은 것을 거부하는 오만한 내 인생 태도에 비하면 극히 하찮은 욕망이나 안일을 찾는 어머니는 몹시 겸허한 사람이라 할 수 있을 것이다. 그런데도 나는 어머니를 비굴하고 수선스럽다고 경멸을 했다. 경멸을 하면서도 내 정신영역(精神領域)의 대부분을 어머니는 늘 차지하고 있는 것을 느낀다.〈漂流島, 280면〉

"한세상을 사는 동안 남자로부터 사랑을 받아본 일이 없"는 어머니는 "그 자신도 애정을 위하여 고민을 하거나 연애 감정을 체험해 본 일이 없는 여인"이다. 어머니가 여성으로 '사랑'을 주고받을 수 있는 대상은 오로지 '남성'이어야 한다. 여'성(性)'의 이항 대립으로 올 수 있는 대상은 오직 남'성(性)'만이 가능하다. 따라서 "남자로부터 사랑을 받아본 일이 없"는, "남편으로부터 거부된" 어머니는 '여성'일 수 없다. 가부장인 남편으로부터 버림받은 어머니는 처음부터 여성으로서의 성역할이 거세되어 버린 것이다. 그에게는 오직 양육자로서의 모성만이 요구될 뿐이다.

그러나 타고난 본래의 성(性)을 잃고 모성만을 요구받은 여성들은 그 모성의 영역에서도 결코 행복할 수 없다. 일례로『漂流島』의 현회에게서 그 이유를 찾을 수 있다.『漂流島』의 현회는 자신에게 늘 "고통을 주는 어머니가 싫었다."(280면) "어머니는 가엾은 자기 딸한테 사랑을 베풀 기회를"(280면) 얻어서 늘 과잉된 애정을 베풀기를 바란다. 그래야만 영원히 현회를 자신의 품속에 소유할 수 있다고 믿기 때문이다. 어머니는 자신의 뜻대로 살아주지 않는 현회가 불만스럽고, 현회는 그런 어머니에게서 벗어나고자 늘 열망하지만 '어머니-나'의 관계는 그처럼 끊어질 수도 끊어버릴 수도 없는 그 무엇이다.

꿈속에서까지 애정을 강요하는 어머니는 평소 현회의 '의식/전의식'을 지배하고 있다. 프로이드는 '잠재적인 꿈사고' 속엔 '무의식적인' 것이라곤 아무 것도 없다[18]고 말한다. 우리가 꾸는 꿈은 일상 언어나 구문으로 충분히 표현될 수 있는 아주 '정상적인' 사고일 뿐이다. 위상학적으로 본다면 그것은 '의식/전의식'의 체계에 속한다고 할 수 있다. 꿈을 꾼 주체는 보통 자신이 꾼 꿈의 내용을 충분히 의식하고 있으며, 그것이 무엇을 의미하는지도 꿰뚫고 있다. 그것은 평소에 우리의 의식을 지배하고 있는 생각으로 항상 '나'를 갈등 속으로 몰아넣는 주제이다. 따라서 꿈을 일상적인 용어로 표현, 그것을 분석하는 작업은 하나의 형식을 부여하는 작업-내용의 형상화인 것이다. 그렇다면

18) 슬라보예 지젝, 앞의 책, 35면.

현회의 꿈속에 등장하여 "몽둥이를 들고" 딸에게 애정을 확인·요구하는 모성으로 자리한 어머니는 그 자체로 비극적일 수밖에 없다.

> 점장이가 일러준 대로 준비를 다한 뒤 한실댁은 용란이를 오게 하였다. 동문 밖 동서에게 의논을 해보고 싶은 생각이 여러 번 들었으나 집안 일도 아니요, 자기 자신의 일인 만큼 민망스러웠다. 다 늙은 것이 오래도 살고 싶은가 보다, 그렇게 말할 동서는 아니었지만, 자격지심에서 그런 말이 생각나기도 했다. 먹는 것 입는 것으로부터 자기 자신에 관한 일이라면 공연히 주척거려지는 습관에서 온 소극성이다. 〈김약국의 딸들, 264면〉

남편의 무관심 속에서 한평생을 살아 온 한실댁의 사랑은 다섯 딸들에 대한 강한 집착으로 흐른다. 딸들의 행복에 대한 염원 속에서 한실댁의 자기희생은 적극적으로 이루어진다. "샘이 많고 만사가 칠칠하여 대가집 맏며느리가 될" 용숙, "영민하고 훤칠하여 뉘 집 아들자식과도 바꿀" 수 없는 용빈, "달나라 항아같이 어여쁘니 으레 남들이 다 시중들"며 "남편 사랑을 독차지" 할 용란, "손끝이 야물고, 말이 적고 심정이 고와서 없는 살림이라도 알뜰히 꾸며나갈" 살림꾼 용옥, "연한 배같이 상냥하고 귀염성스러워 어느 집 막내며느리가 되어 호강 할"(79면) 용혜, 이 다섯 딸들의 삶에 자신의 삶을 동일시하면서 한실댁의 자기희생은 무엇보다도 가치 있는 것이 된다.

섀리 엘 서러는 그 사회를 지배하고 있는 문화 속에서, "만약 자기희생이 무엇보다도 가치 있게 여겨진다면, 누구나 자기희생이 어떻게 집단적인 목표나 집단적인 환상이 되는지 이해하기 시작할 것"[19]이라 말한다. '모성'의 지배문화 속에서 요구되는 어머니의 희생에, 어머니들은 자신을 적극적으로 희생하고자 한다.

---

19) 섀리 엘 서러, 『어머니의 신화』, 박미경 역, 까치, 1995, 269-270면.

한실댁은 "그 많은 딸들을 하늘만 같이 생각"(79면)하고 사는 "자아 없는(egoless)"[20] 어머니이다. "자기 자신의 일"은 "집안 일도 아니"라 생각하는 한실댁에게서 우리는 가족 속에 매몰되어 버린 '타자로서의 한실댁'을 만날 수 있다. 자신의 일은 집안일도 아니라 표현함으로써 한실댁 스스로가 가족들과의 관계를 거부한 결과를 낳는다. "집안 일도"의 '~도'에는 '자기 비하'가 내포되어 있다. 따라서 그의 목숨은 김약국 가에 있어 하찮은 대상이 되어 버린다. 이처럼 자기 존엄성을 갖지 못한 한실댁은 자기를 내세우는 일에 '소극성'을 띨 수밖에 없다.

> 산에서 돌아오던 날 어머님 하며 기뻐서 어쩔 줄 모르며 달려온 치수를 뿌리친 그때부터 윤씨부인은 죽은 남편의 아내가 아니었던 것과 마찬가지로 그 남편의 아들인 치수의 어미도 아니었던 것이다. 그 의식의 심층에는 부정(不淨)의 여인이며 아내와 어미의 자격을 잃은 육체적인 낙인이 빚은 절망 이외의 것이 또 있었다. 핏덩어리를 낳아서 팽개치고 온 뼈저린 모성의 절망이었다. 전자의 경우 어미의 자격을 빼앗은 것이라면 후자의 경우는 스스로 어미의 권리를 버린 것인데 결국은 두 경우가 다 버렸다 함이 옳은 성싶다. 그러나 버림은 버림에 그치는 게 아니었다. 그것은 적악(積惡)이며 그 무게는 짊어져야 하는 짐이었다.〈土地, 1;359면〉

치수의 어머니 윤씨에 대한 기다림은 어머니와의 해후를 기약함으로 인해 희망일 수 있었다. 따라서 어머니가 돌아온다는 소식에 그는 자신의 소극적인 기다림의 행위를 "미친 듯이 마을길까지 쫓아가"(1;359면)는 적극성으로 변형시킨다. 그러나 그의 부름에 어머니는 대답하지 않는다. 대답 없음은 곧 호명에 대한 거부이며, 궁극적으로 명명되어진 실체에 대한 존재 거부의 몸짓이다. 따라서 이제까지 치수의 머리 속에 존재하던 자애로운 어머니는 존재하지 않는다. 호명에 거부

---

20) 새리 엘 서러, 앞의 책, 269면.

한 어머니는 치수에게 "백랍(白蠟)으로 빚은 사람"같고, 자식을 보고도 "한 발 뒤로 물러서며 도망갈 곳을"(1;359면) 찾는 어머니일 뿐이다.

어머니 윤씨의 '어머니 되기 거부'는 그러나 역설적이게도 어머니로서의 삶을 선택한 데에 기인한다. 윤씨부인은 "부정(不淨)의 여인이며 아내와 어미의 자격을 잃은 육체적인 낙인이 빚은 절망"과 "핏덩어리를 낳아서 팽개치고 온 뼈저린 모성의 절망"으로 어미의 자격을 거부할 수밖에 없었던 것이다. 두 아들—최치수, 김환—을 버림으로써 윤씨부인은 모성보다 더한 비정한 모성의 짐을 짊어진다. 그가 짊어진 짐은 "당이 꺼지게 무거운 것이었다." 그 짐을 양쪽 어깨에 걸머지고, 모성으로서도 존재할 수 없었고, 또한 모성으로밖에 존재할 수 없었던 "이십 년"이 넘는 세월을 모질게 지탱한 것이다.

여성이 거세된 모성의 비극, 오직 모성으로만 존재하기를 강요하는 사회에서 어머니들은 자신의 애정을 자식에게 쏟을 수밖에 없다. '자식의 소망에 대한 동일시'를 통해서만 자신의 존재를 확인할 수 있었던 어머니들은 끊임없이 자식에 대해 애정을 확인하려 든다. 자식에게 쏟은 애정의 보답이 확실할 때 그들의 자리가 공고해지기 때문이다. 그러나 그들의 자리를 공고히 하기 위한 모성의 선택은 자식들의 인생을 억압하게 되는 비극을 가져온다. 가드너는 근대 여성 소설에서 가장 못된 악역은 이기적이고 억압적인 남성이 아니라 이처럼 불합리를 인식하지 못하고 딸에게 불안을 가중시키며, 사랑을 확인하는 사디즘적인 성향의 나쁜 엄마에게 있다[21]고 보았다. 왜냐하면 딸의 성장은 어머니 동일시를 통해 이루어지기 때문이다. 그렇기에 어머니의 삶을 지켜본 딸은 자신 또한 그와 같은 어머니가 될지 모른다는 두려움에 떨게 된다는 것이다.

---

21) Judith K. Gardiner, *A wake for Mother*, Feminist Studies, 4 (June 1978), 145-165면.

그러나 가드너는 그 이면에 은폐된 지배 이데올로기를 간과한 듯 보인다. 현실의 불합리에 순응하는 어머니가 직접적으로 딸에게 악영향을 끼치는 것은 사실이다. 하지만 어머니의 삶이 왜 그랬는지에 대한 천착이 딸들에게 이루어진다면 은폐된 진실을 알 수 있게 된다. 어머니가 악역을 담당했지만 실질적인 억압자는 가부장제인 것이다. 딸들에게 두려움을 제공하는 사디즘적 성향의 '나쁜 모성'은 "가부장제의 산물"22)일 뿐이다. 지금까지 여성들은 '여성-모성'에게 가해진 가부장제의 억압과 폭력을 인식하지 못함으로써, '가부장제-억압자'에게 예속된 삶을 살았던 것이다.

2.2. 복종의 효 메커니즘

효의 본질은 자식의 부모 봉양이 외부의 강요가 아닌 자율적이며, 부모의 은혜에 보답하고자 하는 도덕성 발로의 차원에서 이루어지는 실천행위에서 찾을 수 있다. 부모에 대한 자식의 가장 숭고한 애정의 표현은 바로 효의 본질 속에서 구현된다.

그렇지만 박경리 소설 곳곳에서 우리는 부모에 대한 사랑의 발로로서의 효가 아닌 부모의 권리로 강요되는 효를 살필 수 있다. 자식들은 불효 죄인이 되어 고통 받고 신음한다.23) 부모의 은혜에 보답하지 못하고 있다는 '불효하다'는 말에 자식들은 '공포'를 체험하고 있다. 부모의 요구(demand)에 충실한 효를 실천하기 위해 자식은 늘 부모의 욕구(needs)에 동일시하면서 살아가야만 한다. 그로 인해 자식들은 자

---

22) 섀리 엘 서러, 앞의 책, 358면.
23) 이에 대해 작가는 스스로 그 불효의 죄인으로 살아야 했던 자신의 고통을 이야기하고 있다.- 어머니 말씀 중에 가장 무서운 것이 '불효하다'는 것이 있는데, 그 말 자체가 나에게는 공포에 가까웠어요. 예민하고 감성이 풍부한 나로서는 〈내 것을 지켜야 한다는 것, 나의 가치를 인정받아야 한다는 것과 어머니의 말과 행동을 수용해야 한다는, 이 양면성의 갈등이 너무나 컸어요.-崔禛周와의 대담에서. 崔禛周, "『土地』는 끝이 없는 이야기", ≪月刊京鄕≫, 경향신문사, 1987.8, 568면.

신의 '욕구'는 생각할 수 없게 된다. 필연적으로 자식들은 "내 것을 지켜야 한다는 것, 나의 가치를 인정받아야 한다는 것과 부모의 말과 행동을 수용해야"[24] 하는 사이에서 갈등할 수밖에 없다.

그렇다면 왜 부모는 자식을 불효의 죄인으로 만들어야 하는가? 여기에 바로 효의 메커니즘이 들어있다. 여성성을 억압당한 채 남편 가문의 영달만을 위해 일생을 바친 어머니들은 "에미 공"을 내세워 자식으로부터 그 보상을 받기 원한다. 실질적인 가장 역할을 담당하며 자식들을 길러내야 했던 어머니들은 오직 자식을 통해서만 그들의 인생을 보상받을 수 있었기 때문이다. 따라서 부모의 은혜에 보답해야 한다는 '효'의 강요는 부모(어머니)의 희생에 대한 당연한 권리로 인식된다.

자식들에게 '불효'의 낙인은 바로 '도덕·인격'의 결여를 의미하며, 그들은 사회적 감시의 대상이 되어버린다. 따라서 그들은 '불효'의 죄인이 되지 않기 위해 복종의 효 메커니즘에 자발적으로 충성하게 된다. 부모들은 자식들에게 '불효'의 낙인을 찍음으로써 늘 자식들이 그들에게 복종하도록 할 수 있었던 것이다.

초기 단편 속의 어머니들은 딸들에게 애정−애정은 곧 '효'의 다른 이름이라고 할 수 있는데−을 강요한다. 여기서 우리는 부모 세대와 자녀 세대의 효 관념의 차이에 주목해야 한다. 어머니 세대가 그들의 어머니 세대에 대해 '경건한 의무의 관념' 속에서 효를 행했다면, 딸들에게 효는 경건한 의무가 되지 못한다. 자식에게 '효'를 강요하는 어머니는 주체적 자아로 거듭나고자 하는 딸들의 성장을 방해하는 '울분'의 소치일 뿐이다.

> "생활비고 집이고 무슨 소용인고, 자식에게 쫓겨난 년이. 내사 길거리에 거꾸러 죽든 자식 있다 소리 안할란다. 남편 덕 못본 년이 자식

---

24) 崔澋周, 앞의 글, 568면.

덕을 바래? 에미 쫓아내고 니 신세가 미끈하겠다."
  하며 옷보따리를 싸시는 거예요. 그 말들은 저를 미치게 했습니다. 저는 그 무서운 무기에 눌리어 어머니를 잡았을 뿐만 아니라 다시 그 말을 꺼내지 않았습니다. ─중략─ 그래서 저는 불효자식이 되었고 그 불효자식이라는 의식의 노예가 되었습니다. 어머니는 언제나 너거 집에 와서 구박받는다고 했습니다. 도대체 내 집은 어디 있습니까?〈시장과 전장, 116면〉

'남편 덕'을 못 본 어머니가 '자식 덕'에 부여하는 의미는 이중의 억압으로 자식들에게 작용한다. 가족 내 실질 가장의 삶을 살아온 어머니들이 자식들에게 바라는 '효'는 단순히 "생활비"나 얻어 쓰는 것이 아닌 자식 세대가 꾸린 가족 내에서 '가부장'으로 기능하는 것이다. 그들은 딸들이 자신들을 가부장으로 인식하기를 바라며, 만약 그것이 받아들여지지 않을 때는 "자식에게 쫓겨난 년"이라는 극단적인 자기 비하를 통해서 자식을 죄인으로 만들어 버린다. 또한 "에미 쫓아내고 니 신세가 미끈하겠다"는 독설을 통해 인간의 도리를 저버린 천벌 받을 자식이라는 화인까지 찍어버린다.

역설적이게도 어머니는 자식에게 대접받는 존재가 아닌 언제나 자신을 '구박받는' 존재로 만듦으로써 가정 내 확고한 가부장의 권위를 유지하고자 했다. 이는 남편과의 관계 단절로 자신의 자궁 가족 속에서만 자기의 존재를 확인할 수밖에 없었던 어머니의 자기 존재성 확인의 양상으로 볼 수 있다. 따라서 자식들은 "불효자식이 되었고 그 불효자식이라는 의식의 노예"가 됨으로써 어머니를 만족시킬 수 있었던 것이다.

지영이 "불효하다는 자의식"(116면)에 괴로워하고 있다는 점은 상당히 중요하다. 지금껏 지영이 '불효'의 자의식 속에서 어머니에게 부채진 심정으로 살아왔다는 것을 뜻하기 때문이다. "불효하다"는 말에는 자식의 도리를 제대로 수행하지 않은 "죄인"이라는 의미가 포함되어

있다. 불효의 죄인인 지영은 평생 '효'를 행하며, 자신의 죄를 닦아야
한다. 따라서 지영의 삶은 어머니에게 귀속될 수밖에 없다.

어머니가 지영이에게 원하는 것은 '집이나 생활비'가 아닌 "불효자
식이라는 의식의 노예"(116면)가 되어주는 것이었다. 그래야만 지영의
가족 안에서 어머니의 생활을 설계할 수 있기 때문이다. 그것은 평생
지영의 인생을 쥐고, 지영의 주인으로 행세하는 것을 말한다. 노예는
사고할 수 없다. 노예의 사고는 곧 반란을 의미하기 때문이다. 지영
이 "불효자식이라는 의식의 노예"로 있는 한 그의 집은 존재하지 않는
다. "어머니는 언제나 너거 집에 와서 구박받는다고 했읍니다. 도대체
내 집은 어디 있읍니까?"(116면)라는 지영의 절규에서 "너거 집"은 지
영의 집이 될 수 없었으며, 어머니의 집이었을 뿐이다.

> "하나라고 오냐오냐 길렀더니 하나 자석 소자 없다, 그 말이 맞는기
> 라. 옆집 죽장수할매는 무신 대복을 타고났는고. 어저께도 아들이 새
> 경을 받아서 어매한테 갖다주고, 내사 참말이제 부럽더라. 이놈아! 듣
> 나 안 듣나! 그 머심애 나이 몇인지 알기나 아나? 열여섯 살이다, 열여
> 섯! 일본 사람 오복점에 심부름하시로 거 일본 사람 버선도 가져오고,
> 니 나이 몇꼬? 열아홉이다, 열아홉이라! 그 좋은 일자리 누구나가 구하
> 나? 나가믄은 월급이 이십 원인데 와 안 갈라 카노! 안 갈라 카믄 내일
> 부텀은 밥을 묵지 말든지 무신 염체로 아가리에 밥 처넣을 기고!"
> 나가라는 일자리는 요릿집에서 회계 보는 곳이었다.〈土地, 7;80면〉

열여섯 먹은 아이가 벌어다 주는 "새경"이 '효'이며, 새경을 받아오
는 머슴을 둔 죽장수할매는 "대복"을 받은 부러운 대상이 된다. 열아
홉의 다 큰 아들을 요릿집에 나가 돈을 벌지 않는다고 '불효자'로 만
드는 임이네에게 홍이는 인간적 모멸을 느낀다. "하나라고 오냐오냐
길렀"다는 염치없는 임이네의 말은 부모의 권리만을 내세운 담론이
다. 임이네에게는 자식에게 보이는 최소한의 모성도 존재하지 않는

다. 그런 임이네에게 아들 홍이는 자신의 '돈'을 불려줄 재산 증식의 대상일 뿐이다. 물적 속성을 가진 '돈'에 대한 집착은 자식마저도 수단화하는 지경에 이른다.

임이네에게 '돈'을 가져다주지 못하는 홍이는 "아가리에 밥 처넣을" 자격도 "염체"도 없는 쓸모없는 인간이다. 임이네에게 있어 '돈'을 버는 수단은 중요하지가 않다. 단지 "월급이 이십 원"이라는 점이 중요하며, 그 일이 자식의 성장에 미칠 영향은 중요하지 않은 것이다. 모성이 상실된 공간에서 홍이에게 강요되는 효는 자식을 "천하의 몹쓸 놈" "불효 막심한 놈"(7;81면)으로 만든다.

물질의 노예가 되어 모성을 상실했음에도 '소자(효자)'이기를 강요하는 어머니가 싫어서 홍이는 가출을 결행한다. 홍이의 가출은 어머니로부터 벗어나기 위한 몸부림이다. 그러나 스스로가 어머니를 거부했다는 죄책감, 거부당한 자가 생모이기에 "가해의식은 어미와 멀리 떠나 있을 때 홍이를 더욱 괴롭혔다."(8;12면) 그것은 장이를 짓밟고 느낀 죄의식과는 전혀 다른 차원이다. 장이에 대한 죄의식이 한 여인의 정조를 짓밟았다는 인륜을 범한 것에 기인한다면, 어머니에 대한 죄의식은 생모를 거부하고 짓밟았다는 천륜을 저버린 행위에 닿아있기에 더욱 홍이를 괴롭힌다.

또한 『土地』에는 죽은 어머니에게까지 '효'를 실천하기 위해 생을 거는 인물이 등장한다. 한복이가 "샐인 죄인 자식"이라는 징표를 감내하면서도 평사리로 돌아올 수밖에 없었던 이유는 바로 죽은 어머니에 대한 효의 실천 행위에서 찾을 수 있다. 한복은 형 거복이처럼 자신의 "근본을 모르는 타관"(3;112면)에 가서 살 수도 있건만 주위의 시선과 질타를 묵묵히 견디는 삶을 택한다. "불쌍한 어머니 영신을 혼자 버려두고 떠날 수 없다"(3;112면)는 사고에서 헤어날 수 없는 한복은 평생을 '샐인 죄인 김평산의 아들'로 평사리에서 숨죽이며 살아간다.

한복은 자신의 삶을 "욕스러운 전사(前事)"-아버지의 살인을 지우는 것에 바친다. 늘 자신을 낮추고, 스스로를 죄인으로 만들면서 "어머님 말심대로 착하고 어진 사람"이 되어 "남의 입정에 안 오르"(3;113면)기 위해 최선을 다한다. 그것만이 "지하에 잠든 어머니의 멍든 자궁심을 치유하는 방법"(7;287면)이라고 믿기 때문이다. 그는 '아버지의 이름'이 아닌 '어머니의 이름'에 작동하는 "주체의 타자화"에 동일시를 꾀하고 있다.

> '나는 회초리로 아이를 때리는 어미를 보면 부러운 생각이 듭니다. 안 맞아보았다는 얘기는 아니고…… 내 평생은 항상 무서움에 쫓겨다녔던 것만 같습니다. 철들면서, 내 잘못은 매질보다 어머니가 목을 매는 일이었지요.'
> 홍가는 몸서리치듯 몸을 흔들었다.
> -중략-
> '만사가, 마, 만사가 그, 그렇게 돼나갑니다. 부끄럽고 창피하고, 어릴 적부터, 큰 죄도 안 졌는데 문고리를 잠근 빈방에서 치마끈으로 목을 매어 파아랗게 죽어가는 얼굴, 울부짖는 소리에 이웃들이 모여들어 에미 애 좀 고만 먹여라 하던 아낙들의 음성, 떠다준 찬물 한 대접을 마시고 후유 하고 숨을 내쉬던 어머니의 얼굴, 내 또래들은 매를 맞으면 남들이 철없는 것을 그만 때려라, 그게 얼마나 부러웠는지, 평생 등바닥에 들러붙은 전복같이 어머니가 목을 매거나 양잿물을 마시면 어쩌나, 남이 나를 불효자식이라 한다, 길 가다가도 머릿속에 불이 붙는 것만 같았어요. 그 두 가지는 참으로 튼튼한 어머니와 아들 사이의 밧줄이었소. -하략- '〈土地, 7;427면〉

위의 긴 인용문은 〈반딧불〉, 『漂流島』, 『土地』에서 반복적으로 등장하는 서술이다. 어머니들은 치마끈으로 목을 졸라매는 극도의 불안을 야기하는 상황을 재현함으로써 죄 많은 자식들을 만들어낸다. 어머니 목을 졸라맸던 치마끈은 실상은 자식을 '불효'의 죄인으로 옭아매기 위한 도구였던 것이다. "남편 덕도 못본 내가 무슨 자식 덕을 보겠느냐, 이런 박복한 내가 살아 무엇하겠느냐, 죽어 마땅하다, 하며 치마끈으로 매는 시늉"(漂流島, 280면)을 하며 유년의 불안을 가중시 켰던 어머니는 "평생 등바닥에 들러붙은 전복같이" '효'를 강요하며 자 식의 삶을 옭아맨다. 실상 치마끈으로 묶은 것은 그들의 목이 아니라 바로 자식의 삶이었던 것이다.

자식들의 '애원'과 '울부짖음' 속에서 사랑의 승리를 확인해야 했던 그들의 사디즘적 행위는 늘 자식들에게 죄인이라는 强迫觀念을 심어 주고 있다. 이 강박적 의식이야말로 '어머니와 딸-아들' 사이를 잡아 매는 튼튼한 밧줄이 된다. 특히 불구의 몸이 되어 부모에게 버림받은 조병수의 "부친에 대한 연민"이 "혈육에 대한 그런 아픔"(土地, 13;224 면)에서라기보다는 '불효'라는 말이 가진 힘, "불효라는 말"이 가진 "악 몽과도 같은 것"(土地, 13:224면)에 기인하고 있음을 살필 때, 맹목의 복종을 요구하는 효 메커니즘이 자식들의 삶을 어느 정도로 피폐하게 만들었는지를 알 수 있다.

> "하기야 뭐 딸을 청루에 팔아먹은 애비도 있긴 하지요. 그런 인종들 은 저주를 받고 이 세상에 태어났을 겁니다."
> "가난이 죄라 했다."
> "효행이 부모의 권리가 된 데 문제가 있는 거지요. 권리 말입니다. 심청전(沈淸傳)을 이 땅에서 영원히 추방하고 말살해야 합니다. 가장 추악한 에고이즘, 에고이즘의 극치 아닙니까."⟨土地, 13;473면⟩

아버지의 술값을 대기 위해 혹은 남은 가족의 생계를 위해 딸은 술 집에 팔리는 신세가 된다. 그러나 자식을 사고 팔 수 있는 물건으로 취급하는 아버지의 폭력은 '효'라는 이름으로 은폐되고 면죄 받는다. 자신의 몸까지 팔아가면서 '효'를 행하는 자식에게 그들은 죄의식도 느끼지 않는다. 몸을 준 부모이기에 그 부모를 위해 몸을 바치는 것은 지극히 당연하며, 거룩한 효의 실천이라고 보기 때문이다. 자식의 삶은 오로지 부모의 은혜에 감사하기 위한 삶일 뿐이다.

자식의 육체까지도 파는 효의 극단은 더 나아가 목숨을 사고 파는 행위로까지 확대된다. 인간의 생사는 자연의 순리에 따라야 그 생을 다하는 것이지 인위적 매매의 대상이 아니다. 그 생명을 준 부모일지라도 자식의 생명은 그 어떤 상황에서도 함부로 할 수 없는 것이다. 따라서 부모나 여타 가족의 생존을 위해 딸의 목숨을 파는 행위는 '효' 이데올로기에 은폐된 위악성의 극치일 뿐이다.

우리는 고전 소설 『심청전』을 '절대 효'의 표상으로 여겨 왔다. 다시 말해 지금까지 우리는 '효'의 관점에서만 『심청전』 읽기를 강요당했다 해도 과언이 아닐 것이다. 그러나 '효'의 이념 아래 아버지의 눈뜸과 딸의 목숨을 맞바꾼 행위에 대해 우리는 어떻게 바라봐야 하는가. 물론 효의 관념을 심어주기 위한 수단으로서의 『심청전』 읽기에 수동적으로 동조하는 독자라면 할 말은 없다. 그러나 심청의 죽음 안에 내재되어 있는 당대 이데올로기를 파악하지 못하고, 심청의 죽음을 미화해버리는 수준에서 읽기를 멈춘다면 주체적 독자의 독법이라 할 수 없다. 만약 임당수에 빠진 심청이 다시 물위로 떠오르지 않았다면 어찌될 것인가. '효'만을 주제로 보는 시각은 심청의 행위 자체에 초점을 맞춘 독해이다. 자신의 목숨을 바쳐 '아버지 세우기'를 감행한 심청의 행위를 효로 미화하기에는 유교 이념이 뿌리깊이 자리한 가부장적 이데올로기의 끔찍함을 간과한 것이다.

효란 부모에 대해 자식이 바칠 수 있는 가장 순수하며 지고지순한 사랑의 표현이다. 사랑의 감정은 강요에 의해 생기는 것이 아니다. 일평생 자식들을 위해 살아온 부모의 은혜에 대해 자발적인 감정의 발로 속에서 드러나는 것이 바로 자식의 부모에 대한 사랑, '효'이다. 그러나 "효행이 부모의 권리"가 된 상황에서 강요되는 효는 "가장 추악한 에고이즘, 에고이즘의 극치"일 뿐이다. 부모의 권리로 강요되는 '효' 이데올로기 속에서 자식들은 '불효자'라는 의식의 노예로 평생을 죄의식에 갇혀 살아야 한다.

다시 읽는 『심청전』의 독법은 딸의 목숨을 팔아서까지 '눈뜨기'를 욕망한 아버지를 어떻게 볼 것인가에 맞춰져야 할 것이다. 여기에는 '효'라는 말에 은폐된 가부장적 가장의 권위에 내재된 엄청난 폭력이 자리하고 있음을 인식해야 한다. 가부장제 이데올로기 아래의 가족 구성원은 가부장의 권위에 복속되고, 그 권위를 높이기 위해 희생해야 하는, 하나의 가부장제 유지를 위한 도구적 삶을 강요받았다.

효는 얽맴이나 얽매임이어서는 안 된다. 거기에는 자식과 부모 사이의 인간적인 사랑이 전제되어야 한다. 사랑이 전제된 곳에는 문제에 대한 "극복"이 가능하지만 "사랑이 없는 곳엔" "탐욕"만이 있을 뿐이다. 작가는 근대 전환기 가(家) 윤리의 해체를 그리면서, 새로운 횡적 관계의 형성에서 전제되어야 하는 것이 바로 사랑임을 분명히 보여주고 있으며, 이것이 바로 작가가 지향하고 있는 인간윤리의 요체[25]임을 역설하고 있는 것이다.

3. 가부장제 유지를 위한 비극적 결혼

가부장제를 형성하고 유지시켜 나가는 메커니즘을 살펴보면, 그것은 개별적 가족의 수준에서는 형성될 수 없다는 점이다. 가부장제가 단순히 개개 가족이 취하는 존재 형태가 아닌 사회·문화적 차원의 견고한 지지에 바탕을 두고 있기 때문이다. 그렇다면 원초적 가족의 형성 저변에 자리 잡은 은폐된 차별은 어디에서 기인하는 것일까. 이

---

25) 이상진(2003), 앞의 논문, 340면.

에 대한 탐색은 바로 끊임없이 양산되는 성적 불균형과 계층적 지배
구조를 낳고 있는 가족 문제의 핵심을 파헤치는 의미 있는 작업이 될
것이다.

가족 이데올로기의 형태가 가부장제적 양상을 띠고 있는 상황에서,
결혼을 통한 (새로운) 가족의 탄생은 기존 이데올로기를 더욱 공고히
하고, 유지시킬 수 있는 가장 강력한 힘의 원천이다. 즉 결혼은 가족
이데올로기에 봉사할 새로운 가족을 양산해내고, 재편성하는데 있어
서 가장 본질적인 요소라 할 수 있다. 따라서 '사회적 규범을 충실히
완수하고 있는 결혼 제도'를 통해 탄생한 (새로운) 가족에 괄호치기를
할 수밖에 없다. 기존의 결혼 체제가 남성에 대한 여성의 복종을 의
미하는 불평등한 계약이었음에 주목한다면, 결혼은 가부장적 가족 질
서 유지에 필수적인 여성의 복종을 확립한다. 더 나아가 자식의 탄생
은 (새로운) 기존 질서의 계승이라는 차원에서 지속성을 내포한다고
할 수 있다. 이에 린 헌트는 권위와 복종으로 표현되는 기본적인 계
층 양상의 형성을 보이는 가족이 모든 "정부의 원형"26)이라고 말한다.
그러므로 결혼은 개별적인 존재인 타인들을 결속시키는 하나의 제도
로서 "가족 서사의 기원"을 이룬다고 볼 수 있다.

따라서 가족 서사의 기원을 이루는 결혼이 어떤 형태로 이루어지고
있으며, 어떻게 도구화되고 있는지를 살피는 것은 한국사회의 가족
이데올로기 성격을 파악하는데 중요한 작업이 될 것이다. 이 장에서
는 가부장제 유지를 위해 행해지는 '거래'로서의 결혼과 결혼 서약 속
에 내포된 성적 불평등으로 남편에게 예속된 삶을 살아가는 여성들의
비극, 그 속에서 점점 무능화되는 여성들의 삶을 살펴보고자 한다.

---

26) 린 헌트, 앞의 책, 225에서 재인용.

3.1. '거래'로 이루어진 결혼

전통적 가부장제 사회에서 결혼은 가족의 계승·발전을 위한 중요한 수단인 제도적 결혼[27]의 성격을 띤다. 따라서 배우자 선택권은 결혼 당사자가 아닌 가부장에게 있었다. 결혼이 가문의 지위보존과 가계혈통의 계승, 경제적 노동력 확보를 위한 자녀 출산 등 '가족의 이해관계'와 결부[28]되어 있으므로 결혼 당사자의 사랑은 중요한 요소가 될 수 없었다. 또한 부부간의 성(性)도 당연히 사랑보다는 자손의 출산과 관련해서만 의미가 있게 된다. 따라서 가부장제 이데올로기 하의 사회 제도 안에서 어떤 부부도 "가부장적인 혼인관계"[29]를 완전히 벗어날 수 없다.

폐쇄적인 신분질서 체제 하에서 혼인은 가문과 가문의 결합으로 인식되었다. 이런 상황에서 혼전 남녀의 사랑은 용납할 수 없는 것이며, 결혼은 사랑과 무관한 것이 된다. 기존 가족 이데올로기 재생산의 측면에서 볼 때, 이성 간의 사랑은 가문의 지위뿐 아니라 전체 사회의 신분질서를 위협하는 것으로 규정된다.

> 조혼한 아내는 영원한 타인일 것 같았고 그리움보다 미움을 더 강하게 품게 된 최서희는 먼 곳에, 날이 갈수록 더욱 멀어져만 가는 여자다. 기화의 경우는 연민과 편안한 잠, 잠시나마 쉴 수 있는 가슴, 방황을 하는 공통점, 그런 것으로 하여 기약도 없는 만남을 지속해왔지만 그것이나마 사내 자존심 때문에 괴로운 관계가 아닌가. 상현은 아내가 영원한 타인인 한에서는 자신도 영원히 남편이란 위치에서 부초(浮草) 일밖에 없다는 생각을 한다. 절대로 이혼은 못하기 때문에.〈土地, 7;397면〉

---

27) 홍옥화, 「가족형성과정의 변화」, 『한국가족문화의 오늘과 내일』, 여성한국사회연구회 편, 사회문화연구소출판부, 1995, 60면.
28) 김모란, 「성, 사랑, 혼인」, 『가족과 한국사회』, 여성한국사회연구소 편, 經文社, 2002, 115면.
29) 캐럴 페이트만, 앞의 책, 37면.

이상현의 결혼은 집안과 집안 사이에 이루어진 정략결혼 형태이다. 또한 '조혼'이라는 말에서도 알 수 있듯이 상현이 코흘리개 적에 양가 어른들이 맺어준 관계로, 둘 사이에는 부부가 가져야 할 최소한의 감정 교류도 없다. 그런 점에서 그들 부부는 "영원한 타인"일 뿐이다. 상현이 사랑한 여인은 최서희였다. 그가 조준구에게 모든 것을 빼앗기고 간도로 탈출하는 최서희를 따라나섰던 것도 아버지 이동진이 그곳에 있기 때문이라기보다는 서희에 대한 사랑의 발로에서다. 한창 피어나는 최서희에게 막 성(性)에 눈 뜨기 시작한 상현의 마음이 움직인 것은 자연스러운 감정의 흐름이었을 것이다. 그러나 서로가 서로의 마음을 알면서도 이미 결혼한 상현으로서는 이룰 수 없는 사랑이다. '타인'과 '부초'의 부부가 꾸린 가정은 형식상의 의미만 있을 뿐 상현에게 어떤 미련도 연민도 없는 곳이다. 그러나 그들 부부는 반가의 법도에 서로 묶여 "절대로 이혼"도 못하는 관계에 있다. 이처럼 이상현과 부인 박씨의 비극은 둘의 감정이 배제되고 가부장에게 모든 결정권이 부여된 정략결혼에서 비롯되었다.

이상현의 결혼과는 성격이 다르지만 조용하와 임명희에게서 우리는 "질투와 정략결혼의 비극"30)을 볼 수 있다. 동생이 좋아하는 여자를 취하기 위해 조용하는 막대한 위자료를 지불하고 과감하게 이혼을 결행한다. 신분제가 여전히 남아 있는 사회에서 그는 귀족의 신분에도 아랑곳하지 않고 일개 역관의 딸인 임명희와의 재혼을 감행한다. 그렇다고 명희에 대해 애틋한 사랑의 감정을 갖고 있는 것도 아니다. 동생 찬하에 대한 일종의 질투심과 일개 역관의 딸로서 전혀 귀족인 자신을 경외하지 않는 명희에 대한 호기심으로 결행한 결혼이다. 그러나 조용하의 일방적인 강압만으로 이루어진 결혼은 아니다. 거래란

---

30) 한승옥 외, 『현대작가 작품론』, 집문당, 1998, 274면.

어느 한 쪽의 일방적인 의지로 이루어지지 않는다. 조용하에게 명희는 "취할 가치"(8;448면)의 희소성으로, 명희에게 조용하는 권력과 부를 안겨줄 대상이기에 이 둘의 결혼은 정략적 합의에 의한 결과물이다. 따라서 외적 조건의 결합으로 맺어진 부부는 '박제된 학'처럼 공허한 부부 생활을 영위하게 된다.

> 여자는 남자가 의사라는 점에서, 남자는 여자가 고등 교육을 받았다는 점에서 흔히 밟는 경로를 통해 이루어진 결혼이었다. 부정한 여자, 정부와 함께 달아난 여자, 그것도 집을 드나들던 박의사의 후배와 함께. 배신감은 터럭만큼도 일지 않았다. 어떤 형태로든 헤어질 것을 예감하며 지속한 결혼 생활이었으니까.〈土地, 8;190면〉

> 박의사가 서희를 단념하기 위하여 최후의 수단으로 결혼을 한 것은 서희를 눈앞에 두고 이루지 못할 사랑을 번민한 불행보다 더 큰 불행을 그에게 가져다주었다. 결혼과 가정, 그것은 결혼이 아니었다. 가정도 아니었다. 전투장이었고 살벌한 벌판이었다. 사람으로서 지켜야 할 마지막의 것까지 내버려야 했던 일종의 지옥이었다. 물론 여자가 나빴고 저속했으며 아귀와도 같이 물질을 탐했지만 박의사는 그것을 방치했다. 애당초 골라서 잡은 여자가 아니었고 그는 다만 형식만을 통과하자는 무책임이었던 것이다. 어쩌면 박의사의 자살은 이미 예견된 것이었는지 모른다.〈土地, 13;254면〉

위의 인용문은 박의사의 결혼에 대해 서술한 것이다. 박의사의 첫 번째 결혼은 누구나가 "흔히 밟는 경로를 통해"서다. 그 '경로'에는 인간적인 애정이나 신뢰와 같은 것은 없다. 오로지 "여자는 남자가 의사라는 점", "남자는 여자가 고등 교육을 받았다"는 외적 조건만이 존재하는 '거래'의 성격을 띠고 있다. 이때 거래 조건은 '의사'라는 직업, 즉 경제적 부와 '고등 교육'이라는 지식, 즉 남자의 위치에 걸맞은 지식을 소유한 신여성이라는 외적 요소가 결혼의 필요조건이 된다. 그것은 당시 '흔히' 관습적으로 이루어진 결혼의 한 양태였던 것이다.

박의사와 익란의 결혼은 '평범한' '흔한' 거래로 이루어진 것이었지만 그 결말은 결코 평범하거나 흔한 것이 아니었다. 이혼을 생각하는 박의사의 마음을 알고 박의사의 후배와 달아나 보복을 행하는, 그래서 박의사에게 엄청난 불명예와 불쾌감을 안기게 된다. '흔한' 거래로 맺어진 부부는 '부정한 여자'와 '내소박' 당한 남자로 세간(世間)의 비웃음거리가 된다.

박의사의 첫 번째 결혼이 '흔히 밟는' 외적 '경로'를 통한 것이었다면, 두 번째는 "서희를 단념하기 위하여 최후의 수단으로" 한 것이었다. 서희를 사랑하면서도 서희와 맺어질 수 없는, "이루지 못할 사랑"의 번민으로 하게 된 결혼은 더 큰 불행을 예고한다. 결혼이라는 형식의 외투만을 빌려온 결혼은 "결혼이 아니었다. 가정도 아니었다." 그것은 서희로부터 도망치고자 한 자기 자신의 '의식의 감옥'이며, "전투장이었고 살벌한 벌판"이었을 뿐이다. "사람으로서 지켜야 할 마지막의 것까지 내버려야 했던 일종의 지옥이었다." '경로'를 통해 골라잡은 익란의 경우는 그에게 불명예의 불쾌감을 안겨주는 정도였지만, "다만 형식만을 통과하자는 무책임"에서 행한 결혼은 그를 자살로 몰고 갔다. '한 여자의 남편이라는 의무'의 틀 속에 자신을 위치 지움으로써 서희에게 향하는 애정을 끊기 위해 선택한 박의사의 자기 방어적 결혼은 곧 자기 훼손으로 이어진 것이다.

박의사의 두 번째 결혼 생활은 용이와 월선, 임이네의 결혼 생활과 아주 유사하다. '서희-박의사-여자(아내)'의 관계는 '월선-용이-임이네'의 결합과 동일 선상에서 이해할 수 있다. 잘못된 결합으로 박의사가 비극을 겪었다면, 용이 또한 임이네와의 생활에서 지옥을 경험하고 있다. 두 경우의 차이라면 서희의 내적 의지로 박의사와 서희의 결합이 좌절된다면, 용이와 월선의 결합은 월선의 신분(무당의 딸)과 불모성에 기인하고 있다는 점이다.

> "-(전략) 천분만분 더 생각해봤제. 다 버리고 다아 버리뿌리고 니하
> 구만 살 수 있는 곳으로 도망가자고. 안 될 일이지, 안 될 일이라. 이
> 산천을 버리고 난 못 간다. 내 눈이 멀고 내 사지가 찢기도 자식 된 도
> 리, 사람의 도리는 우짤 수 없네."〈土地, 1;176면〉

 다음으로 '용이-강청댁-월선이'의 삼각 관계에서 용이와 월선의
애정 장애는 부모의 삼 년 상을 같이 치른 여자를 내칠 수 없다는 유
교적 덕목에 있다. 월선과의 단란한 가정을 꿈꾸는 용이의 욕망은 유
교적 명분론에 억압당한다. 혼사는 집안과 집안 사이의 관계 맺음이
라는 관습적 규범에 용이는 무당의 딸 월선이와 혼사장애를 겪는다.
용이의 일차적인 욕망 좌절이 부모에게 복종해야 한다는 규범 때문이
라면, 부모님 사후에는 자신의 사랑을 억압했던 규범을 내면화함으로
써 자기 삶을 비극으로 몰고 간다.

> 결국 인호는 시집을 갔다. 그러나 인편에 들려오는 말에 의할 것 같
> 으면 제금 내어준다는 것은 빈말이었다. 신랑된 위인도 불출인 데다
> 매형 가게의 일꾼에 불과했으며 인호 역시 바쁜 집안의 일손을 채우기
> 위해 데려갔을 뿐, 초혼도 아니었다는 것이다. 시누이가 혹사하고 학
> 대하여 견디지 못하고 여자가 달아났다는 얘기였다. 한복이 내외는 속
> 았다는 말도 입 밖에 내지 못하였다. 그쪽의 험이 아무리 큰들 살인 죄
> 인의 손녀요, 거렁뱅이의 딸이고 보면 입 벌리고 말하기도 민망하였던
> 것이다. 이미 쏟아져버린 물, 다시 주워담을 수도 없거니와 주워담은
> 들 별 뾰족한 수도 없는 터에 그런 처지나마 끝까지 살아주어 일부종
> 사, 팔자치레나 해주었으면, 바라는 것 외 달리 도리가 없는 일이었
> 다.〈土地, 12;81면〉

 가부장인 한복의 결정으로 이루어진 인호의 결혼은 가족의 '전사
(前史)'와 타협한 결혼이다. 인호 가족의 전사와 '불출' '일꾼'인 신랑의
존재는 서로 거래의 적당한 조건이 된다. 가부장의 결정으로 이루어
진 결혼에서 한 인간으로서 인호의 인격은 존중받지 못한다. 인호는

한복이가 그랬듯 아버지 어머니의 전사(前歷)-살인 죄인의 아들, 거
렁뱅이의 딸-를 지우기 위한 하나의 희생양일 뿐이다. '불출'인 남편
밑에서 "바쁜 집안의 일손을 채우기" 위한 일꾼으로 전락한 인호는 혹
사와 학대를 견뎌야 했다. 인호에게 가해진 억압과 폭력은 "살인 죄인
의 손녀요, 거렁뱅이의 딸"이 해야 할 "팔자치레"인 것이다.

> 용란의 혼인은 뜻하지 않게 빨리 진척되었다. 최씨네 집에서 금년
> 내로 혼사를 하자고 서두르는 바람에 섣달 스무사흗날로 날을 받았다.
> 이쪽에서도 용란을 빨리 처분하기를 원했으므로 의좋게 일은 된 셈이
> 다. 혼삿말이 일이 년씩 끄는 데 비하면 그야말로 전광석화식이다.〈김
> 약국의 딸들, 118면〉

한돌과의 사랑을 꿈꾸는 용란은 신분의 제약으로 좌절을 경험한다.
김약국 집안의 머슴과 같은 존재인 한돌과 용란의 결합은 아버지 김
약국에 의해 무참히 짓밟힌다. 원초적이며 본능적인 성격을 띠고 있
는 그들의 사랑은 사회적 규범 안에서 용납될 수 없다. "원시인의 상
태"(108면)에 있는 용란은 규범 사회에서 질타와 매도의 대상이 된다.
  조선조의 정조관에서 볼 때, 여성의 정조 훼손은 곧 결여를 의미한
다.31) 혼전에 뭇 사내 한돌이와 '정사-관계'를 가짐으로써 정조를 훼
손한 용란은 '훼손된 용란, 결여의 용란'으로 지칭된다. 용란은 김약국
家에 치명적인 오점, 오욕을 안긴 존재일 뿐이다.
  정절을 훼손한 용란은 "빨리 처분"해야 할 하나의 오물 덩어리, "잡
탕"이다. 이때 정조는 여성의 값어치를 표상하는 하나의 기표이다.
"여자라는 것은 인물보다 정조를 지켜야만 비싸게 값이 나"(121면)간
다는 용숙의 말에서도 알 수 있듯이 여성에게 가장 중요한 것은 '정

---

31) 『哀歌』의 진수는 전쟁 중에 정조를 유린당하고 평생을 죄인으로 살아간다. 이처럼 자
의건 타의건 여성에게 정조 훼손은 그의 인생을 좌우하게 되는 엄청난 사건이다.

조' 관념이다. 정조를 훼손한 용란에게 "성적 불구자"며, "아편중독자"(136면)인 연학은 뜻밖의 횡재와 같은 인물이다. 육체적·정신적 불구자인 연학과 정조가 훼손된 용란의 결혼은 결합이 아닌 양쪽 집안의 "의좋은" "야합"의 상징이다.

『나비와 엉겅퀴』의 정양구에게 아내는 단지 "생활의 질서 유지"(122면)에 필요한 존재이다. 그의 결혼 생활에 아내에 대한 애정의 유무는 별로 중요한 문제가 아니다. 또한 불륜 관계에 있는 남미와의 애정에도 그는 크게 무게를 두지 않는다. 그에게 있어 정신은 삶의 전부가 아니기 때문이다. 그것은 일부분이요, 어쩌면 물질이나 자신이 추구하는 권력욕, 명예욕에 비해 보잘것없는 것일 수도 있다. 그렇기에 우리는 정양구가 아내 은애의 정신 발작에 병간호를 자처하는 이유에 주목하지 않을 수 없다. 아내를 버렸다는 자책감에 빠지지 않기 위해서라는 자의식에서도 알 수 있듯이, 그가 은애에게 보이는 세심한 배려와 관심은 자신의 삶의 질서 유지 측면이 강하기 때문이다. 비록 아내를 생활 질서 유지의 수단으로 생각하더라도 더 나은 수단을 찾기 위해 아내를 버릴 정도로 비정한 인물은 아니기 때문에 그의 행동은 애정의 측면에서가 아닌 자신을 지키기 위한 한 방편으로 충분히 이해 가능하다.

> 연순은 신병 핑계를 대고 남편을 멀리하였다. 그리고 옥화에게 가기를 은근히 책동하였다. 그러나 택진이가, 옥화집에 다시 드나들게 된 것은 옥화에게 끊지 못할 애정을 느껴서가 아니요, 옥화의 신세를 진 의리 때문도 아니요, 자식이 있는 때문도 아니다. 그리고 또한 그 여자를 도와주는 것도 아니었다. 오히려 엽전 몇 닢이라도 구슬려내는 그런 더러운 사나이다. 뭐 그렇다고 해서 연순을 생각하는 것도 아니다. 그는 다만 돈에 애착을 느꼈을 뿐이다. 처가에서 돈푼이나 긁어내다 보니 어느새 돈맛을 잊을 수 없게 된 것이요, 옥화에게는 생리적 욕구를 채우면 되고, 그 옥화가, 가엾은 그 여자가 한 푼이라도 이를 붙여준다면

더욱 좋은 것이다. 연순은 돈이 굴러오는 밑천이요, 옥화는 배설 장소
다.〈김약국의 딸들, 55면〉

순수한 관계는 사회 환경이나 경제적 측면의 외적 조건들에 크게
영향을 받지 않는다. 그러나 전통적 맥락에서 살펴볼 때 결혼은 결혼
당사자가 아니라 부모나 친척들에 의해 시작된 계약이었다. 결혼계약
은 경제적 고려에 강한 영향을 받는데, 보다 넓은 "경제적 네트워크와
거래"32)의 일부로 볼 수 있다.

신병 때문에 혼기를 놓친 연순의 결혼은 "울며 겨자 먹기"(31면)로
표현되고 있듯이 철저한 거래의 양상을 띠고 있다. 결혼=정상/미혼·
미혼모=비정상, 부인=정상/과부·독신녀·이혼녀=비정상이라는 이분법
적 편집증33)이 지배하고 있는 사회에서 연순의 결혼은 가문의 정상
성 회복의 성격을 띤다. 김약국 집안의 정상성 유지라는 목적과 사위
강택진이 "의관의 집 자식"(43면)이라는 조건의 합의로 혼인은 결정된
다. 강택진도 '돈에 대한 꿍심', "돈이 굴러오는 밑천"을 얻을 계산으로
연순과 결혼한다.

이해타산으로 이루어진 연순의 결혼 생활은 "말이 내외지간이지"(55
면) 아무런 정도 없는 삶의 연속일 뿐이다. 처음부터 연순의 죽음을
셈하고 장가든 강택진에게 결혼은 부의 창출 수단, 재산을 늘리고 그
것을 공고히 하는 결정적 수단일 뿐이다. 그리고 연순에게 결혼은 "기
영머리나 풀고 처니따나 면할라고"(55면) 이루어진 일종의 통과의례
에 해당한다.

그렇지만 결혼이 인격이나 사랑의 기초 없이 금전적 이해 관계나
기타의 외적 조건에 의해 성립된다면, 그것은 미분화된 사회이거나,

32) 앤소니 기든스, 『현대성과 자아정체성』, 권기돈 옮김, 새물결, 1997, 164면.
33) 이득재, 앞의 책, 134면.

모순된 비합리적 사회[34]라고 할 수 있을 것이다. 그럼에도 불구하고 가문의 계승·유지를 위해, 실리만을 위해 결혼이 이루어진다면 "인연이 아닌 사람들이 만나"(성녀와 마녀, 272면) "잠재된 탈출에의 욕망"(土地, 5;311면)에 사로잡혀 갈등할 것이다. 또한 거래의 형식으로 맺어진 결혼 생활을 유지해야 하는 부부는 끝내 "상반된 인간과 인간이 모인 가정이라는 질서"[35](성녀와 마녀, 275면) 속에서 고통을 감내하며 비극적인 한 평생을 살아가야 할 것이다.

3.2. 결혼계약, 여성의 예속과 무능화

남성에게 있어서 결혼이란 "독립과 권위를 성취할 수 있는 중요한 수단"[36]을 의미하지만 여성에게는 예속과 복종을 의미한다. 특히 남성/여성의 성별 분업을 공적/사적 영역으로 구분함으로써 경제적 무능자인 여성들은 필연적으로 남편에게 예속될 수밖에 없게 되었다. 따라서 부부 사이의 "성별 분업은 성별 권력 관계의 표현"[37]이라 할 수 있다. 이처럼 부부 관계의 성별 불평등은 필연적으로 여성의 예속을 정당화했고, 예속자로서의 여성이 남편의 덕을 바란다는 것은 있을 수 없는 일이었다. 주종의 관계에서 '종從'은 언제나 '주主'에 대해 헌신과 희생의 대상일 뿐 그에 대한 보상을 요구할 수 없기 때문이다.

다른 한편으로 결혼계약은 성적 계약으로 볼 수 있다. 그것은 한 여성과 한 남성이 공식적으로 서로의 성에 대한 공유를 선포하는 것이다. 그렇지만 원초적으로 이 계약은 성적 불평등을 내포하고 있다. 특히 여성에게만 차별적으로 적용된 조선조 유교 이념의 하나인 정조

---

34) 한승옥, 「1930년대 가족사 연대기 소설 연구」, 『숭실어문』5집, 숭실대학교 숭실어문학회, 1988.4, 31면.
35) 박경리, 『성녀와 마녀』, 인디북, 2004.
36) 다이애너 기틴스, 앞의 책, 117면.
37) 이재경, 『가족의 이름으로』, 또 하나의 문화, 2005, 53면.

관에 따라 여성의 성은 남성의 성에 예속되어 있었다. 정조에 대한 강조는 여성에게만 비대칭적으로 적용된 배타적 성교38)를 의미한다고 할 수 있다. 부계 계승 가부장제 사회에서 여성에게만 강조된 정조 이데올로기는 어쩌면 남성들의 정통적 후계자를 분명히 하기 위한 중요한 장치일 수 있다. 그것은 배우자인 여성이 남편하고만 성교하도록 함으로써 타성의 씨를 수태할 가능성을 처음부터 통제할 수 있기 때문이다. 아무튼 그로 인해 여성들은 그들의 '성(性)'을 거세당한 채 오로지 남편 집안에 봉사하기 위해 살아갈 때만 존재 이유를 부여받게 된다.

> 영감을 말하면 젊은날로부터 이날까지 그야말로 바람 잘 날이 없었다. 그 원인은 자식을 보지 못한데 있는 것 같았으나 실상 결함은 마누라한테 있다기 보다 최만호씨 자신에게 있는 모양이었다. 왜냐 하면 지금까지 최만호씨가 관계해온 여자는 작은댁 말고도 수십명을 헤아리며 심지어 해동여관에 고용된 식모, 접객부 할 것 없이 최만호씨가 손을 대지 않는 여자는 거의 없었다. 그럼에도 불구하고 어느 여자도 최만호씨의 자식을 낳아 본 일이 없는 것이다. 그러나 어쨌던 최만호씨는 집안 처리를 해 나갔고 아무리 다른 여자한테 빠져도 큰마누라는 큰마누라로서 끔찍히 대접했다. 김씨 역시 이런 남편의 바람도 습성화되어 일체 거기에는 신경을 쓰지 않게 되었다.〈海東旅舘의 迷那, 304면〉

해동여관의 여주인 "김재순(金在順)은 사십이 넘도록 아이를 생산한 일이 없는 여인이다."(303면) 남편 최만호는 "젊은날로부터 이날까지 그야말로 바람 잘 날이 없"을 정도로 엄청난 여성 편력을 가지고 있는 인물이다. 그의 '바람', 불륜적 행위39)는 '아이 없음'–'아이 생산'

---

38) 이상진, 「여성의 존엄과 소외, 그리고 사랑」, 『박경리』, 최유찬 편, 새미, 1998, 128면.
39) 대부분 결혼한 부부에게 있어 성차별적 요소는 그들이 부부가 아닌 다른 사람과 관계할 때 지칭하는 용어에도 차이가 있음을 알 수 있다. 여성이 남편이 아닌 다른 남성과 관계를 가질 때는 주로 '불륜'이라는 용어를 사용한다. 반면 남성의 경우 '불륜'보다는

이라는 명제 하에 정당화되고 있다. 그러나 "작은댁 말고도 수십명을 헤아리며 심지어 해동여관에 고용된 식모, 접객부 할 것 없"이 관계를 갖지만 한 명의 자식도 생산하지 못함으로 인해 "실상 결함은 마누라 한테 있다기보다 최만호씨 자신에게 있"음이 밝혀진다. 따라서 최만 호의 여성 편력이 자식을 얻기 위해서라기보다는 성적 쾌락 탐닉에 있음이 드러난다.

그러나 여성의 성이 정조 이데올로기에 의해 억압되고 부정되었다 면, 남성의 성은 자유로웠으며, 긍정되었다. 여성의 불륜은 엄격히 금 기된 반면, 남성의 불륜은 자랑거리가 된다. 그들은 큰마누라에게 '조 강지처'의 대우를 '끔찍히' 해줌으로써 엄청난 시혜자로 존재한다. 부 부간의 신뢰를 저버린 남편이 시혜자로 자리하는 부부 관계에서 남성 에 의한 여성 폭력이 어느 정도인지를, 그 관계가 얼마나 불평등한 관계인지를 충분히 알 수 있다. 또한 남편이라는 이름에 내포된 권력 의 형태가 어떤 것인지를 짐작하게 해준다. 그 속에서 살아가는 여성 들이 남편이라는 이름에 복종하며 사는 것은 '습성화'된 일상이 되어 버린다.

> '씨가 있는데 장사를 하시겠나 들일을 하시겠나, 이 난세에 벼슬인 들 수울할까. 하기는 요즘 세상에는 벼슬도 수만금을 주고 사서 한다 는데.'
> 고달픈 마음에서 자기 위안을 위해 하는 말은 아니었다. 그는 진정 이야기책에서 읽은 현부인을 본받으려 했고 부덕(婦德)을 닦는 자신에 게 자랑스러움을 느끼었고 세상이 어지러우면 똑똑한 사람도 제 남편

'바람'이라는 용어를 사용하고 있는데 이는 남성의 가정 복귀를 용이하게 해주는 용어 이다. 남자라면 한 번쯤이라는 말에서도 알 수 있듯이 한 번 스치고 지나가는 '바람'과 같은 것으로 자연스러운 현상, 혹은 그럴 수 있음을 내포하기 때문이다. 그렇기에 여 자가 조금만 참고 기다린다면 언젠가는 돌아온다는. 불륜과 바람의 차이는 바로 그것 이다. 불륜은 영원히 돌아올 수 없음을, 바람은 돌아옴을 내포한. 따라서 부부의 외도 에 대한 표현에서도 여성과 남성에게 다르게 적용되는 윤리적 규범을 엿볼 수 있다.

같이 허랑방탕하게 살 수밖에 없다고 믿는 것이었다.

　'용이 구름을 못 만나면 등천을 못하는 법이지. 그분도 한이 왜 없겠
나. 그러니 노상 울분에 차서 술을 마시고 손장난도 하시고, 왕손도 세
상을 잘못 만나면 나무꾼이 된다는데.'

　함안댁이 등잔 밑에서 흐려지는 눈을 비벼대며 버선볼을 대고 있을
때 안방에 드러누워 있던 평산이 일어나 앉으며 늘어지게 기지개를 켜
고 앞가슴을 긁적긁적 긁는다.〈土地, 1;335-336면〉

　상징적 이데올로기로서의 유교적 가족주의는 '복종하는 주체'[40]를
배출해낸다. 복종하는 주체에 의해 가부장의 권위는 더욱 공고해지
고, 가부장제 이데올로기는 끊임없이 양산된다. 우리나라 여성들이
어느 나라 여성 못지않게 '지위 재생산' 혹은 가부장제 유지를 위해
타자적 삶을 선택한 점을 설명하기 위해서는 "전통적인 부덕을 내면
화시킨 가족의 안주인으로서의 역할 수행의 재활성화 차원"[41]에 대한
고려가 뒤따라야 할 것이다. "시정잡배 못지않게 타락된 인간"(1;76면)
김평산을 "용"의 씨로 둔갑시키고, "왕손"으로까지 숭앙하고 있는 함
안댁의 경우『土地』에서 가장 가부장제 이데올로기를 공고히 실천한
인물이라고 할 수 있다. "평산의 허풍"을 가부장의 권위라고 믿고 있
으며, "큰 집 드나들 듯" 하는 술집 출입을 '난세의 울분'으로 인식하는
함안댁의 의식은 조선조 유교 이념 자체를 표상한다. 이야기책 속의
"현부인"은 함안댁의 이상이 된다. "뼛골이 빠지게 길쌈을 하고 들일
을 하고, 삯바느질을 하고, 그러는 한편 남편에게는 땀내나지 않은 입
성을, 때묻지 않은 버선"(1;335면)을 하는 마음을 부덕(婦德)이라 믿고
있는 함안댁은 가부장제 이데올로기의 최고 희생자이다.

　여성의 능력이 어디에서 시작해서 어디에서 끝나야 하는지, 그리고

---

40) 양진오, 『한국 소설의 논리』, 새미, 1998, 282면.
41) 조혜정, 「한국의 가부장제에 관한 해석적 분석」, 『성, 가족, 그리고 문화』, 집문당, 1997, 53면.

그 한계와 귀착점은 어디인지를 은연중에 내포하고 있는 조선조의 『열녀전』은 남성이 구축한 가부장 체제를 옹호·유지하기 위한 하나의 도구였다. 모든 여성의 행위가 남성의 공자왈, 맹자왈 속에 귀착되면서 궁극적으로 여성의 삶은 남성의 영역에 종속되고, 그 안에서 의미를 갖게 된다. 함안댁은 가부장제 이데올로기에 철저히 복종하는 타자적 주체로, 마지막까지 "열녀"의 삶을 살다간 인물이다. 김평산의 최치수 살해 가담 사실이 만천하에 드러남에도 불구하고 "반가의 법도" 안에서 한 발도 내딛지 못한 복종하는 주체는 '살인자의 자식'이 아닌 "열녀의 자식" 만들기를 위해 스스로 목숨을 끊는다.

'신분제'와 '혈연제'의 만남 속에 형성된 조선조 가부장제는 공식적 제도와 각종 이데올로기를 통해 여성들을 억압해 왔다. 공식적 영역에서 남성 지배는 남녀의 성차를 차이가 아닌 차별로 인식하게 하는 성역할 분담의 차원과 삼종지도 이념으로 강화해 나갔다. 삼종지도란 여성의 남성에 대한 철저한 복종을 규정하는 이념이다. 어려서는 아버지를 따르고, 결혼한 후에는 남편을 따르고, 그 남편이 죽거나 아들이 성장하면 아들을 따르라는. 여기서 따른다는 말은 곧 복종을 의미한다. 이러한 사상은 늘 여성을 미성숙한 인격체로 평가 절하함으로써 남성 우월을 정당화한다. 더 나아가 여성들 스스로 남성지배와 여성의 예속을 자연스러운 것으로 받아들이게 한다.

또한 정조 이데올로기는 여성에 대한 성적 억압을 공고히 수행한 가부장제 이데올로기이다. 유교 사회의 신분제가 여성에게는 성차의 개념으로까지 확대되어 남성의 여성에 대한 지배/복종의 '남존여비' 사상이 강조된다. 남성의 여성 지배는 점차적으로 비인격적인 형태로 발전해 간다.

　　남편을 따라 죽지 못한 여자, 후사를 위해 살아남았노라고. 그러나

남편을 따라 죽지 못한 이유인 아들은 죽었다. 아들을 따라 죽지 못한
어미, 가문이 끊기고 살아 있을 아무런 구실이 없건만 박복한 생을 잇
고자 밭에 나온 자기 모습을 평산은 조롱했던 것같이 느껴졌던 것이
다.〈土地, 1;390면〉

　이조(李朝)의 여인들은 환관(宦官)에게도 정절하였으니 정략 혼인이
든 앙혼(仰婚)의 제물이든 한 사람의 지아비를 맞이하면 그 한 사내만
을 섬기며 해로함이, 그러나 그것은 자유를 저당잡히고서 자유를 누리
는 것이며 인권을 저당잡히고서 아내의 존엄성을 쟁취하는 것으로 역
리(逆理)의 율법이 가장 지엄하였던 이조의 여인들은 그러니까 남편이
라는 이름을 사랑하고 사모하고 그것만으로 절절하였던 사랑의 순교
자였던가.〈土地, 7;273-274면〉

　유교적 가부장제 하에서 여성은 남성에게 봉사하기 위해 존재했다.
훌륭한 여성이란 훌륭한 어머니이고, 가계를 이어갈 아이(특히 사내
아이)를 많이 낳아 훌륭히 길러 남자의 집안을 번창하게 하는 여성이
었으며, 남편에게는 순종하고 정숙하며 조용한 여성이었다. 이 속에
서 여성은 감정을 억제하고 타인을 위한 삶을 강요받으면서 비극적인
삶을 살 수밖에 없었다.
　남편을 따라 죽지 못한 과부는 비정상의 삶을 살아가는 인물로 상
징된다. 특히 반가의 법도―삼종지도의 덕목을 지켜 따를 남편과 아
들이 없는 여인은 응당 남편을 따라 목숨을 끊어야 한다. 그들에게는
오로지 가문 계승을 위한 도구적 삶만이 허용되었으므로, 가문이 끊
긴 상황에서 그들이 살아갈 "아무런 구실"도 존재하지 않기 때문이다.
박복한 그들의 삶은 "이조(李朝)의 여인들이 환관(宦官)에게도 정절"
을 지켰던 것처럼 그들 정절을 지키기 위해 순교해야 한다. 그것은
"아내의 존엄성을 쟁취"하기 위해 "인권을 저당잡"혀야 하는 "역리(逆
理)의 율법"을 따라야 함을 의미한다.

몸을 움직이려다 말고 기성네는 신음했다.

"이자는 서방이라 생각지도 마라. 그놈 사람 아니다. 불쌍한 것, 무신 죄 졌다고."

"어무이 개안십니다. 울지 마이소."

"개안키는 얼굴이 퉁퉁 부었는데, 지금은 니 정신이 아니라서 아픈 줄 모릴 기다마는 어이구 그놈 무상한 놈, 내 속에서 우찌 그런 놈이 나왔겄노. 지 동생 반만 닮아도 니 처지가 이렇지는 않을 긴데."

"개안다 캐도 어무이는 자꾸 그러요. 지사 머 어무이 아버지가 기신께 무신 걱정이 있겄습니꺼. 가장한테 맞일 수도 있지요. 지는 하낫도 안 외로바요."

"클 때는 안 그렇더마는 그놈이 꼭 거복이 그놈 겉다."

"어무이도 참 비할 데다 비하지 우예 그런 데다 비합니까."

"그 집구석도 한복이는 사람 노릇 하더마는, 우리 영만이맨치로 착하고 어질고 참말로 자탄이 절로 나온다."

"지가 맘에 안 차서 그렇지 다른 거사 잘못하는 기이 머 있십니까?"

"그래도 서방이라고 역성을 드는구나. 이 천치 같은 사람아."

두만네는 손등으로 눈물을 닦는다.〈土地, 11;76면〉

하늘과 땅으로 대별되는 부부 관계[42]는 엄격한 신분 계급적 차별성을 보여준다. '하늘'로 표현되는 남편은 공경의 대상, 섬김의 대상으로 자리한다. 반면 아내에게는 순종과 인내만이 요구된다. 아내는 남편에게 허물이 있다 하더라도 '이해'를 해야 하며, 온화한 낯빛을 띄우고 감정을 드러내지 않아야 한다. 또한 남편이 화가 나서 때리더라도

---

42) 다음의 '내훈-부부장'에서 우리는 조선조부터 지속된 아내의 덕목에서 그 시대를 살았던 여성들에게 요구된 타자성의 성격을 알 수 있다. -남편은 아내의 하늘인지라, 당연히 공경하며 섬기며(……) 오직 순종할 줄 알아라. 잠깐도 감히 거스르지 말지니 가르치며 경계함을 들되 성인의 글을 듣는 것 같이 하며(……) 진실로 남편에게 허물이 있거든 이해를 펴서 말하며 온화한 낯빛을 띄우고 순한 말을 써야 하며(……) 남편이 심히 화를 내거든 기꺼이 다시 간하여 비록 대로 만든 채찍을 맞을지라도 어찌 잠깐이라도 원망하여 애태우리오.(……) 내 어찌 잠깐이라도 노하리오. 부인이 겸손하고 순한 것으로 몸을 다스려 비록 적은 일이라도 잠깐도 자존하지 아니하며 반드시 여쭈어 본 후에야 행하더라.(내훈, 부부장)

원망하는 마음이 있어서는 안 되고, 언제나 모든 일을 여쭈어 행해야
한다. 이처럼 여성들의 삶은 가족을 위한 삶이요, 비굴과 굴종으로 얼
룩진 삶이다. 한 번도 삶의 주체로 서보지 못하고, 남편에게 예속되어
어떤 능력도 가지지 못한 무능한 존재, 타인을 통해서만 자신의 존재
성을 확인해야 하는 불행한 사람들인 것이다.

남편의 폭력 앞에서도 묵묵히 견디며 살아가고 있는 막딸이 기성네
의 삶 또한 기구하다. 서울댁-쪼깐이와 살림을 차린 후 남편 김두만
은 갖은 폭행과 폭언을 자행하며 '이혼'을 요구한다. 그러나 '일부종사'
해야 한다는 사고에서 한 발도 내딛지 못하는 기성네-막딸이는 묵묵
히 농사일에 매달릴 뿐이다. 두 아들을 서울댁에게 빼앗기고 끝내는
아들들에게조차 외면당하지만 기성네의 태도에는 변화가 없다.

'일부종사'와 '투기 금지'는 여성의 인격을 무시한 남성 권력의 폭력
이다. 남편의 온갖 폭력에도 '일부종사'를 하지 못한 여성은 제대로 사
람 취급을 받을 수 없었던 사회에서 여성들은 자신들에게 쏟아지는 폭
력을 당연한 것으로 받아들인다. 남편의 모든 폭력을 곧 자신의 '부족
함'으로 인식해야 하는 여성들은, 스스로를 반성할 뿐 그 안에 숨겨진
모순을 인식하지 못한다. 가부장의 권위가 상징성을 띠게 될 때 그에
대한 훼손은 곧 여성의 부덕(不德)을 의미하기 때문이다. 따라서 단지
가장의 "맘에 안 차"면 "가장한테 맞일 수도 있"다는 기성네의 의식은
인간 존엄성을 무시하는 가부장의 횡포를 인식하지 못하게 만든다.

남편이 없는 집에서 시부모를 모시고 살았던 여성들은 오로지 '조
강지처', 또는 '본처'로서의 자부심[43] 속에서 인고의 세월을 견디어 낸
다. 시아버지의 죽음 이후, 끝내 김두만과 이혼을 하게 되지만 기성네
에게 '이혼'은 단순한 서류상의 문제일 뿐 실질적인 삶의 변화를 의미

---

43) 조혜정, 『성, 가족, 그리고 문화』, 집문당, 1997, 35면.

하는 것은 아니다. 그는 여전히 조강지처의 자리에 자신을 위치시키고 있으며, 그 안에서 존재 의의를 발견하고 있다.

> '어질어서 어리석은 것하고 사리 판단을 못하는 어리석음하고는 다르지만 어쨌거나 이서방을 하늘같이 생각하니 시부모한테도 자연 잘하게 되는 거고 가장 앞에선 설설 기는 거를 보면 호랑이 잡아먹는 담보가 있다든? 혼사 때는 지체가 어떠니 하고 말도 많더니 너의 고모님이 단을 잘 내리신 거다. 여자는 남자하기 탓이지. 부모가 못 고친 버릇도 잡게 되니 말이다.'
> 모친이 그런 말을 할 때 범석은 소문이 파다했던 통영에서 유부녀와의 사건을 완전히 도외시하는 것이 이상했다. 자신도 홍이의 그 행적을 깊이 마음에 끼고 있는 것은 아니었지만 같은 여인네 처지에서 어머니가 남자 편의 비행에 관대한 것은 이해할 수 없었던 것이다.
> '아들의 경우라면? 며느리의 경우라면 어머니는 어쩌실까?'
> 그 순간 범석은 며느리에 대하여 한번도 칭찬한 일이 없는 평소의 어머니를 상기했다. 뜻하지 않은 곳에 생각이 미친 것이다. 불효하다는 자의식과 더불어 그는 아내의 강한 수줍음은 수줍음만이 아닌 억제인 것을 깨달았다.〈土地, 9;404면〉

장이와 정사를 벌이다 망신을 당한 홍이의 비행에 관대한 어머니를 생각하며 범석은 심한 혼란에 빠진다. 아내는 불륜을 저지른 남편을 '하늘'처럼 떠받들고, 가장이라는 이름 밑에 "설설 기는" 신세여야 한다는 어머니의 말에서 범석은 여성에게 가해진 현실적 억압을 직시하게 된다. 그는 남자와 여자에게 다르게 적용되는 이중의 잣대에 지금껏 아내에게서 보아온 "수줍음이" 단순한 "수줍음만이 아닌 '억제'인 것을" 깨닫는다. 부계 계승 가부장제 가족 이데올로기에 철저히 동일시 된[44] 어머니는 며느리에 대해서는 또 한 명의 가부장으로 기능한다.

---

44) 어머니 스스로의 자각에서 비롯된 주체적 동일시라기보다는 당대 지배 이념에 순응한 측면이 강하기 때문에 피동의 '된'이라는 표현을 사용한다.

며느리의 입장에서 볼 때, '시가(媤家)'의 '시(媤)'에는 그를 '가(家)'의 테두리 밖에 존재하는 이방인, 견고하게 구축되어 있는 '가족이라는 성'에 침입한 외부인으로 스스로를 생각하게 하는 강제성이 들어 있다. 따라서 이질감을 내포한 이방인의 (여성) 며느리는 모든 감정을 억제하고 스스로를 그 성의 규율에 맞춰야 한다. 그럼으로써 '가족의 성'은 더욱 견고해진다. 자신이 시집 간 집안과 그 가문이 잘 되게 하는 것이 곧 자신의 존재 목적이라는 사실을 확인하면서, 여성들은 적극적으로 지배 이데올로기를 수용하기 시작한 것이다. 他者性의 내면화[45]를 정체성으로 확립한 아내들은 가족 내 주체적 '개인'이 아닌 '가족 속에 함몰'되어 버린 객체로 살아간다.

> 심미적이며 감성이 섬세한 조용하는 명희 의상이나 소지품을 그 자신이 선택하거나 자신의 취향에 따르도록 해온 터인데 그러한 남편에 불만이 있어서 명희는 자신을 박제품 학 같다고 생각한 것은 아니다. 자신이 소유한 신체와 영혼 그 자체를 두고, 친정이나 시가의 환경이나 자신이 처한 외적 상황과는 관계없이 자기 스스로 박제품으로 되어가고 있다는 막연한 느낌, 누군가가, 어떤 상황이 자신을 그렇게 만들고 있다 할 것 같으면 그것은 상대적이요 따라서 상대적인 경우 필경 어떤 반응은 있었을 것이다. 그러나 그렇지가 않았으니, 그런 면에선 명희라고 시가 식구와 맞먹는 무관심이 아니라 할 수 없을 것이다.〈土地, 8;234면〉

또다른 측면에서 결혼을 통해 남편과 남편 집안에 예속되어 복종하는 주체로 살아가는 여성들은 그로 인해 기능을 상실한 무능인이 되어 버린다. 『土地』의 명희는 조용하와의 결혼 생활에서 "자신이 소유한 신체와 영혼"이 박제화 되어가고 있다고 생각한다. 명희가 남편이 선택한 "의상이나 소지품"을 착용하는 것에 불만이 없다고 표현하고 있지만, "자

---

45) 조세핀 도노반, 『페미니즘 이론』, 김익두·이월영 옮김, 문예출판사, 1993, 250면.

신의 취향에 따르도록" 요구하는 용하로 인해 명희는 점점 박제품이 되어간다. 결혼의 동기에서부터 명희는 용하의 취향에 의해 골라 잡힌 박제품인 것이다. 명희의 결혼 생활은 모든 것으로부터 단절된 '섬'과 같은 성격을 띤다. 귀족도 평범한 소시민도 될 수 없는 명희, 까마귀도 백로도 될 수 없는 그는 방향을 잡지 못하고 표류한다.[46]

일개 역관의 딸이 귀족 집안의 장자와 결혼을 했다하여 그는 시가에서도 이물질과 같은 위치에 처한다. 거기에 동생 찬하가 사랑한 여인이 명희라는 사실이 밝혀지면서 아무 것도 몰랐던 명희는 두 형제를 농락한 '요녀(妖女)'가 되어 버린다. 그로 인해 이물질인 명희는 하나의 혐오스러운 존재로 취급된다. 그 속에서 명희의 의식은 사멸의 과정을 겪게 되고, 아무런 생각도 할 수 없는 무능한 존재로 전락한다.

> (무엇이 그 옛날의 내 기쁨, 그 감동을 앗아갔을까. 나는 십 년 동안 무엇을 향해 투쟁을 했을까? 이제는 이렇게 지치고 힘이 다 빠져 버렸는데……)
> 빈 마음을 향해 몹시 허위적거려 온 십 년의 세월, 문희는 그 동안 소중한 자기 재능이 못 쓰게 되고, 음악에 대한 맑은 신앙과도 같았던 마음이 이제는 자기에게 한 오리도 남아 있지 않다는 것을 절감한다.
> 〈他人들, 48-49면〉

"음악에 헌신할 수 있다고 믿었던"(49면) 문희는 결혼 생활을 통해

---

46) 귀족인 조용하와 역관의 딸 임명희의 결혼은 신분을 뛰어넘는 결혼으로 그려지고 있다. 또한 상전과 하인의 결혼인 최서희와 김길상의 결혼도 이와 유사하다. 신분적 갈등 속에서 명희가 귀족도 평민도 아닌 상태라면, 길상은 양반도 상민도 아닌 상태에 있다. 또한 명희가 자신을 찾기 위해 조용하와의 이혼을 결심하고 여행을 떠나듯이, 길상도 자아를 찾기 위해 서희와의 진주행을 거부하고 만주를 헤맨다. 이처럼 상당한 유사성에도 불구하고 명희와 용하의 결혼이 파탄으로 이어지고 있다면, 서희와 길상은 화해로 진행되고 있다는 점이다. 여기에 작가의 시선이 있다고 볼 수 있다. '사랑'의 유무가 화해와 파탄으로 갈리는 기준이었던 것이다. 본질적으로 '애정'에 바탕한 서희와 길상의 결혼은 문제를 극복하고 자식을 통해 가족을 형성하는 창조를 일궈내지만, 애정이 부재한 명희와 용하의 결합은 아무것도 창조할 수 없는 불모 그 자체였던 것이다.

"소중한 자기 재능이 못 쓰게"(48면) 된 현실을 인식한다. 그러나 "얇삭한 영혼으로, 예술에 대한 두려움없는 허영으로" 외국 유학을 떠난 경옥은 당당한 피아니스트가 되어 돌아와 연주회를 갖는다. 십 년여의 결혼 생활 동안 피아니스트로서의 재능을 타고 났던 문희는 "허수아비 같은" 남편 하진을 붙잡고자 "메아리도 없는 혼자 넋두리로 온종일, 온종일을 허무하게 보"(49면)내는 것으로 인생을 허비해 버린 것이다. 문희의 결혼 생활은 "살고 있는 건지 그냥 놓여 있는 건지"(15면) 알 수 없는 상태에 있다. 문희에게 가정은 "차라리 없느니만도 못한" "사막"(15면)으로 표현된다.

피아니스트로서의 기쁨과 감동은 문희에게서 찾을 수 없고, 무디어진 손가락과 피아노 위에 뿌옇게 쌓인 먼지만이 현실이다. 남편 하진의 "빈 마음"을 향한 십 년여의 투쟁은 문희에게 삶에 지친 한 패잔병의 모습을 안긴다. 아내에게 마음의 빗장을 굳게 걸고 자신의 세계에서 헤어나지 못하는 남편 하진은 문희에게 영원한 "타인"일 수밖에 없다. 타인들로밖에 만날 수 없고, 메마른 타인들의 관계로 가득한 문희의 세상은 그를 아무것도 할 수 없는, 어떤 것에도 관심을 둘 수 없는 무능한 존재로 만들어 버린다.

불평등한 부부 관계로 인해 자신들에게 가해진 억압을 감당하며 비극적인 삶을 살아가야 했던 여성들에게 가족은 착취의 또 다른 기표로 작동한다. 또한 가족 내의 정의는 평등한 권력 관계가 보장될 때 실현될 수 있음을 감안할 때, 남성에게 특권을 부여하는 가부장적 결혼과 가족 제도는 부정의의 장(場)[47]이었음을 확인할 수 있다.

---

47) 이재경, 앞의 책, 53면.

Part III

부조리한 가부장제의
거부와 해체 양상

가족 구성원의 삶을 억압하고, 가족 관계의 단절을 가져온 가부장제는 제도에 함의된 모순 때문에 해체에 직면한다. 가족은 일반적으로 정서적·정신적 유대를 바탕으로 한 공동체라 할 수 있다. 그것은 곧 동등한 인격체로서의 가족을 말한다. 그런데 가부장제 이데올로기 하의 가족은 종적 개념으로 이해되며, 가족 관계는 상하 서열을 중심으로 유지된다. '서열'을 바탕으로 한 가족은 정서적·정신적 유대를 나누기에 부적합하다. 따라서 가부장권을 중심으로 기타 가족 구성원들의 종속을 바탕으로 유지되는 가부장제적 가족은 반드시 해체되어야 한다.

가부장제는 가부장권으로 상징된다. 따라서 가부장제의 해체는 당연히 가부장권으로 상징되는 부계 계승 가족 서사의 해체를 의미하는 것이다. 가족 속에 상징적 권위로, 규율 체계로만 존재해온 아버지, 그들은 가족 성원과 정서적·정신적 공감을 나눈 실제의 아버지가 아닌 허상으로서의 아버지였던 것이다. 따라서 전통적 가부장제 이데올로기 하에서 '실제의 아버지 자리'는 항상 비어 있었다고 할 수 있다. 이제 딸들은 그 비어 있는 아버지의 자리를 이야기하고자 한다.

또한 가부장권을 공고히 해온 어머니의 희생은 딸들에게 거부되고, 비판받는다. 가부장제 이데올로기를 내면화한 어머니들은 가족 내 주체로 서고자 하는 딸들에게 극복의 대상, 분리의 대상으로 인식된다. 어머니와의 동일시는 기존의 가부장제적 가족을 확대·재생산할 뿐이며, 어머니의 삶이 변하지 않는 이상, 더 나아가 딸들의 사상이 변하지 않는 이상 가부장제는 영원히 지속될 것이기 때문이다.

1. '아버지-아들'의 가족 서사[1] 해체

한국사회의 가족제도는 유교 이념을 중심으로 한 "부계 계승"의 가부장제 형태로, 가부장 중심의 대가족 형태를 이상적인 것으로 본다.[2] 그 안에서 가족의 중심에는 부-자가 위치하고, 모-녀는 부계의 보조자로 존재한다. 특히 가부장인 아버지는 가족 구성원의 삶을 조직하고, 방향을 부여하며, 그에 따라 움직이도록 추동하는 강력한 구속력을 가진 이데올로기로 표상된다.[3] 그러나 일제 강점기 동안 가부장들은 강제 징용을 당해 가족들과 멀어지거나 독립운동을 위해 가족을 떠나게 된다. 또한 6·25전쟁[4]을 겪으면서 그들은 '죽음'의 형식으로 가족 서사에서 사라져 버린다.

전후 문학의 기본 서사는 '아버지·남편 부재'의 서사로부터 시작된다. 90년대 이후 문학 속 아버지 부재가 주로 경제적 무능력자, 가장으로서의 권위 실추의 측면에서 이야기된다면, 전후 문학에 등장하는 아버지 부재는 처음부터 존재하지 않거나 자식들에 의해 적극적으로 거부됨으로써 기존 서사의 전복을 암시하고 있다. 또한 남편은 전쟁 중에 폭사함으로써 실질적 '자리 비움'의 상태에 있다.

박경리 초기 단편의 중심 테마 중 하나가 해체된 가족 이야기다.

---

1) 이 글에서는 '가족 서사'의 개념을 '부모-자식', '아버지-아들/딸', '어머니-딸/아들', '아내-남편'의 관계를 규명해보는 하나의 방법론으로서, 관계의 서사로 그 의미를 사용하고자 한다.
2) 오세은, 『여성 가족사 소설연구』, 새미, 2002, 38면.
3) 김윤식·정호웅 공저, 『한국소설사』, 예하, 1997, 440면.
4) 우리 민족사의 가장 큰 비극인 6·25전쟁은 한국 전쟁이라는 용어로도 쓰인다. '6·25전쟁'이란 표현은 내전의 의미로 파악하는 관점에서 본 용어이고, '한국 전쟁'은 세계사적 측면에서 바라본 용어이다. 그러나 본고에서는 동족 끼리(협의의 의미로는 가족의 개념으로도 이야기될 수 있을 것이다. 형제가 좌·우익으로 갈라져 싸운 비극으로 우리에게 인식되기 때문이다.), 형제의 가슴에 총을 겨눈 전쟁이기 때문에 내전의 의미로 파악하여 6·25전쟁이라고 표현할 것이다. 이는 '가족 서사'를 다루고 있는 이 글의 주제와 연관시켜 볼 때도 타당하기 때문이다.

가족 구성원 중 누군가가 비어 있음, 혹은 역할로부터 소외되어 있거나 역할을 방기하고 있다. 서사의 중심을 차지하는 인물의 가족 구성을 보면, 대부분 아버지·남편이 없으며, 주변 인물들의 가족 구성원도 불완전하다는 점이다. 즉 전후의 가족 형태는 부계의 '남자' 성을 가진 인물들이 모두 어떤 식으로든지 가족 속에서 사라지고 없는 양상을 띤다. 그들은 외부의 폭력에 의해, 혹은 스스로가 지닌 모순에 의해 가족 서사에서 괄호치기[5]의 형태로 존재한다. 이처럼 전후소설에서 드러나는 불완전한 가족의 형태는 작가가 바라본 전후 현실을 상징적으로 보여주는 장치이다. 동시에 가부장권을 상징하는 아버지·남편의 부재는 내부 폭력의 중심에 서 있던 가부장제 질서의 해체와도 맞닿아 있음을 확인할 수 있다. 더 나아가 '아들'의 죽음은 단순한 가족 해체의 차원을 넘어선 부계 계승의 전망 차단으로 볼 수 있다. 아버지 부재·남편의 폭사·아들의 죽음은 세 번의 '상징적 죽음'으로 표현 가능하며, 이는 가부장적 부계 질서를 의미하는 상징계의 죽음으로 의미 부여를 해볼 수 있을 것이다.

1.1. 가부장적 권위에 대한 거부

근대 초까지만 해도 우리 문학에서 아버지는 건재했다. 가족 안에서 담당하는 아버지의 역할이 어떻든 간에 '아버지(Father)의 이름'[6]으

5) 작품 내에서 그들은 실질적인 역할을 부여받지 못하고, 남아있는 가족들의 암묵적인 시인 하에 가족 구성원의 의미를 부여받는다. 따라서 존재하지 않되 존재하는, 괄호 안에 묶인 양상을 띤다. 그런 의미에서 이 글에서는 괄호치기라는 표현을 사용하기로 한다.

6) 라캉은 아버지를 상상계, 상징계, 실재계 차원의 아버지로 분류하고 있다. 첫째, 상상계의 아버지는 아이가 만들어낸 이상적 상으로서의 아버지를, 둘째, 상징계의 아버지는 어머니 덕택에 도입되는 이름으로서의 아버지, 즉 '아버지(Father)의 이름'으로 존재하는 아버지, 셋째, 실재계의 아버지로 어머니의 향유에 관해 '알지 못함'을 도입하는 거세의 수행자로서의 실재적 아버지로 나누고 있다. 필리프 쥘리앵(필리프 쥘리앵, 『노아의 외투』, 한길사, 2000.)은 상징계의 아버지 즉, '이름으로서의 아버지'는 어머니에 의해 창립되는 개념이라고 말한다. 어머니가 아버지의 말, 즉 그의 권위에 어떤 가치를 두는지,

로 상징화되어 존재했다.[7] 그러나 일제 강점기를 거치면서 점점 무력한 모습으로 등장하던 아버지는 급기야 6·25전쟁을 겪으면서 가족 서사에서 주변으로 밀려난다. 이제 아버지는 자식들에게 부재하거나 강박의 대상, 거부의 대상으로만 존재할 뿐이다.

특히 박경리 초기 단편을 살펴보면, 처음부터 어머니와 딸의 서사만이 반복되고 있을 뿐 어머니에 의해 명명되는 '아버지(father)의 이름'조차도 찾아볼 수 없다. 강력한 가부장권을 상징하던 규율로서의 아버지, 가족들의 삶에 짙은 음영을 드리우던 권위로서의 아버지는 전후 서사에서 대문자 아버지(Father)로도 소문자 아버지(father)로도 존재하지 않는다.

박경리 초기 단편[8]의 가족 구성원을 도표로 살펴보면 더 자세히 알 수 있을 것이다.

아버지의 이름에 어떤 자리를 부여하는지에 달려 있다는 것이다. 이 말은 어머니가 아버지를 어떻게 받아들이느냐에 달려 있다는 것인데, 가부장제 이데올로기를 유지·지속시키는 주체가 바로 어머니임을 생각할 때, 가부장제 유지의 핵심에 누가 자리하는지를 분명히 알 수 있다. 따라서 딸들의 어머니 거부가 가부장제 해체를 위해 필연적일 수밖에 없음이 여기에서도 드러난다.

7) 이재선(이재선, 「近代小說과 父子關係의 問題」, 『韓國文學硏究』 제13집, 동국대학교 한국문학연구소, 1990.)은 20세기 초의 작품인 일련의 新小說이나 이광수의 장편 『無情』(1917)에서 가족의 중심권력에 서 있던 부권의 상징적인 공간이 탈중심화·탈규범화·脫聖化로서의 거세의 모델로 전화되는 것은 유교적인 전통가치가 전화·약화되어 가고 있음을 뜻한다고 말하고 있다. 20년대 이후의 현대소설에 이르면 아버지의 권위상이나 이미지는 더욱 점진적으로 下降曲線과 마이너스性을 지니다가 30년대 이후의 家族史小說에서는 아버지像과 그 권위가 퇴색하거나 무력화되는 현상이 뚜렷하다. 이처럼 근대 초부터 일제 강점기를 지나는 동안 문학 속에 등장하는 아버지는 점점 무기력한 존재로 그려지고 있다. 하지만 여전히 가족 서사에서 아버지의 자리는 존재했고, 가족들에게 아버지는 건재해 있었다. 박경리와 동시대를 산 전후 남성 작가의 문학 속에서 아버지 부재는 강박으로 인식되고 있음을 볼 수 있는데, 그들은 부의 복원·복권을 위해 모든 필사의 노력을 기울여왔다. 그러나 박경리 가족 서사에서는 오히려 아버지가 딸들에게는 주로 거부의 대상, 아들들에게는 주로 강박의 대상으로 형상화되고 있음을 살필 수 있다.

8) 박경리의 1950년대 작품들로 한정하여, 각 작품에 등장하는 인물들을 1세대(어머니), 2세대(딸, 주로 작중 주인공 혹은 내적 화자), 3세대(딸의 자녀)로 나누어서 가계도를 살펴보았다.

가족 구성원 / 작품명	아버지	어머니	남편	자 녀
計算(회인)	×	○	·	
黑黑白白(혜숙)	×	○	×	딸(경이)
剪刀(숙혜)	×	×	△(이혼)	경이
不信時代(진영)	×	○	×	아들(문수, 죽음)
반딧불(주영)	△(이혼)	○	·	
玲珠와 고양이(민혜)	×	○	×	딸(영주), 아들(죽음)
僻地(혜인)	×	×	·	
暗黑時代(순영)	×	○	×	딸(명혜), 아들(명수, 죽음)
돌아온 고양이(어머니)	×	○	×	딸(선주), 아들(민이, 죽음)
군食口(딸)	양서방	△(도망)	진길(화교)	딸(용화)

※ (·미혼, ×없음, ○있음 △-이혼, 역할 상실)
　(주로 2세대를 중심으로 가계도 작성)9)

　　위의 도표에서 보듯이 대부분의 초기 단편에 형상화된 가족은 '아
버지·남편'의 자리가 비어있는 "불완전한" 형태를 보이고 있다.
　　아버지는 자식들의 사회화 과정에 있어 "사회적 윤리, 관습, 도덕,
법률 등을 전수하는 자"10)라고 할 수 있다. 따라서 자식들에게 아버
지 동일시는 아버지 세계의 계승과 기존 질서의 유지를 의미한다. 그
렇다면 박경리 초기 단편에서 반복되는 아버지 거부는 의미심장하다.
그들의 아버지 거부는 아버지 세계의 거부, 기존 질서의 파기로 이해
될 수 있기 때문이다.

　　　　언제나 고향이라고 돌아오면 으레 거리 위에서 한두 번은 마주치고

---

9) 〈군食口〉의 경우 아버지인 양서방을 중심으로 한 이야기이기 때문에 역할 구도상 약
　간의 차이가 드러난다. 비록 가족의 해체 문제가 딸이 아닌 아버지인 양서방을 중심으
　로 다루어지고 있지만, 그는 아버지의 기능을 상실한 인물로 형상화된다. 양서방은 '딸
　의 가족에 더부살이를 하고 있는 '군食口'일 뿐이다.
10) 서석준, 『현대소설의 아비상실』, 시학사, 1992, 124면.

마는 피둥피둥하게 살이 찐 아버지, 그 아버지 꼴이 보기 싫은 이유만
으로 고향이 황량(荒凉)하게 보여지는 것은 아니었다. 남편으로부터
버림받은 어머니가 그 어질고 어수룩한 천성 때문에 남의 꾐에 빠져
개가(改嫁)를 잘못하여 한 달도 못 살고 고향으로 도망쳐 온 일이 있었
다.-중략-오랫동안을 떳떳하지 못한 인종(忍從)의 생활에서 오는 어머
니의 모습, 그렇게 만들어버린 고향이란 풍토(風土), 아무리 아름다와
도 주영에게는 아름다울 수 없는 고향이요, 그곳으로부터의 탈출만이
그녀의 오랜 염원이었던 것이다.〈반딧불, 145-146면〉

　아버지의 질서 속에서 어머니는 늘 '복종하는 주체'[11]로 희생적 삶
을 강요당한다. 아버지는 어머니 위에 군림하며, 언제나 우월한 위치
에 있다. 필연적으로 아버지의 권위로 명명되는 가부장제 하에서 열
등의 위치에 있는 여성은 남성의 폭력에 희생될 수밖에 없다.
　불평등한 부부 관계로 인해 일방적으로 '버림'을 당한 어머니의 삶
을 지켜 본 주영은 "순수한 애정을 위하여"(159면) 상대와 "간절히 대
등한 자리에 서"(159면)야 한다는 강박을 갖게 된다. 그로 인해 주영
은 "학수의 애정 속에 동정적인 우월을 의심하"고, "그럴 적마다 무엇
인지 고운 것이 허물어지는 듯한 불안과 공허감에 싸이는 것이었
다."(159면) 주영에게 아버지 부재는 관계의 상실로 인식되고 이는 이
후 주영의 삶을 억압하는 기제로 작용한다. 따라서 주영의 아버지 거
부는 남성 가부장권으로 상징되는 가족 관계 거부의 형태를 띤다.
　존재 부재로 인해 거부된 아버지는 주영에게 있어 아버지의 기능을
상실한 인물이다. 주영에 의해 묘사되는 아버지는 "피둥피둥하게 살
이 찐", "정애(情愛)보다 주판속"으로 자식을 대하는, "구역질"이 나는
존재이다. 그런 아버지를 주영은 고향의 거리 위에서 "끝내 외면
해"(146면) 버린다. 주영에게 아버지는 외면의 대상, 거부의 대상으로,

---

11) 양진오, 앞의 책, 282면.

주영의 아버지 거부는 더 나아가 그의 근원이라 할 수 있는 '고향' 거부, 어머니 거부의 형태로 확대된다.

고향은 안식의 공간으로, 모성을 상징한다. 그러나 주영에게 고향은 모성을 억압하는 공간으로 인식된다. 주영의 내면은 어머니가 모성이기 전에 '여성'이기를 원한다. 그러나 고향의 공간, 아버지의 존재는 그런 어머니의 '여성'을 억압하고 버린 가해자일 뿐이다. "오랫동안을 떳떳하지 못한 인종(忍從)의 생활에서 오는 어머니의 모습, 그렇게 만들어버린 고향이란 풍토(風土)"는 아무리 아름다워도 아름다울 수 없는, 인습의 굴레를 상징한다. 따라서 "그곳으로부터의 탈출만이 그녀의 오랜 염원"이며, 영원히 아버지 세계와 결별하는 것이다.

주영의 아버지 거부는 "봉건적 가부장제 사회구조에 대한 부정적 인식"[12]을 표현한다. 그러한 인식 속에서 행해진 아버지 거부는 어머니에게 가해진 봉건적 인습의 굴레에 대한 거부이며, 아버지 세계로 상징되는 가부장적 권위에 대한 거부인 것이다. 주영에게 아버지의 세계는 '외면'해야 할 대상이며, 아버지 세계에서 이루어지는 억압은 '구역질'이 나는 행태이다. 따라서 주영의 아버지 거부는 아버지의 이름으로 상징되는 '상징계 질서'에 대한 전면적인 거부를 의미한다고 볼 수 있다.

〈僻地〉의 혜인에게 아버지는 항상 '강 상호'씨로 지칭된다. 혜인의 기억 속에 존재하는 아버지는 어머니와의 관계에서 부실(不實)한 행동을 보여주었던 무능력하고 무책임한 인물이다. 혜인은 항상 아버지를 "강 상호씨"(365면)라고 표현함으로써 아버지와의 거리두기를 감행하고 있다. 그것은 곧 아버지가 살았던 삶에 대한 거리두기이며, 궁극적으로 아버지 세계에 대한 거리두기일 것이다. 그러한 거리두기는

---

12) 서석준, 앞의 책, 117면.

작품 결말 부분에서 적극적인 거부의 형태로 드러난다.

'아버지 부재'는 아버지로 상징되는 사회적 규범(상징계)이나 법의 부재를 암시하는데, 성장의 과정에서 사회화의 통로로 기능하는 아버지 부재란 바로 사회규범을 내면화해 정체성을 형성하는 성장을 방해하는 것을 의미한다. 그러나 이것이 흔히 (남성)성장소설의 특징이라고 한다면 아버지=상징계를 동일시하는 사회화 과정은, 총체성을 상실한 근대사회에서 순응적인 주체가 되는 과정에 불과한 셈이다.13) 따라서 박경리 소설에서 여성의 성장은 '아버지 부재, 아버지 거부'를 통해 "순응적인 주체되기의 거부", 기존 사회로의 편입을 거부하면서 이루어진다.

『김약국의 딸들』의 김 약국(성수)은 '아들의 죽음과 한일합병 조약의 발표'와 같은 "크나큰 변동 속에서도 아무런 감정을 나타내지 않"(65면)을 만큼 모든 외부 세계에 대한 촉수를 거두어버린 인물이다. 각지에서 의병(義兵)이 일어나고, 온 나라가 통곡하며 울부짖을 때에도 김 약국은 "무거운 침묵으로"(65면) 일관할 뿐이다. 그는 살아 있으되 사고하지 않는 인물이다. 사고한다는 것은 응시하는 것이며, 주의 깊게 되는 것이다. 주변에 대해 주의 깊은 사고는 그의 의식을 일깨워 반응하게 하는 것인데, 무반응은 곧 의식의 사멸, 존재의 사멸로 볼 수 있다.

> "불쌍한 것들…."
> 요즘에 와서 곧잘 입 밖에 나오는 말이다. 이미 무의미하게 된 애정이다. 뒤늦게 그의 마음을 사로잡는 마누라와 딸들에 대한 연민이었다. 자아 속에서 시름하던 그는 타아(他我)의 인과를 발견하고 타아를 위하여 헛되게 보낸 세월을 후회하는 것이었다. 김 약국은 마음 속으로 자

---

13) 나병철, 「여성 성장소설과 아버지의 부재」, 『여성문학연구』10호, 한국여성문학학회, 2003. 12, 187면.

기의 유산을 셈해 본다. 아무것도 없었다. 재산과 부채는 꼭 맞먹었다. 정국주에게 논문서가 몽땅 넘어간 것은 이미 오래 전이다. 사랑에 도사리고 앉았던 차가운 자기 자신의 모습만이 가족들의 추억 속에 남을 것이란 생각은 그를 더없이 슬프게 하였다.〈김약국의 딸들, 302면〉

"자아 속에서 시름하던" 김성수는 "타아(他我)의 인과─부모와의 인과"를 발견하고 늘 "부모의 혼령"에 사로잡혀 헛된 세월을 보낸다. 그가 평생을 같이 한 가족은 살아있는 한실댁과 다섯 딸이 아닌, 비상 먹고 죽은 어머니와 살인자로 떠돌다 어디서 죽었을지 모를 아버지였다. 곧 죽은 망령들과의 가족 이루기였으며, 그 가족 속에서 김성수는 스스로의 감정을 억압해 버린 인물이다. 평생 아내에 대한 어떤 애정도 감정도 보인 일이 없던 그는 타아를 위해 보낸 시간 속에서 "사랑에 도사리고 앉았던 차가운" "모습"으로만 자식들에게 기억될 존재이다.

"타인에 대한 무관심"(301면)으로 한평생을 살아온 김 약국은 자기 외의 모든 것들과의 관계 맺음을 스스로 거부한 인물이다. 김 약국의 견고한 '고독의 성'에는 아무도 들어갈 수가 없다. 그 '고독의 성' 외의 공간에서 김 약국의 삶은 피상적인 것일 뿐이다. 그는 가족 속에 타인으로 존재하기 방식을 통해 모든 것에 대해 무시와 무관심으로 일관한 삶을 산다. 견고한 '고독의 성'에 들어앉은 김 약국은 존재하지만 존재하지 않는, 그림자와 같은 '아버지'일 뿐이다. 따라서 김성수의 죽음은 상징으로 존재하던 권위의 사라짐이요, 가부장적 가족의 해체를 의미한다.

'어무님, 형이 밉십니다! 형은 아부지를 닮아서 그렇겠십니까!'
그러나 한복이는 거복이가 아비 평산처럼 역겹지는 않았다. 미우면서도 불쌍했다. 그의 행실은 남부끄럽지만 남부끄럽다는 생각 속에 제 살을 꼬집히는 아픔이 있었다. 만일 길을 가다가 평산을 만나게 된다면 한복이는 외면을 하고 그 옆을 지나쳤을 것이다. 그러나 거복이를

만났다면 손을 잡고 형아, 형아 하며 목을 놓아 울 것이다. 함께 가자
고 애걸했을 것이다. 그만큼 아비에 대한 한복의 감정은 차디차고 굳
은 것이었다.〈土地, 3;113면〉

　"영락한 양반"인 김평산은 "시정잡배 못지않게 타락된 인간"으로 묘
사되고 있다.(1;76면) 술과 노름으로 한평생을 무위도식하며 보내면서
도 아내가 중인 계급 출신이라는 이유로 갖은 포악을 일삼는다. 김평
산은 작품에서 단 한순간도 진정한 인간적 면모를 보이지 않는 악의
전신(김두수-김거복은 악의 화신)¹⁴⁾으로 묘사되고 있는데, 그는 자신
의 탐욕을 위해 끝내 최치수를 살해하고, 그 죄가 발각되어 처형된다.
　김평산은 아들 한복에게 "역겨운" 존재, 거부의 대상¹⁵⁾이다. 한복은
평산을 닮은 형 거복에 대해서는 "미우면서도 불쌍"하다는 연민의 감
정이라도 보이지만, 아버지에 대해서는 '외면'으로 일관한다. 한복에
게 아버지 김평산은 살아있을 때도 '아버지 기능'이 마비된 존재였으
며, 실질적 죽음 이후 영원히 지워버리고 싶은 존재가 된다. 그는 오

---

14) 김평산의 악행의 결과가 김두수에게 강박으로 작용하여 김두수의 삶을 더욱 '악'으로
　　몰아가고 있기 때문에 김평산을 악의 전신으로 보았다. 또한 그 '악'을 작품 전체에서
　　구현해 나가고 있는 김두수를 악의 화신이라고 표현할 수 있을 듯하다.
15) 프로이트는 (〈가족 로맨스〉, 『성욕에 관한 세 편의 에세이』, 김정일 역, 열린책들,
　　1999.)에서 〈노이로제 환자들의 가족 로맨스〉를 연구하면서 매우 특이한 상상력을 발
　　견하게 된다. 이러한 상상력은 노이로제 환자들뿐만 아니라 일반인들의 핵심적인 특징
　　이기도 한데, "아이들은 자기들이 낮게 평가한 부모에게서 벗어나기 위해 사회적 지위
　　가 높은 사람들이 진짜 자기 부모라는 상상을 한다. 그리고 현재의 부모를 친부모가
　　아닌 양부모로 전락시킴으로써 상상 속의 소원 충족을 이루는 것이다. 이후 아버지와
　　어머니의 성역할이 다르다는 것을 알게 되고, 〈부성(父性)은 언제나 불확실하고 모성
　　은 언제나 확실하다〉는 것을 깨닫게 되면 가족 로맨스는 간단명료해져서 아버지를 높
　　이고, 모성에 대해서는 더 이상 의심하지 않게 되는," 노이로제 아이들이 이런 종류의
　　상상으로 부모들에게 복수를 한다는 것이다. 프로이트의 이 최초 "가족 로맨스"를 로베
　　르는 '업둥이'형과 '사생아'형 로맨스라 이름을 붙이고 있다. -분리 불안을 극복하는 방
　　식으로서의 '업둥이'형과 '사생아'형 가족 로맨스의 상상을 이야기하고 있지만 박경리
　　소설에서는 다르게 그려지고 있다. 유년 시기에 극도의 분리 불안을 겪은 아이들은 '업
　　둥이'형과 '사생아'형의 가족 로맨스를 꿈꾸지 않는다. 그들은 철저한 '아버지 거부'를
　　통해 현실의 삶을 개척하고자 한다.

직 '살인 죄인의 자식'이라는 천형적 굴레만을 자식들에게 남긴 아버지이다. 따라서 한복에게 김평산은 '죽은, 그리고 죽인 아버지'이기 때문에 어떤 신화로도 부활할 수 없다. 오로지 남은 것은 아버지를 닮았지만 '연민'을 보일 수 있는 '형제애'만이 그 자리를 대신한다.

그렇지만 김두수(거복)에게 아버지는 '강박'으로 인식된다. 김두수의 무의식 속에 존재하는 아버지 김평산은 "세상을 못 다 살았어도 포부만은 컸"던 인물이다. "사세가 불리하면은 대역도가 되는 것이요, 시운을 잘 만나면 용상에도 앉는 법"(7;372면)이라는 강박적 사고는 김두수의 삶 전체를 지배하고 있다. 상상적 아버지에 대한 동일시를 이룬 김두수에게 좌절된 아버지의 욕망은 강박으로 작용한다. 김두수에게 아버지의 죽음은 '시운'을 잘못 만나 '살인자'가 되어버린 억울한 죽음으로 인식된다. 이러한 사고는 그의 밀정 노릇에 정당성을 부여해준다. 즉 김두수에게 아버지는 거부의 대상이 아닌 자기 행위에 정당성을 부여하기 위한 상상적[16] 인물이다. 그는 용상에 앉기 위해 만주 벌판을 헤매며 독립군을 잡아들이는데 혈안이 된다. 일제의 식민이 되어버린 조국은 없어진 용상-'사세의 불리'로, 일제의 충견 노릇-'시운의 도래'라는 그릇된 인식을 하는 그는 새로운 용상을 만들기 위해 밀정 노릇을 선택한 것이다.

이처럼 박경리 가족 서사의 아버지는 '부재, 거부, 강박의 대상'으로

---

16) 아버지를 이상화 시킨 김두수에게 있어 실제의 아버지-살인자 아버지는 지워져 버린다. 그는 실제의 아버지를 상상적 아버지로 덮어씌움으로써 아버지를 둘로 만든다. 용상에도 앉을 수 있었던 당당하고 대단한 아버지와 욕망이 좌절된 아버지로. 그것은 곧 김두수 자신의 욕망 표현으로 볼 수 있다. 몰락한 가문과 살인자의 자식으로 살아가야 했던 그의 유년은 결핍과 치욕스러움으로 점철된다. 따라서 그는 가문을 재건해야 했으며, '살인자의 자식'이라는 오명을 씻어내야 했다. 일제 강점기 상황에서 그가 가문을 재건할 수 있는 방법은 새로운 용상인 일제에 충성하여 신분 상승을 꾀하는 것이었다. 또한 살인자 아버지는 '시운을 잘못 만난 '대역도'-이는 시운만 잘 만났다면, 혹은 사세만 불리하지 않았다면 용상도 충신도 될 수 있었다는 의미를 갖기 때문에 영웅도 될 수 있는 인물이다.-로 만듦으로써 자신의 상황을 극복하고자 한 것으로 볼 수 있다.

형상화되고 있다. 반면에 '남편 부재'는 전쟁의 폭력성에 의해 '폭사'된 형태로 서술된다. 전쟁의 와중에서 남편들은 어떤 상황에서도 끈질기게 살아남는 잡초와 같은 의지를 보여주지 못한다. 작가는 바로 남편들의 부재를 '죽음 모티프'를 통해 형상화하고 있다.

전쟁으로 인한 "작품 속의 죽음은 대체로 삶을 부각(浮刻)하기 위한 종지부(終止符)"[17)라고 한 작가의 말을 빌리지 않더라도, 삶의 의미를 파악하는데 있어서는 죽음이, 그리고 죽음을 파악하는데 있어서는 삶이 자리하고 있음을 볼 수 있다. 현존재의 상실이라는 의미에서 죽음은 삶에 많은 음영을 남긴다. 특히 전쟁으로 인한 파괴적 죽음은 불확실한 미래에 대한 끊임없는 두려움과 공포를 수반한다.

박경리 초기 단편에 드러나는 생활세계의 상실은 남편-아내-아이라는 '잘 짜인 온전한'[18) 가족의 해체라는 설정 속에서 구체화되어 나타난다.

> 九·二八 수복 전야에 진영(眞英)의 남편은 폭사했다. 남편은 죽기 전에 경인 도로(京仁道路)에서 본 괴뢰군의 임종(臨終) 이야기를 했다. 아직도 나이 어린 소년이었더라는 것이다. 그 소년병은 가로수 밑에 쓰러져 있었는데 폭풍으로 터져 나온 내장에 피비린내를 맡은 파리 떼들이 아귀처럼 덤벼들고 있더라는 것이다. 소년병은 물 한 모금 달라고 애걸을 하면서도 꿈결처럼 어머니를 부르더라는 것이다. 그것을 본 행인(行人) 한 사람이 노상에 굴러 있는 수박 한 덩이를 돌로 짜개서 그 소년에게 주었더니 채 그것을 먹지도 못하고 숨이 지더라는 것이다.
>
> 남편은 마치 자신의 죽음의 예고처럼 그런 이야기를 한 수 시간 후에 폭사하고 만 것이다.〈不信時代, 336면〉

〈黑黑白白〉에서 혜숙의 남편은 전쟁 중에 "무참히 폭사"(113면)를

---

17) 박경리, 『꿈꾸는 자가 창조한다』, 나남, 1994, 143면.
18) 권명아, 앞의 책, 37면.

당했으며, 〈不信時代〉의 진영의 남편 또한 '폭사'해 버렸다. '폭사'라는 표현 속에서 남편들은 연민의 대상도 그리움의 대상도 될 수 없는 완전한 단절로 자리할 뿐이다. 『漂流島』의 찬수도 현회 앞에서 너무나 허무하게 죽어버린다. 『시장과 전장』의 기석은 공산당 입당원서를 냈다는 죄목으로 끌려가 어디에서도 흔적을 찾을 수 없는 존재이므로 지영 가족에게 죽은 것과 마찬가지다.

〈不信時代〉의 "남편은 마치 자신의 죽음의 예고"처럼 소년병의 죽음을 이야기하고 수 시간 후 "폭사하고 만"다. 곧 남편의 죽음은 남편 개인의 자연사적 죽음이 아닌, 전쟁으로 인한 폭력적 죽음인 것이다. "물 한 모금 달라고 애걸을 하면서도 꿈결처럼 어머니를 부르"던 소년병의 죽음에 대한 묘사는 전쟁의 참상을 여지없이 보여준다. 전쟁은 "폭풍으로 터져 나온 내장에 피비린내를 맡은 파리 떼들이 아귀처럼 덤벼"드는 것처럼 피에 굶주린 듯 서로가 서로를 죽인 인간으로서 가장 잔인한, 인간 존엄성이 무시된 상황을 의미한다. 형제가 서로의 이념 때문에 총을 겨누었던 6·25전쟁은 한국사에서 가장 비극적인 가부장적 남성 권력의 폭력인 것이다. 이와 같은 맥락에서 남편의 죽음은 단순한 한 생명의 죽음으로 기능하기보다는 한국사회를 억압해 왔던 권력의 죽음을 상징한다. 또한 가족의 핵가족화로 부권(父權)의 지배에서 부권(夫權)의 지배로 가부장권이 이행[19]된 사회에서 남편의 죽음은 가족 내 상징적 권력의 해체로도 기능한다.

그러나 급격한 남편의 죽음은 남아 있는 가족에게 생존의 문제를 불러온다. 지금까지 가정 경제의 핵심을 담당해왔던 남편이 죽음으로써 가족 공동체의 삶은 "경제적 측면의 심각한 불이익"[20]에 직면하게 된다.

---

19) 조혜정, 『성, 가족, 그리고 문화』, 집문당, 1997, 61면.
20) 서석준, 앞의 책, 23면.

　　장교장과 오래간만에 이러한 밀회를 갖게 된 황금순은 옛날 장교장
이 가르친 제자였고 현재는 어느 관리의 부인이다. 뿐만 아니라 장교
장이 경영하는 모 여중의 자모이기도 한 사람이다. 그런 처지에 있는
그들이 이러한 밀회를 수차 거듭하게 되는것도 늙으막에 마지막으로
한번 타오르는 정열이라고 간단히 본다면 그만이겠으나 그러나 장교
장으로서는 이렇게 감쪽같이 저질렀던 전과(前科)가 한두번이 아니었
던 것을 미루어 볼때 이번도 역시 하나의 불작난에 불과한 것이다.〈黑
黑白白, 109-110면〉

　아버지, 남편으로 대표되는 가부장의 부재로 인해 남은 가족들이
겪게 되는 온갖 고난은 표면적으로는 개인적 차원에서 비롯된 것처럼
보이지만, 그 이면을 살펴보면 본질적이며 근원적 원인이 "모순된 사
회구조"[21]에 있음을 알 수 있다. 남편의 죽음으로 실질적인 가장의
역할을 담당하게 된 여성들은 남성 위주의 사회 구조 속에서 또 한
번 좌절을 맛볼 수밖에 없다.
　〈黑黑白白〉의 혜숙은 남편의 죽음으로 어머니와 딸 경이를 부양해
야 하는 가장이 되었다. 그러나 "아니꼽고 더러우면 팩하니 침 뱉고
돌아 서버"리는 그의 성격은 "가난한 그를 더욱 가난"(113면)하게 만
든다. 어머니와 딸을 구걸의 지경으로까지 몰아가는 가난에도 불구하
고 그는 "추군 추군하게 구는 뱃대기에 기름이 끼인 상부 사람이 더
럽고", 또한 자신이 "향락의 대상으로 보인 것이 분하고 원통하다는
데서 사표"를 내던져 버린다. 이러한 "결백성"(113면)으로 인해 그는
생존의 극단으로 내몰린다.
　생존의 극한에 처한 혜숙은 죽은 남편의 친구인 현선생에게 취직을
부탁한다. 그러나 현선생이 혜숙의 일자리를 부탁하는 인물이 아이러
니하게도 부도덕의 상징이라 할 수 있는 장교장이라는 점이다. 그는

21) 서석준, 앞의 책, 26면.

제자인 황금순과 밀회를 즐기며, 끝내 임신까지 시킨 "전과(前科)가 한두번"이 아닌, '불작난'으로 불륜을 즐기는 인물이다. 또한 그는 "좀도둑 처럼" 학교 경영비를 개인적으로 착복하는 등, 여러 비리를 양심의 가책 없이 저지르는 "위선(僞善)과 탐욕 그리고 기름이 끼인 향락"을 즐기는 파렴치한이다.

그런데 부도덕하며 위선자인 그가 혜숙의 부도덕을 들어 교사 채용을 거절한다. 과거 혜숙이 다니던 회사의 동료(사실은 동생같이 친밀한 사이)였던 영민이 우연히 장교장이 든 중국집 옆방에 들게 되고, 장교장은 한 남자의 아이를 가진 여인의 격정에 싸인 말을 듣게 된다. 그때 영민이 입었던 옷을 복잡한 경위를 통해 혜숙이 입게 되고, 그 차림으로 장교장에게 면접을 갔다가 혜숙은 '중국집의 그 여인'으로 오해를 받아 취직을 거절당한다.

남성 중심의 사회에서 남성의 부도덕과 파렴치함은 문제 삼지 않고, 오해로 야기된 여성의 부도덕만을 문제 삼는 사회에서 혜숙의 가족은 절망으로 굴러 떨어진다. 가부장제 이데올로기 하에서 일차적으로 남성의 권위에 예속되었던 여성들은, 남성가장의 죽음으로 현실 사회에서 또 다시 성적 불평등의 구조적 모순에 직면하게 된다. 여가장들은 이중의 억압 속에서 그들 가족을 지키기 위해 필사의 노력을 해보지만, 여전히 생존의 위기에서 탈출할 수가 없다.

순환론적 측면에서 죽음과 탄생은 세대 변천을 상징한다고 할 수 있다. 세대의 변천이란 새로운 가치관의 모색, 등장을 암시한다. 그런 측면에서 아버지·남편의 '죽음'은 先祖의 죽음을 의미하며 동시에 부계적인 가족 권위의 종말을 의미한다.[22] 따라서 '폭사'로 표현되는 남편의 죽음은 기존 질서에 대한 전복을 뜻한다. 그것은 시대의 흐름에

---

22) 오세은, 앞의 책, 57-58면.

따라 이루어진 변화가 아닌 외부의 힘에 의해 급격히 이루어진 변혁
의 의미를 담고 있다. 또한 지금까지 살던 터전에 대한 완벽한 해체
를 의미하기도 한다.

1.2. 부계 계승의 전망 차단

김치수는 "하나의 불행으로 불행 자체가 끝날 수 있다면, 그 불행은
인생의 어느 순간에만 존재하는 것이 되겠지만, 끝이 나지 않고 계속
되는 불행이란 숙명처럼 개인을 따라다니고 그리하여 그 철저성을 깨
닫게 한다."[23]라고 말하고 있다. 즉 남편의 죽음이 그것으로 끝이 난
다면 가족들에게 있어서 그것은 서글픈 한 죽음으로 기억될 수 있다.
그러나 아들로 이어지는 죽음은 그것을 마치 숙명처럼 인식하게 함으
로써 비극성을 극대화시킨다.

〈不信時代〉의 진영에게 아들 문수의 죽음은 마치 숙명적인 것으로
인식된다. 남편이 소년병의 죽음에서 자신의 죽음을 예고했듯이, 진
영이 "내장이 터져서 파리가 엉겨붙은 소년병의 꿈"을 꾼 다음날 "문
수는 죽어버린 것이다."(337면)

> 아이는 앓다가 죽은 것이 아니었다. 길에서 넘어지고 병원에서 죽
> 은 것이다. 그러나 그것뿐이라면 차라리 진영으로서는 전쟁이 빚어낸
> 하나의 악몽처럼 차차 잊어버릴 수 있는 일이었는지도 모른다. 그러나
> 그것이 아니었다. 의사의 무관심이 아이를 거의 생죽음을 시킨 것이
> 다. 의사는 중대한 뇌수술(腦手術)을 엑스레이도 찍어 보지 않고, 심지
> 어는 약 준비조차 없이 시작했던 것이다. 마취도 안한 아이는 도수장
> (屠獸場) 속의 망아지처럼 죽어갔다. 그렇게 해서 아이를 갖다 버린 진
> 영이었다.〈不信時代, 337면〉

아이의 죽음은 "의사의 무관심"으로 인한 "생죽음"이다. 길에서 넘

---

23) 김치수, 『박경리와 이청준』, 민음사, 1982, 13면.

어져 병원에서 죽은 사고사라면 차라리 "전쟁이 빚어낸 하나의 악몽처럼 차차 잊어버릴 수 있는 일"이다. 그러나 그것은 인간의 힘으로 어찌할 수 없는 사고사가 아닌 인간의 무관심이 빚어낸 인사(人災)인 것이다. 그들은 중대한 뇌수술을 하면서 엑스레이도 찍어보지 않고, 마취도 안 한 상태에서 한 생명의 살을 갈라 "도수장(屠獸場) 속의 망아지처럼" 죽여버린 것이다. 그것은 한 생명이 한 생명에게 할 수 없는 비인간적인 행위였다. 따라서 진영은 아들의 죽음을 "아이를 갖다버린" 행위라고 표현하고 있다.

일말의 가책도 느끼지 않고 범한 "인위적인 실수"(349면), 그것은 부조리한 사회의 폭력이다. 인술을 펼쳐야 할 병원은 돈 벌기에 혈안이 되어 사람 목숨을 "도수장의 망아지" 취급하고 있으며, 의사는 건달이고, 병원에서는 빈 약병을 팔고, 가짜 약으로 채워진 약병들이 여기저기 판치고 있다. 그리고 종교는 믿음을 빙자하여 사기를 치고, '돈'의 액수에 따라 사람을 차별한다. 이런 현실에서 육체적·정신적 질병은 어디에서도 치유할 수 없고, 오히려 세상에 나가 불신이라는 질병만을 얻게 된다. 그 질병으로부터 자신을 보호하기 위해서는 비좁은 삶의 공간을 견고히 하고 부조리한 현실에 대해 '항거'해야 함을 진영은 뼈저리게 느낀다.

모든 존재하는 것들에는 삶과 죽음이 함께 한다. 인간은 누구나 태어났으면 죽게 마련이고, 모든 생물체는 시간이 지남에 따라 자연으로 돌아간다. 그것은 지극히 자연스러운 것이고, 자연의 이치이다. 그렇지만 박경리 초기 단편에 등장하는 죽음은 그 어떤 것도 자연스러운 것이 없다. 그것은 폭력이며, 부조리한 사회에서 자행된 비극이다. 폭사로 표현되는 남편의 죽음에 이어, "인위적인 실수"로 생명이 죽임을 당한다. 인위적인 실수라 함은 살릴 수 있었음에도 살리지 않았음을 의미한다. 비록 죽어갈 목숨일지라도 생명은 소중한 것이다. 가진 자가 되었든, 가지지 못한 자가 되었든, 생명 그 자체로 귀하고 가치 있어야 한다. 그러나 '불신시대'에서는 이 모든 가치가 전복되어 버린다.

> 혼수 상태에 빠져 있는 아이를 잠깐 구경하듯이 보고 섰던 인부들은 초조한 가족들의 마음과는 상관 없이 극히 기계적으로 아이를 이동 침대에다 옮기기 시작한다. 그 태도는 다리가 하나 부서진 책상이나 고장이 난 무슨 물건을 다루듯이 아주 소홀한 취급이었다.〈暗黑時代, 382면〉

〈暗黑時代〉에는 아들 '명수의 죽음'에 대한 전 과정이 구체적으로 서술된다. 단순한 사고로 병원에 실려 간 아들이 어떻게 죽어갔는지, 그리고 무엇이 아들을 죽음으로 내몰았는지 파헤쳐 나간다.

혼수상태에 빠져 있는 명수에게 의사(?, 이 조차도 의사인지 확신할 수 없다.)가 첫 번째 내린 처방은 "전뇌가 좀 상해" 몇 바늘 꿰매면 된다는 것이었다. 얼마간의 시간이 흐른 뒤 "실습생인지 또는 조수인지 모르는 젊은 사람"이 "극히 사무적으로 아이를 한 번 들여다보더니" "혈압이 낮아서 수술 도중에 죽으면 안 되니" 수혈할 "피를 사 와야"(381면) 한다고 말한다. 그러면서도 병원에서는 아이의 혈액형 검사도 하지 않고, 몇 시간을 "아무런 연락"도 없이 방치한다. 그들은 생명이 경각에 닿아 있는 아이를 "잠깐 구경하듯이 보고" 서 있을 뿐 "초조한 가족들의 마음"과는 무관하게 태평하다. 이처럼 아이는 감정이 거세된 인간들에 의해 "다리가 하나 부서진 책상이나 고장이 난 무슨 물건"같은 존재로 물화된다. 기계화된 사람들, 기계화된 사회에서 생명은 "물건을 다루듯" 소홀히 "취급"됨으로써 더 이상 경외의 대상이 아니다.

남편의 폭사가 전쟁의 폭력적 속성에 기인한다면, 아들은 비정한 사회의 무관심 때문에 죽임을 당한다. "수술을 하는데 술 처먹고 주정은 웬일고. 천금 같은 내 자식 송아지처럼 칼질해 놓고 세상에 사이다 처먹고 할 짓 다하고 수술인가 놀음인가"(392면)라고 울부짖는 순영 어머니의 말속에서 "사람 죽이는 병원"(392면)의 실체, 자본주의 사회의 비인간성을 엿볼 수 있다. 따라서 사람의 생존을 위협하는, 사람의 존엄을 무시하는 사회는 필연적으로 비판되고 해체되어야 한다.

> 그러나 모든 것은 이미 양서방에게서 떠나 버린 것이다. 그 아내도 지금은 없고, 아들까지 「육·이오」 때 공산군에 끌려 북으로 가고만 것이다. 양서방은 다 소용 없는 일이요, 그런 생각을 할 필요조차 없다는 듯이 고개는 깊이 숙으린 채 공연히 팔로서 허공을 젓는다.〈군食口, 180면〉

〈군食口〉의 양서방은 아버지로서의 기능을 상실한 인물이다. "망각에 대한 심한 욕구가 마약을 청하듯이 그렇게 「알콜」의 냄새를 청하는"(186면) 그는 술을 얻기 위해 딸을 "술집에 팔아 먹듯이 되놈한테 팔아 먹었"(182면)다. 그는 "되놈의 장인"(187면) 소리를 들으면서도 술이 없으면 단 한순간도 살 수 없는 인물이다. 그렇지만 그에게도 사랑하는 아내가 있고, 자랑스러운 아들이 있던 행복한 시절이 있었다. 그러나 전쟁은 양서방에게서 가족과의 단란했던 생활도, 그의 미래도 모두 빼앗아 버렸다. 전쟁으로 모든 것을 상실한 그는 딸을 팔다시피 한 파렴치한이며, 알코올 중독자로 쓸모없는 인간, 모든 기능이 마비된 허수아비 같은, 사위 진길의 개-메리보다도 못한 존재이다.

삶에 대한 양서방의 욕망 좌절은 아들 부재에서 비롯된다. 생사조차 알 수 없는 아들은 "「육·이오」 때 공산군에 끌려 북으로 가"서 돌아올 수 없는 상황이다. 전후 한국사회의 지배 이념은 반공 이데올로기였다. 따라서 북으로 끌려간 아들과의 재회는 꿈도 꿀 수 없는 상황이다. 비록 아들이 이북에 살아있다 하더라도 이념의 극한 대립에 놓여 있는 상황에서 이북의 아들은 그에게 희망이 될 수 없기 때문이다.

아들의 죽음, 아들의 상실(부재)은 부계 계승의 전망 상실, 더 나아가 전후 한국사회의 전망 부재를 상징한다. 전쟁의 폭력성으로 인간 존엄은 땅에 떨어졌고, 전후 사회는 부조리와 물질만능의 극단적 속악성이 만연해 있었다. 이렇듯 속악한 부계 계승 사회는 오히려 스스로의 모순 속에서 비극적인 죽음을 잉태하게 된다.

> 육·이오 때 집을 불사르고 남편이 무참히 폭사한 후 어느 듯 오년이라는 세월이 지나갔다. 부산으로 어디로 무진한 고생이 가로 질른 피난 사리가 휴전과 더불어 끝이 났다. 겨우 쥐꼬리 만큼의 월급 자리를 환도한 서울에서 얻을 수 있었던 것이 재작년 여름의 일이다. 판자 벽에 썩은 함석 지붕 밑의 방 한간을 얻어 이럭 저럭 경이와 어머니의 세식구 살림이 꾸려져 나갔다. 하루살이처럼 위태롭고 서글픈 생활이었다.
> 〈黑黑白白, 113면〉

전쟁으로 남편을 잃고 "일체의 가산도 날려 버"린 가족들이 피난지에서 목숨을 유지해 일상으로 돌아왔을 때, 그들은 극도의 가난과 굶주림에 "핍박한 생활"(暗黑時代, 375면)을 영위하게 된다. 그들은 이제 살아남기 위해 '생활의 전쟁'에 뛰어들어야 한다.

남편의 죽음으로 가장의 역할을 담당하게 된 여성 미망인들은 "전쟁이라는 사회적 상황의 산물"[24]이었다. 그들이 가족의 생계를 위해 얻을 수 있었던 일자리란 "겨우 쥐꼬리 만큼의 월급"을 받을 수 있는 곳이다. 그것은 그들이 사회에서 최하층의 삶을 영위할 수 있는, 겨우 목숨을 보전해 갈 수 있는 정도이다. "판자 벽에 썩은 함석 지붕 밑의 방 한간을 얻어"[25] 그 속에서 "세식구의 살림이 꾸려져" 나간다. 그마

---

24) 김명희, 「박경리 소설의 비극성 연구」, 전주대학교 석사학위논문, 1994, 19면.
25) 부계의 질서가 상징화되고 내면화되는 공간인 '집'에 대한 작가의 묘사에서도 '아버지-남편'의 부재가 갖는 기존 질서의 전복성을 살펴볼 수 있다. '집'은 '가족'을 형성하는 근

저도 "하루살이처럼 위태롭고 서글픈 생활"이다. 〈玲珠와 고양이〉의
민혜는 지금의 생활이 "감옥보다 나을 것이 없다"고 생각한다. "생활
을 영위해 나갈 능력(직업)이, 즉 생존의 자유가 없"는 상황 속에서
민혜는 "끝없는 궁핍에서 오는 공포"(357면)에 시달리고 있다. 마치
"하루살이처럼 불안스럽게"(暗黑時代, 376면) 보내야 하는 삶은 전후
파괴된 가족 모두의 일상이었다. 그들은 생존의 위기 속에서 끝내는
"몸뚱어리"를 팔아야 할지도 모른다는 극단적인 상황에 몸서리친다.

그러나 남성 위주의 가부장제 사회에서 여성의 사회 진출이란 그리
쉽지가 않다. 여성의 저임금과 노동시장에서의 불리한 위치는 여성의
임금노동이 남성의 임금노동에 비해 이차적이라는 가정에 의해 정당
화된다. "전형적 가족이라는 이데올로기는 모든 여성의 경제적 착취
를 강화"[26]해 왔고, 그러한 사고의 연장선 위에서 여성의 사회진출이
수용되었던 것이다. 사회에 진출한 여가장들은 남성과 같은 직업에서
같은 수준의 노동력을 제공하면서도 그들보다 저임금에 시달려야 했
다. 또한 여성들은 극히 제한된 범위 내에서 직업을 선택할 수밖에
없었다. 따라서 더욱 여가장의 가족은 빈곤에 시달려야 했고, 자녀들
은 방치될 수밖에 없었다.

가족의 생계를 위해 사회에 나간 여가장들은 삶의 공간이 확보되지
않아 필연적으로 가족과의 이별을 경험한다. 어머니의 부재로 애정적
보살핌을 받을 수 없게 된 아이들은 상실 불안과 분리 불안 속에서
자라야 했으며, 급기야는 사회의 무관심 속에서 죽어가게 된다.

본이 된다. 그러나 집은 불 타 버렸고, "집터는 쑥대밭이 되어 축대조차 찾아볼 수 없"
(不信時代, 337면)게 되어 버렸다. 모든 기반이 흔들려버린 가족은 해체된다. '집'의 상
실은 '아버지 질서'에 대한 철저한 거부를 상징한다. '아버지-남편'의 부재는 그 기본 토
대를 유지시켰던 '집'의 해체로 가부장적 이데올로기와의 단절을 현실화한다. 그렇지만
남은 가족들은 새로운 집짓기를 해야 하기 때문에 고난과 역경의 시간을 견뎌야 한다.
26) 배리 소온, "페미니즘의 시각에서 본 가족", 『페미니즘의 시각에서 본 가족』, 한울아카
데미, 2005, 14면.

그러던 민이가 어느 바람부는 나절 뒷동산에 친구들과 놀러 갔다가
바위 위에 떨어져서 죽어버린 것이다.
　민이는 죽으면서 내내 엄마만 부르다가 숨이 졌다.
　이러한 기별을 받고 서울에서 온 어머니는 일주일 동안 방 속에서
밥도 안 먹고 들앉아서 밤낮 울고 있더니 또다시 서울로 가고 말았
다.〈돌아온 고양이, 317면〉

　〈돌아온 고양이〉의 선주는 아버지, 동생, 어머니와의 분리 불안의
식에 사로잡혀 있다. 이제 오 학년인 선주는 전쟁으로 아버지를 잃었
으며, 또 이후 동생을 잃게 된다. 그리고 현재 어머니와 헤어져 할머
니와 살고 있다. 선주가 겪은 세 번의 결별은 전쟁 중에 야기된 가족
해체에서 빚어진 비극이다. 전쟁은 단란했던 선주의 가정을 파괴한
다. 전쟁 중에 일어난 아버지의 죽음은 어린 선주에게 뜻밖의 일이었
고, 따라서 '잃었다'는 표현으로 인식된다. 아버지를 '잃어버린' 선주
가족은 생계를 위해 필연적인 이별을 겪을 수밖에 없다. "늘 집에서
책만 읽고 아이를 업어 본 일이 없"(315면)을 정도로 윤택한 삶을 살
았던 어머니는 아버지의 부재로 '고된' 삶의 현장으로 내몰린다. 따라
서 어머니와 떨어져 있는 동안에 일어난 동생 '민이'의 죽음은 다름
아닌 전쟁이 남긴 비극의 상징이다. 이처럼 가족 해체로 선주가 겪는
슬픔은 어머니마저 "돌아오지 못하는 곳으로 떠나버"릴지도 모른다는
분리 불안에 있다.
　〈玲珠와 고양이〉에서도 아버지와 사내 동생의 죽음이 등장한다. 남
은 가족은 영주와 어머니 민혜뿐이다. 따라서 이들의 가족 서사는 "민
혜(玟惠) 자신이 어머니에게 외동딸이었던 것처럼 영주 역시 민혜의
외동딸"이 됨으로써, 무슨 "숙명 같은 이야기"처럼 모계 계승의 서사
로 이어진다. 이처럼 부계 계승의 마지막 혈통인 '아들'의 죽음으로
아버지-아들의 서사는 해체된다. 이제 3대째 가족의 중심을 차지해

온 여성 중심의 모계 계승 가족 서사가 본격적으로 가족 서사의 표면에 부각된 것이다.

2. '어머니-딸'의 가족 서사 해체

가부장적 가족 안에서 모-녀의 관계는 여성들의 서사가 형성되는 가족 관계로 가족과 사회 속에서 여성들이 어떤 방식으로, 어떤 위치를 점하고 있는지, 그들의 삶은 어떠한지를 보여준다고 할 수 있다.

루스 이리가라이는 여성이 자기 정체성을 긍정적으로 재현할 수 없게 된 원인의 대부분이 상징질서 내부에서 어머니와 딸의 관계가 왜곡된 데 있다고 보았다. 가부장제 문화 속에서 '어머니(motherhood)'는 사회경제적 위치를 제공받지 못하며, 창조력이나 성욕과는 상관없이 양육과 보호의 기능만을 담당하는 인물로 전락한다. 따라서 어머니-여성은 자제나 극기, 희생, 지나치게 소유욕이 강한 모성을 강조하게 되고, 딸은 어머니로부터 적절하게 분리되어 개별화된 정체성을 확립하지 못한다. 왜냐하면 딸은 성장 과정에서 어머니 동일시를 통해 어머니의 삶의 여정=딸의 삶의 여정이라는 등식을 성립시키기 때문이다.

그러나 박경리 문학에 등장하는 딸의 삶의 여정은 기존의 어머니 동일시와는 다른 양상을 띠기 시작한다. '어머니-딸'로 이루어지는 가족 서사에서 딸들은 아버지의 역할에 대한 철저한 응시를 통해 아버지 세계의 전면적 거부를 꾀하고 있다. 그들은 '아버지로 구성'되는 가부장적 위계질서가 내재된 '가족'과는 차별화된 가족제도를 꿈꾼다. 또한 타자화를 내면화한 어머니 세대의 수동적 태도에 냉정한 비판을 가한다. 남성 권력의 가부장권 사회에서 어머니들은 강요된 타자적 삶을 살 수밖에 없었다. 따라서 '개인'의 사회화를 시도하고 있는 딸들에게 그들은 필연적으로 분리의 대상, 거부의 대상이 된다.

그런데 가족 속에 매몰된 '개인'을 의식하기 시작했다는 것은 '억압적 기제'로 작동하고 있는 가부장제 이데올로기에 대한 인식을 의미한다. 딸들은 가부장제 이데올로기에 억압당해 온 여성을, 개인을 복원하고자 한다. 이제 딸들은 지금껏 부권적 질서의 기초를 훼손하고, 성차의 혁명적 윤리를 가져다줄 금지된 행위로 인식된 '모든 여성 속에 존재하는 어머니에 관해서, 모든 어머니 속에 존재하는 여성에 관해서 생각하기' 시작한다.

딸들의 서사는 어머니 동일시 거부로부터 시작된다. 그것은 어머니 세계에 대한 부정으로, 어머니 삶의 부정으로 형상화된다. 그렇지만 여기서 분명히 할 것은 딸들의 어머니 부정은 '모성'의 부정이 아닌 '가부장제 구현체로서의 모성'임에 주목해야 한다. 딸들은 모성 자체를 부정한 것이 아니라 가부장제적 삶을 살고 있는 모성-자기 희생적, 무성적, 애정 과잉적인 모성을 부정하고 있는 것이다.

타자 지향적 삶을 살았던 어머니 세대에 대한 응시는 딸들로 하여금 가족 속에 매몰된 개인의 존재를 생각하게 만든다. 따라서 딸들은 "자기 응시"를 통해 여가장으로 가족 속에 매몰되어 가는 스스로를 해체하기에 이른다. 그러한 일련의 과정을 통해 딸들은 주체적 '자아'를 발견하고, 자신의 성정체성을 확립해 나가고자 한다.

2.1. 어머니 동일시에 대한 거부

가족을 안식처로 이상화하는 것은 결과적으로 여성의 소외와 억압을 지속시킨다.[27] 냉혹한 현실에서 안전한 안식처를 제공해야 한다는 자기 희생적 모성은, 자신의 가족을 위해서 적절한 보호처로, 헌신적이며 성적 구별이 없는 모성을 요구받는다. 바로 이런 특성은 가부장

---

27) 이재경, 앞의 책, 47면.

제 이데올로기 하의 '여성'에게, '어머니'에게 강요된 통념이었다. 이처럼 '희생적인 모성'만을 찬양하던 기존의 남성 서사에 반해 작가 박경리는 '냉정하고, 이성적이며, 자기애적인' 모성을 탐색한다.

2세대의 딸들에게는 무엇보다도 어머니가 갖지 못한 '자아'가 존재한다. 어머니들은 그들에게 강요된 타자적 삶에 순응함으로써 개성을 잃어버렸고, 타자의 욕망을 자기의 욕망으로 받아들였다. 그러나 2세대의 딸들은 자신의 욕망을 타자의 욕망에 동일시하지 않는다. 그들은 타자적 삶이 아닌 주체적 삶을 욕망하기 때문에 필연적으로 어머니와 갈등할 수밖에 없다. 그렇지만 어머니의 요구를 전면적으로 거부할 수도, 그렇다고 자아를 포기할 수도 없는 "양면성의 갈등"28)에 빠져 번민한다.

> "주책머리가 그리 없으니 배반을 당할 밖에……어머니는 바보야! 어쩌면 그리 남의 욕이 뼈에 쑤시지 않느냐 말이에요. 왜 이렇게 살아요. 왜 이렇게 사는 거예요. 시집을 다시 갔음 영영 갈 것이지, 왜 이리 사는 거예요. 나를 낳지 않았던 것이 좋았어. 나를 그냥 버려 두었더라면 좋았어요. 그럼 뒹굴다가 죽었을 게 아니에요."〈반딧불, 162면〉

> 온갖 괴로움을 냉소로써 바라보게끔 된 요즈음의 회인에게도 어머니에 대한 괴로움만은 냉소로써 처리되지 않았다. 어머니가 고생을 하고 계신다는 것, 회인이로 인한 심로에 늙어진다는 것, 그것은 그에게 견디기 어려운 심한 공포였다. 모든 괴로움을 냉소로써 받아 칠 수 있는 정신적 대비(對備)도 어머니에 한해서만은 무력했다.〈計算, 329면〉

> 넓적한 해바라기 잎사귀 사이의 그 찌드는 옆 얼굴을 바라보는 진영은 바다에 떼밀려 다니는 해파리(腔腸動物)를 생각했다. 그렇게 둔하면

---

28) 박경리는 끊임없이 어머니와 대립하고 갈등했음을 밝히고 있다. 실생활을 우선시하는 어머니와 가치를 추구하는 자신의 삶 속에서, 합치될 수 없는 두 가치로 인해 양면성의 갈등을 겪었으며, 그 속에서 공포를 느꼈다고 말한다.(崔溁周와의 대담에서, 앞의 글, 568면.)

서도 산다는 본능만은 가진 것, 그저 산다는 것, 진영은 어머니에 대한
잔인한 그런 주시를 더 이상 계속할 수가 없었다.〈不信時代, 341면〉

관습적으로 규정된 자기 희생적인 모성성은 그렇지 못한 어머니들
에 대한 비난의 기제로 역이용되어[29] 왔다. 그러나 딸들의 서사에서
는 더 이상 '자기 희생적' 모성성이 긍정되지만 않는다. 어머니의 희
생을 기반으로 현재의 '나'가 존재함을 인정하면서도 그러한 모성을
찬양하지는 않는다. 오히려 희생적 모성의 추구로 '어머니의 삶'이 피
폐해지고 본능적인 감정만이 자리함에 주목한다.

가족을 위하여 한 여성은 모성의 삶만을 강요당했고, 그의 희생으
로 가족은 안정을 꾀할 수 있었다. 〈반딧불〉에서 주영어머니는 아버
지의 새로운 삶을 위해, 그리고 주영의 성장을 위해 자신의 삶을 희
생했다. 그러나 가부장적 이데올로기에 순응하는 모성을 바라보는 주
영은 결코 행복하지가 않다. 주영이 어머니에게 "의젓함·도도함·기
를 펴"고 살라고 외치는 것은 여성이 모성이 아닌 주체적 자아로 거
듭나야 함을 역설하는 것이라 볼 수 있다.

'주책머리' 없이 자기를 주장하지 못하고 자식으로 인해 "고생을 하
고 계신다는 것"이 〈計算〉의 회인에게는 "견디기 어려운 심한 공포"(329
면)로까지 인식된다. 또한 〈不信時代〉의 진영은 그런 어머니의 삶을
여기저기 "떼밀려 다니는 해파리"와 같이 "산다는 본능만을 가진", "그
저 산다는"(341면) 무목적적 삶이라고 평가한다. 스스로도 '잔인한' 주
시라고 생각하지만, 딸들의 어머니에 대한 인식은 냉정하고 비판적이
다. 이처럼 비판적일 수밖에 없는 이유는 앞서 살핀 여성의 자아정체
성 서사의 특성에서 찾을 수 있을 것이다.

박경리의 초기 단편에 등장하는 딸 세대의 여가장들은 모성으로

---

29) 서강여성문학연구회, 『한국문학과 모성성』, 태학사, 1998, 5면.

'가족'을 지키는 어머니가 아니라, 결벽성과 저항의식으로 '자기'를 지
키기 위해 처절함[30]을 보이는 여성들이다. 기존의 가족 서사에서는
남성가장의 위기를 곧 가족의 위기로 인식하였다. 그러나 2세대의 여
가장들은 자신의 위기를 가족의 위기와 동일시하지 않는다. 여가장들
은 스스로가 가족을 위해 희생한다고 생각하지 않으며, 가족들에 대
한 보상심리[31]도 별로 없다.

> 『웬지 몰라. 난 내가 여자이며 어머니라는 것이 생소하기만 하구나.
> 모정이란 과연 본능일까? 내게는 아무래도 관념인 것만 같이 느껴져.
> 그야 아이들은 귀엽지. 사랑스럽고, 건데 왜 그리 아이들도 내게는 멀
> 게만 느껴지는 걸까. 아이들까지도 내게 절박감을 안겨 주진 않아. 불
> 행한 사태를 생각하다 보면 어느새 나는 나를 구경하고 있는 구경군인
> 것을 발견하거든. 그러면 땀이 지근지근 배나는 것 같은 불쾌감, 머리
> 가 뼁 도는 것 같은 현기증이 나지. 그건 죄의식 같은 것인지도 몰라.
> 의무를 의식하지 않는 나를 관념적으로 어거지를 쓰며 느끼려드는 나
> 를 보니까 말이야. 나는 죄인일까, 나는 죄인일까, 나는 불구잘까, 남과
> 같은 느낌을 지닐 수 없다는 것은 불구자가 아닐까 하고 말이야. 나는
> 나 자신을 어느 정도 속이고 있는 걸까? 속이고 있다면 그건 진실에
> 대한 죄악이지. 그렇다면 나는 얼마만큼 속이고 있다는 고통을 겪고
> 있는 걸까? 아이들을 위해 가정을 위해 또는 인간의 도리를 위해서 말
> 이야. 하지만 그 어느 편도 아닌 나를 난 구경하고 서 있거든. 그러면
> 나는 한정없는 공간에서 내가 나둥그러져 있는 것 같고 발끝이 후들후
> 들해진단 말이야.』〈나비와 엉경퀴, 89면〉

『나비와 엉경퀴』의 은애는 희련과의 대화에서 자신의 존재에 대해
깊은 회의를 가진다. 가족 속에서 사물화 되는 자신을 바라보면서 은

---

30) 이선미, 앞의 논문, 98면.
31) 여기서 보상심리란 이중의 의미가 있다. 자식이 부모의 은혜에 보답하는 의미에서의
　　보상심리와 자신의 희생에 대해 가족 성원들에게 무언가를 바라는 '바람'으로서의 보상
　　심리가 그것이다. 여기서는 이 둘 모두를 포함한 의미로 사용된다.

애는 "모정"이 "본능"이 아닌 "관념"이라고 느낀다. 그에게는 아이들도 절박한 그 무엇이 될 수 없는 객체적 존재일 뿐이다. 그는 '모성성=희생, 헌신'이라는 모성 이데올로기를 내면화하지 못하는 자신에 대해 현기증과 죄의식을 느낀다. 그렇지만 은애는 '자신'의 존재를 무화시키면서까지 모성을 본능적이며 당연한 것으로 받아들여야 한다는 모성 이데올로기에 동의할 수 없다. 그에게 모성은 '주체적인 나'가 짊어진 의무이며, 관념인 것이다. 가족이라는 유기체 속에서 가족 구성원 개개인은 누가 누구에게 종속된 존재가 아닌 개별적 존재감을 가진 횡적 존재인 '개인'으로 살아갈 때 진실로 자기 삶을 살아갈 수 있음을 딸의 서사에서는 역설하고 있는 것이다.

여성정체성 서사에서 딸은 어머니와의 동일성, 연속성, 그리고 동일화 위에서 자신의 성정체성을 형성[32]해 나간다. 따라서 희생적인 어머니의 삶은 딸들이 살아야 할 삶의 축도인 것이다. 여성성이 무화되는 공간에서 딸들이 자신의 '성(性)'을 긍정하고 바로 세울 수 있는 길은 곧 어머니 동일시 거부를 통해서만 가능하다.

우선 딸들의 서사는 헌신적인 어머니와의 분리 시도에서 출발한다. 초기 단편에서부터 딸들은 끊임없이 어머니와의 분리를 시도한다. 어머니와의 분리 시도는 딸들의 철저한 현실인식과 아울러 어머니 삶에 대한 응시를 통해 이루어진다. 딸들은 모성만이 아닌 억압되고 은폐되었던 그들의 성(性)에 대해 말하고자 한다. 더 나아가 '남성/여성'으로 존립하는 존재론적 가치를 깨닫고, 객체가 아닌 주체로 당당히 살아갈 것을 선언한다. 이를 통해 딸들은 그들 서사의 방향을 모색해 나간다.

---

32) 엘레인 쇼월터, 『페미니즘과 문학』, 김열규 외 공역, 문예출판사, 1993, 43면.

나는 훈아를 좀 멀리 두고 보아야겠다. 애정에도 염치가 있어야 한다. 항상 애정을 강요하던 어머니에 대한 미움이 어느새 나를 소심하게 조심스럽게 만든 것이다. 만일 나의 연인이, 그리고 내 딸이, 나에게 의무적인 또는 동정이나 강요에 못 이긴 포옹을 했다고 하자. 그것은 기막히는 일이다. 나는 그들, 사랑하는 그들을 잃을지언정 그들 마음 속의 화석(化石)이 되어서는 안된다. 내 마음 속의 어머니처럼 나를 억지로 밀어 넣어서는 안된다. 〈漂流島, 290면〉

『漂流島』의 현회는 '자기 희생적 어머니'의 삶 때문에 늘 죄의식에 시달린다. 어머니는 늘 애정의 과잉을 보이며 현회의 삶을 속박하려 들고, '자신의 삶=현회의 삶'이기를 바란다. 이처럼 "희생양인 어머니는 희생양인 자녀를 만들어낸다."[33] 어머니의 현회에 대한 태도는 현회로 하여금 모든 감정의 교류를 차단하는 결과를 낳는다. 현회는 어머니를 "덤덤히 남의 일처럼 바라보"(324면)거나 어머니의 물음에 "침묵"으로 답하고, 끝내 "손과 마음이 식어버린"(325면) 자신의 감정을 경험한다. 여기에서 우리는 현회의 어머니에 대한 애정에 '의무와 동정', 복합적인 감정이 뒤섞여 있음을 알 수 있다. 화석(化石)처럼 굳어버린 감정으로 오로지 어머니이기 때문에 함께 해야 한다면 가족은 비참한 관계일 것이다.

현회는 어머니-딸 사이의 "애정에도 염치가 있어야 한다"고 생각한다. 염치없게 애정을 강요할 때, 그것은 "의무적인 또는 동정이나 강요에 못 이긴 포옹"인 것이다. 자식에게 나를 억지로 밀어 넣지 않고, 자식을 자식으로 인정할 수 있을 때, 감정을 교류할 수 있는 가족이 탄생한다고 현회는 믿는다. 그렇기에 "아이는 어른들의 장난감이 아니"(漂流島, 291면)라 하나의 인격을 소유한 존재로 생각하는 현회의

---

33) 낸시 초도로우·수잔 콘트라토, "완벽한 어머니의 환상", 『페미니즘의 시각에서 본 가족』, 93면.

모성이 어머니의 모성과는 다르다는 것을 우리는 알 수 있다.

어머니로부터 분리를 꿈꾸는 현회는 "끈을 잡아 끊고 나가버린 현기에 대한 야릇한 선망"(324면)을 가져본다. 자신의 고독을 늘 자식들과 함께 나누기를 원하는 어머니, '불효의 바늘방석'을 펼쳐 들고 그 위에서 괴로워하는 자식을 바라보며 "사랑의 승리자처럼 만족해"(281면)하는 어머니에게 현회는 "경멸을 감출 수가 없었던 것이다."(325면) 일종의 사디즘적 쾌감을 추구하는 어머니는 현회에게 불안에 대한 "강박관념(強迫觀念)"을 심어준다. 현회는 그런 어머니를 바라보면서 애증의 양가감정에 혼란스러워 한다.

> 참으로 추악한 싸움이었다. 가장 정다워야 할 모녀가 마치 원수들처럼 마주보고 앉았던 것이다. 어머니는 혈육이라는 권리로서, 불륜이라는 이름으로서 가차 없는 매질을 하려고 했던 것이다. 어머니로 말하면 그것은 너무나 당연한 의무였을 것이다. 다만 나의 생각이 비정상이었을 뿐이다. 언제인가 전에 어머니는, 애비도 없는 훈아를 낳았다 하여 나에게 심한 모욕을 가한 일이 있었다. 그때도 나는 아무 대답을 하지 않았다. 그대신 입고 있었던 외출복 치마를 앉아서 발기발기 찢었던 것이다. 어머니는 내가 미친 줄 알았던지 벌벌 떨면서 손목을 잡았다. 그리고 새파랗게 질린 얼굴로 내 눈을 들여다보았던 것이다.
> 〈漂流島, 332면〉

현회는 부계 계승의 가부장제 사회에서 여성에게 강요된 정조 이데올로기를 파기한 인물이다. 결혼도 하지 않은 상태에서 찬수와 동거를 했으며, 거기다 훈아라는 사생아를 낳았다. 현회의 부정(不貞)은 아내 있는 이상현과의 사랑에서 더욱 금기 파기로 나아가고 있다. 이로 인해 "가장 정다워야 할 모녀"는 "원수들처럼 마주보고 앉"게 되고, 어머니는 "혈육이라는 권리로서, 불륜이라는 이름으로서 가차없는 매질"을 하려고 한다.

현회는 자신의 사생활에 '혈육이라는 권리'를 내세우고, '불륜'이라는 사회적 통념을 들이대는 어머니에게 심한 모욕을 느낀다. 그렇다고 현회가 어머니를 비난하지는 않는다. 왜냐하면 "어머니로 말하면" 즉 어머니가 살아온 가부장제의 규범 속에서 그것은 "너무나 당연한 의무였을 것"이기 때문이다. 다만 그러한 가부장제 규범을 내면화할 수 없었던 현회가 "비정상"인 것이다.[34]

딸의 어머니에 대한 주시는 '어머니-딸'의 서사에 대한 거부로 이어진다. 그렇지만 "어머니는 한세상을 사는 동안 남자로부터 사랑을 받아 본 일이 없다"(280면)는 표현에서 우리는 어머니의 자녀에 대한 애정이 왜 비난의 대상이 되었는지를 파악할 수 있을 것이다. 가부장제 이데올로기 하에서 어머니가 자기의 존재를 확인할 수 있는 유일한 길은 자녀를 통해서이다. 모성만이 완전함이라는 모성 이데올로기는 어머니를 자식에 집착하게 만들었다.

따라서 딸의 어머니에 대한 주시, 그를 통해 어머니를 비판한다는 것은 곧 어머니에 대한 비판이 아니라 어머니의 삶으로 표현되는 가부장제에 대한 복종·종속을 비판하는 것이다. 더 나아가 딸들의 어머니 비판은 가부장제에 대한 거부로 연결된다고 할 수 있다.

---

34) 낸시 프라이데이(Nancy Friday, *My Mother/My Self*, New York: Delacorte, 1977, 105면.)는 딸의 인생주기에 대한 추적을 통해, 삶의 각 단계에서 어머니가 딸을 얼마나 강제적이고 의도적으로 때로는 지독하게 억누르고 통제하는가 그리고 어머니가 어떻게 딸의 개별화를 방해하고 특히 딸의 성을 부정하고 남자를 멀리하게 하는가를 보여준다. 즉 이 말은 자신이 살아왔던 규범에 따라 어머니는 자기 이미지대로 딸들이 커주기를 바란다는 것이다. 낸시 프라이데이는 자신이 모성으로 존재해 왔던 것처럼 딸 또한 모성으로 '무성(無性)'의 존재이기를 요구한다고 보았다. 그러나 이는 모든 잘못이 어머니에게 있다는, 또 한 번의 모성 이데올로기에 함몰된 견해라고 볼 수 있다. 어머니의 행동이 어머니의 악의의 산물이라고 치부하는 것은 어머니를 "희생양" 삼고, 오로지 어머니는 자녀에 대한 기대로 살아가는 사람이라고 말함으로써 자식들의 어머니에 대한 비난을 정당화하려는 점이 또한 함께 한다는 것을 은폐할 수 있다는 것을 동시에 생각해야 할 것이다.

　　이곳 주민들의 범죄의 동기는 거의 다 애정문제가 아니면 빈곤에서 이루워지고 있다. 그것은 사회라는 공동 기구 속에서 혜택을 받지 못한 또는 박해를 받은 조건이 반드시 개재되는 것이다. 그들의 범죄 사실은 어느 뜻에서는 엄밀한 선악(善惡)의 기준이 될 수 없다. 사회질서나 사회의 기범을 떠나 순수한 인간의 마음이라는 고향 속에서 선악의 기준을 세워 볼 때에 작은 반항과 계산이 서투른 이성, 그것은 무지의 죄다. 누가 무지는 죄악이라 말한 것처럼, 나도 계산기의 고장으로 최 강사를 죽였다.〈漂流島, 382면〉

　"이곳 주민들", 여죄수 감방에 갇힌 사람들은 "애정문제" 아니면 "빈곤" 때문에 범죄를 저질렀다. 굳이 그들의 죄를 묻는다면 남성들만을 위한 사회에서, 그 "사회라는 공동 기구 속에서 혜택을 받지 못한 또는 박해를 받은" 조건이 바로 그들의 죄목이다. 그들은 모두 남성과 관련된 범죄로 감옥에 갇힌 신세이다. 현회 또한 자신을 구두(口頭)로 매매하려 든 최강사를 살해했기 때문에 영어(囹圄)의 신세가 된 것이다.

　남성 중심 사회에서 여성은 피해자였으며, 가해자였다. 어머니는 남편으로부터 버림받은 피해자였으며, 자식에게 불효의 자의식을 심어주는 가해자였다. 그러나 '피해자/가해자'를 만들어 낸 진정한 가해자는 바로 남성 중심의 사회였던 것이다. 따라서 "사회질서나 사회 기범"을 떠나 "순수한 인간의 마음"을 가지고 선악의 판결을 내릴 때에, 그들 모두는 "작은 반항과 계산이 서투른 이성, 무지의 죄"인일 뿐이다.

　현회는 비로소 "무엇을 하고" "무슨 낙으로 살았"(387면)을지 모르겠는 "기박한 어머니의 팔자"를 직시하게 되고, 어머니 세계에 대한 거부와 이해의 양가감정에 빠진다. 이 땅의 모든 여성들을 죄인으로 만들어 버린 가부장제 권력은 사회 규율로써 여성의 인권을 짓밟았으며, 그들에게 굴욕을 심어주었다. 현회가 감옥에서 경험하게 된 당시

사회의 지배 이데올로기는 여성의 희생을 강요하는 불합리한 것이었다. 따라서 현회의 어머니 주시는 곧 당대 사회에 대한 주시를 의미하며, 더 나아가 여성의 삶을 비극으로 몰아넣은 가부장제의 실체 들여다보기인 것이다.

"거지가 되어 비참하게 어느 골짜기에 쓰러져 죽는 한이 있어도 난 내가 사는 이유를 발견하고 싶어요. 한 순간일지라도 난 절대적인 상태 속에 서고 싶은 거에요."(나비와 엉겅퀴; 147면)라고 주장하는 희련의 절규는 '어머니=딸'의 동일성을 부정하고, 새로 쓰는 딸의 서사의 방향을 단적으로 보여주는 예라고 할 수 있을 것이다.

2.2. 자기 응시를 통한 자아의 해체

어머니 세계에 대한 주시를 통해 현실의 불합리를 알게 된 딸들은 자신 또한 현실에, 가족에 매몰되어 살고 있음을 자각하게 된다. 한 집안의 가장으로서, 어머니로서, 딸로서, 그리고 여성으로서 그가 살아가야 할 삶은 복잡한 미로와 같다.

〈計算〉의 회인은 자의식이 강해 타인이 베푸는 호의마저도 선뜻 받아들이지 못하는 결벽성을 지닌 인물이다. 그러나 세상의 "온갖 괴로움을 냉소로써 바라보게끔"(329면) 자신을 단련한 회인이지만 어머니에 대해서만은 냉소로 일관할 수 없다. 어머니가 앓고 있다는 전갈에 돈 만 환을 "갚을 궁리가 똑똑히 서지 않는 일할 오부 변"(329면)으로 빌릴 정도로 어머니에게 맹목을 보인다.

그렇지만 회인의 어머니에 대한 맹목은 단순히 어머니에 대한 애정의 발로에서 비롯된 것은 아니다. 그것은 '괴로움'에서 비롯되고 있다. 어머니가 자신을 위해 "심로에 늙어진다는 것, 고생을 하고 계신다는 것" 때문에 회인은 심한 "공포"마저 느낀다. "모든 괴로움을 냉소로써 받아 칠 수 있는 정신적 대비(對備)"(329면)마저도 어머니에 대해서는

 무력할 수밖에 없다. 어머니에게 느끼는 괴로움을 정면으로 극복할
수 없는 그는 늘 '도피'를 꿈꾸고, 어머니를 머릿속에서 지우고자 노력
한다. 어머니와의 분리만이 회인 스스로의 자존을 지키며, 그의 가치
관에 따라 세상을 살아갈 수 있기 때문이다.

 『漂流島』의 시간적 배경은 전후이다. 생존 위기와 가난, 잔혹성, 불
신감이 팽배한 현실에서 여가장은 현실에의 타협보다는 '결벽성'을 추
구한다. 현회는 사회 규범을 따르지 않고 '사생아'를 낳음으로써 사회
로부터 격리된다. 그가 당한 차별은 가부장적 사회의 정조관에서 비
롯되었다. 이처럼 그에게 가해진 부당한 대우로 그는 더욱 자신과 당
대 사회를 응시하게 된다.

> 학교가 지식의 매매장소인 이상 개인의 인격이나 사생활이 논의될
> 수 없다. 따라서 사생아를 가졌던 나의 대 사회생활에도 그런 규범이
> 적용된다. 그러나 나는 몇 해 전에 학교라는 직장에서 폐문(閉門)을 당
> 하지 않았던가. 불합리한 일이다. 그러나 그것은 조금도 신기한 일은
> 아니다. 세상은 불합리한 일투성이니까. 다만 나는 방관할 수밖에 없
> 고 가능한 곳으로 파고들어 내가 숨을 쉴 수밖에 없다. 내가 숨을 쉬고
> 가능한 곳을 파고들어 가는 이상 나의 존재에는 이유가 있고 가치가
> 있는 것이다. 〈漂流島, 352면〉

 현회는 어머니·동생 현기·자신의 아이 훈아를 책임져야 하는 가장
이다. 지금 그는 식구들의 생계를 위해 다방 '마돈나'를 경영하고 있
다. 대학까지 나온 인텔리 여성이지만 그는 다니던 직장-학교에서
여러 번 쫓겨난다. "질서라든가 명령에 견뎌 배길 수가" 없었다는 그
녀 자신의 성격 탓이기도 하겠지만 직접적인 원인은 "품행이 단정치
못하다는 것"(270면) 때문이다. "혼인 수속도 하지 않고"(270면) 살던
중 전쟁이 났고, 남편 찬수가 전쟁 중에 죽어버리자 그의 아이는 사
생아가 되었다. 부적절하거나 부도덕한 관계로 아이를 낳은 것도 아

니건만 여성에게만 강제되는 '순결 이데올로기' 때문에 현회는 부도덕한 여자로 매도된다.

"학교가 지식의 매매장소인 이상 개인의 인격이나 사생활이 논의될 수"는 없다. 따라서 사생아를 낳은 현회의 "대 사회생활에도 그런 규범이 적용"되어야 한다. 그러나 현회는 "학교라는 직장에서 폐문(閉門)"을 당한다. 그것은 현회에게만 적용된 불합리한 처사이다. 현회는 바로 이 불합리를 "조금도 신기한 일이 아니다"라고 말한다. 세상 자체가 불합리하기에 그것은 불합리한 세상에 있어 지극히 당연한 일이기 때문이다.

불합리한 세상에서 불합리하지 않은 인물이 살아가기란 고달픈 것이다. 불합리한 세상을 살기 위해 현회는 "방관할 수밖에 없고 가능한 곳으로 파고들어" "숨을 쉴 수밖에 없다." 숨을 쉴 수 있는 곳을 찾아 파고 들어가는 행위는 따라서 "이유가 있고 가치가 있는" 것이다.

> 「지내 놓고 보면 모두 환상이고 유희라 생각돼요. 우린 서로 발이 땅에 붙어 있지 않아요. 우린 현실을 저바리고 꿈을 꾸려고 해요. 어디로 자꾸 도망치려고 해요. 가만히 쳐다보면 역시 꿈이에요. Y마을은 꿈속에 있었던 곳이에요.」(漂流島, 333면)

현회에게 집은 "도처에 어머니의 신경질"(348면)이 있고, 속물적 현실이 지배하는 공간이다. 딸이 현실과 타협해서 편히 살기를 바라는 심정에서 쏟아지는 어머니의 신경질은 그러나 현회를 스스로 '학대하지 않고서는' 살아갈 수 없는 방향으로 내몬다. "새하얗게 바래진 마음의 광장"(324면)에서 홀로 고독을 씹어야 하는 현회는 서서히 죽어가는 의식의 사멸을 바라본다.

인간의 자존이 무너지고, 인간이 도구적 존재로 전락해버린 현실에서 "인간에 대한 향수"(328면)를 찾고 싶은 현회는 여행을 결심한다.

그러나 현실에서 금기된 '사랑의 도피'적 성격을 띤 여행은 잠시 잠깐의 "환상이고 유희"일 뿐이다. 따라서 금기 위반의 도피적 여행은 현회로 하여금 더욱더 현실을 직시하게 할 뿐, 새로운 세계로의 방향 전환이 되지 못한다. 질식할 것 같은 가족과의 생활, 이루어질 수 없는 사람(상현)과의 사랑으로 현회의 생활은 더욱더 고통스러워진다. 오로지 현회는 비굴한 삶을 살지 않겠다는 결벽증과도 같은 의지로 현실을 지탱할 뿐이다. 그것은 현회가 살아갈 수 있는 인간의 존재 가치이다. 존재 가치의 훼손은 바로 죽음으로 연결될 수밖에 없다. 따라서 자신을 사물화(事物化) 시키고, '창부' 취급을 한 최강사를 죽일 수밖에 없었던 현회의 비극은 '인간 모멸'에 대한 '마(魔)의 소행'으로 밖에는 설명할 수가 없다.

　　십년이 지난 오늘에 와서 죄수라는 신분을 짊어지고 비로소 내가 「죽음의 집의 記錄」의 진가를 알았고 그 작품이 얼마나 진실되게 씌어진 것인가를 깨달았다는 것, 그 깨달음이 어떻다는 것이 아니다. 그러나 그것은 나에게 과거와 현재를 연결시켜 주었다. 나의 과거와 현재를 연결지어 준 이 공간 속에서 나는 나를 바라보게 되고 나대로의 진실을 다시금 생각케 한 것이다. 전쟁, 죽음, 기아(飢餓), 사랑 대부분의 사람들이 겪어야 하는 이러한 인간사를 나도 이제 웬만큼 겪은 셈이다. 사람도 죽였고, 죄수라는 이름도 붙게 되었으니 이만하면 막다른 골목까지 온 셈이다. 그러나 내 생명 있는 한 나는 나에게 대하여 거짓으로 살아가지는 않으리라. 이 속에서도 내가 절망하지 않고 삶을 의식하는 이상 여하한 고난도 내 마음의 생장(生長)을 막지는 못하리라. 나는 확실히 이곳에 와서 내가 지닌 거죽을 한꺼풀 벗었다.〈漂流島, 382면〉

　소설의 서사성을 이루는 데는 시간적 요소와 함께 공간적 요소가 중요한 의미를 띤다. 특히 인물의 내면 심리 변화에 초점이 맞추어질 때 공간 상징성은 서사를 진행시키는 원동력이 된다.

피상적인 삶 속에서 읽었던 도스토예프스키의 「죽음의 집의 記錄」[35]은 비로소 현회의 인생에 현실로 다가온다. 현회를 담당한 검사는 최강사와 같은 부류의 인간으로 "사건 발생의 원인을 심리적(心理的)인 면에서보다 사물적(事物的)인 면에서 찾으려고"(375면) 한다. 특히 현회가 사생아를 낳았으며, 직업이 '다방 매담'이므로 최강사의 언사는 충분히 모욕적인 것이 아니었다고 몰아붙인다. 다시 말해서 검사는 현회의 과거와 직업을 들어 "모든 희롱이나 모욕이 감수되어야 한다고 주장"(376면)한다. 그러면서도 자신의 지식을 매매하고 추악한 사생활을 가진 최강사에 대해서는 '방관'으로 일관하며, 윤리적 기준을 들어 현회를 매도한다.

폐쇄 공간인 감옥 안에서 현회는 여성에게 가해진 시대의 윤리에 직면하게 된다. "사회라는 공동 기구 속에서 혜택을 받지 못한 또는 박해를 받은"(382면) 죄수들은 현실의 부조리에 대한 무지로 유치장에 갇히게 된다. 유치한 낭만과 시정(詩情)으로 현실을 살아왔던 현회는 비로소 단절된 '나'가 아닌 "과거와 현재"가 연결된 '나'를 인식하게 된다. 과거와 단절된 삶은 현실 인식을 불가능하게 만들며, 늘 불안과 무기력한 삶을 영위하게 만든다. 따라서 주변의 모든 호명에 '거부'의 제스처를 취할 수밖에 없다. 그러나 '과거와 현재'의 연결 속에서 자신을 바라보게 된 현회는 삶의 '진실'을 생각하게 된다. 자신에게 주어진 모든 억압과 모욕 속에서 아이러니하게도 현회는 어떤 고난도

---

35) 「죽음의 집의 記錄」은 도스토예프스키 자신이 시베리아 감옥에서 4년 간의 유형기간을 회상하며 쓴 자서전적 소설이다. 작가 스스로가 '記錄'이라는 표현을 붙이고 있듯이 이 작품은 감옥 생활의 구체적인 부분 부분을 묘사하고 있다.―아내를 살해하였다는 혐의를 받고 10년 간 시베리아 감옥에 갇히게 된 알렉산드로 뻬뜨로비치 꼬란치코프를 내세워, 도스토예프스키는 산송장과 같은 죄인의 삶, 인간 최저의 대우를 감내해야 하는 삶을 보여주고 있다. 그러나 그 속에서 행해지는 억압과 모욕은 인간을 절망으로 이끌지만, 역으로 생에 대한 열망을 꿈꾸고, 스스로 인간존재에 대한 회의를 가질 수 있는 시간이었음을 암시하고 있다. 이후 쓰여지는 도스토예프스키의 작품에 감옥 생활의 경험은 많은 영향을 끼치고 있다.

자신의 "마음의 생장(生長)"을 막을 수 없음을 강하게 인식하고, 피상적 의식의 "거죽을 한꺼풀 벗"게 된다.

> 나는 강인한 채찍으로 내 마음을 후리쳤다. 나를 현실에 적응시켜야 한다. 내 생명이 있기 위하여 나를 변혁(變革)시켜야 한다. 겨울이 와서 산야에 흰 눈이 덮이게 되면 털이 하얗게 변하고 여름이 와서 숲이 우거지면 나무 껍질처럼 털이 다갈색으로 변하여지는 토끼라는 짐승의 생리를 나는 닮아야 한다. 얼마나 많은 인간들이 얼마나 유구한 세월을 두고 인간과 자연 속에서 그 끈질긴 싸움을 해 왔던가. 끊임없이 자기를 변혁하고 현실에 적응해 가며 생명을 지탱해 오지 않았던가.
> 「우리는 사는 것을 생각해야 합니다. 주변의 죽음보다 자기 자신의 일이 더 절실한 문제입니다. 일은 산다는 뜻이요. 사람은 움직이는 섬입니다. 지금도 우리는 떠내려 가고 있습니다. 현회씨, 울지만 말고 정신을 차리시오. 정말 언제까지나 이러고만 있다면 나는 혼자 떠내려가야 합니다. 아시겠어요?」
> 나는 나도 모르게 고개를 끄덕이고 있었다.〈漂流島, 391면〉

그러나 '죽음의 집'에서 움트기 시작한 현회의 생에 대한 열정은 딸아이 훈아의 죽음으로 인해 다시 한 번 좌절된다. 자신의 부재 기간에 죽은 훈아. 현회는 훈아가 '엄마'를 찾아 나섰다가 죽었을지도 모른다는 자책감에서 헤어 나올 수가 없다. 아무런 사고도 할 수 없는 "동작 없는 인형"(383면)에 불과한 현회는 "죽은 망령들"의 중얼거림과 함께 하루하루를 보낸다. 끝없이 자신을 학대하며 피폐해질 대로 피폐해진 현회는 끝내 쓰러져 병원에 입원하게 된다.

공포와 집착의 공간인 집에서 병원으로의 공간이동은 단순한 의미를 내포하지 않는다. 끝없는 자책과 죄의식의 공간 탈출은 죽어 가는 현회에게 새로운 삶을 설계할 수 있는 치유의 역할을 한다. 이 치유의 공간에서 현회는 질식해 가는 의식에 "강인한 채찍"을 가한다. 계절의 변화에 따라 자신의 털색을 변화시키며 살아가는 토끼와 같이 현회는 "생명이 있기 위"하여는 '변혁(變革)'을 꿈꾸고 현실에 적응해 가야 함을 깨닫는다. 현회는 김환규의 말처럼 사람은 '漂流島'-"움직이는 섬"일지도 모른다고 생각한다. 남성 중심의 사회에서 여성은 하나의 섬이다. 남성들의 세계에서 금기하는 윤리를 파기하고 그 섬이 낳은 아이는 사생아였다. 사생아를 낳은 여인, 그로 인해 그에게 가해진 형벌은 엄청난 것이었다. 사회는 사생아를 낳은 여인을 감옥에 가두었고, 어미와의 격리를 통해 그 사생아를 죽여버린 것이다. 따라서 훈아가 죽은 원인은 현회의 부재가 아니라, 현회의 부재를 조장한 사회에 있는 것이다. 훈아에의 집착은 현회를 변혁시키지 못한다. 그 집착에서 벗어나 자기를 바라볼 수 있을 때, 현회 자신의 인생을, 자신의 "사는 것"을 생각할 수 있는 것이다.

> "저의 아버지는 고아로 자라셨어요. 할머니는 자살을 하고 할아버지는 살인을 하고, 그리고 어디서 돌아갔는지 아무도 몰라요. 아버지는 딸을 다섯 두셨어요. 큰딸은 과부, 그리고 영아 살해혐의로 경찰서까지 다녀왔어요. 저는 노처녀구요. 다음 동생이 발광했어요. 집에서 키운 머슴을 사랑했죠. 그것은 허용되지 못했습니다. 저 자신부터가 반대했으니까요. 그는 처녀가 아니라는 흠 때문에 아편쟁이 부자 아들에게 시집을 갔어요. 결국 그 아편쟁이 남편은 어머니와 그 머슴을 도끼로 찍었습니다. 그 가엾은 동생은 미치광이가 됐죠. 다음 동생이 이번에 죽은 거예요. 오늘 아침에 그 편지를 받았습니다."〈김약국의 딸들, 365면〉

일반적으로 '집'이 갖는 공간 상징성은 주로 외부 공간에 대한 친밀성의 공간으로 '안식과 평온의 영역'[36]이 된다. 이는 '긴장과 투쟁'의 외부 공간에 반해 '피난처' 내지는 '휴식처'의 개념이다. 견고한 집은 외부의 폭력으로부터 '방어'해주는 기능을 하며, 가족 성원들 간의 결

---

36) 김정자, 『한국여성소설연구』, 민지사, 1991, 60면.

속력을 다져주고, 더 나은 삶을 위한 재충전의 공간이다.

　그러나 박경리 소설에 등장하는 '집'의 공간은 이와는 다른 상징성을 내포한다. 외부 세계로부터 피난처, 휴식처의 역할을 하는 내부 공간으로서의 '집'이 아니라, "공포와 집착의 공간", "문제의 원인을 제공하는 공간"으로 상징화되고 있다. '집'은 인물들이 성장하면서 겪게 되는 모든 문제의 원인을 제공하는 공간이며, 늘 불안 속에서 공포와 상실을 체험한 공간이다. 바로 이런 '집'의 공간에 머물 경우, 인물들은 배가되는 공포로 '질식사'를 가체험하게 된다. 따라서 현실 탈출을 꿈꾸는 인물들은 필연적으로 집(길) 떠남을 선택할 수밖에 없다.

　김성수 일가는 "완전히 폐가(廢家)"가 된 "도깨비집"(23면)에 세워진다. 그 집은 "맞아 죽은 구신, 굶어 죽은 구신, 비상 묵은 구신, 물에 빠져 죽은 구신, 무당 구신"이 우글우글하는 공포의 공간이다. 또한 김성수에게는 어머니의 죽은 영혼이 살아 있는 공포와 상실의 공간이다. 이 공간에서 딸들은 김약국家의 비극-'고아', '자살', '살인', '방랑' 등의 운명에 순응하며 살기를 요구받는다.

　당시 사회에서 요구하는 삶을 살지 않은 딸들은 비난의 대상이 되거나 비극적 최후를 맞는다. 과부의 삶을 거부한 용숙은 "영아 살해범"이 되어 버린다. 또한 '개인'의 삶을 설계해 나가는 용빈은 "노처녀"가 된다. 낭만적 사랑을 꿈꾼 용란은 가부장의 일방적 결정으로 이루어진 결혼으로 "미치광이"가 되어 한돌을 찾아 헤맨다. 누구보다도 가부장제 이데올로기를 내면화했던 용옥은 딸과 함께 비극적인 죽음을 맞이한다. 또한 한실댁은 딸을 지키기 위해 달려간 곳에서 도끼에 찍혀 죽임을 당하고, 김성수는 암으로 세상을 마감한다. 죽음이 가득한 집은 공포만을 안겨 줄 뿐이다. 그 안에서 가족들은 비참한 삶을 영위하게 된다. 김성수의 죽음을 마지막으로 "도깨비집"의 가족은 해체된다. 그들은 이제 가족의 이름으로가 아닌 개인의 이름으로 각자의 삶을 살기 위해 가족을 떠난다.

> 캄캄한 암흑과 절벽 앞에 인실은 한 마리 눈먼 짐승이었다. 자살에
> 의 유혹도 수차례 받았다. 모성애나 연민 같은 것, 그런 것은 인실에게
> 너무나 염치 없는 감정이었다. 나락과도 같은 죄의식, 뿌리쳐도 뿌리
> 쳐도 달겨드는, 덮치고 누르는 바위 같은 죄의식이 그의 생존을 끊임
> 없이 위협했다. 용정에 도착한 인실은 며칠을 여관에 묵고 있다가 셋
> 방을 하나 얻어 자취를 시작했다. 탈출과 해방을 꿈꾸던 그 긴 동경에
> 서의 몇 개월의 시간이 용정에서 되풀이되었다. 하나의 생명을 떠밀어
> 내고, 용정에서의 시간은 탈출도 해방도 아니었다. 인실은 한없이 쏘
> 다녔다. 산이고, 강변이고 어디고 간에 길거리를 헤매다 밤이면 셋방
> 에 와서 쓰러지곤 했다. 그리고 긴, 참으로 긴 겨울 동면과도 같이 방
> 한 칸에 갇히며 자신과 치열한 싸움을 벌였다. 동경의 그 몇 개월과 같
> 은 악몽의 나날이었다. 집요한 자신과의 작별은 이듬해 봄 해란강 강
> 가 사소한 풍경에서 시작되었다. 강이 풀리어 뗏목이 흘러가던 해란
> 강, 새 풀이 돋아나 싱그러웠던 햇볕이 따스했다.〈土地, 12;270-271면〉

일제 강점기라는 시대적 상황에서 일본인과의 사랑으로 괴로워하
던 인실의 탈향은 죄의식 극복의 성격을 띤다. 조국에 대한 배신자이
며, 가족의 이단자로 가족에게 불명예를 안겨주었다는 죄의식은 인실
을 끊임없이 외부로 외부로 몰아간다. 그렇지만 인실의 외부 세계로
의 나아감은 가족의 이단자이기에 가족 밖이어야 하며, 조국의 배신자
이기에 조국 밖의 공간이어야 한다. 오가다 지로와의 사이에서 태어
난 아들마저도 허용할 수 없었던 인실의 '조국애'는 처절할 수밖에 없
다. 인실 개인의 행복은 가족과 조국애에 함몰되어 버렸고, 인실의 살
아가기 위한 이유 찾기, 살기 위한 몸부림으로서의 방황이 시작된다.
"하나의 생명을 떼밀어"[37] 버렸다는 "나락과도 같은 죄의식"에 인실

---

37) 『土地』에서 인실의 서사는 윤씨부인의 서사와 유사하다. 간단하게 몇 가지를 요약해
   보면 다음과 같다. 첫째, 모성 포기/모성 회복과의 사이에서 갈등함. 둘째, 당대 사회에

은 "자살에의 유혹도 수차례 받"는다. 생존을 위협하는 죄의식에서 "탈출과 해방"을 위해 도착한 "용정에서의 시간은 탈출도 해방도 아니었다." "그리고 긴, 참으로 긴 겨울 동면과도 같이 방 한 칸에 갇히며 자신과 치열한 싸움을 벌였다." 그 긴 "악몽의 나날" 속에서 인실은 마침내 "집요한 자신과의 작별"을 고한다. 아들 쇼지에 대한 모성애만을 마음 깊숙이 간직하고 인실은 조국을 위해, 자신을 위한 일을 찾아 나선다.

박경리 소설에서 '집'의 공간 상징성은 주로 현실적인 지배 이념에 철저히 복종하는 인간을 배양하는 장소로 가족 구성원들의 삶을 옥죄는 역할을 담당한다. 그 속에서 아직 주체적 자아를 형성하지 못한 인물들은 '종이 인형' '화초'와 같은 무생명의 낭비적 삶을 살아갈 수밖에 없다. 이런 비극적인 삶을 종식시키고, 주체적 정체성을 확립하기 위해 인물들은 끊임없이 세계 속으로 표류한다.

3. 가부장적 질서를 양산하는 부부 관계의 거부

지금까지 가족은 "권위, 불평등, 복종 관념의 생생하고도 핵심적인 상징"[38]이 되었다. 가족에는 장유유서, 남녀유별과 같은 개념, 즉 어른과 아이, 남성과 여성에 대한 불평등이 내재되어 있다. 따라서 가족 공동체가 유지되기 위해서는 지배 질서에 대한 가족 구성원들의 적극

___

서 용납되지 않는 상대와의 관계 맺기(윤씨부인의 경우 겁탈에 의해 맺어진 관계라는 점이 다르다고 할 수 있지만 궁극적으로 김개주를 사랑하게 되었다는 점에서는 인실의 오가다 지로에 대한 사랑과 같은 성격으로 볼 수 있다.) 셋째, 둘 다 상대에 대한 사랑에 갈등함.(윤씨부인이 끝내 수인을 짊어진 이유는 김개주에 대한 사랑에 연유함.) 넷째, '아들'을 낳았다는 점—부계 계승 서사에서 금기의 사랑을 통해 딸이 아닌 아들을 출산했다는 것은 기존 가족 서사의 전복을 내포한다. 바로 이 점은 최참판댁의 가족 서사에서 확인할 수 있다. 윤씨부인이 낳은 아들, 타성의 아들이 정통의 아들 최치수의 부인 별당아씨와 도망함으로써 최참판家의 비극이 시작되고 있기 때문이다.
38) 다이애너 기틴스, 앞의 책, 92면.

적인 동참이 있어야 한다. 그렇지 않을 경우, 가부장권은 제대로 행사
될 수 없으며, 가부장제적 가족은 와해되는 운명에 처하게 된다.

따라서 이 장에서는 가부장제적 질서를 더욱 공고히 하는 가부장적
결혼에 대한 거부의 한 양태로서 "낭만적 사랑"을 살펴보고자 한다.
가부장적 결혼계약의 거부는 곧 가부장제 가족 이데올로기에 대한 거
부로 볼 수 있을 것이다.

이데올로기화된 가부장제가 지배 이념이 된 사회에서 어떤 부부도
"가부장적인 혼인관계"39)를 벗어날 수 없다. 특히 결혼의 방식이 가족
의 구조를 결정한다40)는 사실에 주목해야 한다. 가부장제 하에서 성
립된 결혼계약은 근본적으로 남/녀의 불평등을 전제한다. 아버지의
예속에서 벗어날 수 있는 결혼은 또 다른 남성인 남편에의 예속을 의
미하는 것이었다. 따라서 결혼이 남편이라는 새로운 가부장에 예속되
는 불평등한 부부 관계를 양산하는 것임을 인지한 여성들은 무능화된
자신을 인식하고, 자기 존재 의의가 무엇인지를 스스로에게 묻게 된
다. 더 나아가 남편과의 관계에서 점점 사물화 되어가는 자신을 인식
한 여성들은 적극적으로 이혼을 결행한다. 이때 이혼을 결행하는 여
성들의 행위는 남편과 남편 집안에 예속된 여성들의 자아 찾기의 한
표상이라 할 수 있다.

3.1. 낭만적 사랑 추구

작가는 "사랑은 그것이 어떤 형태(形態)나 성질(性質)이든 결코 존
엄에 손상을 주지 않는다. 사랑은 사람을 소외하지 않는다"41)라는 명
제 속에서 인물들의 낭만적 사랑을 그리고 있다. 결혼 제도 속에 함

---

39) 캐럴 페이트만, 앞의 책, 37면.
40) 이종영, 『성적 지배와 그 양식들』, 새물결, 2001, 102면.
41) 박경리, "나의 문학적 자전", 앞의 책, 138면.

의된 여성 억압의 가장 기본적인 명제는 존엄에 대한 무시일 것이다. 따라서 낭만적 사랑의 추구는 "개인을 억압하는 메커니즘의 고발이라는 시대적 의미가 전제된다."[42] 이때 주인공들이 느끼는 사랑의 감정은 '기존의 유교적 부부관에 대한 반발을 가능하게 만들고 가부장제에 대한 저항의 기제로 사용된다는 점에서 여성의 자아 발견과 주체 회복을 위한 적극적인 움직임'[43]이라 할 수 있다.

　서구사회로부터 수입된 낭만적 사랑에 대한 理想은 유교문화를 기반으로 형성된 전통사회와 달리 오늘날의 한국사회에서 남녀 간의 상반된 애정관에 따른 갈등을 여성들로 하여금 인식하도록 하였다. 이러한 인식은 기존 사회의 애정관에 대한 저항을 고무하는 기제로 사용되기 때문에 결국 자아를 찾기 위한 과정의 하나라고 볼 수 있는 것이다. 따라서 여성 인물들의 결혼에 대한 거부, 낭만적 사랑의 추구는 여성의 삶을 '어머니-아내'로 타자화해 버리고, 수동적인 순종만을 강요하는 기존 가부장제 이데올로기에 대한 도전이라고 볼 수 있다.

> 「어느 마을에 아들과 아버지가 살았었대요. 아버지는 마을 처녀를 후처로 맞아들였는데 그 처녀는 아버지 아닌 아들하고 연애를 하게 되었더랍니다. 아들은 자기의 연인을 범하는 아버지를 깊이 저주한 나머지 결국 아버지를 죽이고 말았어요. 아들은 아비를 죽인 죄로 오랜 감옥살이를 하다가 수십 년이 지난 후 출옥하여 그 여자를 데리고 다른 마을에 가서 숨어 살았다는 것이었어요. 이것은 누군가가 쓴 소설의 이야긴데 거기서는 아비를 죽인 천하에 드문 패륜아를 그렸는데도 불구하고 윤리를 뛰어넘은 숨겨질 수 없는 인간의 모습, 모든 형벌을 짊어지고도 어쩔 수 없었던 남녀간의 애정이 오히려 아름답게 그려져 있었어요.」〈漂流島, 330면〉

---

42) 장미영, 앞의 논문, 57면.
43) 오화영, 「현대소설을 통해 본 낭만적 사랑에 관한 연구-여성잡지 연재소설을 중심으로」, 서강대 사회학과 석사학위논문, 1994, 4면.

두 남녀가 만나 완전한 부부가 되기 위해서는 '결혼'이라는 제도적 형식을 거쳤을 때만 가능하다. 그러나 현회의 경우, 훈아의 아버지 찬수를 만나 "서로 신뢰하고 이해할 수 있었"기 때문에 "꿈을 마련하는 감정보다 현실적이며 생활적인 애정으로"(276면) 동거를 시작했다. 엄밀히 따져 둘의 동거는 당대 사회의 제도적 규범을 준수하지 못한 행위이다. 더욱이 전쟁의 와중에 찬수가 허무하게 죽게 되면서, 현회의 아이는 사생아가 되고 그 규범을 엄수하지 못한 현회는 사회적 지탄의 대상이 된다. 결혼 제도의 '이단아'로서, '사생아'를 낳았다는 도덕 '불감증자'로서의 현회는 당대 사회의 규범 파기자로 낙인 찍혀 이중의 억압을 받는다.

결혼의 형식을 무시한 현회의 '사랑'은 이상현이 유부남이기에 또 한 번 비난의 대상이 된다. 그러나 이상현의 아내를 만난 후 현회는 심한 갈등에 빠진다. "푸른 옷의 여인"(상현의 아내)과의 만남으로 현실을 직시하게 된 현회는 상현을 향해 한없이 뻗치기만 하던 사랑의 감정을 접기로 한다. 단순한 그 만남에서 현회의 마음은 '범'함을 당하고, 상현과 닿을 수 없는 "커다란 강(江)"을 만들고 만다. 그것은 "도덕이니, 윤리니" 따위의 "사회 제도에 대한 굴복"이 아니라 "한 여성에 대한 패배"를 맛보았기 때문에 일어난 마음의 변화이다. 여기에서 현회가 상현과의 이별을 결심한 이유가 사회 제도에의 굴복이 아닌 한 여성으로서 한 여성에 대한 패배에 기인하고 있다는 점에 주목해야 한다. 이는 사랑이 온전히 개인감정의 차원에서 다루어져야 할 문제임을 의미하기 때문이다.

현회의 사랑은 두 번 다 기존 사회 체제의 반역이라는 기표를 내포한다. 특히 Y마을로의 도피행에서 현회가 이상현에게 들려준 인용문의 이야기-천륜을 배반한 아들의 사랑이야기는 참으로 의미심장하다. 아버지의 여자를 욕망한 아들은 끝내 아버지를 살해하고, 그 여자와 도피한다는 이야기는 '아버지의 질서'를 받아들이고, 순응한다는 "외디푸스 콤플렉스"에 담긴 이데올로기를 완전히 전복시키고 있다. 친부를 살해한 천하의 "패륜아"라는 "윤리적인"인 형벌을 짊어지고서라도 포기할 수 없었던 "남녀간의 애정". 그것은 다름 아닌 아버지의 질서로 이야기되는 가부장의 권위에 대한 도전이며, 가부장적 가족에 대한 해체라고 볼 수 있다.

> 옛날에 내가 어렸을 적에 아버지라는 남성을 저주하고 어머니라는 여성을 못났다고 경멸했을 적에 나는 내 혼자서 간직한 꿈의 나라가 있었다. 그 꿈의 나라에는 왕자가 있었다. 나는 이 세상에 그 한 사람의 왕자를 사랑하기 위하여 태어났다고 생각했다. 그 한 사람을 만나기 위하여 살아가는 것이라 생각했었다. 그러나 지금은 차가운 감방 안에서 죄많은 여인들 속에 끼어 밤을 보내고 있는 것이다.〈漂流島, 371면〉

　현회는 자신의 유년 가족의 형성을 '저주받을' 아버지와 '경멸스러운' 어머니로 표현하고 있다. 팔난봉과 같은 삶을 살았던 아버지, 아내에 대한 애정도 자식에 대한 부성도 표현하지 않던 아버지, 가족을 헌신짝처럼 버린 유년의 아버지는 현회의 기억 속에서 저주의 대상이다. 그리고 그런 아버지에게 순종하며, 철저히 현실적인 어머니, 자신을 혐오하는 남자의 아이를 낳은 어머니는 경멸스러운 존재일 뿐이다. 현회는 아버지를 저주하고 어머니를 경멸할 수밖에 없었던 유년의 가족이 아닌 새로운 가족을 꿈꾼다. 거기에는 현회가 사랑하고자 하는 오직 한 사람의 왕자44)가 있다. 그 왕자와의 사이에는 오로지 '사랑'만이 전제된다. 그러나 현회가 꿈꾸었던 동화는 '차가운 감방'과

---

44) 전래 동화에서 '왕자'는 공주를 위해 헌신하는, 공주를 사랑하는, 공주를 행복하게 만들어주는, 오로지 공주를 위해 존재하는 인물이다. 따라서 '왕자'라는 기표에는 이미 동화 속의 왕자의 상징성이 내포되어 있다고 볼 수 있다.

같은 현실 사회에서는 "죄많은 여인들"만을 양산해 낸다. 기존 체제에 대한 거부는 사회적 약자에 속한 여성들에게 뼈아픈 좌절과 절망을 안겨주고 있다.

> 「광희, 내가 사생아를 가진 일을 아나? 나는 정조가 아무것도 아닌 것이라 생각했기에 사생아를 낳았어. 그러나 나는 애정이 퍽 귀중한 걸로 알고 있다. 나는 오랫동안 고독하게 살아왔어. 애정이 너무나 귀중한 것이었기 때문에 그것은 아무곳에나 쉽게 있지 않았어. 그래서 아무것도 아닌 정조도 엄격한 대접을 받지 않을 수 없었지. 정조라는 것은 아무것도 아니지만 언제나 애정하고 같이 있어야 해. 애정에 후회가 없다면 정조에도 후회가 없을거야. 그리구 또 애정은 혼자서 책임을 지는 일이야. 내 아닌 어떤 사람도 방관자일 수밖에 없다는 것을 명심한다면 비극에 당황하지 않지. 광희, 누구나 다 외로워. 사람은 사랑하면 할수록 외로워지는거야.」〈漂流島, 302면〉

'애정'이 빠진 정조란 아무것도 아닌 것이라고 현회는 생각한다. 모든 인간관계에 있어 가장 중요한 것은 애정이며, 한 가족을 이루는 결혼에 있어 애정은 더욱더 중요한 것이다. "애정하고 생활이 결합되지 못한 결혼처럼 불행한 것"(298면)은 없다. 찬수와의 관계에서 현회가 사생아를 낳고도 당당할 수 있었던 것은 바로 둘 사이에 '애정'이 있었기 때문이다. 그것은 너무나 귀중한 것이기 때문에 "아무곳에나 쉽게 있지 않"다. 따라서 현회가 불륜의 사랑이지만 이상현과의 관계를 지속할 수 있었던 것은 "아무곳에나 쉽게 있지 않"은 감정이었기에 그 애정을 포기할 수 없었던 것이다.

그리고 애정과 함께 한 '정조'라야 "엄격한 대접"을 받을 수 있다. 그것은 사회적 통념에서가 아니라 사랑하는 남녀 사이에 있어서 중요한 문제이다. 상현과의 사이에 애정이 있었기에 현회의 정조는 고귀한 것이 될 수 있었다. 그렇지만 광희와 민우의 관계에는 '애정'이 결여되어 있었다. 민우에 대한 광희의 애정은 과잉을 보이지만, 광희에 대한 민우의 애정은 결핍의 상태에 있다. 따라서 광희의 정조는 민우에게 있어 현회에 대한 빗나간 욕망의 배설구 그 이상도 이하도 될 수 없다.

애정으로 배태된 생명은 축복이며, 희망일 수 있다. 따라서 현회는 비록 사생아지만 훈아를 낳을 수 있었던 것이다. 그러나 애정이 결여된, 빗나간 욕망의 결과로 배태된 광희의 아기는 "그다지 가치 있는 물건이 아니었다."(337면) 민우의 육체적 탐닉 대상에 불과했던 광희는 타락해 간다. 사랑하는 대상에게 버림받은 육체·정조는 더 이상 광희에게 귀중한 것이 될 수 없다. 이미 광희의 육체는 남성의 욕구를 채워주는 도구에 지나지 않는다. 광희의 비극은 남성 중심 사회에서 여성의 육체마저 욕망의 대상으로 삼는 남성들에게서 비롯되었다. 생계를 위해 몸을 팔며 전전하던 광희는 "악질의 성병"(370면)에 걸려 점점 육체가 썩어 가고, 마침내 비참한 죽음을 맞이한다.

성 주체를 남성에게만 부여하고 여성에게는 성적 수치심만을 강요해 온 사회에서 애정 없는 결합은 남성보다 여성에게 더 큰 불행을 예고한다. 남성의 성욕은 자연스러운 것, 마땅한 것으로 간주되지만 여성의 성욕은 부도덕하며 타락한 것, 감추어야 할 불결한 것으로 취급된다. 사랑하는 두 남녀가 각자의 성적 주체로 서지 못하고 어느 한쪽에 다른 한쪽이 종속되게 될 때 '낭만적 사랑'은 성립될 수 없다. 따라서 여성의 성적 종속을 규범화하고 있는 사회에서 낭만적 사랑을 꿈꾸는 여성들은 필연적으로 비극적일 수밖에 없다.

　　그들은 서로 껴안은 채 숲속으로 들어갔다. 방금 이발을 하고 온 한돌이 머리에서 기름 냄새가 나고, 용란의 얼굴에서는 그 싸구려 크림 냄새가 났다. 그들은 어미개와 강아지새끼가 서로 냄새를 맡듯 서로의 체취를 심장 속까지 들이마시며 나무 밑에 앉았다.

"보고 싶었다. 꿈에라도 한번 보고 싶었다, 용란아!"
"나도!"
그들은 다시 포옹한다.
　파도소리, 솔바람 소리, 뱃고동 소리, 그러나 그들에게는 아무 소리
도 들려오지 않았다. 숨가쁜 입김과 미칠 것만 같은 환희 속에서 그들
은 몸부림쳤다. 서로의 숨을 마시고 그칠 줄 모르는 애무 속에 잠기는
것이다.〈김약국의 딸들, 280면〉

　결혼이라는 제도로 맞게 된 남편 연학과 부부로도, 인간으로도 함께
할 수 없었던 용란은 다시 돌아온 한돌과 뜨거운 애정을 확인한다. 마
치 "어미개와 강아지새끼가 서로 냄새를 맡듯" 서로를 그리워하고 품
는 두 사람의 사랑은 무엇으로도 형용할 수 없는 "환희"이다. 동물적
본능을 보이고 있는 '원시 상태'의 용란과 한돌은 兩性을 가진 하나의
거대한 육체일 뿐이다. 한 번의 이별을 경험한 두 사람을 갈라놓을 수
있는 것은 아무것도 없다. 결혼이라는 제도도, 어머니라는 혈연도 두
사람의 결합을 막을 수는 없다. 둘이면서 하나가 되어버린 한돌과 용
란은 이미 하나의 육체일 뿐이다. 하나의 몸이 둘로 갈라지기 위해서
는 죽음과 같은 고통을 동반한다. 따라서 용란이 한실댁의 죽음과 한
돌의 죽음 중에 한돌의 죽음에 더 집착하는 것은 당연한 결과일지도
모른다. 한돌의 죽음은 용란을 미치광이로 만들어 버리고, 용란은 끊
임없이 자신의 잃어버린 반쪽 한돌이를 찾아 헤맨다.
　이처럼 문학 작품에 나오는 낭만적 사랑 이야기는 대개 고통이나
죽음과 연관되거나, 사랑하는 두 연인으로 하여금 세상과 세속적 이
익을 등지게 하는 "반사회적이고 파괴적인 정열과 관련된 비극적인
사랑"45)인 경우가 많이 있다.

___
45) 재크린 살스비, 『낭만적 사랑과 사회』, 박찬길 역, 민음사, 1985, 18면.

"남들이 뭐라고 하든 수옥이는 좋은 여자입니다. 피란와서, 고향에서는 부모 형제 밑에 고생 없이 살다가 못된 놈을 만나서,"
"그러니까 한번 배린 여자 아니가."
"칼 들고 들어와서 겁탈을 하믄, 그, 그럼 죄없는 그 여자는 배린 것이 안 되겠습니까?"
"그 처지하고는 안 다르나."
"다른 것 하나도 없습니다. 서울댁인가 하는 그 여편네가 일본 물건을 얻으려고 서영래하고 짰지요."
"………."
"순진하고 착하고, 나는 그런 여자를 다시 만날 수는 없을 것입니다."〈파시Ⅱ, 453면〉

낭만적 사랑에 빠진 남녀의 결합은 가족과 공동체로부터 독립적으로 결정되며, 때로는 "가족의 가치와 사회적 규범에 반대"[46]되는 결정을 하기도 한다. 그들에게 있어서 중요한 것은 사랑하는 두 사람의 합의이다. 거기에는 어떤 거래의 조건도, 한 사람의 일방적인 복종도 요구되지 않는다.

『파시』의 수옥은 전쟁 때 거제도 수용소를 거쳐 부산으로 가게 되고, 거기서 '문성재 작은누이-영자네' 남편으로부터 겁탈을 당한다. 이를 알게 된 영자네는 '언니-서울댁'에게 수옥을 보낸다. 서울댁은 물질에 대한 탐욕으로 서영래에게 수옥을 팔아버린다. 그들에게 수옥은 "일본 물건"과 교환되는 하나의 물품인 것이다. 수옥은 서영래가 마련한 집에 유폐되다시피 갇혀 그의 형식상 첩이 되어 '강간적 성적 유린'을 당한다. 지속적으로 이루어지는 서영래의 성적 유린으로 수옥은 공포를 반복 경험하며, 세상에 대한 절망에 자포자기 상태에 빠진다.

그러나 날개에 상처를 입고 떨고 있는 수옥에게 학수는 무한한 사

---

46) 데이비드 엘킨드, 『변화하는 가족』, 이동원·김모란·윤옥경 옮김, 이화여자대학교 출판부, 1999, 57면.

랑을 느낀다. 그런 학수의 사랑을 느끼며 서서히 마음의 문을 연 수
옥은 서영래에게서 도망치기 위해 학수를 따라 나선다. 게섬으로 달
아난 두 사람은 그들만의 보금자리를 마련하고 서로 아끼고 위하며
가정을 이룬다. 학수에게 수옥의 육체적 순결은 문제가 되지 않는다.
여성의 육체적 순결을 목숨과 같이 생각한 기존의 성 관념에서 볼 때,
수옥은 "한번 배린 여자"로 학수 집안에 받아들여질 수 없는 존재이
다. 그러나 정신적 순결을 간직한 수옥은 학수에게 육체적 순결을 간
직한 어떤 여자보다 아름다운 아내인 것이다.

> "가화."
> "네?"
> "가화는 애기 낳을 수 있을까?"
> "어떻게 그걸……"
> "오늘 밤……애기가 됐음 좋겠다."
> "여기서? 알면 우릴 죽여버릴 텐데……"
> 했으나 가화의 눈에 두려움이 없다.
> "애기 안 낳아도 우린 죽어 어차피."
> "이젠 죽어도 좋아요."
> "도망가면 살 수 있어."
> "도망……"
> "도망가면 되지."
> 기훈은 다시 한번 말했다.〈시장과 전장, 389면〉

모든 것을 꿈꾸는 여자 '이가화'와 그 어떤 것도 꿈꾸지 않는 남자
'하기훈'의 만남은 이념을 넘어선 순수한 사랑 이야기를 보여준다. 공
산주의자인 애인에게 아버지와 남편을 잃고 월남한 가화는 '싫어할
수 있다'는 아주 작은 자유마저도 허용하지 않는 공산주의에 혐오를
느끼고 있다. 그에게 공산주의는 아버지의 원수이며, 자신의 사랑을
짓밟은 폭력 그 자체이다. 그런 그가 공산주의자인 하기훈을 만나 사

랑에 빠진다. 둘의 만남은 그냥 스쳐 지나가는 바람처럼 이루어진다.

무신념, 무의지, 백치미의 소유자 가화에게 기훈은 정신의 안식을 얻고 있다. 동생인 기석에게조차 냉담한 모습을 보이며, 동고동락하며 부모와 같이 섬기던 석산 선생을 인민재판에 세웠던 기훈은 감정이 박제된 듯한 사회주의자였다. 그러나 오로지 '사랑한다는 마음' 하나로 무작정 자신을 찾아 산으로 들어온 가화에게 그는 진정한 인간적 사랑을 느낀다. 가화와의 사이에 '애기'를 꿈꾸며, 생활을 꿈꾸는 기훈은 가화를 살리기 위해 자신의 신념에 총을 겨눈다.[47] 신념에 모든 것을 걸었고, 신념 속에서 모든 것을 거부했던 인물 하기훈, 그렇기에 불완전한 삶을 살았던 그가 가화에 대한 사랑을 통해 "완전한 전체"[48]로 다시 태어나게 된 것이다.

결혼이라는 형식을 통해 기존의 남성 권력의 확대 · 재생산의 성격을 강하게 띠었던 가족 구조에 대한 거부는 남성 중심적인 전통 권력의 분산 · 해체로 볼 수 있다. 따라서 낭만적 사랑을 추구하는 행위는 타자성을 극복한 '딸의 플롯'이 기존의 '아버지와 아들의 플롯'을 전복하는 상징적인 의미를 가진다.

3.2. 이혼을 통한 자아 찾기

조(한)혜정[49]은 근대적 '아내'들의 혁신성은 사실상 여자가 최소한의 경제적 주체와 인격적 존재로서 스스로 결혼을 선택할 수 있을 때

---

47) "오리는 물로 가야 하오." -(중략)- "오리를 물로 돌려보내는 일이 옳소? 수일이를 죽인 것은 누구요? 용납하지 않겠소."(392면) ; '오리'는 산에서 살 수 없다. 유유히 물 속을 헤엄쳐 다녀야 하는 것이다. 따라서 '오리'인 가화는 물로, 산 아래의 마을로 돌아가야 한다. 그러나 가화가 오리였듯이 수일이 또한 오리였다. 오리였던 수일이 산 아래 마을로 돌아가기 위해 도망쳤을 때 그를 죽인 사람은 기훈이다. 그렇다면 "오리는 물로 가야 하오"라고 외친 기훈의 주장은 모순이며, 이는 자신의 사상에 대한 반역을 의미한다.

48) 앤소니 기든스, 『현대사회의 성 · 사랑 · 에로티시즘』, 새물결, 1999, 91면.

49) 조(한)혜정, 『성찰적 근대성과 페미니즘』, 또 하나의 문화, 2000, 171-176면 참조.

가능한 것이며, 그것은 두 가지의 조건이 뒷받침되어야 한다고 본다. 첫째, 이혼할 수 있는 조건이 마련된 상태에서 결혼 생활을 할 수 있어야 한다. 왜냐하면 언제든 헤어질 수 있지만 함께 사는 부부만이 동등한 입장에서 서로를 이해하려는 의사소통을 해갈 것이며, 새로운 부부 관계를 추구해 갈 수 있기 때문이다. 둘째로 가정과 사회가 서로 연계되어야 한다. 공적 영역과 사적 영역을 엄격히 분리해온 기존의 이분법적 체계는 가정을 사회로부터 격리시키는 결과를 가져왔으며, 궁극적으로 사적 영역인 가정에 속한 여성을 고립시켜 왔다. 따라서 두 영역을 자유스럽게 넘나들 수 있을 때 여성들은 남편의 일방적인 예속에서 벗어날 수 있게 되는 것이다.

> "-(전략) 조용하하고의 결혼은⋯⋯그렇지, 넌 나를 오해했고, 그건 내 자신이 나를 오해했을 지경이니 무리는 아니었을 거야. 그래 맞아. 난 엉거주춤한 상태로 그 기차를 타고 갈 수 있으리라, 엉거주춤⋯⋯"
> 명희의 눈빛은 또렷했다.
> "멀미를 느끼면서 어차피 탁상 위의 화초일 테니까 사랑이 없어도 그냥 사는 거라 생각하고, 멀미는 내 지병일 터이고⋯⋯"
> 여옥은 무릎을 꿇고 기도하고 있었다.
> "난 막연히 집을 떠났어. 자살하리라는 생각도 안 했었고 너에게 이런 말 하리라는 생각도 안 했고, 그렇지만 어떻게 생각하면 어젯밤 난 목욕을 했는지 몰라. 왜 지금 그 생각이 나는고 하니, 새벽에 나를 건져준 어부의 아내가 쑤어온 미음 맛이 지금도 혀끝에 남아있는 것 같아. 그것은 맛이었어. 맛이란 참 상쾌하더구먼. 그리고 또 부산에서 통영까지 올 동안 난 멀미를 안 했거든. 그건 무슨 뜻인고 하니 새삼스럽게 뱃멀미를 할 필요가 없었지. 멀미는 항상 나랑 함께 있었으니까. 그랬는데 통영서 여수까지 오는 동안 멀미를 지독하게 하지 않았겠어? 또 있는 것 같다. 아까 이제부터 넌 사람이 된 거다, 그런 말을 했지? 그랬는지도 몰라. 가려야 하고 싸안아야 할 것이 없다, 그건 참 홀가분한 일일 거야. 아무 곳에나 갈 수 있고 아무하고나 얘기할 수 있고 무슨 일이든 할 수 있고, 화분이 아닌 빗자루,"

여옥과 명희는 밤을 지새며 애기를 했다. 명희가 애기를 하며 자기
자신을 파악해가는 것과 마찬가지로 여옥은 애기를 들으면서 명희의
변화를 파악해가고 있었다.
"너는 네가 갇혀 있던 벽을 뚫은 거야. 이제 넌 자유다."
명희의 눈은 빛나고 있었다.
"그래, 자유야!"〈土地, 10;369-371면〉

결혼이란 "패잔병들의 은신처"(10;126면)라는 강선혜의 말처럼 "노
처녀의 처지를 청산하는 기분"(8;129면)으로 이루어진 조용하와의 결
혼 생활에서 명희는 "여분의 노예"(10;133면)가 되어 한 마리 "박제된
학"으로 살아간다. 스스로가 박제된 한 마리 학이 되어가고 있다는 자
각은 명희 생활의 변화를 불러온다. 박제된 텅 빈 속을 채우기 위해
화장을 하고, "자기 내부에서 판단한 도덕적 결정"이기보다 "외부에서
실려오는 무거운 짐짝 같은" "도덕에 공포" "도덕이 가지는 강박" 때문
에 찬하에 대한 최소한의 "인간적인 동정까지 견제"(8;254면)한 삶을
살았던 그가 여옥을 전송하고 돌아오는 길에 찬하를 만나 같은 차를
타고 집에 돌아온다. 이런 명희의 태도에 조용하는 분노하고 임명빈
과 조찬하가 있는 자리에서 이혼을 선언한다. 그러나 실상 그것은 명
희와 찬하에 대한 쇼에 지나지 않는 행동이었다. 그럼에도 불구하고
이를 기회로 명희는 과감하게 조용하와의 이혼을 결심하고 집을 나와
버린다. 끊임없는 조용하의 회유에도 불구하고 명희의 생각은 변하지
않는다. "육체를 통한 영혼의 도살"(10;324면)을 당한 명희는 비로소
조용하로부터 자유로워진다.
위의 인용문은 명희의 의식 변화를 구체적으로 보여주고 있다. "탁
상 위의 화초"로 엉거주춤하게 유지해온 조용하와의 결혼 생활은 명
희에게 인간적 모멸감과 구역질을 안겨주었다. 일개 역관의 딸로서
귀족인 조용하 문중에 들어가 "박제된 한 마리의 학"(10;119면)으로 살

아온 명희는 "인간은 인간이로되 박제된 인간들"(10;119면) 속에서 사물화 되어버린다. 조용하에게 명희는 남이 탐내는 하나의 보석일 뿐이다. 따라서 더 탐나는 새로운 보석이 나타나면 언젠가는 버려질 악세사리에 지나지 않는 것이다. 움틀 기미조차 보이지 않는 '나목'으로 표현되는 조용하 집에서의 명희의 삶은 당연히 무의지, 무생명의 삶이었다고 할 수 있다.

　무생명의 공간에서 살아가는 여성들의 증후는 박경리 소설에서 흔히 '현기증, 구토증, 멀미'의 형식으로 드러난다. 이런 증상들은 주로 자아와 세계와의 대립 관계 속에서 자아의 현실 부적응을 의미하는 징후적 표현이다. 특히 '멀미'의 징후는 세계 내 개인의 정체성을 명확하게 확립하지 못할 경우에 드러난다. 따라서 자신이 누구인지, 진정으로 원하는 것이 무엇인지를 명확히 알 수 없었던 명희의 선택은 '멀미'의 연장선 위에서 방향 감각을 상실할 수밖에 없었다. '엉거주춤한 상태로 기차 타기'라고 표현한 그의 결혼 생활은 멀미와 구토증을 유발하는 불안정한 상태일 뿐이다. 그 어느 것도 명희의 의지에 의해서, 대상에 대한 확고한 사랑에 의해서, 그 스스로가 가진 정열에 의해서 행해지고, 이루어진 것이 아니기에 "그것은 하고 안 하고 한계 지을 수 없는 멀미"로밖에는 표현할 수가 없다.

　'멀미' 상태로 살았던 과거의 삶, 과거 세계와의 결별은 필연적으로 길 떠남의 형식과 상징적인 죽음의 경험으로 이루어진다. 어떤 삶의 가능성도, 희망도 가질 수 없었던 명희의 상황은 지향 없는 길 떠남으로 드러난다. 목표도 지향도 없이 이루어진 '표류'의 여정에서 명희는 자살을 감행한다. "목적도 없고 이유도 없었던 그의 여행길 같이, 그리고 착각같이 명희는 파도 소리를 들으며 물에 빠졌던 것이다."(10;362면) 막연한 길 떠남에서 이루어진 명희의 자살은 과거의 찌꺼기를 다 씻어버리는 "목욕"과 같은 것이었다. '착각'과 같은 무의식의 상태에서 이루어진 자살은 명희에게 "재생적 의미를 지닌 죽음",[50] "육체의 상징적 죽음"이다. 따라서 죽음을 가체험한 명희는 지난날과는 다른 '명희'로 새롭게 태어난다.

과거와의 결별을 의미하는 상징적 죽음을 경험한 명희는 '화초', '박제된 학', 조용하가 획득한 전리품의 하나로 살았을 때는 경험하지 못했던 '맛'을 음미할 수 있게 된다. '미음'의 맛은 곧 새롭게 태어난 명희가 처음으로 맛보게 된 '삶의 맛', '생활의 맛'인 것이다. 외부에 대해 늘 결벽증적 태도를 보이며, 자기를 지키기 위해 스스로를 소외시키며 살아온 명희가 경험한 삶의 새로운 '맛'은 '상쾌함'이었다. 그 맛을 경험한 이후 명희는 처음으로 '뱃멀미'를 할 수 있게 된다. 그러나 이 뱃멀미는 방향 상실의 '멀미'가 아닌 살아있음의 징표인 '멀미'이며, 여옥이 있는 곳-여수로의 방향 전환을 의미하는 멀미인 것이다.

"남의 신세를 지는 데 대해선 신경질적일 만큼 부담을 느꼈었던 명희"는 "그 부담의 짐을 어디다가 부려 놓고 온 것"(10;357면)같이 낯선 공간, 낯선 사람들 속에서 처음으로 편안함을 느낀다. "가려야 하고 싸안아야 할 것이 없는", "아무 곳에나 갈 수 있고 아무하고나 얘기할 수 있고 무슨 일이든 할 수 있는" 진정한 인간적 탄생을 경험한다. 따라서 무의식적으로 이루어진 자살 행위를 통해 명희가 가체험한 죽음은 새로운 명희의 탄생을 위한 산고로 볼 수 있다. 새로 탄생한 명희의 삶은 그저 그 자리에 있어서 좋은 물화된 '화분'이 아닌 여기저기를 쓸고 가꾸는 '빗자루'같은 인생이 될 것이다.

해방이 되고 어머니가 올라오셔서 우리는 함께 살게 되었습니다. 다행히 어쩌면 불행하게도 당신하고 어머니는 뜻이 맞아 살림은 재미나게 되어갔습니다. 말수가 적었습니다만 강한 생활의욕을 비롯해서

50) 김현숙 외, 「자아 정체성 모색과 존재의 전환」, 『한국 여성 시학』, 깊은샘, 1999, 209면.

모든 면에 있어 어머니와 당신은 몹시 닮은 사람들이었읍니다. 저는 어머니가 오시고부터 집에서 손님이 되고 말았읍니다.-(중략)-어머니는 다른 어머니보다 좋은 사람이며 오직 저 혼자를 위해 사셨고 또 지금도 그렇게 하고 계시니까요. 우리의 생활은 어머니의 철저한 경제관념으로 단단해졌고 어느 모로나 행복하게 보이는 가정이었읍니다. 그러나 이 행복한 가정에 제가 차지할 자리는 없었읍니다. 오년 동안의 결혼생활에서 당신하고 저하고 극장에 한번밖에 간 일이 없었다는 사실과 꽃병 하나 저의 손으로 사들고 들어오지 않았다는 것은 생활을 잃어버린 불행한 여자의 무관심이었읍니다. 그러나 어머니는 그것이 지극히 건실한 생활태도라 보았고 또한 저에게 강요했읍니다. 손수건 한 장도 저 자신이 선택하지 못할 정도였다면 그것은 한 가정의 주부로서는 물론 성숙한 한 사람으로서는 자격을 잃은 꼴이 아니겠읍니까. 그것을 강행하고 저의 위치를 되찾을 권리는 저에게 분명히 있었읍니다. 그러나 그런 조그마한 즐거움의 하나하나가 어머니의 생활방식으로 상처를 받아야 한다는 것은 차라리 애초부터 갖지 않으니만도 못했읍니다.〈시장과 전장, 115-116면〉

『시장과 전장』의 지영은 전쟁의 분위기가 감도는 상황에서 연안의 여학교로 출발한다. 지영이 가족을 떠나서 연안으로 갈 수밖에 없는 이유는 현재의 '집'에서 자신의 존재를 확인할 수 없기 때문이다. 여성의 '집' 떠남 행위는 전통적 여성의 삶의 방식을 거부하고 자아를 찾으려는 始發的 행동이자 이니시에이션의 '분리' 체험이라고 할 수 있다.51)

지영이 거주하는 집의 공간은 위의 인용문에서 살필 수 있듯이 "대화의 부재"('말수가 적었음'에서 유추해 볼 수 있다.) "강한 생활의욕", "철저한 경제관념"만이 존재하는 곳이다. 외부에서 바라본 지영의 가정은 "행복하게 보이는 가정"이라고 할 수 있다. 그러나 '보이는'이라는 표현에서 알 수 있듯이 그저 그렇게 보인다는 현상학적 측면에서

51) 김혜정, 앞의 논문, 33면.

의 '행복한 가정'이다. 그렇지만 막상 그 내면을 들여다보면 결코 행복하지 않음을 알 수 있다. "오년 동안의 결혼생활"에서 남편과 "극장에 한번밖에 간 일이 없었"으며, "꽃병 하나" 자신의 "손으로 사들고 들어오지 않았"을 정도로 지영은 스스로를 "생활을 잃어버린 불행한 여자"로 인식하고 있기 때문이다. 이는 결코 지영이나 남편이 행복한 가족을 형성하고 있지 못함을 의미한다. 즉 지영이 생각하는 가정은 삶을 즐길 마음의 여유와 상대를 배려하는 자그마한 성의가 있는 곳이다.

　지영에게 '집'은 남편과의 이질적인 결합으로 행복한 결혼 생활을 할 수 없는 곳이다. 이런 이질성은 실생활을 통해 부부가 부단히 부딪히며 양보와 이해를 통해 극복해야 할 부분이다. 그러나 그 실생활의 영역에 개입하고 있는 어머니 때문에 지영과 남편의 거리 좁힘은 불가능한 상태에 있다. 즉 지영의 생활공간에 어머니가 자리하고 있기에 "손수건 한 장"도 스스로 선택할 수 없는 무능력의 공간이다. 더 나아가 "한 가정의 주부로서"의 역할과 "성숙한 한 사람으로서는 자격"을 상실한 '상실의 공간'이다. 이러한 상실을 극복하고자 지영은 한 남자의 아내와 가정주부의 역할과 권리를 되찾고자 한다. 그러나 지영의 소망-'가정 내 지위 복권'을 '불효자식'으로 등식화하는 어머니의 억지 논리에 좌절된다. "생활을 잃어버린 불행한 여자" 지영은 어머니와 가족에게서 벗어나기 위해 집 떠남을 선택할 수밖에 없다. 이때 지영의 집 떠남 행위는 두 가지 측면-어머니로부터의 독립과 남편과의 거리두기 차원에서 그 의미를 찾아야 할 것이다.

　지영의 행위는 "객지에 가서 공연한 고생"(20면)을 하려는 어리석은 행위로 어머니에게 비쳐지지만 이는 일차적으로는 남편과의 결혼 생활에 대한 거부의 행위이다. 특히 남편과의 결혼 생활에서 오는 혐오감으로부터의 탈출이라는 측면에서 상징적인 '이혼'의 가체험으로 볼 수 있다. 이차적으로는 어머니와의 분리 시도를 통해 자아를 찾고자 하는 '고집'스러운 사고의 표현 방법인 것이다.

"함께 살아야 할 가족들을 버리고"(110면) 정착한 연안에서 지영은 처음으로 내면의 말을 하게 된다. '편지'라는 형식을 빈 간접적인 말하기이지만, 그래도 '종이 인형'과 같이 수동적인 삶을 살아왔던 지영이 자신의 생각을 외부로 표현하게 되었다는 점은 엄청난 변화의 증거이다. 어머니와 남편의 관여로 늘 '유아 상태'로 살아야 했던 공간과의 거리두기는 그에게 '성숙한 인격체'로서의 삶을 조금이나마 꿈꿀 수 있는 기회를 제공한다.

> 시장은 축제(祝祭)같이 찬란한 빛이 출렁이고 시끄러운 소리가 기쁜 음악이 되어 가슴을 설레게 하는 곳이다. 동화의 나라로 데리고 가는 페르샤의 시장―그곳이 아니라도 어느 나라, 어느 곳, 어느 때, 시장이면 그런 음악은 다 있다. 그 즐거운 리듬과 감미로운 멜로디가. 그곳에서는 모두 웃는다. 더러는 싸움이 벌어지지만 장을 거두어버리면 붉은 불빛이 내려앉은 목로점에서 화해 술을 마시느라고 떠들썩, 술상을 두들기며 흥겨워하고, 대천지 원수가 되어 무슨 이로움이 있겠는가. 오다가다 만난 정이 도리어 두터워지는 뜨내기 장사치들.
> 물감 장수 옆에 책을 펴놓고 창호지에 담배를 마는 사주쟁이 노인도 서편에 해가 남아있는 동안은 희망을 버리지 않는다. 온갖 인생, 넘쳐흐르는, 변함없는 생활이 이곳에서 소용돌이치고 있는 것이다.〈시장과 전장, 99면〉

"손수건 한 장"으로 상징되는 아주 작은 선택의 기회도 주어지지 않던 '집'에서 떠나 온 지영은 "생활의 활기"가 넘치는 시장에 마음을 빼앗긴다. 시장은 흥겨운 "축제(祝祭)의 공간"이다. "찬란한 빛이 출렁이고 시끄러운 소리가 기쁜 음악이 되어 가슴을 설레게 하는 곳이다." 삶의 시끄러운 소리는 꿈이 있는 동화의 나라로 갈 수 있는 통로가 되어준다. "동화의 나라"에서는 꿈꾸는 행위가 자연스러운 것이며, 무슨 꿈이든 꿀 수 있다. 그곳에서는 모든 사람들이 웃을 수 있으며, "오다가다 만난 정이 도리어 두터워지는" "온갖 인생, 넘쳐흐르는, 변함없는 생활"을 누릴 수 있다. 이 시장의 공간에서 지영은 진정한 자유를 만끽하며, 생활을 꿈꾸게 된다. 어머니와 남편의 삶에 매몰되어 "가족들과 아주 헤어져버린다는 무서운 욕망"(99면)을 꿈꾸던 지영은 비로소 헤어짐을 통해 참가족의 의미를 깨닫게 된다.

> 〈어머니, 어머니! 내가 사는 이유, 그거 하나만 알게 해주세요. 지금 난 어거지떼를 써서 살고 있는 거예요. 난, 천번 만번 생각해도 그이하곤 살 수 없어요. 아기 낳고 살다 보면 살아지는 거라 하지만 그럴수가 없었어요. 그러면서도 행복한 젊은 부부, 젊은 엄말 보면 이 세상에서 나 혼자만 밀려난 것 같구…… 난 여자도 될 수 없고 엄마도 될 수 없고 죽는 날까지 고아로만 있을 것 같은 생각만 들어요.〉〈나비와 엉겅퀴, 146-147면〉

희련은 "부부 사이에 있어서 응당 행해지는 성생활을 오욕감 없이 받아들일 수가 없었다."(26면) 그것은 남편 장기수의 말대로 애정이 없어서 그랬는지는 모르겠지만, 그는 결혼 생활 내내 장기수 "이상의 괴로움"(26면)을 겪는다. 급기야 희련은 결혼 생활에 공포심마저 느끼게 되어 "생활 자체를 몽땅 시궁창에다 내버리고 싶은 심정"(28면)이 된다. 부부 생활에 대한 척도가 다른, 지극히 일상적인 장기수와의 결혼 생활은 끝내 파탄을 맞이한다. "아기 낳고 살다 보면 살아지는 거라 하지만 그럴수가 없었"던 희련은 장기수와 합의 이혼을 하게 된다. 그것은 그가 "사는 이유"를 찾기 위한, 즉 자아를 찾기 위한 시도인 것이다. 희련은 누구보다도 여자가 되고 싶었고, 엄마가 되고 싶었고, 행복한 부부 생활을 꿈꾸었던 인물이다. 그런 희련이 이혼을 선택할 수밖에 없었던 이유를 〈剪刀〉의 숙혜의 결혼 생활을 통해 찾아볼 수 있다.

숙혜의 "석연치 못한 생활에 대한 외면(外面)"(剪刀, 202면)은 곧 희련의 결혼 생활과 유사하다. 숙혜가 "절대적인 목숨이 존재하는 이유"와 순명과의 사랑을 "대치(代置)시켜 볼 어떠한 것"도 찾지 못했을 때, 그의 생활은 청산해야 할 혐오의 대상이었던 것처럼, 속물적인 장기수와의 결혼 생활은 희련에게 공포의 대상일 뿐이다. 자신이 살아야 할 이유를 발견한 숙혜는 "서로가 손 한번 잡아보지 못한 그런 초보적인 연애였는데도 불구하고" "대담한 이혼 요청"을 하게 된다. 숙혜의 결혼에 석연치 못한 것은 바로 애정의 결핍이었던 것이다. 이것은 희련의 경우도 마찬가지이다. 애정이 없기에 자신과의 성생활에 수치를 느낄 것이라는 장기수의 말에 희련은 반신반의하며, 부정하고자 한다. 그러나 강은식과의 관계에서 희련은 수치가 아닌 한 여성으로 다시 태어나는 자신을 경험한다.

그렇지만 희련과 숙혜의 애정은 수동적인 남성들의 배반적 행위로 비극으로 치닫는다. 희련은 최일석의 동물적 욕망 때문에 김마담으로부터 치욕적인 모욕을 당하자 자존을 지키기 위한 '자살'을 선택하고, 숙혜 또한 주인집 사내의 욕정에 대항하다 죽음을 맞게 된다.[52] 이처럼 여성들은 존엄을 지키기 위해 비극적인 죽음밖에 선택할 수 없었던 것이다. 죽음의 선택은 결혼의 테두리 밖에서 '여성'으로 살아가기가 얼마나 힘든 것인지를 보여준 결과로 볼 수 있다. 아울러 그들은 희생적 죽음을 통해 미래의 여성들이 살아갈 수 있는 삶의 통로를 열어주는 단초를 제공한 것이다.

숙혜, 희련과 마찬가지로 은애의 경우도 같은 맥락에서 이해할 수

---

52) 이상진은 이처럼 여성의 존엄을 중시하는 여성 인물들이 예외 없이 불행에 빠지는 결말 구조를 보이는 것은 가부장제 이데올로기에 대한 강한 옹호를 나타내는 내용으로도 읽힌다고 말한다.(이상진(1998), 앞의 책, 125면 참조.) 그러나 그것은 작가 박경리가 여성의 현실적 삶을 이상화하기보다는 가부장제가 그만큼 뿌리 깊었음을 형상화한 결과로도 볼 수 있음을 또한 생각해야 한다.

있다. "냉장고가 망가졌으면 새것을 사들여" 오는 것처럼 여자도 남자의 소유물이라고 생각하는 남성들의 사고, 아니 남편의 사고에 은애는 "냉장고나 피아노가 아니"(나비와 엉겅퀴, 157면)라는 절규 아닌 절규의 몸부림을 친다. 남편에게 있어 아내는 소유의 대상이 아니라 인간적 정을 공유하는 존재여야 한다. 부부가 하나가 되어 살아가기 위해서는 서로에 대한 믿음과 '휴머니티'가 있어야 하는 것이다. 그러나 은애는 남편의 불륜을 목격함으로써 그에 대한 믿음이 깨어졌고, 자신을 냉장고나 피아노 같은 사물로 바라보는 남편의 눈빛에서 상실된 휴머니티를 보았던 것이다. 자신의 결혼 생활에 대한 직시는 은애 내부에서 서서히 움터 오르기 시작하다가 끝내 정신적 질병이 되어, 미쳐버리게 된다.

이렇듯 여성들의 자아 찾기의 과정은 엄청난 비극 속에서 이루어지고 있다. 그것은 작가의 한계라기보다는 당대 지배 이데올로기의 폭력성이 어느 정도인지를 직접적으로 보여주는 방식으로 볼 수 있을 것이다.

Part IV

부조리한 가부장제 극복과 새로운 가족 질서 모색

Ⅳ장에서는 "가부장제의 극복과 새로운 가족 질서 모색"의 차원에서 가계 계승의 실질적 주체자인 여성의 서사를 전면에 부각시켜 보고자 한다. 이는 가계 계승은 부계 계승에 의해서만 가능하다는 기존의 가부장제 이데올로기를 과감히 극복한 새로운 가족 질서의 모색이라는 점에서 의의를 찾을 수 있을 것이다. 남성 가부장을 중심으로 한 부계 계승의 가족 안에서 어머니들은 집안의 실질적인 가장으로 가문을 유지해 왔다. 그들은 감정적이고, 나약하기보다는 대범하고 강력한 '대모'의 면모를 보인다. 또한 그들은 남성 가계의 조력자로 기능해왔던 기존의 역할에서 가문 유지의 주체로 상징되고 있으며, '姓 바꾸기'라는 적극적인 방법을 통해서라도 그들 가계를 유지해 나간다. 이로써 가족의 실질적 가장이었던 어머니를 전면에 내세움으로써 모계 중심의 가족 서사를 보여주고자 한다.

또한 자기비판과 반성을 통해 주체적 자아를 형성한 여성 인물들이 가족 내 개인으로, 공식 여가장으로 살아가는 모습을 살펴보고자 한다. 자기 정체성을 확립한 여성들은 현실에 대한 철저한 인식을 바탕으로 그들에게 주어진 가장의 역할을 당당히 해나간다. 1세대의 모성들이 가부장을 보조하는 측면에서 가장의 역할을 담당해왔다면, 2세대인 그들은 당당히 공식 여가장으로서, 사회적 자아로 거듭난다. 특히 2세대의 공식 여가장들은 가족 속에 매몰되거나 가족을 위해 무조건적으로 희생을 감내하고자 하지 않는다. 그들은 이데올로기화된 가족의 구성원으로 살아가기보다는 스스로의 가치를 추구해나가는 가족 내 개인으로 살아가고자 한다.

부계 계승만을 정통으로 인정하는 가부장제 이데올로기가 딸들의 자각으로 해체되기에 이르렀다면, 새로운 가족의 탄생을 예고하는 부부 관계에 있어서도 변화가 모색된다. 기존의 부부 관계는 관계 형성의 시초라 할 수 있는 결혼에서부터 모순을 내포하고 있었다. 제3자

의 관여로 이루어진 결혼 거래는 궁극적으로 결혼 당사자들을 소외시
키는 결과를 가져왔다. 또한 인간 대 인간의 만남이 조건 대 조건의
만남으로 물화되면서, 감정의 교류가 아닌 일방적인 지배와 피지배의
불평등을 전제하게 되었다. 따라서 새롭게 쓸 가족 서사는 바로 이런
모순 제거로부터 시작되어야 한다. '남성'과 '여성'의 두 주체가 동등한
관계로 만남을 형성할 때, 부부 관계의 새 질서, 더 나아가 새로운 가
족 서사가 정립될 수 있을 것이다.

1. 모계 중심의 가족 서사 모색

박경리의 초기 단편의 가계도에서도 보았듯이 그의 작품 속 어디에
도 '잘 짜진 완전한 가족'의 형태는 없다. 한국의 전통 가족 관계는 유
교적 혈연, 가족주의, 남존여비의 이념에 의해 부자〉모자〉고부의 수
직적 관계의 순위와 이들의 복합적 연관으로 재생산되는 부계가족에
뿌리를 두고 있다. 부계에 의한 가문 유지·번창이라는 문제는 인물의
사회적 행위를 규제하는 가치관의 원천으로 작용[1]한다. 그러나 일제
강점기와 해방 직후 강한 부계 부권적 가족주의가 상존하기는 하지만
여성이 여가장으로 가족의 생존을 책임지고, 자녀 양육 및 교육에 전
담하는 등 실질적인 모계 중심 가족이 주축[2]을 이룬다.

부계 계승의 가족 서사에서 타성(他姓)의 여성들은 가문의 유지·번
창·계승에 있어 그 중심을 담당해왔다. 그러나 그들은 언제나 가부장
을 대신한 대리인일 뿐, 가장의 자리에 오를 수 없었다. 아무리 무능
한 가부장일지라도 실질적 가장의 권한은 그들에게 주어졌기 때문이
다. 따라서 기존의 부계 부권적 가족 서사에서 모계 계승의 가족 서

---

1) 김용구, 앞의 글, 189면.
2) 이광규, 『한국 가족의 분석』, 일지사, 1975, 13-14면 참조.

사는 억압되고 은폐되어 왔다. 바로 이 은폐된 가족 서사의 실체 파악이 실질적인 가족의 역사, 새로운 가족 서사 정립에 무엇보다도 중요한 작업이 될 것이다.

1.1. '타성(他姓)'에 의해 번창한 가문

결혼으로 남편 집안에 들어가게 된 여성들은 그들 가족의 일원이 되어 살아간다. 이들은 "개별자로서가 아닌 공동운명체인 가문의 일원"3)으로서 가문의 번영과 몰락에 자신의 운명을 건다. 그들에게는 가문의 며느리로서, 아이들의 어머니로서, 남편의 아내로서의 역할만이 중시된다. 그들의 모든 행위는 직·간접적으로 가문과 관계된다.

결혼과 동시에 친정에서는 출가외인(出嫁外人)이 된 딸들은 남편, (시)부모를 받들고, 시가(媤家)의 조상 제사를 모시면서 가문의 번창을 위해 일생을 살아간다. 남편 가문에 출가한 여인들은 개인적 욕망을 철저히 억제하고 유교적 법도에 따라 가문을 유지시키고 번영시키기 위해 노력한다. 그들의 위치는 남편 가문의 번창에 따라 달라질 수 있다. 이미 친정 가문에서는 출가외인이 된 처지이기 때문에 남편 가문의 패망을 곧 자신의 패망으로 받아들일 수밖에 없었던 여성들은 가문을 위해, 그리고 자신을 위해 철저히 희생하고 봉사하게 된다. 전통적 가부장제 하에서 남편 가문의 사회·경제적 위치만이 그들 삶과 존재 자체에 의미를 줄 수 있었기 때문에 당대를 살아야 했던 여성들에게는 선택의 여지가 없었던 것이다.

> 살림이 일기로는 최참판의 모친 때라 했다. 그렇게 말한 것은 남편과 사별한 청상과부로서 다만 그의 힘으로 오늘의 기틀을 잡았기 때문이다.

---

3) 최시한, 『가정소설 연구』, 민음사, 1993, 56면.

"그러니께 옛적에는 가문이 좋기는 해도 기찹았던가배. 참판어른 조모님이 살림 일기를 소원해서 육경신을 하셨더란다."

"그거 예사 사램이 예사 정성으로 못한다 카든데."

"하모, 예사 정성 가지고는 못하제. 일 년에 여섯 분 하는데 안 묵는 기사 말할 것도 없고 한 분이라도 꼬박 자불기만 하믄 뒤꼭대기서 신관이 지키고 있다가 하늘에 고해바치니께 다 허사제. 수울한 짓이라믄 안 할 사램이 없제? 그래 그랬던지는 몰라도 살림이 일기 시작했는데 참판어른 어무님이 대단한 분이든갑데. 피가 나게 살림을 모았다더마. 한 대를 뛰어서 참판어른 며느님, 그러니께 중풍으로 돌아가신 노마님 그 어른이 남자 못지않은 배포로 모은 살림을 늘이섰고 또 한 대를 뛰어서 지금 아씨, 아니 마님이, 하기사 친정에서 짓덕도 많이 가지오섰지마는 영민한 분이라 인심 안 잃고도 살림은 더 많이 컸지. 한 대씩 섞어바꾸어감서, 그러니께 참판어른 어무님 때하고 며느님 때하고 증손주며누님, 이렇게 세 분인데·····"〈土地, 1;207면〉

최참판댁의 기틀은 남편과 사별한 최참판家의 '청상과부'들, "타성 (他姓)"에 의해 "다만 그의 힘으로" 마련된다. 청상들은 그들의 힘으로 "기찹았던" 최씨 가문의 기틀을 잡고, 최참판家를 평사리 土地의 주인으로, 평사리를 지배하는 왕가로 번창시킨다. "남계의 나약과 불모"[4] 와는 달리 그들은 모두가 "대단한 분"이며, "남자 못지않은 배포"를 가진 인물들이다. 남성들은 외형상 가계 전승이라는 상징성만을 가질 뿐, 그들에게는 가문을 존속시키기 위한 어떤 역할도 주어지지 않는다. 마지막 부계 혈통인 최치수의 경우도 마찬가지이다.

타성(他姓)의 여인들은 가문을 번창시키기 위해 "예사 사람이 예사 정성"으로 못한다는 "육경신"도 마다하지 않고 행하는 집념을 보여준다. 일 년에 여섯 번 안 먹고, 한 번도 자지 않고 해야 하는 육경신은 "수울한 짓"이 아니다. 아무리 가난에 굶주린 사람이라도 함부로 할 수 없는, 즉 보통의 사람이 할 수 없는 일인 것이다. 따라서 육경신을

---

4) 이재선(1989), 앞의 논문, 365면.

해서 살림이 일었다는 것은 "참판어른 조모님"의 집념의 결과가 가문 번창의 기틀을 마련했음을 의미한다. 그들은 "피가 나게 살림을 모"아 "기찹았던" 살림을 참판이라는 가문에 걸맞게 일군 것이다. 시어머니가 마련한 기틀 위에서 며느리는 "남자 못지않는 배포"로 모은 살림을 늘려 나간다. 그들은 최참판댁 가문의 가부장들이 가지지 못한 '배포'를 가졌다. 배포가 없는 가부장들은 배포가 있는 여가장들을 그들의 조력자로 위치 지움으로써 그 안에서 자신들의 가부장권을 확립해 갔던 것이다.

최참판댁 가문의 번창 내력은 평사리에 "전설"이 되어 구전된다. 그 이야기는 좀 "해괴한 것이기도 했다."(1;208면) 그것은 최참판의 어머니에 대한 일화5)로 가문 번창에 사용된 수단과 방법에 대한 이야기이다. "어느 정도 근거가 있는 말인지는 알 수 없으나 아무튼 그 많은 재물을 쌓은 이면에는 죄악의 행위"(1;210면)가 있었음을 암시하고 있다. 최참판댁의 번창은 죄악적 행위도 마다하지 않았던 여인들의 희생과 집념에 의해 이루어진 것이다. 그들의 집념과 희생으로 최참판댁의 기틀은 마련되었다고 할 수 있다.

윤씨부인에 와서 최참판댁은 번창의 일로를 걷는다. 선대의 여인들이 살림을 일궜다면 윤씨부인은 가문을 번창시킨다. 윤씨부인이 최참판댁 가문을 번창시키는데 있어서는 또한 친정에서 가져온 "짓덕"의 역할도 상당했다. 선대의 살림과 친정에서 가져온 "짓덕"6)을 바탕으로 영민한 윤씨부인은 "인심 안 잃고도 살림"을 더 많이 늘린다. 여기서 윤씨 가문에서 윤씨부인이 가져온 짓덕은 최참판댁의 번창에 많은 기여를 하고 있는데, 이는 이상현의 이씨 가문에서도 같은 현상을 살필

---

5) 이 일화는 『土地』 1(1부 1권) 208-210면에 자세하게 설명되어 있다.
6) 이 '짓덕'은 이후 김환에게 물려지고, 독립을 위해 일하는 사람들의 독립자금으로 이용되기도 한다.

수 있다. 이동진이 부재한 공간에서 이상현 가문의 가계는 어머니 염
씨부인이 유지해간다. 또한 이상현이 혼례를 치른 후에도 가장 역할
을 방기함으로써 아내 박씨의 친정 재물과 박씨의 노력으로 이씨 가
문이 유지되고 있음을 알 수 있다. 청백리로 가난한 살림을 살고 있는
상현의 가문은 박씨 가문의 상당한 도움을 받는다. 상현의 일본 유학
도 박씨 가문과의 의논에 의해 그 후원으로 이루어지고 있다. 작품 어
디에서도 가부장인 이동진과 이상현이 가족의 생계를 위해 일하는 모
습을 찾을 수 없다. 단지 그들의 사상과 이념, 이상을 위해 살아갈 뿐
이다. 이렇듯 가부장의 부재 속에서 실질적 가부장의 역할을 수행하
고 있는 여인네들의 삯바느질과 친정 재물로 가문은 계승되고 있다.

> 윤씨부인이 자기 농토의 현장을 모르는 것은 틀림이 없다. 그러나
> 그의 머릿속에는 최참판댁 판도(版圖)가 지도처럼 확실하게 그려져 있
> 었으며 농사의 과정에서 일기의 변화, 수확의 가감, 농가의 소비 상태,
> 이런 일에 세심한 관심이 있었고 윤씨부인 나름의 기본적인 한계가 있
> 어서 설사 어떤 마름이 김서방을 속인다 하더라도 김서방을 통해 보고
> 를 받게 되는 윤씨부인은 속아넘어가지 않았다. 오랜 세월 최참판댁
> 농토에 의해 살아온 마름들은 그 점을 잘 알고 있었다. 윤씨부인은 근
> 동 어느 지주보다 관대하여 피가 나게 착취하는 일은 없었지만 대신
> 부정을 감지하는 예리한 그의 느낌에 한번 걸려들기만 하면 그때야말
> 로 어느, 어떤 지주들보다 가혹한 결단이 내려지는 것을 알고 있었다.
> 〈土地, 2;307면〉

선대 어머니들이 최참판댁의 기틀을 마련했다면 윤씨부인의 경우,
그 운영에 있어서의 치밀함과 대담함을 보여준다. 윤씨부인의 능력은
"자기 농토의 현장을 모르는 것은 틀림없다"라는 전제 속에 머릿속에
"최참판댁 판도(版圖)"를 "지도처럼 확실하게 그"릴 수 있다는 비범함
으로 드러난다. 그는 "농사의 과정에서 일기의 변화, 수확의 가감, 농
가의 소비 상태", 이 모든 것들을 살필 능력이 있는 인물이다. 이런

윤씨부인의 수완으로 "농토와 농민과 최참판댁 사이의 순환" (2;307면)
은 아주 순조롭게 이루어진다.

"땅 있는 곳마다 둔 마름의 존재는 미약하여 권한이나 영향력은 별
반 없"고, 실상 그네들은 "김서방의 심부름꾼에 불과"(2;307면)하며, 실
질적인 마름은 김서방이라 할 수 있다. 그렇다면 그 모두를 관장하고
감독하는 것은 윤씨부인이다. 그의 "두뇌와 담력"은 "어떤 마름이 김
서방을 속"일 경우, 김서방을 통해 보고를 받고 "부정을 감지할 수 있
는 예리"(2;307면)함까지 지녔다. 그는 누구보다 관대하지만 '부정'에
대해서는 또한 누구보다도 "가혹한 결단"을 내리는 등의 관대함과 결
단성을 겸비한 인물이다.

윤씨부인과 김서방, 마름 사이의 관계를 밝히고 있는 위의 인용문
을 통해 '평사리'에서의 최참판댁 위치를 알 수 있다. 그것은 작은 국
가의 모습을 취하고 있는데, 국가 형태는 강력한 중앙집권제이다. 중
앙 권력(윤씨부인)이 모든 것을 관할하고, 각 지방의 관리들은 오로지
중앙 권력에 종속된 미약한 존재들일 뿐이다. 그 속에서 최참판댁—
윤씨부인은 강력한 군주로, '대부'로 자리한다. 또한 이 대부는 최씨
가문의 몰락을 예상하고, 아무도 모르게 '씨돈'(은괴)을 비축해두어 최
서희가 가문 계승—가문 번창에 사용할 수 있게 한다. 서희가 다시 일
어설 수 있었던 것은 바로 윤씨부인이 남긴 씨돈 때문에 가능했다.
최씨 가문의 계승이 최씨 성을 가진 최서희를 통해 이루어지지만 그
근원에는 윤씨부인의 선견이 있었기 때문에 가능한 것이었다.

평사리에 최씨 왕국을 건설한 것은 바로 타성(他姓)의 여인들이다.
최치수의 말에서도 알 수 있듯이 "최씨 집안의 살림은 여자 집념의
상징"(1;214면)인 것이다. 자신이 시집간 가문의 번창을 자신의 존재
의의로 받아들일 수밖에 없었던 여인들은 가문을 위해 그들 생의 전
부를 바친다. "여자 하나 잘(못) 들어오면 가문이 홍(망)"하듯이 부계

가문의 흥망은 곧 여성의 집념 여하에 달린 것이다. 이는 가문 번창의 중심에 여성들이 서 있었음을 의미한다. 부계 계승 서사에서 남성들은 형식상의 가부장에 위치할 뿐, 가족의 생계를 담당하고, 가문을 유지시켜온 실질적인 가부장은 바로 이들 타성(他姓)의 여인들이다.

1.2. 모계 계승의 가족 질서 찾기

박경리가 탐구한 가족제도는 父—子(남)로 계승되는 가족 관계보다 母—子(여)로 이어지는 관계를 보여주고 있다.[7] 즉, 전통적 가부장제 사회의 부계 계승이 아닌 모계 계승이 초기 단편의 서사를 구성하고 있고, 부계의 혈족은 어디에서도 찾아볼 수 없다. '어머니-나(딸이면서 어머니)-딸'로 연결되는 가계는 부계의 마지막 혈통인 '아들'의 죽음으로 부계 계승의 전망을 차단한 상태이다.

부계 계승의 가부장제 질서 속에서 실질적인 가장으로 가문을 유지해왔던 여성들은 이름도 부여받지 못한 채 보조자의 역할을 수행했다. 반면 2세대 여성들은 호명을 가진 인물로, 남성의 보조자가 아닌 가문의 주체로 등장한다.

> 기골이 좋았던 시할머님, 시할머님은 생산을 많이 했으나 자식들을 다 기르지 못했다고 했다. 참판부인이던 증조할머니, 참판의 모친이던 고조할머니. 그러니까 타성(他姓)의 여인들 오 대가 최참판댁을 이룩하였고 지켜왔으며 마지막 최씨의 피를 받은 서희로써 끝이 난다. 다른 핏줄의 여인들이 지켜 내려온 가문은 제 핏줄의 여인으로 하여금 막을 내려야 하는 것이다. 그것은 어쩌면 야릇한 운명 같기도 했다. 윤씨부인은 최씨 집안이 무너질 것이요 양반 계급이 무너질 것이라는 예감과 함께 자기 자신에게도 최후가 얼마 남지 않았으리라는 것을 느낀다. 그러나 그는 초조하거나 불안하지가 않았다.〈土地, 2;314면〉

---

7) 김용구, 앞의 글, 190면.

여가장들의 억척스러움에 반해 가부장적인 권위를 상징하는 남계 세대가 한결같이 병들어 단명하거나 불운하다는 것은 "가족의 내구성에 있어서 부권적인 질서의 운명적인 소멸이나 전이의 한 징후적인 단서가 내재"[8]된 것으로 볼 수 있다.

최참판댁의 경제적 융성의 기틀이 타성에 의해 이루어짐과 동시에, 가계 계승 또한 모계 계승의 성격을 띠고 있음을 위의 인용문은 설명하고 있다. "제 핏줄로 하여금 막을 내려야 하는 것"이라는 언술은 바로 그렇게 해야 함의 당위성을 내포한다. 그래야 하지 않을까. 왜 그래야 하는가. 그것은 바로 앞에 해답이 나와 있다. "여인들 오 대"의 집념으로 세운 가문이기에 당연히 "여인들"의 피로 그 가문은 계승되어야 한다. 그렇게 할 때에만 '오 대'의 여인들은 그들 삶에서 보조자가 아닌 주체로 우뚝 설 수 있다. "어쩌면 야릇한 운명" 같다는 언술은 기존 가족 서사에 대해 한 번 "힐끗 보기"의 형태를 취하면서, 그렇지만 '나아갈 방향은 이것이다'를 강조하는 느낌을 강하게 내포한다.

윤씨부인은 "최씨 집안이 무너질 것"과 "양반 계급이 무너질 것"을 예감할 수 있는 혜안을 가진 인물이다. 또한 최씨 가문의 유지를 위한 조력자로 위치 지워진 자신의 삶 또한 얼마 남지 않음을 예감한다. 그것은 더 이상 최씨 가문이 부계 계승에 의해 이루어지지 않을 것이며, 최서희에 의해 계승될 최씨 가문은 "양반 계급"이라는 신분적 굴레에서 벗어날 것임을 암시한다. 이미 중인 계급인 김개주와의 사이에 아들 '환'을 둠으로써, 양반 사회의 도덕률을 위반한 윤씨부인에게 이런 변화는 "초조하거나 불안"한 것이 될 수 없다.

최참판댁 가문을 유지시키고 번창시킨 장본인이 한결같이 청상의 여인들이었다는 표현은 가부장의 부재를 의미한다. 오직 형식상의 부

---

8) 이재선(1989), 앞의 논문, 366면.

계 계승을 이어갈 "외아들"만이 있을 뿐, 부계의 세력은 뻗어나가지를 못한다. 이는 곧 가계 계승이 실질적으로 모계 계승으로 이어져 왔음을 암시한다.9) 최참판댁의 가족 서사는 실질적으로 '(시)모-(자)-며느리'로 이어지는 양상을 보인다. 최치수의 죽음으로 부계 계승의 전망이 차단된 상태에서 '조모(시어머니)-손자(조준구)'로 이어지는 이질성을 보이기는 하지만 다시 최서희가 가문 잇기를 수행함으로써 '조모(윤씨부인)-서희(손녀)'로 이어지는 모계 중심의 서사가 진행된다. 이는 기존 '(시)모-며느리'로 이어지던 형태보다 더 완전한 모계 계승의 서사로 볼 수 있다.

윤씨부인의 죽음으로 최참판댁의 광활한 '토지'는 조준구에게 넘어간다. 윤씨부인의 뒤를 이을 며느리 별당아씨의 도망으로 최참판댁은 위기를 맞는다. 그러나 별당아씨는 최치수가 아닌 김환을 선택했기에 윤씨부인에게는 며느리이면서 또한 며느리가 아닌 상태에 있다. 그는 두 아들의 부인이 됨으로써, 윤씨부인의 하나밖에 없는 며느리가 되지만 금기 파기의 속성을 내포하기에 기존 서사를 유지할 수 없는 인물이다. 따라서 한 대를 뛰어 넘어야 하는 상황에서 최치수의 갑작스러운 죽음은 새롭게 커나갈 가문 계승자를 보호하지 못한다. 며느리인 별당아씨가 부재한 상태에서 가문 계승의 무게 중심은 최치수에게 쏠리게 되는데, 그들 부계 계승의 후예들은 선천적으로 나약하여 가문을 유지할 수 없는 인물들이다. 따라서 윤씨부인의 대를 이을 실질적인 가장, 며느리의 부재는 최참판家의 몰락을 예고한다.

그러나 아직 가문 계승의 후계자인 최서희가 존재하기 때문에 가문 계승의 전망이 차단된 상태는 아니다. 최참판댁의 번창이 "한 대씩 섞어바꾸어감서" 이루어졌다는 말에서도 시사하듯이 윤씨부인에 이어

---

9) 윤씨부인 사후, 시어머니인 조씨 가문의 후손 조준구에 의해 최참판댁이 조참판댁으로 오인되고 있다는 점도 상당히 시사하는 바가 크다.

최서희에게 가문 번창의 임무가 주어졌음을 알 수 있다. 서희는 윤씨 부인이 마련해준 종자돈(은괴)으로 "남자 못지않은 배포"를 가지고 "피가 나게 살림"을 모아 부계 계승자를 중간에 둔 '(시)모-며느리'로 계승된 최참판댁이 아닌 부계 계승자를 배제한 '최부자댁'을 세운다. 신분제의 몰락과 더불어 도래한 자본주의 사회에서는 '자본'의 힘이 곧 권력이기에 '참판'에서 '부자'로의 가문 계승은 필연적일 수밖에 없다.

> 성씨조차 알 길 없는 사내 김길상은 지금 이곳 민적에는 최길상으로 기재되었으며 따라서 아들 둘은 최환국, 최윤국이다. 최서희는 김서희로, 기막힌 사연을 조상에게 무슨 말로 고하라는가. 그러나 두 아이는 여하튼 최참판댁의 핏줄인 것이다. 최씨 피를 받은 것은 두 아이 이외 세상에는 단 한 사람도 없다. 서희는 마치 거미줄로 그네를 뛰는 것 같은 확신에 매달리는 것이었다. 그것은 사실이었으니까.〈土地, 7;271면〉

"최씨 집안의 살림은 여자 집념의 상징"(1;214면)이었으며, 이후 최서희를 통한 가문 잇기 작업은 더욱 가열차게 진행된다. 조준구에게 모든 것을 빼앗기고 간도로 쫓겨간 서희는 가문의 재건을 위해 "퇴락한 빈 집 같은 형식을 고수"(7;183면)하기보다는 '핵(가문 재건)'을 "보존키 위해 오히려 양반의 율법에 반역"(7;183면)을 행한다. 그는 '사-농-공-상'의 신분적 질서에서 가장 천하다는 '상'-'장사'와 '투기'에 손을 대고, 하인이었던 길상과 혼인함으로써 양반의 율법을 파기한다. 이 모든 금기 파기의 행위는 오로지 최씨 가문의 재건을 위한 것이다. 이 점이 다른 한편으로는 최서희의 한계로 지적될 수 있다. 진주로 돌아온 후 서희는 "성씨조차 알 길 없는 사내 김길상"을 '민적'에 최길상으로 기재함으로써 형식상의 가문 잇기를 완수한다. 김길상이 최길상, 최서희가 김서희, 이처럼 성(姓) 바꾸기를 통해 서희는 "두 아들에게 최씨 성"(7;183면)을 계승한다.

　그러나 서희의 귀환이 '최참판댁 가문 세우기' 계획의 완성이라는
점에서 필연적으로 과거 신분제로의 회귀적 속성을 갖는다. 그렇지만
그 공간이 평사리가 아닌 진주이기에 '귀향'이 아닌 '귀환'이라 할 수
있다. '귀향'과 '귀환'의 '귀(歸)'에는 '돌아옴'이라는 공통적인 속성이
내포되어 있지만, '향(鄕)'과 '환(還)'에는 공간적인 차별성이 존재한다.
따라서 완벽한 과거로의 복귀라는 '과거 지향성'을 탈피할 수 있는 여
지가 마련된 셈이다. 진주의 공간은 평사리로의 귀향을 지연시키는
'지연의 공간'이 아닌, '최서희'의 '김환국·김윤국'이, 김길상의 '최환국
·최윤국'으로 살아갈 수 있는 공간이며, 과거(최서희)와 현재('김서희'
이면서 여전히 '최서희')를 넘나들 수 있는 (타)향의 공간이다. 그곳에
서 최서희가 세운 가족은 과거 '최참판댁'이 아닌 '최부자네'이다.
　비록 사회적 통념을 뛰어넘지 못하고 자신과 길상의 성(姓) 바꾸기
형식을 통해 최씨 가문을 계승하고 있지만, 최서희가 민적상 김서희
이면서도 여전히 최서희로 살아가고 있기 때문에, 여기서 다시 한 번
성(姓)의 개념은 성(性)의 개념으로 탈바꿈된다. "최씨 성(姓)이 김씨
성(姓)"으로 바뀐 후, 여'성(性)'이 남'성(性)'으로 남'성(性)'이 여'성(性)'
으로 바뀌는 과정을 통해 '성姓→성性' 바꾸기를 통한 가문 계승이 이
루어진다.

　　이제 최씨네 나무 둥어리는 시비하지 않아도 저절로 살찌게 돼 있
　었지만 그렇기 때문에 잔가지를 쳐내지 않았던 것은 아니었다. 살찌지
　만 외로운 나무 둥어리엔 잔가지가 무성했다. 열매는 미지수지만, 두
　아들을 제외한다면 마지막 핏줄이었던 김환이, 윤씨의 고통의 응혈이
　던 김환의 존재와 남편 김길상이 잔가지를 치지 않고 지탱하는 이유
　중의 가장 큰 의미를 지녔었는지 모른다.〈土地, 10;113면〉

　위의 인용문을 통해 최서희 가족-최부자네 가계도를 그려볼 수 있

다. 최씨네 가계는 한 그루의 나무 둥어리로 표현되고 있다. 이제 최씨네는 "부자"이기 때문에 "저절로 살찌게 돼 있"다. 그것이 곧 자본의 속성이다. 따라서 최씨 집안의 번창은 의심의 여지가 없게 된다. 또한 과거 평사리 왕국에서 평사리 주민들의 삶을 관장했듯이 최부자네도 여전히 '잔가지'-독립을 위해 일하는 사람들에게 자금을 제공하고 있다.

우선 "나무의 둥어리"는 서희 가족이 되며, "잔가지"는 최씨 집안과 관련된 여타의 인물들로 상징된다. 그러나 나무 둥어리에 "외로운"이라는 수식어가 붙으면서 궁극적으로 서희를 지칭하는 결과가 되고 만다. 즉 최씨네를 상징하는 인물은 남편 길상도 아니며, 두 아들도 아닌 바로 최서희인 것이다.

그러나 남편 길상과 함께 "두 아들을 제외한다면 마지막 핏줄이었던 김환이, 윤씨의 고통의 응혈이던 김환"이 "열매"도 미지수인 "잔가지를 치지 않고 지탱하는 이유"가 되고 있다는 점에서 최씨 집안의 가계가 모계 서사로 발전해가고 있음을 다시 한 번 확인할 수 있다. 부계 계승의 가족 서사에서 바라봤을 때, 윤씨부인과 김개주 사이에서 태어난 김환은 최씨 집안하고는 아무런 관계가 없는 인물이다. 윤씨부인 또한 타성(他姓)의 여인으로 최씨 가문-부계 계승의 보조자일 뿐이다. 그런데 김환은 환국과 윤국을 제외한 "마지막 핏줄"로 표현된다. 서희가 김환을 '작은 아버지'로 인정하는 것은 윤씨부인을 가계 계승의 중심에 놓을 때 가능하다.

윤씨부인은 서희에게 계보 상 할머니에 위치하지만, 실질적인 역할에 있어서는 '부-모'의 자리에 서 있다. 처음부터 서희에게 '부'의 자리는 비어 있었다고 할 수 있다. 아버지 최치수는 서희에게 공포의 기표로 작용하고 있기 때문이다. 그리고 별당아씨는 서희보다 머슴 구천(김환)과의 사랑을 선택한 '모성을 포기'한 어머니이다. 이제 서희 가계의 계보는 다시 쓰여진다. '(할)어머니 윤씨부인'10)은 서희와 환이의 '대부(代父)'로 자리하고, 그의 아들 김환은 서희와 혈연으로 묶이게 된다. 따라서 서희가 김환을 핏줄로 인정하고 있다는 것은 "최부자" 최씨 가문의 가계 계승이 '모계 계승'으로 이어지고 있음을 암시한다. 모계 계승의 가족 서사에서 최서희는 당당한 공식 여가장이 된다.

또한 『土地』에는 부의 성(姓)을 거부하고, 모의 성(姓)에서 자신의 뿌리를 찾고자 하기 때문에 갈등하는 인물들이 등장한다. 그 대표적 인물이 바로 '최(이)양현'이다. 양현은 최참판댁 침모의 딸 봉순이(기화-기명)와 이상현 사이에서 태어났다. 그렇지만 이상현은 봉순이가 자신의 딸을 낳았다는 말을 듣고 방황하다가 만주로 떠나버린다. 어머니 봉순은 아편에 빠져 끝내 서희의 돌봄을 받다가 양현을 부탁하고 자살해 버린다. 양현은 최서희의 딸로 입양되고, 최양현의 신분으로 자란다. 이후 이상현의 집안에서 양현의 존재를 알게 되어, 양현은 "최양현에서 이양현"(13;176면)으로 호적을 옮긴다. 그러나 부계의 성을 이어 받았음에도 양현은 끊임없이 자신의 정체성을 고민한다. 봉순의 딸, 최양현, 이양현의 삶 속에서 부유할 수밖에 없는 양현은 뿌리에 대한 집착에 빠진다. 양현에게 있어서 '최(이)'로 표현되는 성(姓)은 중요한 문제가 아니다. 그에게 중요한 것은 자신의 뿌리, 어머니인 것이다.

송영광의 경우도 어머니 영산댁(백정의 딸)에 뿌리를 두고 있기에 방황한다. 아버지 송관수의 일생은 '송관수'라는 자신의 이름이 아닌 백정 사위로서의 삶이었다. 영광이 비록 송관수의 계승자인 '송'씨 성

---

10) 서희에게 윤씨부인은 가계 계보상의 할머니에 위치하지만, 실질적인 역할에 있어서는 '모'의 기능을 담당하고 있다. 따라서 "할머니+어머니"는 (할)어머니라 할 수 있기에 어머니 앞에 괄호 친 (할)이라는 표현을 선택했다. '할머니'의 어원을 찾아보면, '한(大)+어머니'이다. 그렇다면 할머니는 '대모(大母)'가 되고, 곧 할머니의 호칭에는 어머니의 속성이 포함되어 있음을 알 수 있다.

을 따르고 있지만, 그는 '백정의 손자'일 뿐이다. 이처럼 양현이나 영
광의 경우, '기생과 백정'인 어머니와 동일시를 꾀함으로써 부정적인
자기 동일성을 형성하고 있다. 이때 이들에게 부정적인 동일시 대상
이 되는 어머니는 그들의 근본으로 자리한다.

『김약국의 딸들』에서 김 약국(성수)과 한실댁 사이에 태어난 아들
용환은 "돌림병 마마"로 죽어버린다. 그리고 한실댁은 내리 다섯의 딸
들만을 낳는다. 따라서 김약국家의 가족 서사는 부계 계승이 처음부
터 차단된 상태에서 시작된다.

> 용빈이 서울의 미션 계통의 여학교를 마치고 S 여전까지 가게 된 것
> 은 그들 영국인이 김 약국에게 권고한 때문이다. 용숙은 집에서 한문
> 을 좀 배우다가 시집을 갔고, 용란은 몹시 글배우기를 싫어하여 언문
> 도 어설프다. 용옥은 소학교를 마치자 본인이 더 이상 바라지 않고 가
> 정에 들어앉아 집안 일을 알뜰히 돌보고 있었다. 용빈은 용혜만은 자
> 기가 공부를 시켜야겠다고 단단히 마음먹고 있었다.
> 용빈은 김 약국 집에 있어서 아들격이다. 김 약국도 마누라에게는
> 의논하지 않으면서도 집안 일에 관하여 용빈의 의견을 물었고, 또한
> 그 의견을 존중하였다.〈김약국의 딸들, 82면〉

『土地』에서 유교 이념의 가부장적 질서 유지를 상징하는 '아들을
통한 가문 잇기'의 작업이 『김약국의 딸들』의 김성수 집안에서는 찾
아볼 수 없다. 『土地』에서는 가부장적 질서를 상징하는 '살아있는 정
령(대표적으로 김훈장)'들이 곳곳에서 등장한다. 그 정령들은 그들이
가진 기득권 수호를 위해 일생을 바치고 있으며, 그 기득권이 끊임없
이 재생되기를 욕망한다. 따라서 가부장적 권위를 바탕으로 한 가부
장제 질서를 수호하는 정령들은 그 기반이 되는 '아들'을 통한 대잇기
에 혈안이 될 수밖에 없다.

그러나 『김약국의 딸들』의 김성수는 자신의 내적 관념 속에서 "박

제된 가부장의 상징"으로만 존재하기 때문에 현실에서 어떤 기능도 하지 않는다. 다만 가족들 사이에서 '가장의 권위의 상징물'로만 인식될 뿐이다. 실질적인 김약국家의 가장은 딸 '용빈'이다. 아들이 없는 집안에서 용빈은 "아들격이다." 모든 집안일에 있어서 용빈의 의견은 중요했으며, 또한 "존중"된다.

용빈의 '가장-되기' 작업은 상징으로 존재했던 아버지 김 약국(성수)의 죽음으로 완성된다. 가족 안에서 '권위'로 존재하는 가부장이 사라지기까지 가족 구성원들의 삶은 처참할 지경이다. 큰 딸 용숙은 '미망인의 삶', '요조숙녀의 삶'을 살아내지 못했기에 '자식을 죽인 살인자'로 낙인찍혀 수형을 감내해야 한다. 새로운 '가장' 역할을 수행하게 될 용빈은 그가 가진 상징성 때문에 파혼 당한다. 전통 가부장의 묵수적 삶을 살아갈 홍섭은 결코 용빈과 결합될 수 없기 때문이다. 셋째 용란은 '가부장적 결혼'11)의 희생양이 되어 미쳐버리고, 넷째 용옥은 가부장제 모성 이데올로기를 내면화한 어머니 한실댁을 동일시 대상으로 삼음으로써 가족을 위해 희생적 삶을 살다 '죽임'을 당한다.12)

전통 가부장제 이데올로기를 구현해왔던 가족은 해체된다. 그러나 『김약국의 딸들』의 서사는 단순히 한 가문을 짓눌러왔던 가족 이데올로기 해체를 넘어서 이조 오백 년을 내려온 '가부장제적 가족 이데올로기' 해체의 차원으로 확대해 볼 수 있을 것이다. 왜냐하면 구/신의 문화 충돌 속에서 한 가족이 어떤 변화를 겪게 되는지, 당대 지배 이

---

11) 이종영, 『성적지배와 그 양식들』, 새물결, 2001, 128면 참조. 개인 간 사랑의 감정에 의한 결혼이 아닌, 가부장의 의사에 따라 결정된, 강요된 결혼을 가부장적 결혼이라고 할 수 있다.

12) 여기서 용옥의 죽음을 '당한다'로 표현한 것은 외적 폭력성이 개입된 죽음이기 때문이다. 외적 폭력성이란 남성 중심적 세계관을 두고 한 말이다. 용란에 대한 사랑을 마음 속에 담고 있으면서 동생 용옥과 결혼한 서기두는 용옥의 인생을 비극으로 몰아간 원초적 폭력의 행사자이다. 또한 며느리를 겁탈하려 한 서영감은 천륜을 배반한 파렴치한 폭력의 행사자이다. 용옥은 바로 이 두 폭력의 희생양이며, 이 두 폭력의 행사자들이 그를 죽음으로 내몰았다고 볼 수 있다.

데올로기가 어떻게 변화되어 가는지를 함께 읽을 수 있기 때문이다.

작가는 '낭만성', '부드러움', '아름다움', '사랑'의 여성성과 남성성의 요소들이 변형된 '강인함', '지성', '의지', '현실성'을 모성과 통합시켜서 여성성을 확대시키고 있는데, 이는 새로운 시대를 열어갈 '여성-모성'의 전형을 밝히고 있다는 측면에서 큰 의미를 찾을 수 있을 것이다. 이는 가부장제 이데올로기를 내면화하는 타자화된 여성이 아닌 '자존'을 구현할 수 있는 '모성-여성'에 의한 가족 서사의 모색인 것이다. 작가는 모든 인간이 자존을 구현할 수 있는 가족 서사는 강한 가부장권이 행사되는 부계적 질서 속에서가 아닌 가족 간 친밀성이 강조되는, '어머니-딸'로 계승되는 모계적 질서 속에서 쓰여질 때 가능하다고 본 것이다.

2. 자기 정체성을 확립한 딸들의 서사

한 인간에게 있어 세계 내 자신의 존재 인식과 자아 정체성 확립의 문제는 그의 일생에서 가장 중요한 일이다. 그것은 자신의 세계관, 인생관, 삶의 방향을 설정하는 것이기 때문이다. 정체성을 확립하지 못할 경우, 세계 내 자신의 존재를 망각하게 되고, 스스로의 인생을 꿈꿀 수 없게 된다. 한 개인의 전 인생에 걸쳐 정체성 형성은 그만큼 중요한 문제이다. 따라서 한 사람의 전기적 서사는 곧 자아정체성의 구체적인 내용을 다루고 있다는 측면에서 "자아정체성의 서사"[13]라고 할 수 있다.

자신의 정체성을 형성한다는 것은 또한 '실존'의 문제와도 닿아 있다. 과연 "나는 누구이며, 어떻게 살아야 하는가"는 한 개인이 살아가

---

13) 앤소니 기든스(1997), 앞의 책, 18면.

는데 있어서 대단히 중요하다. 더구나 억압 상황에서 벗어나고자 하는 사람이라면 정체성 확립은 필수적이다.

가부장제 이데올로기가 팽배한 근대 여명기의 조선에서, 그것도 일제 강점기를 살아야 했던 여성들은 필연적으로 자아와 사회의 모순에 직면하게 된다. 더욱이 남성 가부장의 부재로 가족들의 생계를 위해 사회로 진출한 여가장들은 사회에서도 비공식 여가장으로 대우받았고, 남성들의 보조자로 취급된다. 그것은 여성에게만 가해진 경제적 착취였다.

그러나 가족 내 실질적인 가장의 역할을 담당해 온 2세대의 여가장들은 가부장권만을 주장하는 남성들에게 동의할 수 없다. 항상 비공식 여가장으로, 공식 (남)가부장에게 모든 공을 돌리던 그들은 공식 여가장으로서의 자신들의 권리를 찾기 위해 노력한다. 이는 곧 가족 속에서, 가족의 이름으로 여성들에게 가해진 폭력에 대한 항거 정신이며, 가족의 이름에 매몰된 자신을 찾아가는 과정인 것이다. 여가장들은 당당한 공식 가장으로 거듭나기 위해 부조리한 현실에 의문을 던진다. 더 나아가 남성의 보조자로서 가족을 위해 희생만을 요구받았던 그들은 가족 내 개인으로 우뚝 서기 위해 필연적으로 가족과의 분리 과정을 겪게 되며, 철저한 자아성찰의 여정을 걷게 된다.

2.1. 여가장으로 거듭나기

일제 강점기 동안 '아버지-남성'들은 '강제 징용', '독립 운동' 등으로 많은 기간 가족을 떠나게 된다. 자의건 타의건 그들이 떠난 뒤 가족들의 생계는 대부분 어머니인 여성에게 떠넘겨진다. 양반 가문의 여성들은 주로 '삯바느질'을 통해서 가정 경제를 이끌어 가고, 농민들의 아내는 '바깥 노동과 안 노동을' 통해 삶을 영위해 간다. 자식들을 가르치고, 시부모를 봉양하면서 여성들은 실질적인 가장 역할을 담당

해왔던 것이다. 그렇지만 여가장들의 역할은 언제까지나 '아버지-남
성가장'이 돌아올 때까지란 한시적인 개념 속에서 이해되었다. 그러
나 해방과 함께 돌아온 '아버지-남성'들은 6·25 전쟁으로 인해 "폭사"
로밖에 표현할 수 없는 죽음을 맞는다. 거기에 다음 세대의 가부장이
될 '아들의 죽음'으로 여성들은 영구적인 가장의 역할을 담당하게 된
다. 따라서 (남성)가부장의 실질적인 죽음으로 (여성)가장의 역할은
사회적 차원으로까지 확대된다. 그럼에도 불구하고 여가장들은 늘
"비공식적 가부장"[14]으로 취급받았다. 그들의 경제 활동이나 사회 활
동은 '父의 부재'를 채워주는 보조 수단으로 폄하되었다.

그러나 이제 여가장들은 당당히 자신의 목소리를 내기 시작한다.
남성의 보조자로서, '아버지의 이름' 속에서 살기를 거부한다. 당당히
자신의 이름을 가진 존재로, 스스로의 판단에 의한 삶을 살고자 한다.
1세대 비공식 여가장들이 주로 '댁호'나 '~의 어머니', '~의 부인'으로
이름 없이 살았다면, 2세대의 여가장들은 당당히 자신의 이름을 지닌
공식 여가장으로 거듭난다. 초기 단편의 '회인, 혜숙, 진영, 주영, 민
혜, 혜인, 순영'은 모두가 여가장으로 호명되는 주체이다.[15] 호명 행
위는 대상에 대한 존재 확인을 의미한다. '~의'가 아닌 '명사'로 지칭
된다는 것은 간접적 소극성에서 벗어나 직접적 적극성의 형태를 띠게
됨을 의미한다. 비록 단편의 한계로 주체성 확립을 위해 표류의 과정
을 겪는 여가장이지만, 작가가 초기작부터 공식적인 여가장을 내세우
고 있다는 점은 주목할 만하다. 초기 장편『漂流島』의 경우, 단편의
확장이라는 측면에서 여전히 "표류하고 있는 여가장" 현회를 그리고
있지만 '방향 모색' 차원까지 나가고 있다는 점에 의의를 두어야 할

---

14) 황도경·나은진, 「한국 근현대문학에 나타난 가족 담론의 전개와 그 의미」,『한국문학
   이론과 비평』제22집, 한국문학이론과비평학회, 2004.3, 246면.
15) 장편에서도 여가장들은 현회, 지영, 용빈, 서희, 명희 등의 이름을 부여 받고 있다.

것이다.

『시장과 전장』에서 "어머니의 철저한 경제관념"(115면)으로 지영의 가정생활이 "단단해졌다"는 표현에서도 알 수 있듯이 어머니는 집안에서 실질적인 가장의 역할을 담당하고 있다. "그냥 없어"진 존재로 실재하지 않는 지영의 남편 기석은 무신념의 상태에서 "권하는 바람"(194면)에 낸 "입당원서"(194면) 때문에 흔적 없이 서사에서 사라져 버린다. 남편 기석이 없는 집안에서 가족을 살리기 위해 동분서주 바쁜 것은 어머니이다. 그렇지만 여가장으로서의 어머니는 철저한 경제관념 속에서 사고하고 행동하는 인물이다. 오로지 어머니를 지배하는 것은 철저한 경제관념–생존에의 본능 밖에 없다. 그러나 좌/우익 대결의 전쟁 시에는 모든 것들이 복합적으로 요구된다. 살아남기 위해서는 생존 본능도 중요하지만, 이념적 사고 또한 필수 요건이 된다. 그러나 생존 본능에 따라 움직였던 어머니는 끝내 이념의 총 앞에서 죽음을 맞이한다. 사회적 자아를 형성하지 못한 '어머니 가장'은 필연적으로 새롭게 성장하는 공식 여가장에게 그 자리를 내놓을 수밖에 없다.

> "밟혀도 밟혀도 뻗어가는 잡초. 난 잡초야!"
> 지영은 우물 속을 향해 나지막하게 중얼거린다. 소리가 울려서 우물 속에 퍼진다.
> "끈질기고, 징그럽고, 지혜롭고, 민감하고 무서운 여자야!"
> 소리는 다시 울려퍼진다.
> "살고 싶다! 내 자식들, 내 어머니. 당신은 죽어도 난 죽지 못해요!"
> 소리는 크게 울려 퍼지면서 지영의 몸은 우물 속으로 자꾸 기울어진다.
> "신비합니다. 하나님 신비합니다. 이렇게 신비하게 살 수 있는데 왜 그 힘이 그에게는 미칠 수 없었을까요? 그냥 그냥 없어지고, 없어지고……"〈시장과 전장, 314면〉

기존 질서의 내면화로 '종이 인형'에 지나지 않았던 여성들은 공간 탈출을 통해 자신을 응시할 수 있는 힘을 얻게 된다. 치열한 자기 응시를 통한 현실 직시로 이들은 스스로가 소외되고 표류하지만, 이 모든 과정을 통해 더 강력한 여가장으로 거듭난다.

남성 가부장의 지배 안에서 타자적 주체되기를 수행하고 있는 어머니 세계와의 분리를 통해 '화초'는 "잡초"로 성장한다. '화초'가 누군가에게 가꾸어져야 하는 '수동성'의 식물이라면, '잡초'는 스스로 번식하는 '능동성', '생명성'을 상징한다. 그것은 "끈질기고, 징그럽고, 지혜롭고, 민감"한 생명력이다. 자식들과 어머니를 위해서 지영은 진정으로 살고 싶다고 생각한다. 지영의 새로운 삶은 수동성의 무의지적 삶, 무주체적 삶이 아닌, 살아야 한다는 의지적 삶, 주체적 삶이다.

> "잃어버린 거에요. 그냥 돌아갑시다."
> 침착하게 지영이 말했다. 이상사도 하는 수 없었던지 차를 돌리고 말았다.
> "도리어 속 편하군요." / 지영이 말했다.
> 초스피드에 흥겨워하던 최영감의 기는 폭삭 죽고 말았다. 이상사는 아무 말도 하지 않았다.
> "올 때부터 논둑에 버리고 가자 하더니. 방정을 떨어서."
> 풀이 죽어있던 최영감이 화를 발칵 낸다.
> "괜찮아요, 이모부. 더 귀중한 걸 다 잃고 오는데 그까짓것."
> 하다가 지영은 입을 다문다.
> 경주에서 이상사와 작별하고 그들은 부산가는 트럭을 탄다. 해가 지고 부산진의 불이 보인다. 지영은 잃은 것과 잃은 세월에의 작별보다 닥쳐오는 어둠, 사람, 도시, 전쟁이 전혀 새로운 일처럼 그의 가슴을 치는 것이었다. 그 숱한 길, 수많은 사람이 떼지어가는 길, 군용 트럭이 수없이 달리던 길, 한반도의 핏줄처럼 칡뿌리처럼 얽힌 그 눈물의 길, 바람과 눈보라, 푸른 보리와 들국화의 피맺힌 길, 세계의 인종들이 밟고 간 길.
> (모든 것을 잃었다.)
> 트럭은 속도를 늦추며 장이 벌어진 길을 천천히 누비고 들어간다.

빨간 사과와 술병, 땅콩과 빵, 노점 불빛 아래 신기스럽게 그런 것들이
놓여있다. 시장의 음악은 트럭 구르는 소리에 들리지 않아도 아름다운
그림처럼 풍경은 한 폭 한 폭 스치고 지나간다.

　거대한 발굽에 짓밟힌 개미떼들, 그 발굽에서 아슬아슬하게 비어져
나와 오랜 황야를 헤매어 이 도시, 사람 속으로 그들은 들어가는 것이
다.〈시장과 전장, 381-382면〉

　새로운 여가장은 "잃은 것과 잃은 세월"에 집착하기보다는 "닥쳐오
는" "어둠, 사람, 도시, 전쟁"에 관심을 보인다. 즉 과거지향적 태도가
아닌 미래지향적 삶의 태도를 견지한다는 의미이다. 지영이 가져오고
자 노력했던 그의 '짐'은 곧 과거의 상징물이다. 과거에 대한 미련은
'짐 찾기' 행위로 나타나긴 하지만 그것은 길게 진행되지 않는다. 과
거에 사로잡힌다는 것은 곧 퇴행을 의미하며 기존의 삶을 반복하는
결과를 낳기 때문이다. 따라서 그것은 언젠가 다시 생각날지도 모르
는 '잊어버림'의 망각이 아닌, '잃어버림'의 상실로 표현된다. 과거의
상징물인 '짐'을 잃어버리고 "도리어 속 편하"다는 지영의 말에서 비로
소 지영이 과거의 그늘에서 벗어날 수 있음을 확인할 수 있다.

　진정한 여가장으로 태어난 지영의 시야는 "그 숱한 길, 수많은 사람
이 떼지어가는 길, 군용 트럭이 수없이 달리던 길, 한반도의 핏줄처럼
칡뿌리처럼 얽힌 그 눈물의 길, 바람과 눈보라, 푸른 보리와 들국화의
피맺힌 길, 세계의 인종들이 밟고 간 길"로 확장되어 나타난다. 지영
은 '나'와 '우리'와 '세계'가 함께 하는 삶의 길을 생각하고 있다. "거대
한 발굽"은 지영이 현재 처한 상황에서 보자면 전쟁이라고 말할 수
있다. 그러나 전쟁의 메커니즘이 지배 욕망에 닿아 있다는 것을 생각
한다면 의미는 달라진다. '가부장의 지배, 남성의 여성 지배' 등으로
요약될 수 있는 사회 지배 이데올로기, 이것을 또한 "거대한 발굽"으
로 표현할 수 있을 것이다. 거대한 발굽에 짓밟혀 질식사하지 않고,

"아슬아슬하게 비어져나"온 지영은 "도시, 사람 속"-사회 속으로, 현실의 "삶의 전장"으로 걸어 들어간다.

> -(전략) 우선 거처하기에 불편하지 않을 정도의 집을 장만하고 큰 곳간을 마련한 뒤 한 달에 여섯 번 서는 장날이면 인근 촌락에서 모여드는 곡물, 두류(豆類) 그중에서도 특히 백두를 매점하여 곳간에 쌓아올리는 일부터 시작했다. 그리하여 물건이 귀해지고 값이 앙등할 무렵이면 청진서 돈보따리를 들고 온 상인에게 곳간 문이 열리는 것이다. 이런 식으로 안방에 앉은 서희는 촉수와도 같은 그 예리한 신경을 사방으로 뻗쳐 삼 년 동안 자본을 두 배로 늘리는 데 성공했다. 이같은 성공은 서희의 굳은 의지와 정확한 판단력에 의해 이루어진 것이지만 공노인의 성실한 주선과 손발이 되어 움직여준 길상의 존재가 없었던들 가능하지 못했을 것이다. -(중략)-
>
> 시가 요지에 오백 평을 평당 육 원으로 사서 그것을 상부국에 십삼 원으로 전매하여 일약 삼천오백 원의 이득을 올렸다. -(중략)-
>
> 서희는 두번째 투자에서도 투자액을 빼고도 사백 평의 땅을 얻은 셈이다. 이때 토지 투기로 일확천금을 꿈꾸며 자기 자본은 물론 빚까지 끌어들여 토지를 샀다가 미처 처분 못한 사람들 중에는 도산자가 속출했고 용정촌에는 한때 경제공황까지 빚어졌던 것이다. 서희는 퍽 운이 좋았다. 〈土地, 4;67-68면〉

인용문은 최서희가 간도에서 부를 축적한 과정을 보여준다. 다소 길게, 그리고 구체적으로 묘사되고 있는데, 여기에서 여가장의 속성을 엿볼 수 있다. 아버지로 대표되는 가부장-이동진, 김훈장, 김평산 등등 일련의 인물들-들이 아버지의 신화 속에서 살아가는 경제적 무능력자였다면, 새로운 여가장은 가족 속에서 신화적 권위로 상징되기보다는 실질적으로 가족의 생계를 책임질 수 있는 현실적 가장이다.

최서희는 치밀한 계산을 통해서 자신의 부를 축적한다. 그는 간도가 무역의 중심지라는 것을 놓치지 않았고, 축적해 둘 수 있는 공간성을 따졌을 때 곡물과 가축 중 곡물이 유리하다는 것까지 계산에 넣을 수 있는 명석한 판단력의 소유자이다. 또한 상거래에서 독과점의 실리(實利)를 충분히 간파하고 그것을 활용할 줄 알았으며, '부동산 투자'에도 상당한 능력을 보이고 있다.

비록 서희가 머물고 있는 집의 공간이 내적 공간이지만, 그는 외적 공간에서 행해지는 '무역을 이용한 상거래[16]', '부동산 투자'에 능력을 발휘하고 있다. 곧 공간 상징성에 전복이 일어난다. 서희가 거주하는 간도의 '집'의 공간은 폐쇄성에도 불구하고 열린 공간으로 기능하고 있다. 비록 내부 공간인 '집'의 공간이지만 그동안 서희가 거주하던 평사리 최참판댁의 폐쇄성보다는 '간도'라는 공간 상징성이 가지는 의미가 배가되면서 열린 공간으로 변환된다.

용정촌의 경제 공황까지 일으킬 정도의 엄청난 부동산 투자 사업은 서희에게 막대한 부를 안겨 주었으며, 서희가 자신의 욕망에 한 걸음 나아갈 수 있는 기틀을 마련해 준다. 경제적 부를 획득한 여가장은 '가문 세우기'라는 본격적인 작업에 착수하게 되고, 서희는 경제적 측면에서나 실질적 측면에서 공식적인 여가장이 된다.

> "저도 좀 돕게 해주세요."
> "점점 모르는 소리만 하는구나. 좀더 구체적으로 얘기해."
> 지감은 묵묵히 앉아 있었다.
> "여기 봉투 속에는 오천 원이 들어 있습니다."
> "뭐라구?"
> 임명빈은 소리쳤고 지감도 얼굴을 번쩍 쳐들었다.
> "산에 있는 식구들 식량 대는 데 보태주셨으면 하구요."
> 임명빈과 지감은 말문이 막힌 듯 침묵한다. 〈土地, 16:394-395〉

임명희는 아버지 임역관의 죽음 이후 임씨 집안의 실질 가장 역할을

---

16) 비록 두류의 사재기가 무역은 아니지만, 모든 곡물이 간도로 모여들고, 또 간도에서 흘러 나간다는 사실을 바탕으로 한 것이기 때문에 "무역을 이용"한 이라는 표현을 사용했다.

담당해 왔다. '만세 운동' 당시 임명빈이 감옥에 수감되자 명희는 집안의 가장 노릇을 하게 된다. 이후 임명빈이 학교의 교장에 취임하고, 표면적으로 그가 가장 역할을 수행하는 듯 보이지만 실상은 명희 덕에 얻은 교장 자리이다. 임명빈이 교장으로 있던 학교는 명희의 남편 조용하 집안에서 설립한 학교이기 때문이다. 명희의 이혼으로 교장에서 물러난 임명빈은 '벽돌 공장'을 경영하지만 파산하고 만다. 그 모든 상황 속에서 명희는 언제나 오빠 명빈을 보조해주는 조력자였다. 그렇기에 '보조자', '조력자' 임명희가 명빈을 통하지 않고 지감에게 직접 내민 돈 봉투는 지금까지의 "관례"를 깬 행위이다. 명희는 "안 하던 짓"을 통해 "관례"를 깨고자 한다. 조력자는 상대의 영광을 위해서 늘 뒤에 숨어야 한다. 또한 결정권이 없다. 그런데 조력자인 명희는 거금 오천 원을 활동 자금으로 내놓으면서 "깊이 생각할 필요"(16;394면)가 없는 일이기에 명빈과 의논의 필요를 못 느꼈다고 한다.

가장으로서 어떤 역할도 하지 못하고 능력도 없는 명빈이지만 그의 가부장에 대한 사고는 철저하다. 새로운 사상의 흡수를 통해 그가 보인 사고의 전환이란 고작해야 구시대의 틀 안에서의 변화였던 것이다. 당대의 지식인으로 자처하고 있는 명빈의 실상은 곧 폭로된다. 현실의 부조리에 눈 감고 명분론에 얽매인 지식인의 사고의 폭이 얼마나 협소하고 편협한 것이었는지를 상징적으로 보여주는 것이라 할 수 있다. 명희가 봉투의 용도를 밝히기 전, 명빈은 봉투의 돈을 단순한 '숙식비'로 오해한다. 그것을 '우편환'이나 자신을 통하지 않고 타인이 보는 앞에 내밀었다 하여 자존심을 상해하고, 초라함까지 느낀다. 실상 명희의 도움 속에서 살아왔기에 "새삼스런 일도 아니건만 뼈에 사무친다"(16;394면)고 표현하고 있다. 이는 단 한 번도 명희를 대등한 인격의 소유자로 생각하지 않았음을 의미한다.

대의명분을 위한 명희의 행동은 늘 남성의 영역으로 치부되는 명분

론에 대한 반란이며, 비공식 여가장이 공식 여가장으로 등장하는 일
종의 상징적 행위라고 볼 수 있다. 실질적으로 최서희가 엄청난 자금
을 대의명분에 내놓고 있지만 이들 남성들은 "최참판댁"이나 "길상"으
로 의도적 오인을 하면서 그들 명분들을 여전히 내세워왔다. 그렇지
만 명희의 직접적인 행위는 임명빈의 행위로 오인되지 않고, "어떤 고
맙고 아리따운 여인"(16;398면)의 행위로 왜곡된다. 이러한 오인과 왜
곡은 성적 불평등에 기인한다.

한 가족의 실질적인 가장 역할을 담당해 왔던 여성들은 가부장제
이데올로기 하에서 비공식적 가부장으로 존재해왔다. 여가장들의 희
생은 가문 존속을 위한 가치 있는 행위로 미화되면서 비어있는 가부
장의 권위를 강화하는 수단으로 이용당했다. 그러나 1세대 어머니 가
장들이 비공식적 가부장으로 살아가는 것을 당연시했다면 호명된 2세
대 여가장들은 단순한 조력자, 보조자이기를 거부한다. 그들은 삶의
공간을 사회로 확대시켜 가며 사회적 자아로 다시 태어난다. 이 호명
된 2세대 여가장들은 가부장의 경제적 자립의 중요성을 무엇보다도
강하게 인식하고 있다. 여성이 남성에 종속되었던 성의 역사를 되돌
아보지 않더라도 경제적 무능은 필연적으로 종속을 가져온다는 것을
깨달은 것이다. 경제적 자립을 바탕으로 한 2세대 여가장들은 가족의
주역으로, 사회의 일원으로 당당히 공식 여가장으로 등장한다.

2.2. 가족 내 '개인'의 복원

'개인'의 의미가 자연적/시민적, 사적/공적, 여성/개인—그리고 섹스
/젠더—사이의 변하지 않는 이분법에 묶여 있는 한 여성은 영원히 개
인으로 존재할 수 없게 된다. 개인으로서의 여성을 현 사회의 구성원
으로 편입시키는 것은 여성을 남성에 대등한 하나의 성으로 받아들이
는 행위이다. 페미니스트들이 '개인'을 강조하기 위하여 "자연, 생물

학, 성이라는 개념의 중요성을 가능한 없애려고 하는 것은 근대 가부장제에 대항하기 위한 것"[17])이다. 가족 속에 흡수되어야 했던 개인(여가장)들은 가족이 파괴됨으로써 비로소 가족 속에 흡수된 '개인'을 복원해 낸다.

여성들이 가족 내에서 '개인'으로 살아가기 위해서는 여성 억압을 정당화하고 있는 '가부장제'에 대한 도전에서부터 시작되어야 한다. 특히 모성 이데올로기에 묶여 여성성을 억압당해 온 여성들의 경우, 성적 해방을 추구하지 않는 이상 가부장제 이데올로기의 희생양으로만 존재하게 된다.

> "지금 용숙 생이는 경찰서에 잡혀갔입니더. 시동생이 고발을 했다 안 캅니꺼? 아이를 죽여서 연못에 집어넣다고 안 캅니꺼."
> "그게 정말이냐?"
> "거짓말이면 얼마나 좋게요."
> 용옥은 한숨을 푹 내쉬었다. 용숙의 사건은 엽기적인 것이었다.
> 용숙은 아들 동훈이 늘 아프다 하여 여러 차례 왕진을 청하던 자애병원의 의사하고 정을 통해 오다가 임신을 했다는 것이다. 시동생이 쫓아냄으로써 그 많은 재산을 잃을 것을 두려워한 나머지 그는 아이를 낳자마자 죽여서 뒤안에 있는 연못에 빠뜨렸다는 것인데, 의사의 처가 시동생에게 달려가서 결국 사건은 크게 벌어지고, 의사와 용숙은 경찰서에 구속되었다는 것이다.
> 이 사건은 통영 바닥을 발칵 뒤집어놓고, 이야기는 이야기의 꼬리를 물고 더욱 해괴망측한 과장된 음설(淫說)이 퍼지고 있다는 것이다.〈김약국의 딸들, 194면〉

"샘이 많고 만사가 칠칠하여 대가집 맏며느리가 될 거라"(79면)던 용숙은 과부가 됨으로써 한실댁에게 첫 번째 좌절을 안긴 존재이다. 그렇지만 용숙은 청상의 삶을 거부한다. 남편의 상(喪)을 벗은 용숙에

---

17) 캐럴 페이트만, 앞의 책, 312면.

게서 "미망인의 애수"란 찾아볼 수가 없다. "도리어 삶에 대한 강한 의욕이 다문 얄팍한 입술에 느껴"(84면)질 뿐이다. 그는 비록 청상이 지만 "차림새나 거동을 봐서 어디 나가도 꿀릴 데가 없는 귀부인이 다."(84면)

용숙은 청상으로 두 번의 금기 파기를 범한다. 첫째는 '무성(無性)' 이어야 할 모성이 성(性)적 여성이기를 원했다는 점, 둘째는 왕진 온 의사와 '정(情)'을 통했다는 점이다. 이후 의사와의 간통은 그를 '영아 살해범'으로까지 몰아가는 계기가 되지만 아무튼 용숙은 통영 바닥을 발칵 뒤집어 놓을 정도의 엄청난 사건을 불러온 인물이다. 그러나 이 엄청난 사건 속에서도 그는 삶의 끈을 놓지 않는다. 자신이 위기에 처했을 때 외면한 가족을 그 스스로가 외면하면서 스스로의 삶을 개 척해 나간다. 작품 내에서는 물질에 대한 강한 집착을 보이며, 가족들 에게까지 비정한 인물로 그려지지만 용숙은 『김약국의 딸들』에서 유 일하게 가족으로부터 분리되어 '개인'의 삶을 살아간다. 이는 그가 김 약국家에서 출가한 딸이기에 가능했으리라 본다.

『土地』의 청상들이 당대 이데올로기에 순응하며, 남편 가문의 번창 과 유지를 위한 삶을 살았다면 용숙은 당당히 개인의 욕망과 삶을 추 구해 나간다. 그에게 "무언의 억압"[18]인 청상의 삶은 그를 더욱더 현 실 직시로, 생존 본능의 추구에로 이끈다. 자신에게 불합리한 현실에 서 살아남기 위한 방법은 오직 경제적인 '부' 획득에 있음을 인식하고 그는 재산 늘리기에 모든 힘을 쏟는다.

용숙의 등장은 당당하게 그려진다. 용숙을 당당하게 만들어 준 것 은 바로 그가 가진 재력이다. 그가 축재하는 과정은 『土地』의 최참판 댁 여인들과 흡사 닮아 있다. 비록 용숙의 속물성과 비정 때문에 부

---

18) 이경란, 「『김약국의 딸들』의 인물 연구」, 중앙대 문창과 석사학위논문, 2000, 15면.

정적인 평가를 받지만 그는 인습을 거부하고 자신의 운명을 적극적으로 개척해 나간 인물이다. 그렇기에 그는 김약국家의 비극에 함몰되어 표류하지는 않는다.

> 최참판댁의 영광, 최참판댁의 오욕, 이제 최참판댁의 상징은 재물로만 남았고, 호칭도 최참판댁보다 최부자댁으로 더 많이 불리게 되었다. 최서희의 집념은 창 없는 전사(戰士), 노 잃은 사공, 최참판댁의 영광과 오욕과는 상관없이 단절된 채 아이들은 자라고 있는 것이다. 아버지의 존재만이 그들 가슴속의 신화(神話)요, 아버지의 존재로 하여 아이들 가슴속에는 민족과 조국에 대한 강렬한 의식이 자라고 있는 것이다.
> '왜 돌아왔을까?'
> 왜 돌아왔을까. 반드시 조선으로 돌아와야만 했을까. 아버지와 아들이, 남편과 아내가 헤어져야 했던 이유가 이제 와선 무의미한 것이 되어 버렸다.…과거는 무의미한 것이며 없는 것이며 죽은 것이다. 현재만 살아 있는 것, 미래만이 희망이다. 아이들은 현재요 미래다.〈土地, 9:17면〉

『土地』의 서희는 자신의 일생을 "최참판댁" 가문 세우기에 바친다. 그가 이국의 혹독한 추위 속에서 양반의 율법을 벗어 던지고 재산을 모았던 것도 모두가 최참판댁을 복원하기 위해서이다. 그는 과거 "최참판댁의 영광"과 "최참판댁의 오욕"에서 벗어날 수 없었다. 그래서 영광을 되찾기 위해, 오욕을 씻어 버리기 위해, 냉정하고 비정함으로 자신을 무장한 채 재물을 모은다. 그의 결혼 또한 가문 세우기 일환으로 이루어진다. 비록 길상에 대한 애정이 마음 깊숙이 자리하고 있지만 길상은 가문 재건에 누구보다도 필요한 인물이다. 가장 가까워야 할 남편과의 인간관계마저 가문 세우기의 수단이 되어버린 상황에서 서희 또한 가문의 이름 속에 허우적거리는 객체일 뿐이다.

"왜 돌아왔을까. 반드시 조선으로 왜 돌아와야만 했을까. 아버지와 아들이, 남편과 아내가 헤어져야 했던 이유"가 과연 무엇이었는가를 스스로에게 묻게 된 서희는 심한 자책에 빠진다. 이미 "무의미한 것이며 없는 것이며 죽은 것"에 매달려 살아왔던 삶 속에서 가족이, 가족이라는 이름 속에서 견뎌야 했던 고통은 이루 말할 수 없을 정도다. 아내와 남편은 서로 타인처럼 감정을 교류할 수 없었고, 아들들은 아버지와 생이별을 했다. 가문을 세우기 위해 가족 구성원들 모두가 겪어야 했던 고통은 오로지 서희의 "집념"에서 비롯된 것일 뿐이다.

그러나 "최참판댁의 영광과 오욕과는 상관없이 단절된 채" 아이들은 자란다. 그들은 가문의 자식들이 아니라 서희와 길상 개인의 아들들인 것이다. 서희는 비로소 과거에 얽매여 살아온 자신의 삶이 얼마나 허무하고 무의미한 것이었는지를 깨닫게 된다. 현재의 삶은 과거를 복원하기 위한 삶도, 가문을 위한 삶도 아닌 최서희 개인으로서의 삶과 남편의 삶과 아이들의 삶만이 의미가 있을 뿐이다. 그것만이 곧 미래요, 희망일 수 있다. 서희는 가문 속에, 가족 속에 갇혀 있던 자신과 대면한다. 철저한 자기 응시 속에서 이루어진 가족 바라보기는 서희로 하여금 가문에서 탈출하여 '최서희'라는 개인의 삶에 시선을 돌릴 수 있게 한다.

> 첫 결혼에 말할 수 없는 고초를 겪었고 친정에 와서는 군식구로 미안한 세월을 보냈으며 우가네 집 식구들에게 시달려야 했던 인호의 세월. 얼마나 살지, 끝내 완전하게 회복이 안 될지 알 수 없는 야무 처지였으나, 인호에게는 봄이 온 것이다. 그것은 야무가 어질고 착했기 때문이며 시어머니가 존중했고, 그러나 무엇보다 인호 생활에 활기를 준 것은 독자적으로 산다는 그 의식 때문이었다. 그리고 자신의 자리가 확실하다는 느낌 때문이었다.〈土地, 15;158-159면〉

가부장의 권위로 결정된 결혼에서 인호의 존재는 무시된다. '일부종사'의 유교 윤리를 실천하기 위해 인호의 시집살이는 고되고 힘든 나날이었다. 그러나 고초를 견딜 수 없어 돌아온 친정에서의 삶 또한

"군식구로 미안한 세월"−죄인의 삶이었다. 결혼한 여자는 집에서 나간 바깥사람(出嫁外人)으로 불리기 때문에, 그는 가족의 일원에 포함되지 못한다. 그렇기에 자신이 자라난 가족 속에서 인호는 군식구=객식구로 덧붙어 사는 손님인 것이다.

그러나 군식구=객식구의 삶마저도 인호에게 허락되지 않는다. 바로 인호를 달라고 한복 내외를 위협하는 우가네 때문이다. 그들은 인호를 며느리 삼아 한복의 재산을 빼앗으려는 인간들이다. 그들에게 인호의 인격 따위는 관심 밖에 있다. 오로지 취할 가치가 있느냐 없느냐만 관심이 있을 뿐이다. 이들에게 시달림을 당하는 가족에 대한 미안함과 우가네로부터 벗어나기 위해 인호는 스스로 야무와의 결합을 선택한다. 어느 정도 환경에 몰린 선택이기는 하지만 인호 개인의 판단에 의한 것이기에 상당한 의미가 있다.

그런데 "얼마나 살지, 끝내 완전하게 회복이 안 될지 알 수 없는 야무"와의 결합은 인호에게 새로운 삶을 열어준다. 인호의 보살핌으로 야무는 서서히 회복을 보이고, 그런 인호에 대한 야무의 사랑 또한 극진하다. 그리고 시어머니 야무네는 인호를 존중해 준다. 비로소 인호는 자존을 회복한 것이다. "그러나 무엇보다 인호 생활에 활기를 준 것은 독자적으로 산다는 의식 때문"이다. 누구에게도 간섭받지 않고 독자적으로 무엇인가를 할 수 있다는 것은 주체적 삶을 살아가고 있음을 의미한다.

인호의 독자적 삶은 두 번의 가족 해체를 통해 이루어진다. 첫 번째는 전사(前史)에 억눌린 삶을 살아가는 한복 집안에서의 출가로, 아버지 예속에서 벗어난 것이며, 두 번째는 가부장적 결혼으로 인해 고통만을 체험했던 결혼 생활을 청산함으로써, 남편의 폭력에서 벗어난 것이다. 야무와의 결혼은 인호의 선택에 의한 것이었으며, 거기에는 어떤 거래 조건도 개입되지 않았다. 따라서 인호는 남편 야무에게 종속된 삶이 아닌 대등한 관계 속에서 생활을 유지해 나갈 수 있었던 것이다.

'가인(家人)'의 상태를 벗어나 '개인(個人)'[19]으로 탄생한 인호는 인생의 "봄"을 맞이한 것이다. 인호의 봄은 야무의 인생 또한 봄으로 바꾸었고, 야무네의 인생 또한 봄으로 만들었다. 가족 내에서 "자신의 자리가 확실하다는 느낌"은 인호의 생활에 활기로 작용하며, 인호는 비로소 가족 내 주체로, 개인으로 당당히 선 것이다.

> 양현은 좁은 공간에 꽉 끼여들어 옴짝달싹할 수 없는 것 같은 그런 모습으로 앉아 있었다. 그 동안 그의 영혼이 얼마나 깊이 앓았는지를 여실하게 나타낸 모습이었다.
> "양현아, 아가."
> 무릎을 맞대며 서희는 불렀다. 그도 초췌한 모습이었다.
> "자식한테 이기는 부모는 없다."
> 서희는 말하면서 눈물을 흘렸다.
> "엄마!"
> 서희 무릎에 엎으러지며 양현은 소리 내어 울었다.
> "집으로 가자."〈土地, 16;244면〉

봉순(기화)과 이상현 사이에 탄생한 양현은 그러나 서희의 딸로, 최참판家의 딸로 자라난다. 절반은 기생의 피가 흐르고, 절반은 양반의 피가 흐르는 양현의 출생은 처음부터 비정상성을 내포한 것이다. 그에게는 세 명의 어머니가 존재한다. 생모 봉순이, 양모 최서희, 그리고 호적상의 어머니 박씨 부인. 생모 봉순은 기생으로서 비참한 생을 살다가 끝내 아편에 빠져 자신의 목숨을 스스로 버린 비극적인 여인이다. 양모 서희 또한 고독한 자신만의 세계에서 외로움을 스스로 감내하며 처절한 삶을 살아온 불행한 여인이다. 그리고 큰어머니로 표

---

19) 이득재, 앞의 책, 121면.

현되는 호적상의 어머니 박씨는 남편에게 거부당한 채 한평생을 살아
온, 여성이 거세된 한스러운 여인이다. 이 세 어머니의 딸 양현은 그
들 삶의 무게를 고스란히 구현하고 있다. 그는 생모의 그늘에서도, 양
모의 애정에서도, 법적모에 대한 도리에서도 자유로울 수가 없다. 반
면 생부 이상현은 양현에게 존재하지 않는, 존재 밖의 인물이다. 양현
의 출생 소식을 접한 상현은 심한 자괴감에 빠져 조국을 떠나 만주에
서 자기 학대 속에 살아간다. 그렇기에 양현에게 생부는 어떤 기능도
의미도 없는 존재이다. 양부 길상의 경우도 양현에게는 큰 의미가 없
다. 『土地』 전체를 통해서 양현에 대한 길상의 애뜻한 사랑이 표출된
부분은 찾을 수 없다. 길상 또한 가족과 헤어져 만주에서 생활했기에
양현의 성장에 큰 영향을 미치지는 못하고 있다. 세 명의 어머니와
두 명의 아버지, 네 명의 오빠(환국, 윤국, 시우, 민우), 이들이 바로
양현의 가족이다.

　최서희의 딸로 부러울 것 없이 성장한 양현은 여의사가 되기 위해
공부한다. 그런 양현에게 위기가 닥쳐온다. 바로 환국의 부인 덕희와
의 갈등이다. 덕희는 기생의 딸 이양현을 결코 최서희의 딸 최양현으
로 받아들일 수가 없다. 그것은 스스로에 대한 모독이라고 생각하기
에 덕희는 양현에게 끊임없이 '뿌리'를 상기시키며, 최씨 가족을 떠날
것을 강요한다. 기생의 딸이기에 온전한 이양현일 수도 없고, 이양현
이 되었기에 최양현으로 살아갈 수도 없는 그는 자신의 근본을 찾아
방황한다.

　자기 찾기의 과정에서 양현은 자신과 처지가 비슷한 송영광을 만나
사랑에 빠진다. 송관수의 아들 송영광은 어머니가 백정의 딸이기에
백정의 손자이다. 여전히 신분에 대한 규범이 확고한 사회에서 영광
은 출신 성분에서 자유롭지 못하다. 강혜숙과의 애정에서도 그의 출
신 성분은 장애가 되고, 방황하던 그는 끝내 가출을 한다. 그의 가출

은 가족에 대한 부정, 곧 어머니 부정의 성격을 띤다. 기생의 딸과 백정의 손자라는 신분적 굴레에서 벗어날 수 없었던 그들은 서로의 처지에 연민을 느끼고 동류의식을 형성한다. 연민의 감정이 서서히 사랑의 감정으로 전환되어 갈 즈음 양현의 혼사문제가 대두된다.

양현에 대한 윤국의 마음을 확인한 서희는 양현의 출신 성분을 문제삼지 않을 결혼, 즉 양현과 윤국의 결혼을 결심한다. 이미 최양현에서 이양현으로 호적을 옮겼기 때문에 법적으로 아무 문제가 없다고 생각한 서희는 그것이 곧 양현에 대한 사랑이라고 믿는다. 만약 양현과 윤국의 결혼이 성사된다면, 양현은 딸이면서 며느리로 영원히 그들 가족 안에 머물 수 있게 된다.

그러나 양현은 '세속적 욕망'에 따라 자신의 감정을 숨기고 윤국과 결혼할 수 없다. 그것은 곧 사랑하는 가족에 대한 기만행위이기 때문이다. 윤국과 영광의 사랑 사이에서 갈등하던 양현은 자신의 솔직한 감정을 가족들에게 이야기한다. 그는 윤국과의 결혼을 거부한 것이다. 윤국은 양현에게 오빠이다. 아무리 이양현이 최양현이 되어 법적으로 남남이지만 정신세계에서 그들은 남매이다. 남매끼리의 결혼은 근친상간의 금기[20]를 깬 행위이다. 근친상간의 금기는 집단적 질서의 보호를 위한 것이다.[21] 따라서 금기 파기는 곧 '집단적 질서 파기'로

---

20) 클로드 레비-스트로스(앙드레 뷔르기에르 외, 가족의 역사1, 정철웅 옮김, 이학사, 2002, 42면 참조.)는 근친상간의 금지는 각 개인의 생리적이거나 심리적인 성향의 결과가 아니라 생물학적인 본능에 의한 것으로, "사회적 구성을 위한 인간의 최초 행동"이라고 말한다. 그것은 다른 영역에서와 마찬가지로 남녀 관계의 영역에서도 혼돈을 질서로 대체하려는 명백한 목적에서 남성과 여성 사이의 관계를 정리하기 위해 사회가 세운 규칙이라는 것이다. 근친상간을 금지하는 것은 보편적으로 널리 퍼져 있는 사항으로 이에 대한 정의는 나라마다 문화마다 서로 다르며, 따라서 이 '다름'의 성격을 파악함으로써 각 문화의 특성을 살필 수 있다.

21) 죠르쥬 바따이유, 『에로티즘』, 조한경 옮김, 민음사, 1996, 56면. 그렇지만 바따이유는 근친상간의 욕망은 집요한 감정 중의 하나라고 말한다. 그렇다고 본다면 근친상간에 대한 인간의 욕망이 금기를 만들어 냈다고 볼 수 있다.

이어진다. 즉 가족 안에서 딸로 자란 양현이 며느리가 되고, 동생이 아내가 되며, 환국에게는 제수씨가 되며, 시누이가 동서가 되어버리는 상황이 전개된다. 이는 전체 가족 질서의 파괴로 볼 수 있다. 양현과 윤국의 결혼 문제로 인해 지금껏 살아온 가족은 철저히 해체되어버린다. 이제 가족들은 방황하고 내적 번민 속에서 극도로 피폐해져 간다. 양현은 가족을 떠나 인천의 개인 병원으로 가고, 윤국이 학병에 지원해 가족을 떠나자 서희는 심로에 지쳐간다.

가족 속에 매몰되어 서로가 앓고, 초췌해진 모습으로 그들은 '개인'을 복원하기 위해 서로 화해한다. "양현아, 아가", "자식한테 이기는 부모는 없다"는 서희의 눈물 섞인 말에서 양현은 비로소 서희의 딸로 다시 태어난다. 그것은 양현의 정체성 회복의 측면에서 긍정을 내포한 탄생이다. 법적으로 이양현에 위치하지만 그의 정체성은 여전히 최양현으로 존재한다. 윤국과의 결혼이 성사되었다면 양현은 서희 집안에 흡수되었을 것이며, 그의 정체성 또한 부정되었을 것이다.

개별성이란 각각의 가족 구성원이 가족 전체의 욕구보다는 개개인의 자아 성취와 자아 완성을 위해 그들 각각의 욕구를 중요시하게 됨을 말한다.22) 따라서 이씨 집안(이상현)과 최씨 집안(최서희)의 욕구인 윤국과의 결혼 거부는 양현의 자아 성취와 연결되며, 이로써 양현은 자기완성을 이룬 것이다. 가족의 욕구는 양현의 욕구가 될 수 없으며, 가족의 이름으로 양현의 감정이 손상될 수 없음을 분명히 보여준 것이다.

---

22) 데이비드 엘킨드, 앞의 책, 82면.

3. 부부 관계의 새 질서 세우기

가족은 성원들이 모든 것을 공유하는 하나가 아니라 이해가 다른 개인들이 모인 사회 집단이라는 점을 인식하는 것이 중요하다. 특히 서로 다른 가족 문화 속에서 성장한 남/녀가 부부로 만나 하나의 가정을 이룰 때, 이에 대한 인식은 무엇보다도 중요하다. 그렇지만 전통적으로 결혼한 부부에게 있어 서로의 문화에 대한 이해의 폭은 상당히 불평등하게 요구되어 왔다. 남편의 경우, 자신이 성장한 문화를 그대로 수용한 반면, 아내에게는 상대방의 문화에 무조건적 적응을 요구한 것이 사실이다. 남편과 아내의 관계에서 일방적인 요구와 일방적인 수용의 사고가 지배하는 이상, 절름발이 가족들의 신음은 그치지 않을 것이다.

가부장제 이데올로기 하에서 억압받고 신음하던 가족은 거부되고 해체된다. 이제 새로운 가족 질서가 모색되어야 한다. 그러기 위해서는 가족의 기원을 이루는 부부 관계의 새 질서를 세우는 작업에서부터 시작되어야 한다고 본다. 왜냐하면 가족 관계의 시작은 서로 다른 문화에서 성장한 두 사람의 관계에서 시작되기 때문이다. 부부의 정의를 살펴보면 서로 동등한 인격의 타인들이 만나 가족을 형성한다고 되어 있다. 그러나 유교적 이념을 바탕으로 한 가부장제 이데올로기를 가족 이데올로기로 정착시킨 남성들은 원초적으로 부부 관계를 종/속의 개념으로 규정해 왔다. 이때 부부 관계 속에 내재된 성 불평등이 자식들에게도 계승되면서 기존의 불평등한 가족이 형성된 것이다.

'남'성' 공화국에서 절반의 삶만을 강요받았던 아내들이 '여'성과 여'성'으로 바로 섰을 때 인간의 가족사는 다시 쓰여질 수 있다. 따라서 Ⅳ장에서는 부부 관계의 새 질서 세우기 차원에서 우선 무성(無性)의 여성들이 '성적 주체로 거듭나는' 모습을 살펴볼 것이다. 여성이 성적 주체로 바로 서야만 남편에게 예속된, 굴종의 삶을 극복할 수 있기 때문이다. 다음으로 불평등한 부부 관계로 인해 서로가 타인이 되어 살아야 했던 부부 문제를 짚어보고, 동반자로 살아가고자 노력하는 부부의 모습을 살펴보고자 한다. 가족 모두가 행복한 삶을 영위하기 위해서는 부부 관계에 대한 점검이 필요하다고 보기 때문이다. 건강한 부부의 만남이 곧 건강한 가족 서사로 연결될 수 있음을 인식해야 할 것이다.

3.1. 성(性)적 주체로 다시 서기

남성의 권력으로 상징되는 가부장제는 남성들의 공화국이었다. 남'성' 하나만 존재하는 공화국, 남'성'만을 인정하는 체제 하에서 여성들은 '여'성과 여'성'을 거세당하고 살아왔다. 남성 공화국에서 '여'성과 여'성'은 거추장스러운 장애물, 반란을 꿈꾸는 위험 요소일 뿐이다. 따라서 공화국의 지배자들은 그들의 권력을 확고히 하기 위해 교묘히 여성에게 모성의 신화를 덧씌우고 '여'성과 여'성'을 불완전함과 부도덕으로 간주하도록 세뇌해 왔다. 공화국 안에서 여성은 모성일 때만 그 지위를 인정받을 수 있다. 불완전한 그들은 복종하는 주체로, 무성성의 존재로, 성적 불구자/요녀[23]로 절반의 세상을 살아온 것이다.

여성이 '여'성으로(여성성), 여'성'으로(성성) 다시 태어날 때, 여성은 가부장제 이데올로기의 상상적 산물인 '영원한 (대문자) 여성Woman'이 아닌 개인으로서의 '(소문자) 여성women'으로 살아갈 수 있을 것이다.

윤씨부인은 '최참판댁 여인'이라는 굴레 속에서 고통 받는다. 스스

---

23) 여성의 성적 욕구는 허용되지 않는다. 그들은 성에 대해 어떤 것도 느껴서는 안 되고, 오로지 그들의 성이 존재하는 것은 생산을 위한 도구로 기능하기 위해서며, 남성을 즐겁게 하기 위해 존재할 뿐이다. 만약 성에 대해 자유로운 사고를 가지고 있다든지, 성에 탐닉하는 여성이 있다면 그는 요녀, 탕녀로 지칭되고 비난받았다.

로의 이름을 가지지 못하고, 최참판댁을 위해 살아야 하는 그가 타성 (他姓)의 남성에게 정조를 유린당했다는 것은 곧 죽음을 의미한다. 따라서 "산에서 돌아오던 날 어머님 하며 기뻐서 어쩔 줄 모르며 달려온 치수를 뿌리친 그때부터 윤씨부인은 죽은 남편의 아내가 아니었던 것과 마찬가지로 그 남편의 아들인 치수의 어미"(2;209면)이기를 거부한다. 또한 "자신의 살을 가르고 세상에 태어난" 아들에게 "젖꼭지 한 번 물려주지 못한 채 버리고"(2;209면) 온 죄 많은 어미로 그는 이십 년이 넘는 세월을 살아왔다.

자신을 겁탈한 '김개주에 대한 사랑'과 핏덩이로 버려진 '아들 환이에 대한 모정'은 한 여인으로서, 어머니로서, 양반 가문의 상징으로서 살아가야 하는 그의 일생에 짙은 죄의식을 갖게 한다. 비록 아들 환의 절규, 서희의 용서, 작가의 시선 속에서 윤씨부인의 '인간'으로서의 삶은 긍정되고 있지만, 윤씨부인 스스로 새긴 마음속의 "주홍글씨"[24]는 혹독하게 자신을 징벌하고 있다.

> 윤씨부인의 의식의 심층을 한층 더 깊이 파고 내려간다면 죄악의 정열로써 침독(侵毒)되어 있는 곳을 볼 수 있을 것이다. 이십 년 넘는 세월 동안 그의 바닥에는 한 남자가 살고 있었다. 그 남자의 비극이 삼 줄과 같은 질긴 거미줄을 쳐놓고 있었다. 형장의 이슬로 사라진 그 남자, 그 남자의 비극과 더불어 살아온 윤씨부인이 사면을 거절한 것도 그 때문이요 피맺히는 아들의 매질을 원했던 것도 그 때문이다. 뜻밖의 재난으로써 그치지 않았기 때문에 그는 운명을 원망하지도 않았었

---

24) 윤씨부인의 '사랑 이야기'는 호손의 작품 『주홍글씨The Scarlet Letter』의 헤스터 프린의 사랑 이야기와 유사하다. 그들은 모두 남편이 아닌 다른 남자(김개주, 아서 딤즈데일 목사)와의 사랑으로 자식(김환, 펄)을 낳는다. 헤스터 프린은 남편과 갈등하며, '간통 (adultery)'을 의미하는 주홍글씨 A를 가슴에 새긴다. 반면 윤씨부인은 남편과 사별한 경우이기 때문에 아들 최치수와 갈등하며 스스로가 '죄인'의 낙인을 찍는다. 이 두 여인은 모두 가슴에 새긴 주홍글씨로 인해 고통 받지만 그들은 마음 속에 '사랑'을 간직한 채 살아간다.

다. 영원히 사면되기를 원치 않았던 그에게는 그와 같이 끈질기고 무
서운 사랑의 이기심이 도사리고 있었던 것이다.〈土地, 2;209-210면〉

윤씨부인이 스스로가 죄인이 되어 "피맺히는 아들의 매질"을 원한
것은 아들에게 어머니이기를 거부한 "적악(積惡)"(2;209면) 때문이 아
니다. 그것은 윤씨부인 "의식의 심층"에 자리 잡은 "죄악의 정열로써
침독(侵毒) 되어 있는" 한 남자에 대한 사랑 때문이다. "형장의 이슬
로 사라진 그 남자, 그 남자의 비극과 더불어" 윤씨부인은 살아온 것이
이다. 따라서 최씨 가문의 여인으로 타성(他姓)의 김개주를 사랑할 수
밖에 없었던 윤씨부인은 최씨 가문의 영원한 죄인일 뿐이다. 그가 최
씨 가문의 일원으로 살아가는 이상 그의 죄는 사함 받을 수 없다. 마
음속에 김개주에 대한 사랑을 간직한 채 '사면'을 요구할 수는 없기
때문이다. 따라서 윤씨부인 스스로가 "사면을 거절한 것도" "피맺히는
아들의 매질을 원했던 것도" 모두가 김개주에 대한 사랑에 기인하고
있음을 알 수 있다. 그러므로 김개주에게 훼손된 정조는 "뜻밖의 재
난"이 아닌 '운명'적 사랑의 낙인이 된다. 윤씨부인이 택한 것은 모성
이 아닌 남편을 잃은 한 여성으로서, 한 남성의 사랑을 받는 '여성'이
었던 것이다. 김개주에 대한 윤씨부인의 사랑은 "끈질기고 무서운",
자식까지도 거부한, 스스로가 "어미의 자격을 빼앗은"(2;209면) 이기적
인 것이었다.
　양반 사회에서 그것도 청상의 여인이 타성(他姓)의 남자와 사랑을
꿈꾼다는 것은 당시 지배 이념에 대한 도전이며, 금기 파기의 행위이
다. 그럼에도 불구하고 윤씨부인은 중인 계급의 남자, 반봉건의 기치
를 내건 동학의 접주 김개주를 사랑한다. 따라서 윤씨부인의 사랑은
이중의 의미를 갖게 된다. 모성 이데올로기 하에서 여성성을 거세 당
해온 여성의 반란이며, 동학 접주와의 사랑이라는 측면에서 신분제에

대한 전복을 상징한다.

  그런데 운명과도 같이 윤씨부인의 금기를 파기한 사랑은 '대'를 이어 이루어진다. 최참판댁 머슴으로 들어온 아들 김환과 며느리 별당아씨의 사랑이 그것이다. 이 또한 신분을 넘나든 사랑이며, 형수를 사랑하였기에 근친상간의 금기를 파기한 사랑이다. 따라서 윤씨부인의 사랑은 "역사의 태반(胎盤)으로서의 상징"25)적인 의의를 가진다고 볼 수 있다. 그것은 신분제가 무너지고, 남녀 간의 순수한 사랑이 결실을 맺을 수 있는 사회, 무성(無性)의 모성이 여성으로 살아갈 수 있는 사회의 도래가 바로 윤씨부인에게서 비롯되었다고 볼 수 있기 때문이다.

  이불 자락을 걷고 여자를 안아 무릎 위에 올린다. 쪽에서 가느다란 은비녀가 방바닥에 떨어진다.
  "내 몸이 찹제?"
  "아니요."
  "우리 많이 살았다."
  "야."
  내려다보고 올려다본다. 눈만 살아 있다. 월선의 사지는 마치 새털같이 가볍게, 용이의 옷깃조차 잡을 힘이 없다.
  "니 여한이 없제?"
  "야 없십니다."
  "그라믄 됐다. 나도 여한이 없다."
  머리를 쓸어주고 주먹만큼 작아진 얼굴에서 턱을 쓸어주고 그리고 조용히 자리에 눕힌다.
  용이 돌아와서 이틀 밤을 지탱한 월선은 정월 초이튿날 새벽에 숨을 거두었다.〈土地, 6;291면〉

  인용문은 『土地』에서 가장 아름다운 죽음, 가장 아름다운 이별의 한 장면으로 꼽히는 월선의 죽음에 대해 묘사한 부분이다. 용이와의

25) 이재선(1989), 앞의 논문, 368면.

운명적인 관계에서 늘 안타까움과 슬픔을 자아낸 월선의 사랑은 모든 것을 순화시키는 작용을 하고 있다. 가장 한스러운 삶을 산 그가 '여한' 없이 죽을 수 있는 것도 바로 세상에 대한 그의 사랑 때문이다.

월선과 용이는 늘 부부가 아니었으면서도 또한 늘 부부였다. 헤어짐과 만남을 반복하면서 그들이 서로에게 보여준 사랑은 인간에 대한 연민의 정이었다. 인간에 대해 가지는 연민의 정은 퇴색되지도, 변질되지도 않는 감정이다. 말하지 않아도 상대방의 마음을 헤아리는 감정이다. 그 연민의 감정 속에서 그들은 서로를 사랑했고, 아들 홍이를 길러낸다.

홍이에게 영원한 어머니로 기억되는 월선은 그렇지만 용이와의 관계에서 '모성'이 아닌 '여성'으로 자리한다. 모든 어머니들이 '~의 어머니'로 호명될 때도 그는 언제나 '월선'이었다. 비극적인 운명을 타고 났기에 사랑마저도 잃어야 했던 월선은 그 모든 비극 속에서 '월선'으로 살 수 있었기 때문에 또한 가장 행복한 여인일 수 있었다. 그는 용이의 사랑 속에서 여한이 없는 삶을 살 수 있었고, 용이의 삶을 여한이 없게 해준다.

또한 월선은 『土地』에서 아이를 낳지 못하는 불모의 여인이지만, 가장 모성을 담지한 여성으로 그려지고 있다. 이는 여성의 성성 회복이 모성의 부정이 아님을 보여주고자 한 작가의 의도로 볼 수 있다. '모성'은 부정될 수도 부정되어서도 안 된다. 여성이 여'성'으로 존재한다고 해서 모성을 상실하는 것은 아니다. 오히려 무성(無性)으로 화해버린 모성은 가족들과 감정의 주고받음을 할 수 없다. 감정은 감정으로 인해 또 다른 감정을 생산하고, 나눌 수 있는 것이다. 사랑도 마찬가지다. 그 사랑이 자유로울 수 있을 때, 사랑을 주는 사람이나 받는 사람이나 서로가 행복할 수 있는 것이다.

그때 서울서 내려올 때, 급성맹장염으로 부산에서 수술을 받았을 때 진주서 달려왔던 박효영의 얼굴이 서희 눈앞에 풀쑥 솟아올랐다. 사랑은 박효영뿐만 아니었고 서희 자신 속에도 있었음을 강하게 느낀다. 서로의 사랑이, 한쪽은 개방되고 한쪽은 밀폐된 사랑이 박효영을 불행하게 하였고 자살에 이르게 했다.

서희는 흐느껴 울었다. 소매 속에서 손수건을 꺼내어 눈물을 닦았으나 흐르는 눈물은 멎지 않았다. 그가 앉은 별당, 어머니 별당아씨가 거처하던 곳, 비로소 서희는 어머니와 구천이의 사랑을 이해할 수 있었다. 과연 어머니는 불행한 여인이었던가, 나는 행복한 여인인가 서희는 자문한다. 어쨌거나 별당아씨는 사랑을 성취했다. 불행했지만 사랑을 성취했다. 구천이도, 자신에게는 배다른 숙부였지만 벼랑 끝에서 그토록 치열하게 살다가 간 사람, 서희는 또다시 흐느껴 운다. 일생동안 거의 흘리지 않았던 눈물이 둑이 터진 것처럼〈土地, 13;283면〉

딸은 자신이 엄마가 되면서 그의 어머니를 이해하게 된다고 한다. 어머니가 경험한 과정을 겪으면서 그 삶을 이해한다는 이야기일 것이다. 그러나 서희의 경우 모성이 아닌 여성이 되면서 여성이기를 선택한 어머니를 이해하게 된다. 어머니 별당아씨는 모성을 져버린 불모성의 비정한 여인이다. 그러나 그를 여성으로 인정했을 때, 서희는 자식을 버리면서까지 사랑을 선택한 어머니 별당아씨를 이해하고 용서하게 된다.

별당아씨와 구천이는 서로를 진실로 사랑했기에 "불행했지만 사랑을 성취"할 수 있었다. 두 사람의 사랑은 서로가 서로에게 개방된 사랑이었다. 반면 서희와 박효영의 사랑은 "한쪽은 개방되고 한쪽은 밀폐된" 것이었기에 박효영을 불행하게 했으며, 끝내 자살에 이르게 한 것이다. 그러나 박효영의 자살 소식을 접한 서희는 자신에게 일어난 감정의 변화에 당혹해한다. 박효영의 사랑을 의식하면서도 자신을 지키기 위해 그의 감정을 외면했지만 마음 한구석 깊숙이 박효영에 대한 사랑이 자리함을 깨달은 것이다. 자기 마음속의 사랑을 확인하면서 서희의 감정은 드디어 눈을 뜨게 된다. 따라서 서희가 흐르는 눈물은 멎지 않는 감정의 폭발인 것이다. 특히 "어머니 별당아씨가 거처하던 곳"에서 박효영에 대한 사랑을 생각하며 눈물을 흘렸다는 것은 곧 자신과 어머니의 사랑을 같은 위치에서 바라보게 되었음을 의미한다. 아버지 최치수가 있음에도 다른 사내를 따라갈 수밖에 없었던 어머니나 남편 길상이 존재하지만 박효영을 사랑하게 된 서희는 같은 사랑을 하고 있는 것이다. 다만 어머니가 좀더 감정에 솔직했다는 점에서 다를 뿐이다.

모성 속에 억압당해 온 '여'성(女性)을 인정하고 자기 안에 억압되어 있던 여'성(性)'을 발견함으로써 서희는 진정한 어머니로, 아내로, 여성으로 탄생하게 된 것이다. 모성이 여성일 수 있을 때 여성은 가족 속에서 진정한 '개인'으로, 동등한 동반자로 자리할 수 있는 것이다.

> 여행에서 돌아온 후 우리들은 자주 만났다. 상현씨는 지극히 안정된 감정으로 나를 대하여 주었다. 자연스럽고 당연하다는 듯. 한 여자를 완전히 정복한데서 오는 안심과 만족과 잠월(僭越)이다. 그러나 나는 그처럼 안정될 수도 없고 자연스러울 수도 없었다. 도리어 그러한 상현씨한테 일종의 반감까지 느꼈다. 어떤 때는 그에 대한 그리움 속에 뼈적지근한 적대의식(敵對意識)이 숨어 있는 것을 본다. 육체의 교류라는 것이 여자한테는 굴종을 의미한다. 그것은 나에게 있어서 무서운 일이었다. 〈漂流島, 333면〉

『漂流島』의 어머니는 상현과의 연애에서 "딸이 좀더 현실과 타협을 해서 편하게 사는 꼴"을 취하기 바란다. 즉 정당하게 결혼할 수 있는 사람이 아닌 바에 유부남인 이상현과의 관계에서 "물질적인 혜택"을 취하라는 것이다. 그러나 현회는 "어떠한 밑바닥을 딩구는 생활을 할지라도" "상현씨로부터 보조를 받아야 하는 생활보다는 덜 비참하다"고 생각한다. "사랑하는 사람, 그러면서도 남편이 아닌 사람"에게 "물

질로 얽어서 추잡하게 비굴하게"(348면) 될 수는 없기 때문이다. 이것
은 현회가 추구하는 삶이요, 그가 가장 가치 있게 여기는 것이다. 그
가 호색한에 매달려 성을 매매하는 기생충이 아닌 이상 상현으로부터
의 물질적 혜택을 추구한다는 것은 그의 자존을 훼손하는 행위이다.

　사랑하는 사람과의 관계에서 성적 예속은 굴종을 의미한다. 여성과
남성 사이에 성적 불평등이 존재하는 한 연인 간의 육체적 교류는 남
성에게 정복자의 우월을, 여성에게는 굴종을 의미한다. 상현이 현회
와의 여행 후 보이는 "자연스럽고 당연하다는 듯"한 행동은 따라서 현
회에게 심한 반감을 불러일으킨다. 마치 이제는 현회가 자기 것이 되
기나 한 듯한 상현의 행동은 여성의 성을 정복의 대상으로 생각한데
서 기인한 것이다. 여성과 남성은 누가 누구를 정복하는 대상이 될
수 없다. 정복의 개념은 예속의 개념을 동반한다. 따라서 남성이 여
성을 정복의 대상으로 볼 때, 여성은 필연적으로 남성에게 예속되는
불평등한 관계를 맺게 된다.

　현회에게 성은 '애정'과 결부되는, 자신의 것이다. 따라서 자신의 의
지 외에 누구도 그의 성을 훼손할 수 없다. 또한 성으로 인해 그가 누
구에게 예속된다는 것은 참을 수 없는 모욕이다. 현회는 여성의 성은
사랑을 표현하는 한 방식일 뿐, 그것이 도구화되거나 수단화되어서는
안 된다고 생각한다. 바로 이 같은 사고를 가졌기에 현회는 상현으로
부터 어떤 물질적 혜택도 거부한다. 그렇기에 그의 성을 타인이 임의
로 매매한다는 것은 도저히 용서할 수 없는 일이다. 현회의 최강사
살해는 바로 이런 맥락에서 이해되어야 한다. 외국인에게 자신의 성
을 구두로 매매하는 최강사를 살해하고 만 현회의 행동은 여성의 성
을 정복의 대상으로, 매매의 대상으로 생각하는 남성 공화국에 대한
항의인 것이다.

3.2. 동등한 가족 구성원으로 자리 찾기

여성이 가족을 형성하였을 때, 그들은 어머니이기 전에 아내이다. 그런데 가족 이데올로기는 어머니를 신화화함으로써 여성의, 아내의 문제를 불필요한 담론으로 규정해왔다. 이 속에서 아내인 여성은 자리를 잃었으며, 영원히 아내가 될 수 없었다. 결혼과 동시에 그들에게 맡겨진 임무는 어머니가 되는 것이었다. 어머니가 아닌 여성은 설 자리를 잃었으며, 가족 내의 불완전한 위치에 존재 위협까지 느껴야 했다. 남편에 대응하는 아내는 없으며, 따라서 부부 관계 또한 없다. 관계란 대상이 있어야 형성되는 것이다. 아내가 없는 남편이 부부 관계를 형성할 수는 없는 것이다. 이것이 바로 가부장제 이데올로기 하에서 이루어진 부부 관계가 없는 부부 관계였다.

새로운 가족 서사를 구상하고자 한다면 사라진 부부 관계를 복원하는 것부터 시작해야 한다. 그러기 위해서는 우선 기존 부부 관계의 문제점이 무엇인지 파악하고, 그것을 극복하기 위한 실천이 바탕 되어야 한다. 극복되지 않은 문제는 언제든지 파란을 예고하기 때문이다.

> 학수의 말을 듣고 있는 주영은 자기라는 존재가 한없이 초라하게 느껴졌다. 예기하지 않았던 일은 아니다. 그러나 환경의 차이에서 학수의 애정이 동정으로 조금이라도 변한다는 것은 참을 수 없는 일이다.
> 주영은 가난하고 가정 환경이 좋지 못한 자기 자신을 잘 알고 있었다. 그렇다고 해서 누구 앞에서 굽힐 필요가 있다고 생각하지 않는다. 그러한 주영이 학수 앞에서만은 불우한 자기가 비참하게 돌아다보이는 것이었다. 학수를 위함보다는 둘 사이의 애정의 순수를 위하여 주영은 간절히 대등한 자리에 서고 싶었다. 왜 자기는 비굴해지지 않으면 안 되고, 학수의 애정 속에 동정적인 우월을 의심하지 않으면 안 되는가. 그럴 적마다 무엇인지 고운 것이 허물어지는 듯한 불안과 공허감에 싸이는 것이었다.〈반딧불, 158-159면〉

남편으로부터 버림 받아 여성을 상실하고, 자식에게 "항상 애정을

강요하는 어머니"(漂流島, 290면)의 삶을 지켜본 딸들은 동등한 부부
관계 유지의 필수요건으로 상대방과의 대등함을 강박적으로 의식한
다. 대등함이 남편과의 행복한 삶을 보장하는 것은 아니겠지만 이후
삶을 결정하는데 많은 영향을 미친다. 불평등한 관계로 형성된 부부
관계는 여성의 예속을 자연스러움으로 바라보게 했으며, 남편의 일방
적인 결혼 파기에 아내는 어떤 제도적 보호도 받을 수 없었다. 따라
서 결혼을 꿈꾸는 연인들의 의식을 살펴보는 것 또한 상당히 중요한
문제이다.

〈반딧불〉의 주영은 불우한 자기 환경을 생각할 때마다 상대인 학
수에게 한없이 초라해져만 간다. 그렇지만 그가 더 참을 수 없는 것
은 "환경의 차이에서 학수의 애정이 동정으로 조금이라도 변한다는
것"이다. 그는 자신의 환경이 불우하다 하여 누구에게 굽힌다거나 그
것을 부끄러워하는 성격은 아니다. 다만 학수 앞에서만은 "불우한 자
기가 비참하게 돌아다보"일 뿐이다. 그것은 그들 사이 "애정의 순수를
위하여" "간절히 대등한 자리에 서고 싶"은 주영의 소망 때문이다. 학
수의 "애정 속에 동정적인 우월"이 있는 것은 아닌지 의심하게 되는
주영은 그럴 때마다 그들 사이의 "무엇인지 고운 것이 허물어지는 듯
한 불안과 공허감에 싸이는 것이었다."

마침내 주영의 기우는 현실이 되어 버린다. 자기 집안에서 주영과
의 결혼을 석연치 않게 생각한다는 학수의 말에 주영은 끝내 결별을
선언한다. 주영을 찬성하면서도 학수의 어머니가 석연치 않아 하는
점은 바로 주영어머니에 대해서이다. 남편에게 버림을 받고, 개가를
한 번 했다가 다시 도망쳐 와서 살고 있는 어머니. 비록 주영이 어머
니에게 가시 돋친 말을 뱉고는 있지만 어머니는 그에게 상처이다. 불
평등한 관계 속에서 일방적으로 남편에게 버림받은 어머니의 삶 자체
가 상처이며, 아픔이다. 따라서 그것을 문제 삼는 학수와의 결합은 부

모 세대의 부부 관계 답습으로 이어질 수 있다. 그렇기에 열등한 관계가 아닌 대등한 관계의 만남을 욕망하는 주영에게 학수와의 결별은 당연한 선택일지도 모른다.

> 그 여관 앞으로 오가는 동안 서희는 눈길을 돌리지 아니 했다. 이층 창가에 어느 사내가 서 있으리라는 상상만으로 서희는 하루하루의 양식을 마련하는 것 같았던 것이다. 그리고 길상에 대한 자신의 사랑이 얼마나 깊은 것인가를 깨달았을 때 서희는 가파로운 고갯길에서 땀을 닦으며 쉬고 있는 것 같은 자신을 느끼는 것이다.〈土地, 8;181면〉

최참판댁 '가문 세우기'에서 소외될 수밖에 없었던 길상과 그런 길상을 포용할 수 없는 서희는, 부부이지만 서로에게 진실할 수 없었다. 서희에게 길상은 남편으로서가 아니라 환국과 윤국의 아버지로서만 존재할 뿐이다. 길상이 서희와의 진주행을 거부한 순간부터 서희는 길상의 존재를 가족 밖에 위치시킨 것이다. 그것은 길상의 선택이며, 그 선택의 이유를 알고 있는 서희의 묵인 하에 이루어진 결정이다.

혜관으로부터 서울의 '선일여관' 이름을 들은 서희는 길상이 아마 거기에 묵고 있으리라 짐작한다. K중학교에 합격한 환국의 서울행에 동행하게 된 서희는 선일여관 앞을 지나게 된다. 비록 혜관에게는 "그곳에 들지 않겠"다고 "뒷걸음질치듯"(8;179면) 말했지만 서희는 여관 "이층 창가에 어느 사내"-길상이 서 있으리라는 상상만으로도 "하루하루의 양식을 마련하는 듯"한 행복을 느낀다. 그 속에서 "길상에 대한 자신의 사랑이 얼마나 깊은 것인가를 깨"닫게 된다. 최씨 가문의 재건을 위해 숨 막히게 달려온 십 수 년의 삶 속에서 서희는 단 한순간도 평안을 느낄 수 없었다. 그 "가파로운" 인생의 "고갯길"에서 길상에 대한 사랑의 확인은 서희에게 안식을 준다. 비로소 서희는 길상을 최서희와 최씨 가문의 영달을 위한 충실한 종놈 길상이 아닌, 자신과 동등한 인격체로서의 남편 길상을 받아들이게 된 것이다.

> 나라를 찾아야 한다는 충정은 흔들릴 수 없는 확고한 신념이었지만 그러나 길상의 경우, 대의와 가족을 두고 선택한 길은 결코 아니었다. 자아(自我)와 가족을 두고 선택한 길이었다. 실로 어렵게 그는 자기 설 자리를 선택했으며 지킨 것이다. -(중략)-
> 이동진의 산천과 김길상의 강산, 청백리로 이어졌던 선비 이동진의 산천과 버려진 생명을 우관대사가 거두어 길렀으며 윤씨부인 요청에 따라 최참판댁 하인이 된 김길상의 강산은 다르다. 이동진이 이 산천을 위하여 강을 넘었다면 길상도 이 강산을 위하여 간도에 남았다. 그러나 다 같은 길이었지만 길상의 경우는 일종의 귀소 본능(歸巢本能)이라 할 수 있었다. 제 무리에 어우러지기 위한 귀소 본능, 이동진은 돌아오기 위해 떠났지만 길상은 제 무리들에게 돌아가기 위해 남은 것이다.〈土地, 13:295-296면〉

길상이 가족과 함께 간도에서 진주로 돌아오지 않은 것은 바로 존재 확인의 과정적 삶을 살아가기 위한 것으로 볼 수 있다. 길상의 선택은 일제 강점기 백성으로서 "나라를 찾아야 한다는" "확고한 신념"에 의한 것이기는 하지만 그 선택의 기준은 '대의'와 '가족'의 대립 쌍이 아닌 '자아(自我)'와 '가족'을 대립 쌍으로 한 것이었다. '최참판댁 하인으로서, 상전이었던 최서희와 결혼한 후 길서상회의 주인으로서' 김길상의 존재는 양반사회로도 기존의 민중 속으로도 편입될 수 없는 입장이다. 성(姓) 바꾸기를 통해서까지 계승해야 했던 최참판댁 가문에서 길상은 영원히 하인일 수밖에 없는 타인이다. 왜냐하면 서희의 가문 세우기 작업이 과거 최참판댁 영광으로의 복원이기 때문에, '참판'이라는 신분이 내포하고 있는 계층적 차이가 존재할 수밖에 없는 것이다. 따라서 최참판댁 하인이었던 길상의 존재는 부유할 수밖에 없다.

애기씨와 하인이라는 신분의 차이는 부부가 된 서희와 길상에게 뛰어 넘을 수 없는 벽을 만들어 버린다. 영원히 최서희의 충실한 종놈

밖에 될 수 없는 길상은 최서희가 이룬 가족 속에서 소외될 수밖에 없다. 따라서 가족 구성원을 소외시키는 서희의 최참판댁 가문은 필연적으로 해체되어야 한다. 일차적으로 서희의 진주행에 길상이 '동행 거부'를 함으로써 서희 가족은 상징적인 해체를 맞게 된다. 이처럼 최참판댁 가문의 해체를 통해서만이 서희-길상의 가족이 완성될 수 있다. 그리고 환국과 윤국 형제가 아버지 김길상을 거부가 아닌 긍정적 동일시 대상으로 삼고 있다는 점이다. 특히 윤국은 기생의 딸 양현을 결혼 상대자로 사랑하고 있다. 이는 이미 윤국이 기존 가족 구성과 신분의 인습에서 벗어난 삶을 살고 있음을 증명한 것으로 평가할 수 있을 것이다.

상징적으로 해체된 가족은 실질적인 가족 형성을 위한 통과제의를 경험하게 된다. 바로 길상의 존재 찾기 행위는 서희와의 가정을 이루기 위한 필연적 과정이다. 만약 길상이 서희와 함께 조선으로 돌아왔다면, 그는 상전을 모시는 몸종 밖에 될 수 없었을 것이다. 또한 환국과 윤국에게 '종놈의 자식'이라는 오명만을 안긴 아버지로 전락하게 되었을 것이다. 따라서 길상의 '표류'는 자아 찾기의 과정이며, 가족 내 김길상의 '자리 찾기' 행위로 볼 수 있다. 만주에서 보낸 긴 시간의 표류로 길상은 하인 김길상이 아닌 남편 김길상으로 거듭난다.

> "박효영 의사 죽었대요."
> "뭐라구요?"
> "그분은 자살을 했대요."
> 길상은 가슴이 철렁 내려앉았다. 그러나 다음 뭔지 모를 것이 치밀어올랐다. 서희는 울기 시작했다. 계집아이같이 두 손으로 얼굴을 감싸며 우는 것이었다. 그것은 길상에 대한 무한한 신뢰였는지 모른다.
> -(중략)-
> 그도 항간에 떠도는 소문을 얼마간 알고 있었다. 박의사의 도전적인 시선도 여러 번 느꼈다. 그러나 길상은 주치의를 갈아보자는 말을

꺼낸 적은 없었다.

　아프면 찾는 곳이 병원이요 주치의라는 것에 개의치 않았던 것도
사실이었고 갈고 어쩌고 하는 호들갑도 같잖은 일이거니와 소인배 같
은 짓거리로 생각한 때문이지만 환국이나 윤국이 박의사를 존경하고
감사해하는 것도 그렇고 그러나 무엇보다 길상은 서희를 모욕하고 싶
지 않았던 것이다.〈土地, 13;303-304면〉

"죽도록 사랑했었다면 난 뭔가를 할 수 있었을 거야", "사랑이 없으
면 어떤 것도 창조할 수가 없다"(10;370면)는 명희의 독백에서 창조의
원동력은 곧 '사랑'임을 알 수 있다. 사랑이 없었던, 사랑할 수 없었던
명희는 끝내 남편 조용하와의 관계에서 아무것도 창조할 수 없었으
며, 그 관계를 유지할 수도 없었다. 그것은 조용하 편에서도 마찬가지
다. 서로가 서로를 사랑하지 않았던 부부는 영원히 타인으로 존재하
다가 '박제된' 감정으로 서로에게 상처를 입힌다.

　그러나 자기 안에 숨어 있던 사랑의 감정을 되찾은 서희는 창조를
위해, 관계 맺음을 위해 적극적으로 변해간다. 서희의 의식 변화는 두
남자에 대한 사랑을 확인하는 과정에서 이루어진다. 자신의 마음속에
잠재되어 있던 남편 길상에 대한 사랑의 확인은 가문 세우기 작업에
매몰되었던 자아를 복원해 낼 수 있는 원동력이 된다. 그로 인해 서
희는 내적 화해를 경험한다. 다음으로 서희를 향한 사랑 때문에 끝내
자살을 선택한 박효영에 대해 자신의 막혔던 사랑을 깨달은 서희는
어머니 별당아씨와 화해하게 된다.

　내적 화해와 과거와의 화해, 세상과 화해를 한 서희는 진정으로 남
편 길상과 화해하고자 한다. 서희와의 결혼에서 길상이 '신분제'에 사
로잡혀 있었다면, 서희 쪽에서도 "사로잡혀 있기론 피차 마찬가지"
(13;294면)였던 것이다. 부부 간에 금기시 되던 말, 사랑으로도 뛰어넘
을 수 없었던 "벽"에 두 사람은 정면으로 부딪히기 시작한다. 부딪혀

깨지 않는 이상 그 벽은 언제나 두 사람 사이를 갈라놓을 수밖에 없다. 양쪽에서 허물기 시작한 "벽"은 서서히 무너지기 시작한다.

박효영의 죽음에 울음을 보이는 서희를 보며 길상은 서희에게서 처음으로 감정을 표현할 줄 아는 가련한 한 '여인'를 느낀다. 남편 앞에서 자기를 사랑했던 남자의 죽음을 슬퍼한다는 것은 남편에 대한 "무한한 신뢰"에서 비롯된다. 신뢰로서 아내를 보듬을 수 있는 남편 김길상과 사랑에 눈물을 보일 수 있는 아내 최서희는 가장 평범한 남자와 여자로 다시 만난다. 이제 그들은 상전과 하인이 아닌, 동등한 인격체로서 서로를 인식하고 받아들이게 된 것이다.

> 하진과 문희는 그 암흑의 사장에서 마치 이 세상에 최초로 태어난 인간처럼 딩굴딩굴 구르며 지껄이고 눈물 흘리곤 하는 것이었다. 그리고 십 년 세월이 흐른 뒤 비로소 그들은 그들의 분신을 얻은 듯 처참한 환희에 젖기도 했다. 문희는 이제 그림을 그리라고 되풀이 되풀이 말했다.〈他人들, 195면〉

남편과의 이별을 결심하고 내려온 대천의 모래사장에서 문희는 전쟁 중에 자행된 참혹한 인간 유린을 하진으로부터 고백 받는다. 문희는 하진이 왜 모든 인간관계를 거부하고 있는지, 인간에 대한 모든 감정을 왜 차단해 버렸는지를 알게 된다. 전쟁 중에 자행된 일은 "인간의 존엄성을 부정"(74면)하는, 인간이 동물이 되어 벌인 광란이었던 것이다. 그 후로 인간은 오로지 생존본능만을 간직한 동물이며, 자신 또한 그 동물일 뿐이라는 생각이 하진을 지배하게 되었던 것이다. 하진의 고백은 문희에게 커다란 아픔으로 인식되고, 문희는 진정으로 하진을 이해할 수 있게 된다. 하진 또한 문희의 위로에 비로소 눈물을 흘리며 마음의 위안을 얻는다.

부부로서 정신적 유대를 확인한 그들은 "그 암흑의 사장에서 마치

이 세상에 최초로 태어난 인간처럼" 서로를 안고 지껄이고 눈물 흘린
다. 그 눈물은 환희의 눈물이며, 진정한 부부로 다시 태어난 탄생의
눈물이며, 서로의 삶에 대한 위로의 눈물이다. 결혼 "십 년 세월이 흐
른 뒤 비로소 그들은 그들의 분신을 얻"게 된 것이다.

> 『뭐 그렇다고 해서 아무나 되는 대로 잡아서 시집가라는 얘긴 아니
> 야. 그런가 하면 혼자 사는 여자보다 더 못한 불쌍한 처지도 얼마든지
> 있으니까, 그렇게 되지 않으려면 신중하라는 얘기지. 외모 볼 것도 없
> 고 재산 볼 것도 없고 지위 볼 것도 없고 젤 중요한 건 성실하냐 안 하
> 냐 그거란 말이야. 미스 윤도 보았지만 우리 집 그이 어디 볼품 있어?
> 키도 작고 꾀죄죄하구 말이야, 아무리 봐도 장사꾼이지. 하지만 난 그
> 이가 소중해. 아무것도 자랑할 건 없지만 성실하거든. 그리구 세상에
> 제 마누라밖에 없는 줄 아니까 말이야.』〈나비와 엉겅퀴, 260면〉

『나비와 엉겅퀴』에서 이여사는 희련에게 결혼에 있어 제일 중요한
것은 '외모', '재산', '지위'와 같은 외적 조건이 아니라 "성실"성이라고
말한다. 비록 남편이 볼품없고, 키도 작고 꾀죄죄하지만 성실한 남편
을 그는 소중하게 생각한다. 남편 또한 "세상에 제 마누라밖에 없는
줄" 아는 애처가이다. 서로를 소중하게 생각하는 부부, 서로를 깊이
사랑하는 부부야말로 진정한 동반자가 될 수 있다.

> "어머니가 절 안 받으셔도 좋습니다. 나는 그 사람을 두고 다른 여
> 자를 생각할 수 없습니다."
> 그 말은 더 이상 말하지 말라는 선언이다. 어머니는 눈에 눈물이 그렁
> 그렁해진 채 말문을 닫아버린다. 도저히 소용이 없다는 것을 깨달은 듯.
> "언제든지 받아주신다면 집으로 들어가겠습니다. 그렇지 않다면 나
> 는 뱃놈 아니라 거름 구루마를 끌어도 수옥일 버리지 않고 살겠습니
> 다."〈파시Ⅱ, 454면〉

『파시』에는 성적 유린을 당하며 비참한 삶을 살고 있는 수옥과 비

참한 가정환경으로 방황하는 학수의 사랑이 그려진다. 학수는 서영래에게 붙잡혀 성적 유린을 당하며 살고 있는 수옥을 구해 섬으로 탈출한다. 여성에게 정조를 목숨보다 더 중요하게 강요하였던 당대 사회에서, 학수의 선택은 파격적이라 할 수 있다. 병든 아버지와 노모를 뒤로 한 채 오로지 사랑 하나만으로 수옥을 선택한 학수 앞에 어머니는 '눈물'을 흘릴 뿐이다. 어머니의 권위로도 학수의 사랑을 막을 수 없다. 어머니에게 수옥은 훼손된 여자로 인식되지만 학수에게 수옥은 '그냥' 수옥으로 소중한 존재이다. 학수는 수옥과의 관계를 위해 "뱃놈 아니라 거름 구루마"라도 끌 마음의 준비가 되어 있다. 수옥은 그에게 어떤 안락한 삶과도 바꿀 수 없는 아내인 것이다. 서로에 대한 사랑과 믿음으로 맺어진 그들 부부는 부모에 대한 자식의 도리보다도 부부의 도리를 먼저 생각한다.

일제는 전쟁에 내보낼 젊은이를 모으기 위해 징집을 내리고, 수옥과 학수가 숨어 들어온 게섬에도 징집의 회오리가 몰아친다. 그 와중에 학수 또한 전쟁터로 끌려가게 된다. 전쟁터로 떠나기 전 어머니를 만난 학수는 어머니에게 수옥을 부탁한다. 만약 자신이 전쟁터에서 돌아왔을 때 "수옥이가 집에 없다면" "다시 토영 땅을 밟지 않"(527면)을테니 수옥을 며느리로 받아들여달라고 한다.

학수에게 수옥은 정조가 '훼손된 여성'이 아닌 한 인간으로서의 '여' '성'이었다. 수옥의 정조 훼손은 그의 의지가 아닌 남성의 동물적 욕망에 의한 폭력으로 규정된다. 따라서 수옥 스스로의 정조는 훼손되지 않은 것이다. 훼손되지 않은 수옥과 그 진실을 바로 볼 수 있는 학수는 진정한 부부로 거듭난다.

Part V

박경리 가족 서사의
문학사적 의의

박경리 소설의 '가족' 문제를 이야기하기 위해서는 유교적 가부장제에 대한 천착에서부터 시작된다. 가족 서사를 이야기하는데 있어서 당대 지배 이데올로기는 결정적인 역할을 한다. 한국사회의 가족 제도는 유교 이념을 중심으로 한 "부계 계승"의 가부장제 형태를 띠고 있다. 조선조에 형성된 가부장제는 '남존 여비, 남성 우위'를 주장하는 유교적 신분 체계와 부계 혈통만을 정통성으로 보는 혈연 체계와의 교묘한 결탁이라는 '사회 구성적 맥락' 속에서 파악되어야 한다.

동서양을 막론하고 가부장제란 가부장권의 절대적인 권위를 인정하는 가운데서 형성되어 왔다. 이런 맥락에서 가족은 가부장의 권위와 권력을 전제로 한 불평등한 제도였다. 특히 사회를 공적 영역, 가정을 사적 영역으로 분화하면서 사적 영역에 위치한 여성들의 지위는 더욱 가부장에게 예속되었다.

전후 한국 소설사에서 다루어지고 있는 가족 문제는 크게 성 가르기의 형식 속에서 이루어져 왔다. 주로 '부권 상실'에 대한 문제1)가 지속적으로 연구되었는가 하면, 페미니즘적 시각에서 바라보는 여성 문제2)만을 중심으로 논의하는 양상 속에서 남성의 문제와 여성의 문

---

1) 대표적인 논의로는

정현기, 「한국적 부권 상실의 소설적 전개」, 『한국문학의 사회사적 의미』, 문예출판사, 1986.

서석준, 『현대소설의 아비상실』, 시학사, 1992.

하응백, 「부권상실의 시대, 그 소설적 변주」, ≪서울신문≫, 1991.1.8.

김철, 「아버지를 찾아서」, 『구체성의 시학』, 실천문학사, 1993.

김창식, 「전상국 소설에 나타난 부자 갈등 및 아버지 극복하기의 문제」, 『우암 어문논집』제3호, 부산외국어 대학교, 1993.

신재기, 「가족 중심의 서사가 울리는 변주―김원일 論」, 『비평의 자의식』, 국학자료원, 1997.

전흥남, 「분단소설에 나타난 아비 찾기 모티프와 그 문학적 의미―이니시에이션 소설의 변모과정을 중심으로」, 『한국 언어문학』제4집, 한국 언어문학회, 1999.

김민정, 「1950년대 소설에서의 父의 不在와 모더니티」, 『한국문화』30, 서울대학교 한국문화연구소, 2000. 등이 있다.

2) 이에 대한 논의는 아주 방대하게 이루어져 왔다. '부성 상실', '부권 복권'에 대한 문제

제는 각각 다른 목소리로 다르게 이야기하기를 반복해 왔다. 그렇지만 박경리는 가부장제 하의 가족 이데올로기 문제를 다룸에 있어, 어느 한 측면에서만 다루고 있지 않다.

> 사회제도라든지 풍습, 어떤 불문율에 의한 여성의 억압된 위치는 물론 시정되어야 할 것이고, 그러기 위해 확고한 신념과 진실된 정열의 운동가가 요망되는 것이겠지만 그러나 그것은 어디까지나 방법이고 여건일 것이며 인간 문제에서 유리되어 여성 단독이라는 확연한 선을 그어서는 안 될 것 같습니다.[3] 그렇지만 박경리는 가부장제 하의 가족 이데올로기 문제를 다룸에 있어, 어느 한 측면에서만 다루고 있지 않다.

박경리는 제도나 풍습, 불문율 등에 의한 여성 억압은 반드시 시정되어야 한다고 보았다. 그러나 그 모든 문제를 여성 단독만의 문제로 보고자 한다면 기존의 남성 사회에서 범한 우를 반복할 뿐이다. 모든 문제는 단독이 아닌 관계 속에서 해결하려고 할 때 해결의 실마리를 끌어낼 수 있는 것이다. 여성의 문제는 '여"성'의 문제만이 아닌 '인간'의 문제이다. 이에 대한 천착은 박경리 가족 서사의 가장 큰 특징이

가 주로 소논문의 형식 속에서 논의 되었다면, 성적 억압과 사회 제도적 억압 속에 살아온 여권의 신장 문제, 여성 인권의 문제 등에 관심이 집중되면서 문학을 연구하는 여성 논자들이라면 한번쯤은 다루어보는 주제로 부각된다. 따라서 이에 대한 연구는 단행본만을 찾아본다고 해도 그 양이 상당하다.
김정자, 『소외의 서사학』, 태학사, 1998.
김현자·김현숙·이은정·황도경, 『한국 여성 시학』, 깊은샘, 1999.
명지대 인문과학연구소 편, 『문학 속의 여성』, 월인, 2002.
서강여성문학연구회 편, 『한국문학과 모성성』, 태학사, 1998.
서정자, 『한국 여성소설과 비평』, 푸른사상, 2001.
송명희, 『문학과 성의 이데올로기』, 새미, 1994.
송지현, 『다시 쓰는 여성과 문학』, 평민사, 1995.
한국문학연구회 지음, 『페미니즘과 소설비평-현대편』, 한길사, 1997.
한국문학연구회, 『페미니즘은 휴머니즘이다』, 한길사, 2001.
한국여성소설연구회 지음, 『페미니즘과 소설비평-근대편』, 한길사, 1995. 등이 있다.
3) 박경리, 「두 여인상」, 『Q씨에게』, 솔, 1993, 44면.

며, 가족 이데올로기를 형상화하고 있는 여타의 소설들과 차별되는 박경리만의 특징이라고 할 수 있다.

박경리의 가족 서사는 가부장제 이데올로기 하의 여성 억압을 다룸과 동시에 남성들 또한 그 안에서 결코 자유로울 수 없었음을 이야기한다. 부계 계승만을 정통으로 간주하는 가부장제 사회에서 여성들이 아들을 낳기 위한 도구적 삶을 살았다면 남성들 또한 "종마(種馬)"(土地, 1;398면)같은 씨종자로서의 삶을 살았던 것이다. 씨받이에 대응하는 씨종자의 삶에 그들은 명분이라는 관념을 씌워 그 실체를 은폐해 왔던 것이다. 『土地』의 강청댁, 임이네, 박씨 부인, 한경이, 이상현, 용이, 『김약국의 딸들』의 송씨, 한실댁, 김성수, 『파시』의 수옥이 등은 모두가 부계 계승의 가문 대 잇기에 희생된 여성과 남성이다.

> 나는 진실로 그 아이에게 내 사랑을 전하고 싶소. 그리고 그 아이에게는 하나밖에 없는 핏줄의 정이 필요할 것이오. 나는 어느 시기가 오면 조선으로 돌아갈 것입니다. 그간 명희씨에게 부탁하고 싶은 것은 앞으로도 부쳐 보낼 예정인 원고, 물론 잡지사에서 소화해주어야겠으나 그 원고에서 받게 될 원고료를 아이 양육비로 도움되게 선처하여 주셨으면 하는 것입니다. 〈土地, 9;388면〉

또한 가부장제 이데올로기는 '반가의 법도'를 내세워 원초적으로 '부성'을 차단해 왔다. 처성자옥(妻城子獄)이라는 말로 표현되듯이 남성들은 가족 속에서 스스로를 소외시키도록 요구받는다. "남아장부도 필경엔 사람"(土地, 7;56면)인데 '남아장부'에 갇혀 아무것도 못하는 불쌍한 남자들은 가족 밖에서 방황한다. 그들은 가족과 정을 나누며 서로의 아픔을 어루만져주지 못하고 가족들로부터 거부당하고, 스스로가 스스로를 가족으로부터 소외시키면서 외로운 생을 살아간 것이다.

기화와의 사이에 탄생한 딸 양현, 한 번도 보지 못한 딸에 대한 아비의 "사랑을 전하고 싶"은 상현은 "핏줄의 정"을 찾고자 한다. 어머니에게 모성이 있듯이 아버지에게도 부성이 있다. 그동안 부성을 표현하지 못한 아버지들, 그들은 어머니보다 자식에 대한 사랑이 적었기 때문이 아니라 관념에 갇혀 '부성'을 억제해 왔던 것이다.

또한 작가는 여권을 전면에 드러내기 위한 방편으로 여가장의 탄생을 바라보지 않기에 그들을 맹목적으로 환영하지는 않는다. 그는 부계 계승의 전망이 차단된 상태에서 공식 여가장으로 우뚝 선 여성들에 대한 애정과 비판을 분명히 하고 있다. 실질적인 가장의 책임을 담당하면서도 항상 가부장의 그늘에서 그들의 보조자, 조력자로 살아왔던 여가장들이 당당하게 자신의 권리를 주장하고, 가족 내 주체적 개인으로 태어나는 것을 진심으로 축복하고 아낌없는 박수를 보낸다. 그러나 가부장으로서의 여가장이 가족 성원들에게 복종을 강요하거나 권위를 내세운다면 (새로운) 가족 서사 또한 전복되어야 함을 분명히 한다. 특히 동등한 관계 속에서 이루어져야 할 부부 관계가 불평등을 내포한 것이라면 과감히 그 가족은 해체되어야 함을 강조한다. 실질적인 해체든, 상징적인 해체든 어떠한 방식으로의 해체를 걸어야 가족은 다시 설 수 있다.

> 서희의 소망과 서희의 가진 것 그 모든 것을 잃지 않는 이상 길상은 길상 자신을 잃을밖에 없다는 판단이었다. 양반도 아니요 상민도 될 수 없었던 김길상, 남편도 하인도 될 수 없었던 김길상, 부자도 빈자도 될 수 없었던 김길상, 애국자도 반역자도 될 수 없었던, 왜 김길상은 허공에 떠버렸는가. 그것은 서희의 가진 것과 서희의 소망의 무게 탓이다.〈土地, 6;213면〉

'서희의 소망=가문 세우기'와 '서희의 가진 것=막대한 재산', '그 모든 것=서희로 상징되는 것, 최참판댁의 마지막 핏줄, 양반이라는 신분'은 하인이었던 길상이와 조화를 이룰 수 없는 것들이다. 가족 관계가 이미 '주/종'의 형태로 이루어졌기 때문에 길상은 서희와 동등한 부부가 될 수 없는 것이다. 길상은 "양반/상민", "남편/하인", "부자/빈자", "애국자/반역자"도 될 수 없는 "허공"에 떠버린 존재이다.

그러나 "서희가 가진 것"-'막대한 재산'은 충분히 극복될 수 있는 것이다. 소유의 개념은 충족과 결핍의 문제일 뿐이지, 불평등의 차원이 아니다. 그럼에도 소유를 불평등의 개념으로 오인하는 것은 소유와 권력을 동일시하려는 부류의 교묘한 술책 때문일 것이다. 그렇지만 "서희의 소망"에는 불평등이 전제되어 있다. 그것은 과거 최참판댁으로의 회귀이기 때문에 최참판댁 하인이었던 길상이 극복할 수 없는 문제이다. 길상이 어디에도 속하지 못하고 헤맬 수밖에 없었던 원인은 바로 "서희 소망의 무게 탓이다." 서희에게 대등한 남편이 될 수 없는 김길상은 가족 속에서 타인으로 존재할 수밖에 없다.

이처럼 작가는 여타의 여성 가족사 소설에서 보여주는 '성공적' 여가장 만들기에 편중된 서사를 진행하지 않는다. 그것은 또 다른 가부장의 탄생을, 그리고 가족 내 또 다른 권력의 탄생을 의미하기 때문이다. 작가의 시선은 늘 강력한 가부장으로 인해, 가족 내 형성된 권력 관계로 인해, 고통 받고 부유하는 가족 구성원에 머물러 있다.

흔히 박경리 소설에 등장하는 여가장들은 '대부'적인 이미지로 형상화되고 있다고 평가한다. 그러나 본고에서 살펴본 2세대 여가장은 결코 '대부'적 이미지로 수렴되지 않는 인물들이다. 1세대의 여가장들-『土地』에서 윤씨부인을 비롯한 최참판댁 타성(他姓)의 여인들처럼 "남자 못지않은 배포"를 가진 강력한 여가장의 경우는 기존의 평가가 어느 정도 타당하다고 본다. 그러나 이미 윤씨부인이 최참판댁의 여주인의 삶보다는 '사랑'을 꿈꾸는 낭만성을 보여주고 있듯이 서희에 오면 완연히 '대부'적 가부장의 모습은 발견되지 않는다. 서희가 재물을 모으는데 치밀함을 보여주기는 하지만 작가는 서희에 대한 묘사에서 끊임없이 그의 여성다움과 누구도 범치 못할 아름다움을 강조하고 있다. 명희나 『시장과 전장』의 지영의 경우도 그렇고, 『나비와 엉겅퀴』의 희련, 『漂流島』의 현회, 이들 모두는 낭만을 꿈꾸는 여가장들로 자기들의 성을 부정하지 않는 인물들이다. 여가장의 당당함이 남가장의 당당함으로 그려져서는 안 된다. 그렇게 된다면 여성들은 영원히 "남성 따라잡기"에 그들의 삶을 소진할 뿐 기존의 가족 서사는 극복될 수 없기 때문이다.

다음으로 '희생적인 모성'의 부정을 통해 긍정되는 모성을 탐구해내고 있다는 점이다. 타자의 욕망에 자신의 욕망을 동일시하면서, 오로지 타자의 삶을 위한 희생적인 모성은 결코 긍정될 수 없는 모성인 것이다. 희생적인 모성 신화에 사로잡힌 어머니들은 딸들에게 거부의 대상이 되며, '울분'의 대상으로 자리한다. 따라서 자식을 위해 희생한 어머니는 결코 자식을 행복하게 해주지 못했다. 또한 자식에게 거부됨으로써 어머니들의 삶도 행복하지 않았음을 보여주고 있다. 이렇듯 작가는 가족에 매몰된, 자식에 매몰된 모성이 아닌, 주체적 존재로 살아가는 모성을 긍정적으로 그리고 있다.

그리고 부부 관계를 철저하게 파헤쳤다는 점이다. 결혼에서부터 이혼에 이르기까지 부부가 걷게 되는 삶의 과정을 추적함으로써 부부 문제가 곧 가족 문제임을 보여준다. 불평등하게 시작된 부부 관계가 가족 성원들 사이의 불평등으로 이어지고 있음을 지적하고, 새로운 가족 질서 모색을 위해서는 부부가 동등한 가족 구성원으로 만나야 함을 역설한다.

지금까지 살펴본 모든 결과를 토대로 살펴볼 때, 박경리 소설의 가족 서사는 가족의 복원 문제를 다루고 있다는 점이다. 박경리가 소설 속에서 가족을 해체하는 이유는 가족의 해체를 주장하기 위함이 아니라 (새로운) 가족 복원에 있었다. 그런데 (새로운) 가족의 복원은 관계 복원 속에서 이루어진다.

> 개체는 저마다 소우주를 가지고 있습니다. 조그마한 벌레 한 마리도 삶의 법칙에 의해 살아갑니다. 그 벌레의 삶 자체는 거대한 코끼리와 차이가 없습니다. 하늘의 별과도 차이가 없는 것인지 모릅니다. 다만 미세하다 해서, 우리의 인식 밖에 있다 해서 그 벌레가 법칙 밖의 삶을 살아가는 것은 아닙니다. 모든 생명은 총체로서의 개체이며 총체는 개체로서 이루어지고 고리사슬에 엮어진 존재일 것입니다.[4]

박경리는 모든 존재하는 것들은 저마다의 '소우주'를 가지고 살아간다고 보았다. 조그마한 벌레 한 마리의 삶의 법칙도 거대한 코끼리의 삶의 법칙과 다를 바가 없다. 모든 개체의 크고 작음을 떠나 그 하나하나를 인정할 수 있는 것은 바로 생명에 대한 존엄성을 인정할 때 가능하다. 자신을 제외한 모든 것을 타자화해 버리고, 개별적 주체를 인정하지 못할 때 단절이 일어나는 것이며 비극이 발생하게 된다. 이것은 우주 속의 가장 작은 집단이라고 할 수 있는 가족에게도 예외일 수 없다.

따라서 작가는 "모든 생명이 총체로서의 개체이며, 총체는 개체로서 이루어진"다는 사실을 그의 '가족 서사'에서 그대로 보여주고 있다. 이제 '가족'의 복원은 단순한 가족 이데올로기의 복원이 아닌 새로운 '관계' 맺음이라는 '관계'의 복원으로 나아가고 있으며, 더 나아가 세계와의 관계 맺음이라는 서사 진행의 모태가 된다.

---

4) 박경리, 『문학을 지망하는 젊은이들에게』, 현대문학, 2000, 16-17면.

Part VI
결 론

필자는 한국 가부장제의 기본 성격을 규명해 보고, 이를 토대로 박경리 문학 속 가부장제 이데올로기의 실체를 파악해 보고자 했다. 우선 가부장제 하에서 가족이라는 이름으로 살아가는 가족 구성원들의 삶을 면밀히 분석해 보았다. 특히 남성 중심의 가부장적 사회에서 타자로 살아가는 여성들의 비극을 집중 조명해 봄으로써, 가족이 어떻게 이데올로기화되어 왔는지를 살필 수 있었다. 여성은 여성이면서 아내이면서 어머니이면서 또한 딸이다. 가부장제 하에서 살아가는 바로 이네 여성에 대한 삶을 집중적으로 살펴보았다. 또한 그 양상은 다르지만 가부장제는 남성들의 삶 또한 억압해 왔고, 그들 또한 가족으로부터 소외된 삶을 살 수밖에 없었음을 알 수 있었다. 따라서 가족 구성원 누구도 행복할 수 없었던 가부장제 이데올로기 하의 가족은 그 자체적 모순으로 인해 필연적으로 해체를 걸을 수밖에 없었던 것이다.

한국사회의 가족제도는 유교 이념을 중심으로 한 "부계 계승"의 가부장제 형태를 취해왔다. 따라서 가족 문제를 논하기 위해서 가부장제 이데올로기에 대한 천착이 필요했다. 그것은 가족 문제의 근원이 어디에 자리하고 있으며, 그 해결 방안이 무엇인지를 알 수 있는 방법이기 때문이다. 문제의 원인을 제대로 파악하지 않은 상태에서 문제 해결이란 있을 수 없다. 따라서 이데올로기화된 한국 가부장제의 실체를 확인하고, 이의 극복을 위해 현실에 저항하는 인물들의 삶의 양태를 다양한 측면에서 살펴보았다. 이에 대한 구체적인 과정을 살펴보면 다음과 같다.

Ⅱ장에서는 유교 이념을 바탕으로 성립된 한국 가부장제의 특징을 살펴보고, 이를 유지하기 위해 가족 구성원들에게 강요된 삶의 양태를 살펴보았다. 한국 가부장제는 곧 부계 계승의 가족 서사를 의미한다. 따라서 가부장제 유지를 위해서는 무엇보다도 가계 계승을 실현할 '아들'의 출생에 모든 관심이 집중될 수밖에 없었다. '아들'을 낳기

위해 여성들은 '씨받이'의 삶을 감내해야 했으며, 남성들 또한 '씨종자'
로 전락해 버렸다. '아들'을 통한 가문 대 잇기는 이처럼 여성과 남성
의 삶 전체를 지배하고, 그들의 삶을 도구화해 버렸다.

　또한 가부장제적 가족 내에서 이루어진 성적 불평등으로 여성들은
(무성의) 모성으로서의 삶만을 강요받게 된다. 자식과 여타의 가족을
위해 희생하는 여성만이 숭고함으로 추앙되었으며, 그 속에서 어머니
들은 자기의 존재 의의를 자식에게서 찾을 수밖에 없었다. 그로 인해
그들은 자식들에게 애정 과잉을 보이며, 자식의 소망에 자신의 소망
을 일치시켜 나간다. 자식 외에 가족 내에서 자신의 지위를 확고히
할 수 있는 어떤 방법도 찾을 수 없었던 그들은 자식들에게 자신의
삶에 대한 보상의 차원에서 '효'를 강요하기에 이른다. 부모와 자식
사이 자연스러운 애정의 발로에서 행해져야 할 효는 자식들의 삶을
옭아매는 올가미가 되어 버렸다. 그들은 자식들을 "불효자식이라는
의식의 노예"로 만듦으로써 그들의 위치를 확고히 해 나갈 수 있었던
것이다.

　마지막으로 가부장적 가족의 재생산을 의미하는 '결혼계약'을 살펴
보았다. 이때 결혼은 단순히 사랑하는 두 남녀의 결합을 의미하지 않
는다. 가족 이데올로기의 형태가 가부장제적 양상을 띠고 있는 상황
에서 결혼은 가문 계승을 위한, 부의 축적을 위한 '거래'의 성격을 띠
게 되었다. 특히 결혼계약에 함의된 남녀 성적 불평등으로 인해 여성
들은 결혼과 동시에 남편에게 예속된 삶을 살 수밖에 없었고, 그 속
에서 여성들은 무기력한 존재, 무능한 존재로 전락해 버렸음을 살필
수 있었다.

　Ⅲ장에서는 앞서 살폈듯이 가족 구성원을 억압하고 도구화시켜 그
들의 삶을 비극으로 몰아넣은 가부장제에 대한 거부와 해체의 양상을
살펴보았다. 우선, '아버지-아들'로 계승되는 가족 서사의 해체를 살필

수 있었다. 여기에서는 가부장권으로 상징되는 '아버지 부재, 아버지 거부'를 가부장적 권위에 대한 거부로 그 성격을 규명하였다. 또한 남편의 죽음에는 '생활 세계의 상실', '잘 짜인 완전한 가족의 해체'라는 의미를 부여해 볼 수 있었다. 마지막으로 부계의 마지막 혈통인 '아들'의 죽음으로 부계 계승의 전망이 완전히 차단되고 있음을 살펴보았다.

다음으로 가부장제 유지와 지속을 위해 희생해 온 여성들의 서사, '어머니-딸'의 서사를 살펴보았다. 한국사회에서 가부장제는 어머니들의 희생 속에서 유지·계승되어 왔다. 그들은 희생적인 모성의 신화화로 '개성'이 매몰된 삶을 살았다. 이처럼 어머니들이 살아내야 했던 타자적 삶을 딸들은 적극적으로 비판하고 거부하기 시작한다. 여성 정체성 서사에서, 딸들은 어머니 동일시를 통해 자기의 성 정체성, 자아 정체성을 형성한다. 이때 어머니의 삶=딸의 삶으로 등식화된다. 따라서 딸들이 어머니 동일시를 자신의 성장 서사로 받아들인다면 그들은 어머니들이 살았던 가부장제 이데올로기의 삶을 지속할 수밖에 없다. 그러나 타자적 삶을 거부하는 딸들은 어머니 동일시를 거부했고, 숨은 폭력자 가부장제의 실체를 폭로하며 가족 속에 매몰된 개성을 추구하고 있다. 이제 여가장이 된 딸들은 가족 속에 매몰되어가는 자신에 대해 철저한 자기 응시를 수행하고, 스스로 해체를 경험한다. 이를 통해 그들은 주체적 자아를 발견하고 자신의 정체성을 확인하기 위한 표류를 선택하고 있다.

마지막으로 불평등한 부부 관계 형성이 가부장적 질서를 유지하고 있음에 주목하였다. 본인의 의사가 아닌 가부장의 권위로 결정된 결혼이 불합리한 가부장권을 공고히 하는 수단임을 깨닫기 시작한 2세대 여성들의 "낭만적 사랑 추구"와 "자아 찾기로서의 이혼"을 살펴보았다. 가부장의 권위에 복종한 결혼이 아닌 성인 남녀의 애정에 바탕한 낭만적 결혼을 꿈꾸는 행위는 가부장적 결혼계약의 거부, 곧 가부장제 거부를 의미한다. 또한 이미 결혼한 부부의 경우, 남편의 일방적 요구에 복종하는 삶을 거부하고 자아를 찾기 위해 이혼을 선언하는 여성들을 만날 수 있었다. 그들은 남편에게 예속된 삶 속에 매몰된 자기를 직시하고, 자기 존재 의의를 찾기 위해 여행을 감행한다. 여행은 표류하는 여성들에게 현실 직시의 기제로 작동한다. 여행을 통해 그들은 표류의 삶이 아닌 주체적 삶에의 희망을 엿보게 된다.

Ⅳ장에서는 가부장제 해체를 통해 새롭게 쓰고자 한 가족 서사를 모색해 보았다. 기존 부계 계승 서사가 모계 계승의 서사로 대체되는데, 그 과정에서 가문의 번창과 계승이 모계인 "어머니–며느리–딸"의 구도 속에서 이루어져 왔음을 살필 수 있었다. 그렇다고 작가가 부계 계승에 대응한 모계 계승만을 추구하였다는 것은 아니다. 『土地』의 서사에서도 살필 수 있듯이 박경리는 가족 서사를 부계든 모계든 실질적 가부장을 위시한 대등한 가족 구성원 형성의 차원에서 새롭게 써야 함을 강조한 것이다.

가족의 중심에 선 여가장들은 더 이상 남성 가부장의 보조자로 자리하기를 거부하고 당당한 공식 여가장으로 가족 내 자신의 자리를 위치시켰다. 그들은 남성 가부장 하에서 '가족의 이름으로' 그들에게 가해진 억압을 극복하고 가족 속의 개인으로 명명되는 자아를 복원해 낸다. 주체적 자아를 형성한 이들 여성들은 부부 관계에 있어서도 남성의 성에 예속된 자신의 성을 회복함으로써 성적 주체로, 남편과 동등한 가족 구성원으로서의 부부 관계의 새 질서를 모색해 가고 있음을 살필 수 있었다.

Ⅴ장에서는 박경리 가족 서사의 문학사적 의의를 살펴보았다. 이를 통해 기존의 가족 서사와 차별되는 박경리만의 특성을 살펴봄으로써 박경리 문학의 특성이나 그 문학적 지향성을 알 수 있었다. 가장 두드러진 특징은 우리 사회를 지배해 온 가부장제 이데올로기가 여성뿐

만이 아니라 남성들의 삶 또한 억압하여 왔으며, 그로 인해 남성들 또한 비참한 생을 영위해 왔음을 확인할 수 있었다. 또한 부계 계승의 가족 서사가 아닌, 항상 가족의 중심에서 가족을 유지시켜 온, 은폐된 모계 계승 가족 서사를 복원해 냄으로써 어느 한쪽에 일방적으로 치우쳐졌던 한국사회의 가족 서사를 보여주고 있다. 이를 통해 상하관계만을 강조하는 부계의 권력성이 아닌 모성성이 가진 관계 지향성과 대화성으로 세계와의 관계 회복을 꾀하고 있는데, 이는 곧 박경리 문학의 특성으로 말해지는 인간 존엄 중시, 생명 사상 등과도 연계되고 있음을 살필 수 있었다.

◎ 참고문헌 ◎

〈기본 자료〉

〈黑黑白白〉, ≪현대문학≫, 1956.8.

〈군食口〉, ≪현대문학≫, 1956.11.

〈海東旅舘의 迷那〉, ≪사상계≫, 1959.12.

〈반딧불〉, 〈剪刀〉, 『박경리 단편선』, 서문문고본, 1978.1.

〈計算〉, 〈不信時代〉, 〈玲珠와 고양이〉, 〈僻地〉, 〈暗黑時代〉-『한국문학대전
　　　집 17』, 태극출판사본, 1982.

〈돌아온 고양이〉-『박경리문학전집 23』, 지식산업사본, 1990.

『漂流島』, 『신한국문학전집 25』, 어문각, 1984.

『김약국의 딸들』, 나남, 1993.

『파시』Ⅰ·Ⅱ, 나남, 1993.

『시장과 전장』, 중앙일보사, 1987.

『他人들/哀歌』-『박경리문학전집 9』, 지식산업사, 1980.

『나비와 엉겅퀴』, 범우사, 1978.

『土地』, 솔, 1995.

박경리, 『창작실기론』, 어문각, 1962.

──, 『Q씨에게』, 솔, 1993.

──, 『꿈꾸는 자가 창조한다』, 나남, 1994.

──, 「『토지』를 쓰던 세월」, ≪문학과 사회≫, 제7권 제14호, 1994.겨울.

──, 「언어의 선택과 근사치」, ≪현대문학≫, 통권481호, 1995.1.

──, 「지상 강의노트」, ≪현대문학≫, 1993.

〈국내 논저〉

강만길, 「「문학과 역사」-박경리의 『토지』를 읽고」, ≪세계의 문학≫, 1980.겨울.

구연상, 『공포와 두려움 그리고 불안』, 청계출판사, 1999.

구재진, 「1960년대 박경리 소설에 나타난 '생활'의 의미」, 『1960년대 문학연구』,

민족문학사연구소, 깊은샘, 1998.

권명아, 『가족이야기는 어떻게 만들어지는가』, 책세상, 2000.

권영민, 『한국현대작가연구(황순원에서 임철우까지)』, 문학사상사, 1991.

김동숙, 「박경리 소설에 나타난 여성상 연구」, 대구효성가톨릭대 석사학위논문, 1998.

김명희, 「박경리 소설의 비극성 연구」, 전주대 석사학위논문, 1994.

김모란, 「성, 사랑, 혼인」, 『가족과 한국사회』, 여성한사회연구소 편, 經文社, 2002.

김미향, 「朴景利初期小說研究」, 인천대 석사학위논문, 1996.

김미현, 『판도라 상자 속의 문학(평론집)』, 민음사, 2001.

———, 『여성문학을 넘어서』, 민음사, 2002.

김민정, 「1950년대 소설에서의 父의 不在와 모더니티」, 『한국문화』30, 서울대학교 한국문화연구소, 2000.

김병찬, 「「怨嗟의 世界『土地』」-박경리의 『土地』1부를 중심으로」, ≪세계의 문학≫, 1980. 여름.

김상락, 「문학 작품에서의 복잡계 연결망 분석: 소설 『토지』를 중심으로」, 『새물리:한국물리학회지』제50권 제4호, 한국물리학회, 2005.

김상태 외 14인, 『한국현대작가연구』, 푸른사상, 2002.

김수영, 「박경리 초기 장편소설의 인물유형 연구」, 서울여대 석사학위논문, 2000.

김수진, 「박경리의 『토지』 연구」, 연세대 석사학위논문, 1996.

김열규 외 공역, 『페미니즘과 문학』, 문예출판사, 1993.

김영미, 「박경리 소설에 나타난 소외의 양상연구」, 한성대 석사학위논문, 2001.

———, 「『시장과 전장』에 나타난 인물의 변화 양상」, 『한성어문학』제23집, 한성대학교 출판부, 2004.

김외곤, 「전후 세대의 의식과 그 극복-박경리론」, 『한국 현대 소설 탐구』, 역락, 2002.

김용구, 「박경리 론-가족, 그 恨의 뿌리」, ≪문학사상≫, 1991. 5.

김우종, 「現役作家散考」, ≪현대문학≫, 단기4292. 9.

김윤식·김현, 『한국문학사』, 민음사, 1995.

김윤식·정호웅 공저, 『한국소설사』, 예하, 1997.

김인숙, 「박경리 『토지』의 대화성 연구」, 연세대 석사학위논문, 2000.

김정신, 「30년대의 분석과 번역(서평)」, ≪세계의 문학≫, 1989.봄.

김정자, 「소설의 空間的 意味分析-박경리 소설을 중심으로」, 『인문논총』제 31집, 부산대, 1987.6.

────, 『한국여성소설연구』, 민지사, 1991.

────, 『소외의 서사학』, 태학사, 1998.

김진석, 「「소내(疏內)하는 한(恨)의 문학」-대하소설 『토지』론」, ≪문예 중앙≫, 1995.여름.

김창식, 「전상국 소설에 나타난 부자 갈등 및 아버지 극복하기의 문제」, 『우 암 어문논집』제3호, 부산외국어 대학교, 1993.

김철, 「아버지를 찾아서」, 『구체성의 시학』, 실천문학사, 1993.

김치수, 『박경리와 이청준』, 민음사, 1982.

────, 「'시장'과 '전장'의 절묘한 대비」, 『한국소설문학대계』, 동아출판사, 1995.

────, 「「민족 역사의 대서사시」-박경리의 『토지』」, ≪문학사상≫, 1999.3.

김현숙, 「박경리 작품에 나타난 죽음과 생명의 관계」, 『현대소설연구』제17 호, 한국현대소설학회, 2002.12.

김현자·김현숙·이은정·황도경, 「자아 정체성 모색과 존재의 전환」, 『한국 여성 시학』, 깊은샘, 1999.

김현정, 「박경리 초기 단편소설 연구」, 성균관대 석사학위논문, 1996.

김형중, 『소설과 정신분석』, 푸른사상, 2003.

김혜정, 「『市場과 戰場』에 나타난 여성성」, 『개신어문연구』제15집, 1998.12.

────, 「박경리 소설의 여성성 연구」, 충북대 박사학위논문, 1999.

나병철, 「여성 성장소설과 아버지의 부재」, 『여성문학연구』10호, 한국여성문 학학회, 2003.12.

라깡과 현대정신분석학회 편, 『우리시대의 욕망 읽기』, 문예출판사, 1999.

류보선, 「비극성에서 한으로, 운명에서 역사로」, ≪작가세계≫, 1994.가을.

류종렬, 『가족사·연대기소설 연구』, 국학자료원, 2002.

명지대 인문과학연구소 편, 『문학 속의 여성』, 월인, 2002.

문상경, 「박경리의 『토지』 연구」, 계명대 석사학위논문, 1995.

문재호, 「『驟雨』와 『漂流島』의 空間對比 研究」, 숭실대 석사학위논문, 1994.

박경리; 유우익, 「소설가 박경리: "생명 지닌 땅의 눈으로 세상을 보라"〈對談〉」, 『NEXT』통권5호, 월간 NEXT, 2004.

박정애, 「여성작가의 전쟁 체험 장편소설에 나타난 '모녀관계'와 '딸의 성장' 연구」, 『여성문학연구』통권13호, 한국여성문학학회, 2005.

박태상, 「「삶의 비극성이 가져다 준 깊이」-박경리의 『김약국의 딸들』에 담겨진 의미」, 『논문집』제29집, 한국방송통신대학교, 2000.2.

박혜원, 「박경리 『土地』의 인물 연구」, 이화여대 박사학위논문, 2002.

방민호, 「한국의 1920년대산 작가와 한국전쟁」, 『한국문학평론』제7권 3·4호 통권제26호, 국학자료원, 2003.

배경열, 「박경리의 초기단편소설 고찰」, 『한국문학이론과 비평』제18집, 한국문학이론과비평학회, 2003.

백지연, 「박경리 초기 소설 연구」, 경희대 석사학위논문, 1995.

서강여성문학연구회 편, 『한국문학과 모성성』, 태학사, 1998.

서석준, 『현대소설의 아비상실』, 시학사, 1992.

서정미, 「『土地』의 恨과 삶」, ≪창작과 비평≫, 1980.여름.

서정자, 『한국 여성소설과 비평』, 푸른사상, 2001.

송경란, 「「불신시대」의 구조적 분석」, 『어문논집』제6집, 숙명여대 국어국문학과, 1996.12.

송명희, 『문학과 성의 이데올로기』, 새미, 1994.

송재영, 「「小說의 넓이와 깊이」-박경리의 『土地』에 대하여」, 『現代文學의 擁護』, 문학과지성사, 1979.

송지현, 『다시쓰는 여성과 문학』, 평민사, 1995.

송현호, 『한국현대문학론』, 관동출판사, 1993.

──────, 『한국 현대 소설론(개정판)』, 민지사, 2000.

신재기, 「가족 중심의 서사가 울리는 변주-김원일 論」, 『비평의 자의식』, 국학자료원, 1997.

안남연, 「박경리, 그 비극의 미학」, 『한국어문학연구』제12집, 한국외대 한국어문학연구회, 2000.12.

안숙원, 「현대작가와 역마살의 재독해: 김동리의 『역마』와 박경리의 『토지』를 대상으로」, 『한국문학이론과 비평』8권 3호, 통권제24집, 한국문학이론과비평학회, 2004.

양진오, 『한국 소설의 논리』, 새미, 1998.

여성한국사회연구소 편, 『새로쓰는 여성과 한국사회』, 사회문화연구소, 2003.

염무웅, 「朴景利文學의 魅力」, ≪세대≫, 1967.6.

──────, 「歷史라는 運命劇─박경리作 『土地』에 대하여」, 『民衆時代의 文學』, 창작과비평사, 1984.

오세은, 『여성 가족사 소설연구』, 새미, 2002.

오화영, 「현대소설을 통해 본 낭만적 사랑에 관한 연구─여성잡지 연재 소설을 중심으로」, 서강대 사회학과 석사학위논문, 1994.

유종호, 「여류다움의 거절」, 『동시대의 시와 진실』, 민음사, 1982.

이경란, 「『김약국의 딸들』의 인물 연구」, 중앙대 석사학위논문, 2000.

이광규, 『한국 가족의 분석』, 일지사, 1975.

이금란, 「가족 서사로 본 박경리 소설 연구: 초기 단편을 중심으로」, 『현대소설연구』제19호, 한국현대소설학회, 2003.

이나영, 「박경리의 『시장과 전장』에 나타난 '개인의식' 연구」, 『어문론총』제38호, 한국문학언어학회, 2003.

이덕화, 「박경리의 심미적 존재론」, 『논문집』제9집 제1호, 평택대학교, 1997.

──────, 『박경리와 최명희, 두 여성적 글쓰기』, 태학사, 2000.

이득재, 『가족주의는 야만이다』, 조합공동체소나무, 2001.

──────, 『가부장/제/국 속의 여자들』, 문화과학사, 2004.

이상경, 『한국근대여성문학사론』, 소명출판, 2002.

이상진, 「박경리의 『土地』 연구」, 연세대 박사학위논문, 1998.

──────, 「여성의 존엄과 소외, 그리고 사랑」, 『박경리』, 최유찬 편, 새미, 1998.

──────, 『土地연구』, 월인, 1999.

──────, 「박경리의 『토지』에 나타난 유교가족윤리의 해체양상과 그 지향점」, 『현대소설연구』제20호, 한국현대소설학회, 2003.

──────, 「『토지』속의 만주, 삭제된 역사에 대한 징후적 독법」, 『현대소설연구』제24호, 한국현대소설학회, 2004.

이선미, 「한국전쟁과 여성가장: '가족'과 '개인' 사이의 긴장과 균열(1950년대 박경리와 강신재 소설의 여성가장 형상을 중심으로)」, 『여성문학연구』통권10호, 한국여성문학학회, 2003.

이순직, 「전후소설의 서술양상」, 『국민어문연구』제8집, 국민대 국어 문학연구회, 2000.3.

이재경, 『가족의 이름으로』, 또 하나의 문화, 2005.

이재선, 「숨은 歷史 · 人間사슬 · 慾望의 敍事詩 – 박경리의 『土地』論」, ≪문학과 비평≫, 1989.봄.

─── , 「近代小說과 父子關係의 問題」, 『韓國文學硏究』제13집, 동국대학교 한국문학연구소, 1990.

이정엽 · 전철욱, 「박경리의 『시장과 전장』에 나타난 욕망의 표출양상 연구」, 『육사논문집』제61집 제2권, 육군사관학교, 2005.

이종영, 『성적지배와 그 양식들』, 새물결, 2001.

이주행, 「박경리의 『土地』에 쓰인 語彙 硏究」, 『태릉어문연구』5 · 6합집, 서울여대 국어국문학과, 1995.2.

이진경, 『철학의 외부』, 그린비, 2002.

이태동, 「동학혁명과 역사소설 – 박경리의 『토지』의 경우」, ≪문학사상≫, 1994.1.

─── , 「여성작가 소설에 나타난 여성성 탐구 – 박경리, 박완서 그리고 오정희의 경우」, 『韓國文學硏究』제19집, 동국대학교 한국문학연구소, 1997.3.

이효재 편, 『가족 연구의 과정과 쟁점』, 까치, 1988.

─── , 『가족과 사회』, 진명출판사, 1973.

장미영, 「박경리 소설 연구」, 숙명여대 박사학위논문, 2001.

장영란, 『신화속의 여성, 여성속의 신화』, 문예출판사, 2001.

전혜자, 「한국 여류소설에 나타난 페미니즘 분석」, 『아세아여성연구』제21집, 숙명여대, 1982.12.

전흥남, 「분단소설에 나타난 아비 찾기 모티프와 그 문학적 의미 – 이니시에이션 소설의 변모과정을 중심으로」, 『한국 언어문학』제4집, 한국 언어문학회, 1999.

정명환, 「폐쇄된 사회의 문학 – 박경리씨의 세 작품을 중심으로」, ≪사상계≫, 1966.3.

──, 「閉鎖된 社會의 文學-박경리의 세 작품에 관하여」, 『韓國作家와 知性』, 문학과지성사, 1978.

정영자, 「박경리 소설 연구」, 『수련어문논집』제24집, 수련어문학회, 1998.4.

정인숙, 「박경리 초기 단편소설 연구」, 경원대 석사학위논문, 2000.

정재관, 「대하소설 『토지』, 그 표현상의 문제점」, 『말과 글』제104호, 한국어문교열기자협회, 2005.

정재서, 「동아시아 문화 담론과 성: 효녀 서사를 중심으로」, 『한국의 근대성과 가부장제의 변형』, 한국여성연구원 편, 이화여자대학교 출판부, 2003.

정현기, 「한국적 부권 상실의 소설적 전개」, 『한국문학의 사회사적 의미』, 문예출판사, 1986.

──, 「박경리의 『토지』연구1-작품형성의 사상적 기둥」, 『梅芝論叢』제10집-인문·사회과학편, 연세대학교 매지학술연구소, 1993.2.

──, 「나라 찾기와 꼴 만들어 속 채우기-대표 장편을 중심으로」, 《문예중앙》, 1995.여름.

정호웅, 「『土地論』-지리산의 사상(평론)」, 《동서문학》185호, 1989.12.

조남현 편, 『박경리』, 서강대학교출판부, 1996.

조미희, 「박경리 초기 소설 연구」, 한양대 석사학위논문, 2000.

조순경 외, 『한국의 근대성과 가부장제의 변형』, 이화여자대학교출판부, 2003.

조순자, 「박경리 소설 연구」, 숭실대 석사학위논문, 1994.

조윤아, 「박경리 소설의 죽음 모티프」, 서울여대 석사학위논문, 1993.

──, 「박경리 『토지』의 생명사상적 변모에 관한 연구」, 서울여대 박사학위논문, 1998.

──, 「1970년대 박경리 소설에 나타난 '아버지'에 관한 연구:『단층』과 『토지』를 중심으로」, 『현대소설연구』36호, 한국현대소설학회, 2007.12.

조혜정, 『글 읽기와 삶 읽기』, 또하나의 문화, 1992.

──, 『성, 가족, 그리고 문화』, 집문당, 1997.

──, 『한국의 여성과 남성』, 문학과지성사, 1997.

──, 『성찰적 근대성과 페미니즘』, 또 하나의 문화, 2000.

진재교·박의경 편, 「유교 가족 담론의 여성주의적 재구성」, 『동아시아와 근대 여성의 발견』, 청어람 미디어, 2004.

채진홍, 「인간의 존엄과 생명의 확인」, 『1950년대 소설가들』, 나남, 1994.

최영주, 「『土地』는 끝이 없는 이야기」, ≪月刊京鄕≫, 경향신문사, 1987.8.

최유찬, 『박경리』, 새미, 1998.

하응백, 「부권상실의 시대, 그 소설적 변주」, ≪서울신문≫, 1991.1.8.

한국가족학연구회 편, 『가족학연구의 이론적 접근』, 교학사, 1993.

한국문학연구회 엮음, 『『토지』와 박경리 문학』, 솔, 1996.

───, 『페미니즘과 소설비평-현대편』, 한길사, 1997.

───, 『페미니즘은 휴머니즘이다』, 한길사, 2001.

한국여성소설연구회 지음, 『페미니즘과 소설비평-근대편』, 한길사, 1995.

한국여성연구회 편, 『여성과 사회』, 창작과 비평사, 1995.

한승옥, 「1930년대 가족사 연대기 소설 연구」, 『숭실어문』5집, 숭실대학교 숭실어문학회, 1988.4.

한승옥·민병기·신춘호, 『현대작가 작품론』, 집문당, 1998.

홍성암, 「역사소설의 양식 고찰-해방 이후의 작품을 중심으로」, 『한국학논집』 제11집, 한양대학교 한국학연구소, 1987.2.

홍욱화, 「가족형성과정의 변화」, 『한국가족문화의 오늘과 내일』, 여성한국사 회연구회 편, 사회문화연구소, 1995.

홍태식, 「惡運과 내림의 리얼리즘-박경리의 『金藥局의 딸들』」, 『한국현대장 편소설연구』, 신흥문화사, 1989.

황도경·나은진, 「한국 근현대문학에 나타난 가족 담론의 전개와 그 의미」, 『한 국문학이론과 비평』제22집, 한국문학이론과비평학회, 2004.3.

〈국외논저〉

거다 러너, 『가부장제의 창조』, 강세영 역, 당대, 2004.

다이애너 기틴스, 『가족은 없다』, 안호용·김홍주·배선희 역, 일신사, 2003.

데이비드 엘킨드, 『변화하는 가족』, 이동원·김모란·윤옥경 역, 이화여자대 학교출판부, 1999.

뤼스 이리가라이, 『하나이지 않은 성』, 이은민 역, 동문선, 2000.

리키 이야뉴얼, 『불안』, 김복태 역, 이제이북스, 2003.

린 헌트, 『프랑스 혁명의 가족 로망스』, 조한옥 옮김, 새물결, 2000.

마리아 미스·반다나 시바,『에코페미니즘』, 손덕수·이난아 역, 창작과 비평사, 2004.

배리 소온·매릴린 얄롬 엮음,『페미니즘의 시각에서 본 가족』, 권오주·김선영·노영주·이승미·이진숙 옮김, 한울아카데미, 2005.

브루스 핑크,『라캉과 정신의학』, 맹정현 역, 민음사, 2002.

섀리엘 서러,『어머니의 신화』, 박미경 역, 까치, 1995.

슬라보예 지젝,『이데올로기라는 숭고한 대상』, 이수련 옮김, 인간사랑, 2003.

앤소니 기든스,『현대성과 자아정체성』, 권기돈 옮김, 새물결, 1997.

─────,『현대사회의 성·사랑·에로티시즘』, 배은경·황정미 역, 새물결, 1999.

앤터니 이스트호프,『무의식』, 이미선 역, 한나래, 2000.

엘리자베트 루디네스코,『자크 라캉(①라캉과 그의 시대)』, 양녕자 역, 새물결, 2000.

재크린 살스비,『낭만적 사랑과 사회』, 박찬길 역, 민음사, 1985.

조세핀 도노반,『페미니즘 이론』, 김익두·이월영 옮김, 문예출판사, 1993.

죠르쥬 바따이유,『에로티즘』, 조한경 옮김, 민음사, 1996.

질베르 디아트킨,『자크 라캉』, 임진수 역, 교문사, 2000.

캐럴 페이트만,『남과 여, 은폐된 성적 계약 The Sexual Contract』, 이충훈·유영근 옮김, 이후, 2001.

캘빈 S. 홀,『프로이트 심리학』, 백상창 역, 문예출판사, 2000.

클로드 레비-스트로스·앙드레 뷔르기에르 외,『가족의 역사1』, 정철웅 옮김, 이학사, 2002.

프로이트,『꿈의 해석』, 홍성표 역, 홍신문화사, 2004.

─────,『성욕에 관한 세 편의 에세이』, 김정일 역, 열린책들, 1999.

필리프 쥘리앵,『노아의 외투』, 홍준기 역, 한길사, 2000.

Rich, Adrienne, *of Woman Born*, New York: Norton, 1976.

Gardiner, Judith K, *A wake for Mother*, Feminist Studies, 4 (June 1978).

Mitchell, Juliet, *Women: The Longest Revolution*, New Left Review 40, November/December 1966.

Friday, Nancy, *My Mother/My Self*, New York: Delacorte, 1977.

부 록

◇ 연구서지

1) 단행본(2014년 1월 현재)

강만길, 「소설 『토지』와 한국 근대사」, 『문학과 역사』, 민음사, 1982.

강진호 외, 『우리 시대의 소설, 우리 시대의 작가: 최인훈의 (광장)부터 최명
희의 (혼불)까지』, 계몽사, 1997.

──, 「주체 정립 과정과 서사적 거리감각-박경리의 60년대 소설론」, 『현
대소설사와 근대성의 아포리아』, 소명출판, 2004(2009 재판).

구재진, 「1960년대 박경리 소설에 나타난 '생활'의 의미」, 『1960년대 문학연구』,
민족문학사연구소, 깊은샘, 1998.

권명아, 『가족 이야기는 어떻게 만들어지는가』, 책세상, 2000.

권영민, 『한국현대문학사』, 민음사, 1991.

김명숙, 「박경리의 『토지』에서 본 민간적 색채」, 『현대문학의 연구 11-현역
중진작가 연구Ⅲ』, 한국문학연구회, 국학자료원, 1998.10.

김병익, 「『토지』의 세계와 갈등의 진상」, 『상황과 상상력』, 문학과지성사,
1979.

──, 「식민지 시대의 사회변화와 인간-박경리의 『토지』 제3부」, 『들린시
대의 문학』, 문학과지성사, 1985.

──, 「한의 민족사와 갈등의 사회사」, 『土地』, 삼성출판사, 1988.

──, 「문화와 문명: 능욕 당한 삶의 전경-박경리의 『토지』 제4부」, 『열림
과 일굼』, 문학과지성사, 1991.

김복순, 「여성역사소설로서의 『토지』와 여성 영웅성」, 『역사소설이란 무엇
인가』, 대중서사학회 저, 예림기획, 2003.

──, 「『시장과 전장』에 나타난 구원의 문제와 여성의 인식 방법」, 『페미
니즘 미학과 보편성의 문제』, 소명출판, 2005.

김성희·성은애·이명호, 「『토지』에 나타난 여성문제 인식과 역사의식」, 『여
성』3호, 창작과비평사, 1989.04.

김외곤, 「전후 세대의 의식과 그 극복-박경리론」, 『한국 현대 소설탐구』, 역

락, 2002.(『1950년대 문학연구』, 예하, 1991.)

김용구, 「박경리론-가족, 그 한의 뿌리」, 『한국현대작가연구(황순원에서 임
　　철우까지)』, 권영민 엮음, 문학사상사, 1991.

김우종, 「인간에의 증오-「불신시대」」, 『현대한국문학전집』11, 신구문화사, 1966.

김윤식, 『박경리와 토지』, 강, 2009.

김윤식·정호웅 공저, 『한국소설사』, 예하, 1993.

김정자, 「박경리 소설의 공간의식」, 『한국여성소설연구』, 민지사, 1991.

김정자 외, 『왜 다시 토지를 말하는가』, 태학사, 2007.

김종회, 「대표소설 100선 연구」, 『한국현대문학 100년, 1-3』, 현대문학연구
　　회, 문학수첩, 2006.

김진석 외, 『한·생명·대자대비』(『토지』비평집Ⅱ), 솔출판사, 1995.

김치수, 『朴景利와 李淸俊: 小說의 世界』, 민음사, 1982.

─── , 「문화와 문명: 능욕당한 삶의 전경-박경리론」, 『한국 근대작가 연구』,
　　문학사상사, 1991.

─── , 「문화와 문명: 능욕당한 삶의 전경-박경리의 『토지』 제4부」, 『열림
　　과 일굼』, 문학과지성사, 1991.

─── , 「'시장'과 '전장'의 절묘한 대비」, 『한국소설문학대계』, 동아출판사,
　　1995.

김형중, 「여성성과 우울증, 「불신시대」의 경우」, 『소설과 정신분석』, 푸른사
　　상사, 2003.

민병기·신춘호·한승옥 공저, 「박경리의 『토지』」, 『현대작가 작품론』, 집문
　　당, 1998.

박영준, 「퇴폐·기형적 욕망과 신성한 영혼의 대비-『가을에 온 여인』」, 『장
　　편 미학의 주류와 속류』, 고려대학교 출판부, 2008.

박완서 외, 『수정의 메아리-곁에서 본 『土地』26년』, 솔출판사, 1994.

박정숙 외, 『나남문학. 3, 탐나는 유혹』, 나남출판, 2004.

박정애, 「여성작가의 전쟁 체험 장편소설에 나타난 "모녀관계"와 "딸의 성장"
　　연구-박경리의 『시장과 전장』과 박완서의 『나목』을 중심으로」, 『여성문
　　학의 타협과 저항』, 강원대학교 출판부, 2008.

박태상, 『한국문학의 발자취를 찾아서: 박태상 교수의 한국문학사탐방기』,

태학사, 2002.

박혜원, 「박경리 『토지』의 인물 연구」, 『한국현대작가연구』, 김상태 외 편저, 푸른사상사, 2002.

백지연, 『미로 속을 질주하는 문학: 백지연 문학평론집』, 창작과비평사, 2001.

송재영, 「小說의 넓이와 깊이-박경리의 『土地』에 대하여」, 『現代文學의 擁護』, 문학과지성사, 1979.

염무웅, 「歷史라는 運命劇-박경리作 『土地』에 대하여」, 『民衆時代의 文學』, 창작과비평사, 1984.

유종호, 「변모와 성장-박경리의 작품세계」, 『한국문학대전집』4, 태극출판사, 1976.

───, 「여류다움의 거절-박경리의 소설」, 『동시대의 시와 진실』, 민음사, 1982.

윤병로, 「강신재·박경리의 문학」, 『한국문학전집』11, 어문각, 1976.

윤석화, 『윤석화가 만난 사람: 아름다운 사람들이 만드는 세상이야기』, 인디북, 2004.

윤지관, 「恨의 가치화와 소설의 공간-박경리론」, 『민족현실과 문학비평』, 실천문학사, 1990.

이금란, 「박경리 소설 가족 서사 기원 탐색」, 『작가작품론의 정체성과 이데올로기』, 한승옥 외, 박문사, 2010.

이덕화, 「비극적 세계와 여성의 운명-『토지』 이전의 박경리론」, 『페미니즘과 소설비평: 현대편』, 한국문학연구회 엮음, 한길사, 1997.

───, 『박경리와 최명희, 두 여성적 글쓰기』, 태학사, 2000.

───, 「『시장과 전장』 속에 나타난 아웃사이더의 꿈」, 『(나 속의 '너', 너 속의 '나') 타자 찾기』, 글누림, 2013.

이미화, 『박경리 『토지』와 탈식민적 페미니즘』, 푸른사상사, 2012.

이상진, 『『土地』연구』, 월인, 1999.

───, 『『토지』 인물사전』, 나남, 2002.

───, 「여성의 존엄과 소회, 그리고 사랑: 박경리의 『김약국의 딸들』, 『시장과 전장』, 『파시』」, 『한국 현대소설사의 주변』, 박이정, 2004.

──────,『박경리 대하소설『토지』인물사전』, 나남출판, 2008.

이승하·최유찬·이상진·김성수·최유희·이승윤·조윤아·박상민·김원규,『한국 근대문화와 박경리의『토지』』, 소명출판, 2008.

이정숙,「불신으로 가득 찬 사회와 시대에 항거할 수 있는 생명의 확인─박경리「불신시대」」,『한국현대소설의 숨결』, 정현기 외, 푸른사상, 2007.

이 진,『『토지』의 가족서사 연구』, 국학자료원, 2012.

이태동,「『토지』의 역사적 상상력」,『부조리와 인간의식』, 문예출판사, 1981.

이태동·이만열,「환상과 현실 사이─박경리론」,『한국현대소설의 위상』, 문예출판사, 1986.

이현숙 외,『나남문학. 1, 특집:『김약국의 딸들』을 읽고』, 나남출판, 1994.

이형기,「운명의 네가필름─『幻想의 時期』」,『현대한국문학전집』11, 신구문화사, 1966.

임우기·정호웅 공편,『『토지』사전』, 솔, 1997.

임진영,「개인의 한과 민족의 한」,『다시 읽는 역사문학』, 평민사, 1995.

임헌영,「중도파적 인도주의」,『시장과 전장』, 중앙일보사, 1987.

──────,「소설과 역사의 변증법」,『우리 시대의 소설읽기』, 도서출판 글, 1992.

장소진,「시대의 전환과 가족사의 변이─박경리의『김약국의 딸들』」,『한국현대소설의 주제론적 탐색』, 역락, 2011.(안숙원 외,『한국여성문학비평론』, 개문사, 1995.)

정명환,「閉鎖된 社會의 文學─박경리의 세 작품에 관하여」,『韓國作家와 知性』, 문학과지성사, 1978.

정미숙,「박경리의 여성─생명주의적 시점」,『한국여성소설연구입문』, 태학사, 2002.

정종진,「『토지』속의 인물 외양묘사론」,『한국현대 대하소설 탐구』, 태학사, 2009.

정한숙,『현대한국문학사』, 고려대출판부, 1982.

정해성,「사랑의 찬가─박경리의『토지』」,「'죽음'을 통한 '이분법' 간극의 가로지르기─박경리의『토지』」,『장치와 치장』, 푸른사상, 2012.

정현기 외,『한과 삶』(『토지』비평집Ⅰ), 솔출판사, 1994.(X솔도, 1999. 재판)

정현기, 『포위관념과 멀미: 소설사 쓴다』, 연세대학교 출판부, 2005.

정호웅, 「박경리의 『토지』」, 「새로운 형식의 창출-박경리의 『토지』2」, 『한국의 역사소설』, 역락, 2006.

조남현, 「박경리의 『시장과 전장』」, 『한국현대소설의 해부』, 문예출판사, 1993.

조남현 편, 『박경리』, 서강대학교출판부, 1996.

조혜정 외, 『나남문학. 2, 신들의 전장, 생명의 불꽃』, 나남출판, 2003.

채진홍, 「인간의 존엄과 생명의 확인」, 『1950년대 소설가들』, 나남, 1994.

천이두, 「정통과 이단-박경리와 박상륭」, 『한국소설의 관점』, 문학과지성사, 1980.

최예열, 「전쟁 미망인의 삶과 현실 부정」, 『1950년대 전후소설의 응전의식』, 역락, 2005.

최유찬, 『『토지』를 읽는다』(『토지』비평집IV), 솔출판사, 1996.

───, 『박경리』, 새미, 1998.

───, 「『카라마조프의 형제』와 『토지』에 나타난 수난의 문제」, 『문학 텍스트 읽기』, 소명출판, 2004.

───, 「『토지』의 데이터베이스 구축을 위한 기초자료 축적 및 한국근대사의 서사화에 대한 '미시문화사적' 연구」, 연세대학교, 2005.

───, 『『토지』를 읽는 방법』, 서정시학, 2008.

───, 『문학과 게임의 상상력』, 서정시학, 2008.

───, 『세계의 서사문학과 『土地』』, 서정시학, 2008.

최유찬 외, 『『토지』의 문화지형학』, 소명출판, 2004.

최유찬 외, 『한국 근대문화와 박경리의 『토지』』, 소명출판사, 2008.

최혜림, 「작가의 외재성과 작품의 미학-박경리의 『시장과 전장』론」, 『한국현대소설이 걸어온 길』, 장수익 외, 문학동네, 2013.

통영농어촌공공도서관, 통영사랑교사연구회 공편, 『(골목길 모퉁이 돌며) 통영으로 떠나는 문학여행: 박경리 편』, 통영농어촌공공도서관: 통영사랑교사연구회, 2010.

하정일, 「세계의 속물성에 맞선 기나긴 저항의 여정」, 『환상의 시기』, 솔출판사, 1996.

한국문학연구회 편, 『박경리의 『토지』 연구 발제문』, 한국문학연구회, 1996.

한국문학연구회 엮음, 『『토지』와 박경리 문학』(『토지』비평집III), 솔출판사, 1996.

한승옥, 「박경리의 『토지』와 동학」, 『근 현대 작가 작품론』, 제이앤씨, 2006.

허만욱, 「대하소설의 열린 양식을 통한 비극적 삶의 초극-박경리의 작가의 식과 작품세계」, 『현대소설의 깊이와 넓이 그 탐색의 즐거움』, 보고사, 2012.

홍사중, 「한정된 현실의 비극-박경리론」, 『현대한국문학전집』11, 신구문화 사, 1966.

홍태식, 「惡運과 내림의 리얼리즘-박경리의 『金藥局의 딸들』」, 『한국현대장 편소설연구』, 신흥문화사, 1989.

황호택, 『생명의 강 생명의 불꽃』, 나남출판, 2005.

2) 학위논문(2014년 1월 현재)

※ 박사학위논문

김순례, 「근대사회 형성기 여성적 세계관의 변화양상 연구: 박경리의 『토지』 와 최명희의 『혼불』을 중심으로」, 경희대 박사학위논문, 2013.02.

김은경, 「박경리의 문학 연구: '가치'의 문제를 중심으로」, 서울대 박사학위논 문, 2008.02.

김혜정, 「박경리 소설의 여성성 연구」, 충북대 박사학위논문, 1999.02.

박상민, 「박경리 『토지』에 나타난 악의 상징 연구」, 연세대 박사학위논문, 2009.02.

박혜원, 「박경리 『土地』의 인물 연구」, 이화여대 박사학위논문, 2002.08.

서현주, 「박경리의 『토지』에 나타난 타자의식 연구」, 경희대 박사학위논문, 2013.02.

윤남희, 「박경리 『토지』연구: 여성성 및 '일체' 사상을 중심으로」, 배재대 박 사학위논문, 2012.02.

이금란, 「박경리 소설에 나타난 가족 이데올로기 연구」, 숭실대 박사학위논 문, 2006.08.

이미화, 「박경리 『토지』에 나타난 여성인물 연구: 탈식민적 페미니즘의 관점에서」, 부산대 박사학위논문, 2011.08.

이상진, 「박경리의 『土地』 연구: 인물형상화를 중심으로」, 연세대 박사학위논문, 1998.08.

이수현, 「매체 전환에 따른 『토지』의 변용 연구: 영화, TV드라마, 만화를 중심으로」, 고려대 박사학위논문, 2010.08.

장미영, 「박경리 소설 연구: 갈등 양상을 중심으로」, 숙명여대 박사학위논문, 2002.02.

조윤아, 「박경리 『토지』의 생명사상적 변모에 관한 연구」, 서울여대 박사학위논문, 1999.02.

최유희, 「박경리 『토지』 연구」, 중앙대 박사학위논문, 1999.08.

허연실, 「『토지』의 사회문화 담론 연구」, 고려대 박사학위논문, 2010.02.

홍성암, 「한국 근대 역사소설 연구」, 한양대 박사학위논문, 1988.

※ 석사학위논문

강국희, 「박경리 『토지』의 여성인물연구」, 경희대 교육대학원 석사학위논문, 2004.08.

강민호, 「'넋'을 소재로 한 춤 이미지, 생명 사상성 연구」, 세종대 공연예술대학원 석사학위논문, 2010.02.

강보람, 「박경리 『토지』의 교육 방법 연구」, 서강대 교육대학원 석사학위논문, 2013.08.

고지혜, 「박경리 소설의 낭만적 특성 연구」, 고려대 석사학위논문, 2009.02.

권은미, 「박경리 『토지』의 탈식민적 양상 연구: 소설적 형상화와 그 양가성을 중심으로」, 울산대 석사학위논문, 2007.02.

김동숙, 「박경리 소설에 나타난 여성상 연구」, 대구효성가톨릭대 석사학위논문, 1998.02.

김명숙, 「박경리의 『토지』에서 본 애정묘사 형태의 특색에 대하여」, 중앙민족대학원 조선언어문학학부 석사학위논문, 1996.05.

김명준, 「朴景利의 『土地』 연구: 〈三代談〉의 葛藤構造를 중심으로」, 단국대 석사학위논문, 1992.02.

김명희, 「박경리 소설의 비극성 연구: 초기 소설의 인물분석을 중심으로」, 전주대 석사학위논문, 1994.08.

김미향, 「朴景利初期小說硏究」, 인천대 교육대학원 석사학위논문, 1996.08.

김선하, 「한국어에 나타난 '생명'의 은유적 개념화 연구: 박경리 소설을 중심으로」, 한국교원대 석사학위논문, 2013.02.

김수영, 「박경리 초기 장편소설의 인물유형 연구」, 서울여대 석사학위논문, 2001.02.

김수진, 「박경리의『토지』연구: 인물 형상화를 중심으로」, 연세대 교육대학원 석사학위논문, 1997.02.

김영미, 「박경리 소설에 나타난 소외의 양상연구: 초기소설을 중심으로」, 한성대 석사학위논문, 2001.02.

김영신, 「朴景利의『土地』硏究」, 배재대 석사학위논문, 1993.02.

김은경, 「『토지』의 서사구조 연구」, 서울대 석사학위논문, 2000.02.

김인숙, 「박경리『토지』의 대화성 연구」, 연세대 석사학위논문, 2000.08.

김진숙, 「박경리 중기 장편소설의 갈등 구조 연구:『표류도』,『김약국의 딸들』,『시장과 전장』을 중심으로」, 서울시립대 석사학위논문, 2010.08.

김현정, 「박경리 초기 단편소설 연구」, 성균관대 석사학위논문, 1996.08.

김혜선, 「박경리 소설에 나타난 저항의 양상과 의미: 1950년대 단편을 중심으로」, 호서대 석사학위논문, 2012.02.

남상순, 「박경리 초기소설 연구: 작가와 등장인물의 거리를 중심으로」, 고려대 석사학위논문, 2010.08.

노명해, 「박경리 소설에 나타난 소외와 극복 양상연구:『표류도』와『김약국의 딸들』중심으로」, 창원대 석사학위논문, 2011.02.

문상경, 「박경리의『토지』연구」, 계명대 석사학위논문, 1996.02.

문숙원, 「박경리 소설에 나타난 소외 양상 고찰: 1960년대 작품을 중심으로」, 강원대 석사학위논문, 2001.02.

문재호, 「『驟雨』와『漂流島』의 空間對比 硏究」, 숭실대 석사학위논문, 1995.02.

박미경, 「박경리 소설『토지』에 나타난 서부 경남 방언의 계량언어학적 연구: 음운현상을 중심으로」, 전주대 교육대학원 석사학위논문, 2006.08.

박은정, 「『토지』에 나타난 박경리의 역사관 연구」, 한국외국어대 석사학위논문, 2005.02.

박혜란, 「박경리 소설연구: 가족 갈등의 양상과 극복 방법을 중심으로」, 안동대 교육대학원 석사학위논문, 2008.02.

방은주, 「박경리 장편소설에 나타난 사랑의 의미 연구」, 서울대 석사학위논문, 2003.02.

백지연, 「박경리 초기 소설 연구: 가족관계의 양상에 따른 여성인물의 정체성 탐색을 중심으로」, 경희대 석사학위논문, 1995.02.

서현숙, 「장편소설의 주제 탐색과 지도방법 연구:『토지』를 중심으로」, 대구대 교육대학원 석사학위논문, 2002.02.

손용문, 「박경리『토지』의 통속성 고찰」, 광운대 석사학위논문, 1999.02.

송희경, 「박경리의 초기 단편소설 연구: 자전적 요소의 소설적 수용을 중심으로」, 대진대 교육대학원 석사학위논문, 1998.08.

신태순, 「박경리 초기 소설 연구: 여성인물의 현실대응양상을 중심으로」, 창원대 석사학위논문, 2008.08.

신헌숙, 「朴景利 문학 연구: 운명론적 세계관을 중심으로」, 영남대 교육대학원 석사학위논문, 1994.02.

심혜순, 「박경리『토지』에 나타난 地母神의 성격」, 경북대 교육대학원 석사학위논문, 1998.02.

양순옥, 「박경리 소설의 공간적 상상력에 대한 연구:『김약국의 딸들』을 중심으로」, 원광대 교육대학원 석사학위논문, 2005.08.

오화영, 「현대소설을 통해 본 낭만적 사랑에 관한 연구－여성잡지 연재소설을 중심으로」, 서강대 사회학과 석사학위논문, 1994.02.

윤남엽, 「『광장』과『시장과 전장』의 대비적 연구: 주인공의 분단인식과 대안모색을 중심으로」, 목포대 교육대학원 석사학위논문, 2003.02.

윤오숙, 「각색된 텔레비전 드라마와 원작의 비교연구－『토지』와『그해 겨울은 따뜻했네』를 중심으로」, 중앙대학교 신문방송학과 석사학위논문, 1988.

이경란, 「『김약국의 딸들』의 인물 연구」, 중앙대 석사학위논문, 2001.02.

이미숙, 「문학작품 속에 나타난 恨의 인간커뮤니케이션 구조 분석: 박경리의『토지』를 중심으로」, 서강대 언론대학원 석사학위논문, 1996.08.

이미숙, 「박경리 소설의 변모양상 연구: 1950년대, 1960년대 소설을 중심으로」, 경성대 교육대학원 석사학위논문, 2000.02.

이미정, 「1950년대 여성 작가 소설의 여성 담론 연구: 강신재·한말숙·박경리 소설을 중심으로」, 서강대 석사학위논문, 2003.08.

이성애, 「『토지』의 과부 인물상 연구」, 중앙대 석사학위논문, 2013.02.

이수경, 「『토지』의 인물 성격화 방법에 대한 연구」, 전남대 석사학위논문, 2001.02.

이순양, 「박경리의 초기소설연구」, 창원대 석사학위논문, 2004.08.

이승윤, 「박경리의 『토지』 연구」, 연세대 석사학위논문, 1995.02.

이우화, 「박경리 『토지』에 나타난 전통적 가치관에 관한 연구」, 한국교원대 교육대학원 석사학위논문, 2003.02.

이윤경, 「박경리, 박완서 소설의 여성 정체성 연구」, 이화여대 석사학위논문, 2008.08.

이은주, 「소설 『토지』속에 나타난 방언의 성격: 조사와 어미를 중심으로」, 경남대 교육대학원 석사학위논문, 2012.08.

이희자, 「박경리의 『토지』 연구」, 강원대 석사학위논문, 2009.08.

임금희, 「『토지』에 나타난 동학 연구」, 고려대 교육대학원 석사학위논문, 1999.08.

임영민, 「박경리 『토지』에 나타난 죽음의 고찰」, 조선대 석사학위논문, 1998.08.

전상미, 「박경리의 『시장과 전장』 연구」, 연세대 석사학위논문, 1999.02.

정미숙, 「박경리 애정소설에 나타난 사랑의 유형과 특성연구」, 호서대 석사학위논문, 2010.02.

정선경, 「박경리의 『토지』 연구: 민족운동의 흐름과 일본관을 중심으로」, 성신여대 교육대학원 석사학위논문, 1998.02.

정연득, 「샤프와 샤프(Scharff & Scharff)의 대상관계 가족치료이론과 그 적용에 관한 연구: 박경리의 『김약국의 딸들』에 나타난 사례를 중심으로」, 장로회신학대 석사학위논문, 2000.08.

정운갑, 「박경리의 『토지』 연구」, 중앙대 석사학위논문, 1996.08.

정운철, 「『청소년 토지』 인물연구」, 전주대 교육대학원 석사학위논문, 2006.08.

정은경, 「朴景利 小說의 人物硏究: 『金藥局의 딸들』을 中心으로」, 한양대 석

사학위논문, 1988.08.

정인숙, 「박경리 초기 단편소설 연구」, 경원대 석사학위논문, 2000.08.

정정희, 「1960년대 박경리 단편소설 연구: 작가의식의 변화를 중심으로」, 공
　　주대 석사학위논문, 2009.02.

정현정, 「朴景利 初期 短篇小說 硏究」, 성균관대 석사학위논문, 1996.08.

정혜란, 「박경리 소설의 여성인물 연구」, 영남대 교육대학원 석사학위논문,
　　1999.08.

조미희, 「박경리 초기소설 연구」, 한양대 석사학위논문, 2000.08.

조순자, 「박경리 소설 연구」, 숭실대 석사학위논문, 1994.08.

조윤아, 「박경리 소설의 죽음 모티프」, 서울여대 석사학위논문, 1994.02.

최만봉, 「박경리의 『표류도』 연구」, 연세대 교육대학원 석사학위논문, 2001.02.

최수진, 「박경리 전쟁체험소설 연구」, 동아대 석사학위논문, 2001.02.

최옥경, 「박경리 『토지』의 공간적 배경과 인물에 대한 연구」, 연세대 교육대
　　학원 석사학위논문, 1990.02.

최재은, 「박경리의 『토지』 연구: 여성인물의 욕망을 중심으로」, 안동대 교육
　　대학원 석사학위논문, 2006.08.

최지선, 「박경리 『토지』에 나타난 남성인물의 존재방식과 욕망 양상 연구」,
　　부산대 석사학위논문, 2009.02.

하태욱, 「박경리 『토지』 연구: 등장인물의 恨맺힘과 풀림을 중심으로」, 연세
　　대 교육대학원 석사학위논문, 1997.02.

한길녀, 「박경리 초기 단편소설 연구: 작중 여성인물에 나타난 작가의식을
　　중심으로」, 순천향대 교육대학원 석사학위논문, 2001.08.

한용임, 「박경리의 『토지』 이전 장편소설 연구」, 연세대 교육대학원 석사학
　　위논문, 1995.02.

한혜련, 「박경리 소설의 공간 연구」, 이화여대 석사학위논문, 1999.08.

허일봉, 「『김약국의 딸들』의 근대화 양상 연구」, 경남대 교육대학원 석사학
　　위논문, 2006.02.

현정임, 「구한말에서 식민지시기에 이르는 세계관의 구조와 변화 양상: 박경
　　리의 『토지』를 중심으로」, 서강대 사회학과 석사학위논문, 1991.02.

홍순이, 「박경리 『토지』 연구: 존재론적 생극론을 중심으로」, 가톨릭대 석사

학위논문, 2001.08.

李 麗, 「土地(『토지』제1부 제1권 중 일부(pp.230~414)를 중국어로 번역한 것임)」, 한림국제대학원대학교 석사학위논문(번역논문임), 2011.08.

王 梅, 「市場和戰場(1~20章)=시장과 전장(1~20장)」, 한림국제대학원대학교 석사학위논문(번역논문임), 2011.08.

王婧禅, 「土地(『토지』제1부 제2권을 중국어로 번역한 것임)」, 한림국제대학원대학교 석사학위논문(번역논문임), 2011.08.

徐 靖, 「토지 = 土地(『토지』총5부 16권 전체 소설 중 전반 도입부를 중국어로 번역한 것임)」, 한림국제대학원대학교 석사학위논문(번역논문임), 2011.08.

懷 韜, 「土地」, 한림국제대학원대학교 석사학위논문(번역논문임), 2012.02.

關 碩, 「市場和戰場(21~40章)=시장과 전장(21~40장)」, 한림국제대학원대학교 석사학위논문(번역논문임), 2012.02.

Lguyen Long Chau, 「한국 전쟁 문학 속의 여성 연구: 박경리의 『시장과 전장』을 중심으로」, 서울대 석사학위논문, 2002.08.

3) 일반논문 및 학술기사 · 평론 · 대담글(2014년 1월 현재)

강만길, 「문학과 역사−박경리의 『토지』를 읽고」, ≪세계의 문학≫, 민음사, 1980.겨울.

강인숙, 「자기애를 넘어선 사랑−박경리 『시장과 전장』의 가화」, ≪문학사상≫, 문학사상사, 1993.08.

강진호, 「토지의 삶과 생명의 문학: 박경리의 삶과 문학」, ≪문학사상≫제37권 제6호 통권428호, 문학사상사, 2008.06.

강찬모, 「박경리의 소설 『토지』에 나타난 간도의 이주와 디아스포라의 귀소성 연구: 생활원리로서 유교의 대응력과 디아스포라의 현대적 의의를 중심으로」, 『語文硏究』제59권, 語文硏究學會, 2009.03.

────, 「『토지』의 서희와 『바람과 함께 사라지다』의 스칼렛 오하라의 인물 연구: 땅의 가치와 소망을 중심으로」, 『새국어교육』제85호, 한국국어교육학회, 2010.08.

────, 「한국현대 대하소설에 나타난 인물들의 현실에 대한 소극적 대응 양

상 연구: 박경리의 『토지』와 조정래의 '2대 대하소설'을 중심으로」, 『비평
문학』제37호, 한국비평문학회, 2010.09.

──, 「한국 현대소설에 나타난 무당과 무당에 대한 에로티즘 연구: 한승원
의 『불의 딸』과 조정래의 『태백산맥』, 박경리의 『토지』를 중심으로」, 『새국
어교육』제89호, 한국국어교육회, 2011.12.

고광률, 「역사의식과 대중성의 不和: 『토지』, 『장길산』, 『객주』를 중심으로」,
『대전대학교대학원논문집』제11권 제1호, 2009.02.

고 일, 「외국가족사 소설과 한국가족사 소설 비교-『토지』와 『전쟁과 평화』,
그리고 『백년 동안의 고독』」, ≪문학사상≫, 문학사상사, 1997.03.

고 은, 「『김약국의 딸들』」, ≪현대문학≫, 현대문학, 1962.12.

구인환, 「한국여류소설의 문체-최정희·강신재·박경리」, 『아세아여성연구
』11, 숙명여대아세아여성연구소, 1972.12.

金慶洙, 「한국 여성역사소설의 구조와 상상력: 『토지』와 『미망』을 중심으로」,
『어문학』제74호, 한국어문학회, 2001.10.

김두한, 「박경리 시의 예비적 고찰: 유고시집 『버리고 갈 것만 남아서 참 홀
가분하다』를 중심으로」, 『문학과 언어』제30집, 문학과언어학회, 2008.05.

김만수, 「자신의 운명을 찾아가기-『김약국의 딸들』을 읽고」, ≪작가세계≫
22, 세계사, 1994.가을.

──, 「비극적 운명에 대한 적극적 해석: 박경리의 『김약국의 딸들』」, 『문
예연구』제16권 제1호 통권60호, 문예연구사, 2009.봄.

김명복, 「나는 책상 하나 안고 살아왔다-소설가 박경리」, ≪현대문학≫, 현
대문학, 1994.10.

김명준, 「소멸과 생성」, 『국문학논집』15, 단국대 국어국문과, 1997.04.

──, 「문예창작과 시대의식: 박경리의 『토지』를 중심으로」, 『강남어문』제
17집, 강남대학교 인문학부 국어국문학전공, 2007.

김민수, 「역사와 허구의 근접과 거리: 『토지』(박경리 장편소설)의 역사의식
에 대한 비판적 고찰」, 『硏究論集』15,2, 중앙대학교대학원, 1996.04.

김병걸, 「怨嗟의 世界 『土地』-박경리의 『土地』1부를 중심으로」, ≪세계의
문학≫, 민음사, 1980.여름.

김병욱, 「한국현대소설에 투영된 역사의식」, ≪창작과 비평≫27, 창작과비평

사, 1973. 봄.

김병익, 「『土地』의 세계와 갈등의 진상」, ≪한국문학≫, 한국문학사, 1977.06.

―――, 「『토지』의 문학적 성격에 대한 덧붙임」, ≪본질과현상: 평화를 만드
　　는 책≫통권23호, 본질과현상사, 2011. 봄.

김상락, 「문학 작품에서의 복잡계 연결망 분석: 소설 『토지』를 중심으로」, 『새
　　물리: 한국물리학회지』제50권 제4호, 한국물리학회, 2005.04.

김상욱, 「박경리 초기소설연구」, 『현대소설연구』4, 한국현대소설학회, 1996.06.

김수영, 「박경리 초기 장편소설의 인물유형 연구」, 『태릉어문연구』제9집, 서
　　울여대 국어국문학과, 2001.02.

김순례, 「한국 여성 소설의 '여성성'과 '근대성'연구: 박경리의 『토지』와 최명
　　희의 『혼불』을 중심으로」, 『高凰論集』제50집, 경희대학교대학원, 2012.06.

김승종, 「박경리의 『토지』와 '부산'」, 『현대소설연구』제49호, 한국현대소설학
　　회, 2012.04.

김양선, 「한국 전쟁에 대한 젠더화된 비판의식과 낭만성」, 『페미니즘연구』통
　　권8권2호, 한국여성연구소, 2008.10.

―――, 「전후 여성 지식인의 표상과 존재방식: 박경리의 『표류도』론」, 『한
　　국문학이론과 비평』13권4호 제45집, 한국문학이론과비평학회, 2009.12.

김영미, 「『시장과 전장』에 나타난 인물의 변화 양상」, 『한성어문학』제23집,
　　한성대학교 출판부, 2004.

김영애, 「박경리의 『표류도』연구」, 『한국문학이론과 비평』11권1호 제34집,
　　한국문학이론과비평학회, 2007.03.

―――, 「박경리의 『김약국의 딸들』연구」, 『현대소설연구』제36호, 한국현대
　　소설학회, 2007.12.

김영태, 「박경리의 근작시와 50년대의 추억」, ≪문학사상≫, 문학사상사,
　　1995.03.

김용구, 「朴景利 論; 가족, 그 恨의 뿌리」, ≪문학사상≫223, 문학사상사,
　　1991.05.

김용의, 「박경리의 『토지』와 일본인식: 『토지』에 등장하는 일본 문학자」, 『일
　　본어문학』제51집, 한국일본어문학회, 2011.12.

김우종, 「現役作家散考」, ≪현대문학≫, 현대문학, 단기 4292.09.

김윤식, 「『토지』 번역과 작가의 특별 강연: 파리, 1994년 11월 24일, 박경리」, ≪문학과 사회≫제21권 제3호 통권428호, 문학사상사, 2008.가을.

─────, 「능소화, 또는 산천의 미학: 박경리의 『토지』와 이병주의 『지리산』」, 『한국문학평론』제12권 제2호 통권제34호, 한국문학평론가협회, 2008.12.

─────, 「박경리의 창작방법론: 양가성의 균형감각과 제3 시선의 개입」, ≪韓國文學≫제34권 3호 통권271호, 한국문학사, 2008.가을.

김은경, 「갈등구조를 통한 박경리 『토지』의 담론특성/미학 고찰」, 『비교문학』제33집, 한국비교문학회, 2004.06.

─────, 「박경리 소설에 나타난 '죄의식'의 경제」, 『人文論叢』제55집, 서울대학교인문학연구원, 2006.06.

─────, 「박경리 장편소설의 인물 정체성과 현실 대응 양상의 관계: 『영원한 반려』, 『나비와 엉겅퀴』, 『단층』을 중심으로」, 『한국현대문학연구』제21집, 한국현대문학회, 2007.04.

─────, 「박경리 장편소설에 나타난 인물의 '가치'에 대한 태도와 정체성의 관련 양상: 『김약국의 딸들』, 『파시』, 『시장과 전장』을 중심으로」, 『국어국문학』제146호, 국어국문학회, 2007.09.

─────, 「박경리 소설에 나타난 가치의 무차별화에 따른 인물 정체성 및 현실비판」, 『비교문학』제43집, 한국비교문학회, 2007.10.

─────, 「박경리 『토지』에 나타난 '굴절(屈折)'의 원리와 인물 정체성의 문제」, 『민족문학사연구』제35호, 민족문학사학회 민족문학사연구소, 2007.12.

─────, 「박경리 문학에 나타난 지식인 여성상 고찰」, 『여성문학연구』통권20호, 한국여성문학학회, 2008.12.

─────, 「소설 『김약국의 딸들』과 영화 『김약국의 딸들』의 비교 고찰」, 『批評文學』제48집, 한국비평문학회, 2009.06.

─────, 「박경리의 『토지』와 바진(巴金)의 『격류삼부곡』 비교 고찰: '가족사소설'의 관점에서」, 『한국현대문학연구』제29집, 한국현대문학회, 2009.12.

─────, 「박경리 소설에 나타난 모성성의 탈신화화 양상과 가부장제에 대한 대응 방식」, 『한국문화』제50집, 서울대학교 규장각한국학연구원, 2010.06.

─────, 「사랑서사와 박경리 문학」, 『人文論叢』제67집, 서울대학교인문학연구원, 2012.06.

김정숙, 「경험현실과 허구의 현실」, ≪조선일보≫, 1985.01.08.

김정신, 「30년대의 분석과 번역:『토지』, 박경리 著〈書評〉」, ≪세계의 문학≫ 51, 민음사, 1989.03.

김정자, 「소설의 空間的 意味分析: 박경리 소설을 중심으로」, 『인문논총』제 31집, 부산대, 1987.06.

김지연, 「『김약국의 딸들』 구조 분석」, 『경산어문학』2, 경산어문학회, 1998.02.

김지하, 「흰그늘과 화엄: 박경리 문학과 네오르네상스를 생각한다」, ≪문학 의 문학≫제9호, 동화출판사, 2009.가을.

김진석, 「疎內하는 恨의 문학–대하소설 『토지』론(評)」, ≪문예중앙≫, 중앙 일보사, 1995.여름.

김진애, 「'강인한 女人' 박경리 VS '경쾌한 靑年' 이어령: '뿌리 인간'과 '미래 인간' 상징하는 두 巨人」, ≪월간중앙≫28권6호 통권319호, 중앙일보 J&P, 2002.06.

김철, 「운명과 의지–『토지』의 역사의식」, ≪문학의 시대≫3, 1986.

김치수, 「『토지』의 세계」, ≪문학사상≫101, 문학사상사, 1981.03.

──, 「恨과 허무의 강–『토지』 연재를 앞둔 『토지』의 텍스트 분석」, ≪문 학사상≫103, 문학사상사, 1981.05.

──, 「박경리와의 대화」, ≪신동아≫, 동아일보사, 1981.05.

──, 「민족 역사의 대서사시: 박경리의 『토지』(評)」, ≪문학사상≫, 문학 사상사, 1999.03.

김학용, 「대하소설 토지 등장인물 네트워크의 동적 변화 분석」, 『한국콘텐츠 학회논문지』제12권 제11호, 한국콘텐츠학회, 2012.11.

김현·유종호, 「민중과 리얼리즘 문학–『토지』와 『장길산』을 중심으로」, ≪신 동아≫145, 동아일보사, 1976.

김현숙, 「박경리 작품에 나타난 죽음과 생명의 관계」, 『현대소설연구』제17 호, 한국현대소설학회, 2002.12.

──, 「박경리 문학의 생명사상」, 『한중인문학연구』제24집, 한중인문학회, 2008.08.

김형국, 「소설 『토지』의 인물들과 오늘의 도시생활」, ≪뿌리깊은 나무≫52, 1980.06-07.

김혜정, 「페미니즘의 시각에서 본 박경리의 초기 단편 소설」, 『어문집』4, 주
　성전문대학, 1996.02.
──, 「『市場과 戰場』에 나타난 여성성」, 『개신어문연구』제15집, 개신어문
　학회, 1998.12.
나병철, 「여성 성장소설과 아버지의 부재」, 『여성문학연구』10호, 한국여성문
　학학회, 2003.12.
류보선, 「비극성에서 한으로, 운명에서 역사로」, ≪작가세계≫22, 세계사,
　1994.가을.
박경리; 유우익, 「소설가 박경리: "생명 지닌 땅의 눈으로 세상을 보라"〈對
　談〉」, ≪NEXT≫통권5호, 월간 NEXT, 2004.03.
박경리; 조세희, 「'상생(相生)의 문화'를 찾아서-작가 박경리에게 듣는다/빈
　곤보다 두려운 것은 터전의 상실이다」, ≪당대비평≫6, 삼인, 1999.봄.
박경리; 정현기·설성경, 「정담-한국문학의 전통과 그 맥잇기」, ≪현대문학
　≫, 현대문학, 1994.10.
박경리; 현길언, 「작가 박경리와의 대담: 생명·자연·인간」, ≪본질과현상:
　평화를 만드는 책≫통권2호, 본질과현상사, 2005.겨울.
박상민, 「박경리 『토지』에 나타난 일본론」, 『현대문학의 연구』제24집, 한국
　문학연구학회, 2004.11.
──, 「『토지』에 나타난 '악(惡)'의 양상 연구」, 『우리文學硏究』제19집, 우
　리文學會, 2006.02.
──, 「문학연구방법으로서의 '악의 상징'」, 『대중서사연구』제15호, 대중서
　사학회, 2006.06.
──, 「박경리 『토지』에 나타난 동학(東學): 소멸하지 않는 민족 에너지의
　복원」, 『문학과 종교』vol.14 no.1, 한국문학과종교학회, 2009.봄.
──, 「박경리 『토지』에 나타난 죽음의 수사학」, 『수사학』제15집, 한국수
　사학회, 2011.09.
──, 「박경리 『토지』에 나타난 윤리적·종교적 존재로서의 인간 이해」, 『인
　간연구』제23호, 가톨릭대학교 인간학연구소, 2012.07.
박연옥, 「'생명'을 시화(詩化)하는 세 가지 방법:『버리고 갈 것만 남아서 참
　홀가분하다』, 박경리 저-〈書評〉」, ≪시와시학≫통권71호, 시와시학사,

2008. 가을.

박우진, 「'창조의 발상−초고와 육필 원고' 展: 온몸으로 낳은 문학의 풍경: 故 박경리·이청준 등 주요 문인들 난산의 생생한 흔적」, ≪주간한국≫통권 2270호, 한국일보사, 2009.04.28.

박정선, 「변하는 것과 변하지 않는 것: 1960년대 전쟁소설: 박경리『시장과 전장』, 강용준『밤으로의 긴 여로』」, 『제3의 문학』제3권 제2호 통권10호, 제3의문학, 2002.08.

박정애, 「여성작가의 전쟁 체험 장편소설에 나타난 '모녀관계'와 '딸의 성장' 연구: 박경리의『시장과 전장』과 박완서의『나목』을 중심으로」, 『여성문학연구』통권13호, 한국여성문학회, 2005.06.

박태상, 「삶의 비극성이 가져다 준 깊이−박경리의『김약국의 딸들』에 담겨진 의미」, 『논문집』제29집, 한국방송통신대학교, 2000.02.

박해현, 「생명의 감성과 문학−『土地』의 작가 박경리와의 만남」, ≪21세기 문학≫창간호, 1997. 봄.

방금단, 「통영−그리움의 서사: 박경리의『김약국의 딸들』, 『파시』를 중심으로」, 『돈암語文學』제25집, 돈암어문학회, 2012.12.

방민호, 「한국의 1920년대산 작가와 한국전쟁」, 『한국문학평론』제7권 3·4호 통권제26호, 국학자료원, 2003. 가을·겨울.

方英伊, 「『金藥局의 딸들』의 파탄 인식」, 『國語文學』제30집, 국어문학회, 1995.08.

배경열, 「박경리의 초기단편소설 고찰」, 『한국문학이론과 비평』제18집, 한국문학이론과비평학회, 2003.03.

白樂晴, 「皮相的 記錄에 그친 6·25受亂:『市場과 戰場』: 朴景利〈書評〉」, ≪新東亞≫8, 동아일보사, 1965.04.

백지연, 「박경리의『토지』: 근대체험의 이중성과 여성 주체의 신화」, ≪역사비평≫43, 역사비평사, 1998.05.

변정화, 「박경리 작품연구」, 『숙대학보』제10집, 숙명여자대학교 총학생회, 1970.04.

서재원, 「박경리 초기소설의 여성가장 연구: 전쟁미망인 담론을 중심으로」, 『한국문학이론과 비평』15권1호 제50집, 한국문학이론과비평학회, 2011.03.

서정미, 「『土地』의 恨과 삶」, 『창작과 비평』, 창작과비평사, 1980. 여름.

서현주, 「박경리의 『토지』에 나타난 타자 인식의 변모 양상」, 『高凰論集』제
50집, 경희대학교대학원, 2012.06.

―――, 「박경리의 『토지』에 나타난 '환대'의 양상」, 『高凰論集』제51집, 경희
대학교대학원, 2012.12.

世代社 編, 「朴景利: 그의 生活과 文學〈인터뷰〉」, ≪世代≫제5권 통권46호,
世代社, 1967.05.

송경란, 「「불신시대」의 구조적 분석」, 『어문논집』6, 숙명여자대학교한국어문
학연구소, 1996.12.

송우혜, 「이 사람을 보라」, ≪현대문학≫, 현대문학, 1994.10.

송재영, 「小說의 넓이와 깊이: 朴景利 著 『土地』〈書評〉」, ≪문학과지성≫15,
문학과지성사, 1974.02.

―――, 「삶의 좌절과 초극」, ≪문학과지성≫25, 문학과지성사, 1976.09.

―――, 「두 잡지가 함께 싣는 『토지』」, ≪뿌리깊은 나무≫, 1977.01.

―――, 「성장하는 민족이미지」, ≪문학과지성≫40, 문학과지성사, 1980.06.

―――, 「민족사와 드라마의 형식」, ≪정경문화≫220, 경향신문사, 1983.06.

송호근, 「삶에의 연민, 한의 미학」, ≪작가세계≫22, 세계사, 1994. 가을.

송희복, 「박경리 소설에 나타난 지역문화의 성격」, 『晉州文化』제19호, 晉州
敎育大學校附設晉州文化圈硏究所, 2009.12.

신덕룡, 「『토지』의 삶과 역사·Ⅰ–한의 얽힘과 풀림을 중심으로」, ≪현대문학
≫, 현대문학, 1994.10.

안남연, 「박경리, 그 비극의 미학」, 『여성논총』3, 경기대학교 여성학연구실·
여학생문화원, 2000.12.

―――, 「박경리, 그 비극의 미학」, 『한국어문학연구』제12집, 한국외대 한국
어문학연구회, 2000.12.

안상원, 「근대적 교육기관과 기억의 여성적 재현 양상: 박경리의 『환상의 시
기』, 공지영의 『광기의 역사』를 중심으로」, 『한국문예창작』제10권 제2호
통권제22호, 한국문예창작학회, 2011.08.

안숙원, 「식민지 소녀의 입사식: 박경리의 「환상의 시기」를 대상으로」, 『한
국문학이론과 비평』제16집, 한국문학이론과비평학회, 2002.09.

──, 「『토지』의 恨과 심미적 코드」, 『한국문학이론과 비평』7권4호 제21집, 한국문학이론과비평학회, 2003.12.

──, 「현대작가와 역마살의 재독해: 김동리의 『역마』와 박경리의 『토지』를 대상으로」, 『한국문학이론과 비평』8권 3호 통권제24집, 한국문학이론과비평학회, 2004.09.

양윤모, 「『김약국의 딸들』에 나타난 비극의 원인과 구조」, ≪작가연구≫제9호, 새미, 2000.04.

염무웅, 「베스트·셀러의 診斷: 朴景利 文學의 魅力」, ≪世代≫제5권 통권47호, 世代社, 1967.06.

──, 「歷史라는 運命劇, 朴景利 著『土地』〈書評〉」, ≪新東亞≫111, 동아일보사, 1973.11.

오세은, 「여성 가족사 소설의 '의례와 연대성': 『토지』, 『미망』, 『혼불』을 중심으로」, 『여성문학연구』통권7호, 한국여성문학학회, 2002.06.

오한욱, 「동떨어진 배합의 비극성: 박경리의 『김약국의 딸들』」, 『논문집』제11집, 제주관광대학출판부, 2005.

오혜진, 「전근대와 근대의 교차적 여성상에 관해: 박경리의 『김약국의 딸들』 『시장과 전장』 『토지』를 중심으로」, 『國際語文』제47집, 국제어문학회, 2009. 12.

우찬제, 「地母神의 상상력과 생명의 미학: 박경리의 『토지』론」, ≪문학과사회≫28, 문학과지성사, 1994.11.

유임하, 「박경리 초기소설에 나타난 전쟁체험과 문학적 전환: 『애가』와 『표류도』를 중심으로」, 『현대문학의 연구』제46집, 한국문학연구학회, 2012.02.

유종호, 「작가와 비평가」, ≪신동아≫, 동아일보사, 1965.08.

유종호·김현 대담, 「민중과 리얼리즘 문학-『토지』와『장길산』을 중심으로」, ≪신동아≫145, 동아일보사, 1976.09.

윤병로, 「七月의 小說」, ≪현대문학≫, 현대문학, 1958.08.

윤지관, 「恨의 가치화와 소설의 공간-박경리론」, ≪문예중앙≫, 중앙일보사, 1988.여름.

윤철홍, 「박경리의 『토지』에 나타난 토지법 사상」, ≪법과사회≫11, 창작과비평사, 1995.05.

———,「박경리『토지』에 대한 가족법적 고찰」,『가족법연구』제26권 3호 통권제45호, 한국가족법학회, 2012.11.

———,「박경리『토지』에 나타난 토지소유권의 취득에 관한 소고」,『土地法學』제28-2호, 한국토지법학회, 2012.12.

윤흥길,「큰 고통 앞에 바치는 큰 꽃다발」,≪현대문학≫, 현대문학, 1994.10.

이경,「『토지』와 겁탈의 변검술」,『여성문학연구』통권27호, 한국여성문학학회, 2012.06.

이금란,「가족 서사로 본 박경리 소설 연구: 초기 단편을 중심으로」,『현대소설연구』제19호, 한국현대소설학회, 2003.09.

이기인,「『토지』와『객주』의 심미적 거리」,『고대민족문화연구』22, 1989.02.

이나영,「박경리의『시장과 전장』에 나타난 '개인의식' 연구」,『어문론총』제38호, 한국문학언어학회, 2003.06.

이덕화,「『토지』의 여인들: 역사의 격랑을 헤쳐 가는 '서희'」,≪문학과意識≫ 27·28, 문학과의식사, 1995.03.

———,「자유의지를 구현하는 인물들:『토지』이전의 문학세계」,『논문집』 제8집, 평택대학교, 1996.

———,「원초적 욕망을 갈구하는 인물들: 박경리의『토지』이전의 문학세계」, 『연세여성연구』2, 연세대학교여성연구소, 1996.12.

———,「박경리의 심미적 존재론」,『논문집』제9집 제1호, 평택대학교, 1997.08.

———,「박경리의 심미적 존재론」,≪문학과意識≫38, 白文社, 1997.10.

———,「여성문학과 생명주의」,『여성문학연구』통권3호, 한국여성문학학회, 2000.06.

이동재,「대하소설의 창작 방법론: 박경리의『토지』를 중심으로」,『어문논집』 제66집, 민족어문학회, 2012.10.

이명귀,「〈집〉의 상징성과 새로운 공간의 탐색: 강신재「양관」, 정연희『석녀」, 박경리「집」을 중심으로」,『오늘의문예비평』통권제49호, 세종출판사, 2003.여름.

이미림,「1960년대 박경리 단편의 작중인물과 모티프 연구」,『學術論叢』제26집, 원주전문대학, 1997.12.

이미화,「박경리의『토지』에 나타난 탈식민주의 페미니즘 연구: 저항의식으로 사용된 민족주의, 문화, 차연」, 『韓國文學論叢』제49집, 韓國文學會, 2008.08.

———, 「박경리의 탈식민주의 페미니즘 연구: 『토지』의 여성인물을 중심으로」, 『한국문학이론과 비평』12권3호 제40집, 한국문학이론과비평학회, 2008.09.

———, 「박경리 『토지』에 나타난 여성하위주체의 저항」, 『韓國文學論叢』제51집, 한국문학회, 2009.04.

———, 「박경리 『토지』에 나타난 조선 문화의 토대 연구」, 『인문사회과학연구』제12권 제1호, 부경대학교 인문사회과학연구소, 2011.04.

———, 「박경리 『토지』에 나타난 식민지 여성의 성역할 연구: 제국주의 흉내내기와 젠더화된 서발턴의 저항을 중심으로」, 『인문사회과학연구』제13권 제1호, 부경대학교 인문사회과학연구소, 2012.04.

이상진, 「『토지』에 나타난 가족문제와 모성성」, 『여성문학연구』통권3호, 한국여성문학학회, 2000.06.

———, 「『토지』는 어디에 있는가: 수용환경의 변화로 본 『토지』 해석」, 『현대문학의 연구』제21집, 한국문학연구학회, 2003.08.

———, 「박경리의 『토지』에 나타난 유교가족윤리의 해체양상과 그 지향점」, 『현대소설연구』제20호, 한국현대소설학회, 2003.12.

———, 「『토지』속의 만주, 삭제된 역사에 대한 징후적 독법」, 『현대소설연구』제24호, 한국현대소설학회, 2004.12.

———, 「일제하 진주지역의 역사와 박경리의 〈토지〉」, 『현대문학의 연구』제27집, 한국문학연구학회, 2005.11.

———, 「『토지』의 공간과 역사적 상상력」, ≪본질과현상: 평화를 만드는 책≫ 통권23호, 본질과현상사, 2011.봄.

———, 「『토지』의 평사리 지역 형상화와 서사적 의미」, 『배달말』통권제37호, 배달말학회, 2005.12.

———, 「식민 체험과 기억의 이면: 박경리의 『토지』, 「환상의 시기」, 「옛날이야기」에 나타난 역사적 무의식」, 『어문학』제94집, 한국어문학회, 2006.12.

———, 「탕녀의 운명과 저항: 박경리의 『성녀와 마녀』에 나타난 성 담론 수정양상 읽기」, 『여성문학연구』통권17호, 한국여성문학학회, 2007.06.

———, 「자유와 생명의 공간, 『토지』의 지리산」, 『현대소설연구』제37호, 한국현대소설학회, 2008.04.

———, 「『토지』에 나타난 동아시아 도시, 식민주의와 물질성 비판」, 『현대 문학의 연구』제37집, 한국문학연구학회, 2009.02.

———, 「탈식민주의적 시각에서 본 『토지』속의 일본, 일본인, 일본론」, 『현 대소설연구』제43호, 한국현대소설학회, 2010.04.

———, 「박경리의 문학적 연대기: 기록과 기억 그리고 문학」, ≪본질과현상: 평화를 만드는 책≫통권30호, 본질과현상사, 2012.겨울.

이선미, 「한국전쟁과 여성가장: '가족'과 '개인' 사이의 기장과 균열: 1950년대 박경리와 강신재 소설의 여성가장 형상을 중심으로」, 『여성문학연구』통 권10호, 한국여성문학회, 2003.12.

이승윤, 「1950년대 박경리 단편소설 연구」, 『현대문학의 연구』제18집, 한국 문학연구학회, 2002.02.

———, 「『토지』에 나타난 식민지 경성의 문화와 근대성의 경험」, 『현대문학 의 연구』제35집, 한국문학연구학회, 2008.06.

이승하, 「박경리가 남긴 시의 의미와 의의」, ≪본질과현상: 평화를 만드는 책≫ 통권23호, 본질과현상사, 2011.봄.

———, 「박경리의 시에 나타난 생명사상」, 『한국문예창작』제10권 제1호 통 권제21호, 한국문예창작학회, 2011.04.

이윤주, 「문단 거목 박경리 작가 타계: 굴곡의 인생 문학으로 벼리고 '토지' 품으로: 25년 걸려 탈고한 『토지』한국 현대문학의 새 지평 열어」, ≪주 간한국≫통권2223호, 한국일보사, 2008.05.20.

이응인, 「어린 것을 껴안는 마음: 「나는 우는 것들을 사랑합니다」, 임길택 箸, 「생명의 아픔」, 박경리 箸(評)」I, ≪녹색평론≫통권제78호, 녹색평론사, 2004.

이인복, 「박경리문학소고」, 『청파문학』, 숙명여자대학교, 1958.06.

———, 「박경리 문학 연구」, 『地域學論集』제5집, 숙명여자대학교 지역학연 구소, 2001.12.

이재선, 「숨은 歷史·人間사슬·慾望의 敍事詩-박경리의 『土地』論」, ≪문학 과 비평≫, 1989.봄.

———, 「『土地』와 농경적 상상력」, ≪현대문학≫, 현대문학, 1994.10.

이정엽; 전철욱, 「박경리의 『시장과 전장』에 나타난 욕망의 표출양상 연구」,

『陸士論文集』제61집 제2권, 육군사관학교, 2005.08.

이종암, 「박경리 문학의 속살 더듬기: 박경리의 시(『자유』, 솔출판사, 1994)에 대하여(評)」, 『포항연구』20, 포항지역사회연구소, 1995.12.

이주행, 「박경리의 『土地』에 쓰인 語彙 硏究」, 『태릉어문연구』5·6합집, 서울여대 국문과, 1995.02.

이태걸, 「『토지』 그리고 『장길산』」, 『불교』410, 1989.12.

이태동, 「소설 『토지』를 말한다」, ≪월간조선≫, 1980.07.

———, 「동학혁명과 역사소설; 박경리의 『토지』의 경우」, ≪문학사상≫255, 문학사상사, 1994.01.

———, 「여성작가 소설에 나타난 여성성 탐구-박경리, 박완서 그리고 오정희의 경우」, 『韓國文學硏究』제19집, 동국대학교 한국문학연구소, 1997.03.

이태동·이만열, 「『토지』-박경리 대담」, ≪여성신문≫, 1988.12.02.

임경순, 「유토피아에 대한 몽상으로서의 이념: 박경리의 『시장과 전장』을 중심으로」, 『한국어문학연구』제45집, 한국어문학연구학회, 2005.08.

임금복, 「박경리의 『김약국의 딸들』에 나타난 여성의식」, 『향란어문』15, 성신여대.

임금희, 「『토지』에 나타난 교육 양상」, 『한국문예비평연구』제22집, 창조문학사, 2007.04.

———, 「『토지』에 나타난 종교와 교육」, 『한국문예비평연구』제25집, 창조문학사, 2008.04.

임명섭, 「『토지』, 식민지의 삶과 글쓰기」, ≪현대비평과이론≫9, 한신문화사, 1995.05.

임상오; 신철오, 「예술의 가치평가분석: 원주의 박경리 선생을 중심으로」, 『經營論集』제40권 제1/2호, 서울대학교경영연구소, 2006.06.

任重彬, 「삶 그리고 肯定의 冒險:『市場과 戰場』을 通해 본 朴景利의 章」, ≪文學春秋≫3,7, 문학춘추사, 1966.12.

임헌영, 「다양한 시대의 드라마」, ≪한국문학≫, 한국문학사, 1977.06.

———, 「근대한국사의 변혁주체 모색:『토지』의 작품세계와 그 사상」, ≪월간경향≫통권270호, 경향신문사, 1987.08.

———, 「변혁운동과 불교사상-『장길산』, 『토지』, 『태백산맥』에 나타난 승

려상」, ≪불교문학≫3, 불교문학사, 1988.03.

─────, 「박경리 작 『토지』-동학 이래 해방운동사 투영」, ≪국민일보≫, 1989.07.20.

장경렬, 「슬픔, 괴로움, 고독, 사랑, 그리고 문학」, ≪작가세계≫22, 세계사, 1994.가을.

장미영, 「박경리 소설에 나타난 죽음의식: 죽음을 통한 인간 존엄성 확인」, 『한성어문학』제26집, 한성대학교 출판부, 2007.

─────, 「박경리 1960·70년대 장편소설 연구: 가족관계의 갈등과 화해를 중심으로」, 『여성문학연구』통권26호, 한국여성문학학회, 2011.12.

전수자, 「박경리 소설의 비극성」, 『중대어문논집』3, 중앙대, 1964.

田中明, 「한국인의 통속적 민족주의에 실망합니다」, ≪신동아≫, 동아일보사, 1990.08.

전영태, 「흙에서 흙으로 토지에서 토지로」, ≪현대문학≫, 현대문학, 1994.10.

정금철, 「易의 기호와 서사의 통사체계: 박경리『토지』의 담론 양상을 중심으로」, 『江原人文論叢』8, 강원대학교 인문과학연구소, 2000.12.

─────, 「역의 기호와 서사의 통사체계」, 『기호학연구』제8집, 문학과지성사, 2000.12.

정명환, 「폐쇄된 사회의 문학: 박경리 씨의 세 작품을 중심으로」, ≪사상계≫, 사상계사, 1966.03.

정미숙, 「『토지』에 나타난 역사 의식」, 『국어과교육』6, 부산교육대학 국어교육연구회, 1986.02.

─────, 「視點과 젠더공간: 박경리·박완서·윤정모를 중심으로」, 『문창어문논집』제37집, 문창어문학회, 2000.12.

─────, 「視點과 젠더공간: 박경리·박완서·윤정모를 중심으로」, 『한국문학논총』37, 한국문학회, 2000.12.

정영숙, 「생명에 대한 사랑을 실천하는『토지』의 작가 박경리」, ≪문학과 인식≫, 1995.겨울.

정영자, 「박경리 소설 연구」, 『睡蓮語文論集』24, 수련어문학회, 1998.04.

정인숙, 「박경리 초기 소설 연구」, 『경원어문논집』제6집, 경원대학교 국어국문학과, 2002.03.

정재관, 「대하소설『토지』, 그 표현상의 문제점」, 『말과글』제104호, 한국어문교열기자협회, 2005. 가을.

정종오, 「대학마다 영입 '碩座교수' 현주소: 바웬사 박경리 씨 등 국내외 저명인사 앞 다퉈 모셔-'학문 돈 명예' 한꺼번에 보장」, 《뉴스피플》261, 서울신문사, 1997.03.27.

정종진, 「박경리『토지』속의 인물 외양묘사 연구」, 『어문연구』제52권, 어문연구학회, 2006.12.

정창범, 「장편의 풍작, 기타」, 《현대문학》, 현대문학, 1963.01.

정현기, 「한국소설의 이론을 위한 도전적 서론」, 『매지논총』9집, 연세대학교 매지학술연구소, 1992.

———, 「박경리의『토지』연구1-작품형성의 사상적 기둥」, 『梅芝論叢-인문·사회과학편』제10집, 연세대학교매지학술연구소, 1993.2.

———, 「『土地』해석을 위한 논리 세우기」, 《작가세계》22, 세계사, 1994. 가을.

———, 「나라 찾기와 꼴 만들어 속 채우기: 대표 장편을 중심으로」,, 《문예중앙》, 중앙일보사, 1995.여름.

———, 「오붓하고 아름다운 문화 구심지로 만들어 가기를 꿈꾼다: 〈토지문화관〉을 찾아서」, 《문화예술》237, 한국문화예술진흥원, 1999.04.

———, 「박경리론: 생명 경외 사유와 문명 창조를 위한 고뇌」, 《문학과意識》45, 문학과의식사, 1999.08.

———, 「『토지』2부로 본 박경리: 나와 너의 관계 거리와 나의 나됨 찾기」, 《문학의 문학》제4호, 동화출판사, 2008.여름.

정호웅, 「박경리의『土地』論-지리산의 사상(평론)」, 《동서문학》185호, 동서문학사, 1989.12.

———, 「해방 후 역사소설의 성과」, 《소설과 사상》, 1993.여름.

———, 「박경리 문학과 超人」, 《본질과현상: 평화를 만드는 책》통권23호, 본질과현상사, 2011.봄.

曺秉武, 「自意識의 文學: 朴景利의 短篇을 中心으로」, 《현대문학》11,11, 현대문학, 1965.11.

조세희·박경리, 「빈곤보다 두려운 것은 터전의 상실이다」, 《당대비평》6,

삼인, 1999.03.

조연현, 「『태양의 계속』과 『표류도』」, ≪현대문학≫61, 현대문학, 1960.01.

──, 「윤리적 의미의 결핍과 의식의 과잉」, ≪현대문학≫, 현대문학, 1960.01.

趙完鎬, 「역사 현실에 따른 가치관의 변화와 운명전도의 실상: 한의 서사, 박경리의 『토지』를 중심으로」, ≪문학마을≫제9권 3호 통권35호, 문학마을, 2008.여름.

조윤아, 「박경리의 『토지』 연구: 생명사상으로의 변모를 중심으로」, 『논문집』제7호, 서울여자대학교대학원, 1999.

──, 「박경리 『토지』의 공간 연구」, 『태릉어문연구』제11집, 서울여자대학교국어국문학과, 2003.08.

──, 「박경리 『토지』의 공간 연구」, 『현대문학의 연구』21, 한국문학연구학회, 2003.08.

──, 「박경리의 '소설가 주인공 소설' 연구: 『내 마음은 호수』, 『영원한 반려』, 『겨울비』를 중심으로」, 『批評文學』제29호, 한국비평문학회, 2003.08.

──, 「1970년대 박경리 소설에 나타난 '아버지'에 대한 연구-『단층』과 『토지』를 중심으로」, 『현대소설연구』제36호, 한국현대소설학회, 2007.12.

──, 「박경리 소설에 나타난 통영 공간의 상상력」, 『批評文學』제32호, 한국비평문학회, 2009.06.

──, 「가해자를 통해 드러나는 도덕의 딜레마: 박경리의 장편소설 『창』을 중심으로」, 『語文論集』제44집, 중앙어문학회, 2010.07.

──, 「인간, 그리고 작가로서의 고뇌와 깨달음: 박경리 수필집에 대한 일고찰」, ≪본질과현상: 평화를 만드는 책≫통권23호, 본질과현상사, 2011.봄.

조정래, 「큰 날개, 큰 봉우리」, ≪현대문학≫, 현대문학, 1994.10.

주수영, 「박경리의 『토지』 연구」, 『도솔논단』12집, 단국대 국어국문과, 1996.02.

채희윤, 「『토지』에 나타난 姦通의 생태학」, ≪현대문학≫, 현대문학, 1994.10.

천상병, 「창작월평」, ≪현대문학≫, 현대문학, 1957.05.

천이두, 「正統과 異端: 朴景利 著『斷層』・朴常隆 著『죽음의 한 硏究』〈書評〉」, ≪문학과지성≫20, 문학과지성사, 1975.05.

──, 「恨의 여러 궤적들-박경리의 『土地』」, ≪현대문학≫, 현대문학, 1994.10.

———, 「恨의 여러 궤적들: 박경리의 『土地』」, ≪문학과意識≫36, 문학과의 식사, 1997.04.

최경희, 「朴景利 小說에 나타난 '推理小說적 모티프'의 의미와 양상 연구: 『가을에 온 女人』, 『他人들』, 『겨울비』를 중심으로」, 『語文硏究』38권 4호 통권148호, 한국어문교육연구회, 2010.겨울.

———, 「1960년대 초기 여성잡지에 나타난 여성의 '교양화' 연구: 『가정생활』의 연애·결혼담론과 박경리의 『암흑의 사자』를 중심으로」, 『현대소설연구』제49호, 한국현대소설학회, 2012.04.

최영주, 「인터뷰/작가 박경리씨에게 듣는다-『土地』는 끝이 없는 이야기」, ≪月刊京鄕≫, 경향신문사, 1987.8.

최예열, 「박경리 초기소설에 나타난 작가의식」, 『대전어문학』제19·20집, 대전대학교국어국문학회, 2003.

최유찬, 「『토지』와 『악령』의 주인공」, 『문예미학』제5호, 문예미학회, 1999.06.

———, 「『토지』 판본 비교 연구」, 『현대문학의 연구』21, 한국문학연구학회, 2003.08.

———, 「내가 본 인간 박경리: 인간 박경리의 풍모」, ≪문학사상≫제37권 제6호 통권28호, 문학사상사, 2008.06.

———, 「박경리의 초기소설과 '삼대의 사랑'」, 『문예연구』제16권 제1호 통권60호, 문예연구사, 2009.03.

최유희, 「소설과 텔레비전 드라마의 서사초점 연구: 박경리 소설 『土地』와 1987년 KBS드라마 〈토지〉를 대상으로」, 『한국문예창작』통권13호, 한국문예창작학회, 2008.06.

———, 「박경리 『토지』의 창작방법론 연구」, 『한국문예창작』제9권 제3호 통권제20호, 한국문예창작학회, 2010.12.

———, 「만화 〈토지〉의 서사 변용 연구」, 『현대문학의 연구』제43집, 한국문학연구학회, 2011.02.

———, 「소설 『토지』와 변용작들의 리듬 분석을 위한 시론(試論): 앙리 매쇼닉의 리듬 이론을 중심으로」, 『한국문예창작』제10권 제3호 통권제20호, 한국문예창작학회, 2011.12.

최일남, 「恨을 알 때 인간은 눈을 뜬다-『토지』의 박경리」, ≪신동아≫218,

동아일보사, 1982.10.

하응백, 「비극적 삶의 초극과 완성;『토지』론」, ≪현대문학≫471, 현대문학, 1994.03.

한승옥, 「한국전후장편소설연구」, 『국어국문학』97, 1987.

한양하, 「박경리『토지』1부에서 드러난 소통과 단절의 의미」, 『경상어문』제 15집, 경상어문학회, 2009.08.

한점돌, 「박경리 문학사상 연구:『시장과 전장』과 아나키즘」, 『현대소설연구』 제42호, 한국현대소설학회, 2009.12.

──, 「박경리 문학사상 연구, 박경리 초기소설과 에고이즘」, 『현대소설연 구』제49호, 한국현대소설학회, 2012.04.

허연실, 「절대적 속도를 가진 자의 여유로움과 상상력」, 『문예연구』제16권 제1호 통권60호, 문예연구사, 2009.03.

허윤, 「한국전쟁과 히스테리의 전유: 전쟁미망인의 섹슈얼리티와 전후 가족 질서를 중심으로」, 『여성문학연구』통권21호, 한국여성문학학회, 2009.06.

헬가 피히트, 「50여년에 걸친 한국 현대문학 체험: 박경리의『토지』번역을 중심으로」, ≪통일과문학≫통권제2호, 코리아하나재단, 2008.여름.

현길언, 「소설가의 명예심과 소설의 자존심」, ≪현대문학≫, 현대문학, 1994.10.

홍성암, 「역사소설의 양식 고찰: 해방 이후의 작품을 중심으로」, 『한국학논 집』제11집, 한양대학교한국학연구소, 1987.02.

──, 「가족사·연대기소설 연구: 안수길의『북간도』와 박경리의『토지』를 중심으로」, 『한민족문화연구』제7집, 한민족문화학회, 2000.12.

洪淳伊, 「박경리『토지』연구: 存在論的 生克論을 중심으로」, 『聖心語文論集』 제24집, 성심어문학회, 2002.02.

홍정운, 「소설의 시간─박경리의『토지』를 중심으로」, 『자하어문논집』2, 상 명여대 국어교육과, 1982.

──, 「『토지』의 시간구조」, ≪월간문학≫177, 월간문학사, 1983.11.

──, 「박경리와 M. 유르스나르」, ≪월간문학≫통권521호, 월간문학사, 2012.07.

홍정표, 「박경리의『표류도』에 나타난 정념의 기호학적 분석」, 『기호학연구』, 한국기호학회, 2009.12.

황도경·나은진, 「한국 근현대문학에 나타난 가족 담론의 전개와 그 의미」, 『한
국문학이론과 비평』제22집, 한국문학이론과비평학회, 2004.03.

◇ 작가연보[5)]

1926(1세).	10월 28일(음력) 경남 통영군 명정리에서 박수영, 김용수씨의 장녀로 출생 본명 박금이(朴今伊)
1941(16세).	통영초등학교 졸업
1945(20세).	진주여자고등학교 졸업-고등학교 시절 일본 소설과 시, 일역된 서양소설 따위를 책방에서 쫓겨날 때까지 선 채로 읽음
1946(21세).	1월 30일 김행도씨와 결혼-정신대에 끌려갈까봐 서둘러 결혼 딸 김영주(현 토지문화재단이사장) 출생
1948(23세).	남편의 인천 전매국 취직으로 인해 인천 금곡동으로 이사하여 자그마한 책방 운영-이때 읽었던 동서양의 수많은 책이 창작활동의 자양분이 됨. 일본판 『세계사대계』를 통해 제국주의의 의미 파악, 마르크스와 바쿠닌 등의 사회주의사상을 두루 섭렵. 이후 유럽과 러시아의 문학작품과 평론을 읽음. 제임스 조이스, 포크너, 헉슬리의 작품 등 아들 김철수 출생
1949(24세).	서울 흑석동으로 이주
1950(25세).	수도여자사범대학(현 세종대학교) 가정과 졸업(5월19일) 황해도 연안여자중학교 교사가 되었다가 6개월 만에 6·25전쟁이 발발하여 집으로 돌아옴. 남편이 사상관계로 서대문형무소에 수감됨 6·25전쟁 중 남편과 사별(12월25일). 고향 통영으로 내려가 아

---

5) 작가연보는 토지문화재단 홈페이지 작가연보와 박경리문학공원 홈페이지 작가연보를 중심으로 작성되었으며, 작가의 여타의 글(수필이나 잡문 등)을 참고하였고, 여타의 연구서를 참고하여 작성되었음을 밝힌다.

버지가 마련해준 조그마한 가게에 수예점(양품점)을 차려 생활

1953(28세). 서울로 돌아온 뒤 신문사에 근무

1954(29세). 1월부터 1955년 2월까지 한국상업은행(현 우리은행) 서울 용산
지점의 은행원으로 근무
한국상업은행 사보인 ≪천일(天一)≫9호에 '박금이'라는 본명으
로 16연 159행의 장시 「바다와 하늘」을 발표

1955(30세). 10월에 발간된 ≪천일(天一)≫11호에 소설 「전생록」 게재
김동리 선생 댁에 세 들어 살던 친구의 권유로 작품을 보여준
것이 인연이 되어 ≪현대문학≫(8월)에 단편 「계산」이 김동리
작가에 의해 초회 추천. 이후 '박경리'라는 필명을 사용
한국상업은행을 그만두고 돈암동에 조그만 식료품점을 열고 창
작에 몰두함

1956(31세). 아들 김철수가 사고로 병원 치료 중 목숨을 잃음
≪현대문학≫(8월)에 단편 「흑흑백백」이 김동리 작가에 의해 2
회 추천되어 등단, 본격적인 작품 활동 시작

1957(32세). 단편 「불신시대」로 제 3회 현대문학 '신인문학상' 수상

1958(33세). 첫 장편 『애가』를 ≪민주신보≫에 연재 시작, 장편소설 창작에
몰두

1959(34세). 장편 『표류도』를 ≪현대문학≫(2월-11월)에 연재하고 대한교과
서에서 간행. 이 작품으로 제 3회 '내성문학상' 수상

1960(35세). 장편 『성녀와 마녀』를 ≪여원≫에 연재(60.4-61.3)

1962(37세). 전작 장편 『김약국의 딸들』(을유문화사) 간행

1964(39세). 장편 『파시』 ≪동아일보≫에 연재(7-65.5). 전작 장편인 『시장
과 전장』(현암사)을 간행

1965(40세). 장편 『시장과 전장』으로 제 2회 '한국여류문학상' 수상

1966(41세). 수필집 『Q씨에게』, 『기다리는 불안』(현암사)을 간행

1968(43세). 단편 「우화」를 ≪월간중앙≫(4월호)에, 중편 「약으로도 못 고치
는 병」을 ≪월간문학≫(11월호)에 발표

1969(44세). 『토지』1부를 ≪현대문학≫에 연재(69.9-72.9)
「죄인들의 숙제」를 ≪경향신문≫에 연재

1971(46세). 『토지』 집필 중에 암수술(유방암, 8월)을 받음

1972(47세). 『토지』2부를 ≪문학사상≫에 연재(72.10~75.10)

  『토지』1부로 제 7회 '월탄문학상' 수상

1973(48세). 딸 김영주와 시인 김지하 결혼(4.7)

  『토지』1부(삼성출판사) 간행

1974(49세). 장편 『단층』을 동아일보에 연재(2.18~12.31)

  『토지』2부(삼성출판사) 간행

1976(51세). 『박경리 단편선』(서문당) 간행

1977(52세). 『토지』3부를 ≪주부생활≫, ≪독서생활≫에 동시 연재, 이후 ≪한국문학≫으로 옮겨 연재(77.1~79.12)

1979(54세). 『박경리 문학전집』(전 16권, 지식산업사) 간행

  작품집 『영원의 반려』(일월서각), 『영원한 반려』(영서각) 간행

1980(55세). 서울 정릉집을 떠나 원주시 단구동 742번지(지금의 박경리문학공원)에 정착. 『토지』3부(삼성출판사) 간행

1981(56세). 『토지』4부를 ≪마당≫에 연재(81.9~82.7)

1983(58세). 『토지』4부를 ≪정경문화≫에 연재(83.7~12)

  『토지』1부를 8권으로 일본어판 번역 간행(안우식 역/문예선서)

1984(59세). ≪한국일보≫ 창간 30주년 기념 '한국전후문학 30년 최대 문제작' 선정에서 선우휘의 『불꽃』, 황석영의 『장길산』, 박경리의 『토지』가 선정됨

1985(60세). 1984년 3월부터 9월까지 ≪중앙일보≫에 연재한 「박경리 시평」을 묶어 수필집 『박경리의 원주통신-꿈꾸는 자가 창조한다』(지식산업사) 간행

1987(62세). 연재 중단되었던 『토지』4부를 ≪월간경향≫에 다시 연재 시작(87.8~88.5). 충무시 문화상 수상

1988(63세). 첫 시집 『못 떠나는 배』(지식산업사) 간행

  『토지』1~4부(삼성출판사) 간행

1989(64세). 『토지』1~4부 개정판(지식산업사) 간행

  중국의 주요 도시, 북경·하얼빈·연변·선양 등을 기행하고 그 감회를 적은 「작가 박경리의 중국기행-만리장성의 나라」를 총

15회에 걸쳐 ≪조선일보≫에 연재

1990(65세). 중국 기행문 『만리장성의 나라』와 두 번째 시집 『도시의 고양이들』을 동광출판사에서 간행

제 4회 인촌상 수상

1991(66세). 8월 26일부터 이듬해 2월 28일까지 연세대학교 원주캠퍼스에서 '한국문학의 이해' 강의

1992(67세). 『토지』5부를 ≪문화일보≫에 연재(9.1부터)

3월 1일부터 8월 23일까지 연세대학교 원주캠퍼스에서 '소설 창작론' 강의

1993(68세). 『토지』1-4부, 5부 1권(전 13권, 솔출판사) 간행

1994(69세). 집필 25년 만에 『토지』 마지막 원고 탈고(8.15)

≪문화일보≫에 마지막 연재(8.30)

전 5부 16권으로 첫 완간본 『토지』 솔출판사 간행

이화여대 명예박사 학위 수여(8.27)

한국여성단체협의회에서 '올해의 여성상' 수상(10.6)

유네스코 서울협의회에서 '올해의 인물'로 선정(12.3)

『토지』 1부(프랑스 벨퐁출판사) 불어판 간행(민희식, 앙드레 파브르 공역)

1995(70세). 연세대학교 원주캠퍼스 객원교수로 임용(3.1). '소설 창작론', '문학 연구 방법론'(대학원) 등 강의

『토지』1부(영국 키건폴출판사) 영어판 간행(홍명희 역)

『김약국의 딸들』 불어판 간행(민희식, 지젤 메이어 변 공역)

『문학을 지망하는 젊은이들에게』(현대문학사) 간행

1996(71세). 제 6회 '호암예술상' 수상(3.22)

4월 칠레 정부로부터 '가브리엘라 미스트랄 문학기념메달(Gabriela Mistral Commemorative Medal)' 수여(4.26)

토지문화재단 창립 발기인 대회(5.17)

1997(72세). 연세대학교 용재(백낙준) 석좌교수로 임명(1월)

8월 15일 '토지문화관' 기공식. 토지문화재단 설립 및 이사장 취임

8월 『시장과 전장』 불어판 간행(권순재, 올리비에 이코르 공역)

1999(74세). '토지문화관' 개관식(6.9), 토지문화관 이사장으로 취임

2000(75세). 시집『우리들의 시간』나남에서 간행

출판인이 뽑은 20세기 "우리의 최고의 작가"에 선정

2001(76세). 토지문화관에 문학예술인의 창작을 지원하기 위한 창작실 만듦

『토지』독일어판 간행(헬가 피히트 여사 번역)

2002(77세). 1월 나남출판사에서『토지』를 총 21권으로 재 간행

토지문화관에서 시민을 위한 문학 강연 프로그램을 운영

2003(78세). 1월『만리장성의 나라』(나남출판) 재 간행

1월 청소년『토지』발간

마지막 장편『나비야 청산가자』(미완)를 ≪현대문학≫(4-6월,

원고지 440매 분량)에 연재하였으나 3회 만에 중단

4월 문화와 환경전문 개간지『숨소리』창간(2004년 말 폐간)

7월 첫 장편동화『은하수』(이룸) 간행

9월『성녀와 마녀』(인디북) 재 간행

2004(79세). 수필집『생명의 아픔』(이룸) 간행

2005(89세). 11월 팔순잔치. 12월 팔순기념 시화전 참석(박경리문학공원)

2006(81세). 8월 15일 박경리선생 옛집 토지 집필실 개관(단구동)

『김약국의 딸들』중국어 번역본 간행

2007(82세). 7월말 폐암 발견, 고령을 이유로 치료 거부

5월 만화가 오세영 작 만화『토지』(마로니에북스)1부 7권으로

간행

5월 마지막 수필집『박경리 신원주통신-가설을 위한 망상』(나

남출판사) 간행

7월 청소년용『토지』(이룸) 12권으로 완간

12월 동화『토지』(이룸)1부 10권으로 간행

2008(83세). ≪현대문학≫(4월호)에 시 '까치설', '어머니', '옛날의 그 집' 발표

5월 5일 서울 아산병원에서 지병인 폐암으로 영면

고향인 경상남도 통영시 산양읍 신전리 1426-14, 미륵산 기슭

에 안장(현 박경리기념관)

정부에서 금관문화훈장 추서

6월 22일 유고시 39편을 모은『버리고 갈 것만 남아서 참 홀가
분하다』-박경리선생 유고시집(마로니에북스) 간행

2009. 5월　추모문집『봄날은 연두에 물들어』(마로니에북스) 간행

◇ 작품연보6)

작품명	발표지	발표년(월. 일)
바다와 하늘(장시)	天一(한국상업은행 사보, 9호)	1954
計算	현대문학	1955.08
전생록	天一(11호)	1955.10.
黑黑白白	현대문학	1956.08
군食口	현대문학	1956.11
剪刀	현대문학	1957.03
不信時代	현대문학	1957.08
반딧불	신태양	1957.10
玲珠와 고양이	현대문학	1957.10
湖水	숙명여고 학보	1958
哀歌7)	민주신보	1958
僻地	현대문학	1958.03
道標없는 길	여원	1958.05
薰香	한국평론	1958.06
暗黑時代	현대문학	1958.06~07
銀河水(아동소설)	새벗	1958.06~1959.04
어느 正午의 決定	자유공론	1959.01
漂流島	현대문학	1959.02-11
再歸熱	주부생활	1959
돌아온 아이	새벗	1959.10
새벽의 합창	중앙여고 학보	1959
비는 내린다	여원	1959.10

6) 작품연보는 '토지문화재단' 홈페이지, 작가의 작품연보에서 확인한 사항을 중심으로 작
　성되었음을 밝힌다.

작품명	발표지	발표년(월. 일)
海東旅館의 迷那	사상계	1959.03
聖女와 魔女	여원	1960.04~1961.03
내 마음은 湖水	조선일보	1960.04.06~12.31 (269회)
銀河	전남일보	1960.04.02~05.28
貴族	현대문학	1961.02
푸른 運河	국제신보	1961
노을진 들녘	경향신문	1961.10.23~1962.07.01 (250회)
暗黑의 使者	가정생활	1961.04~1962
金藥局의 딸들(전작 장편)	을유문화사	1962
가을에 온 女人	한국일보	1962.08.18~1963.05.31 (239회)
再婚의 條件	여상	1962.11~1963.04
그 兄弟의 戀人들	대구일보8)	1962.08~1963.05
어느 生涯	신작 15인집	1963
목련 밑 벽지 사랑섬 할머니 설화 시정소화 회오의 바다	소설집 『불신시대』 수록작 동인문화사	1963.01
市場과 戰場(전작 장편)	현암사	1964
風景B	사상계	1964.12
綠地帶	부산일보	1964.06.01~1965.04.30
波市	동아일보	1964.07~1965.05.31 (274회)
風景A	현대문학	1965.01
黑白콤비의 구두	신동아	1965.04
他人들	주부생활	1965.04~1966.03
外廓地帶	현대문학	1965.089)
하루	사상계	1965.11
도선장	민주신보	1965
가을의 여인10)	지방행정 14권 142호	1965

작품명	발표지	발표년(월. 일)
신교수의 부인11)	조선일보	1965.11.23~1966.09.13 (250회)12)
幻想의 時期	한국문학	1966.03~12
집	현대문학	1966.04
인간	문학	1966.07
平面圖	현대문학	1966.12
눈먼 蟋蟀	카톨릭 시보	1967
옛날 이야기	신동아	1967.05
雙頭兒	현대문학	1967.05
뱁새족	중앙일보	1967.06.16~09.11 (75회)
겨울비	여성동아	1967.11~1968.06
寓話	월간중앙	1968.04(창간호)
약으로도 못 고치는 병	월간문학	1968.11(창간호)
罪人들의 宿題(나비와 엉겅퀴)	경향신문	1969.05.24~1970.04.25 (284회)
土地 1부	현대문학	1969.09~1972.09
密告者	세대	1970.06
窓	조선일보	1970.08.15~1971.06.15
土地 2부	문학사상	1972.10~1975.10
斷層	동아일보	1974.02.18~12.31
토지 3부13)	독서생활14)·주부생활	1977.01~1977.05
土地 3부	한국문학	1977.06~1978.01
土地 4부15)	경향신문16)	1983.06.10~11.25
土地 4부	정경문화	1983.07~1981.12
土地 4부	월간경향	1987.08~1988.05
만리장성의 나라	조선일보	1989.09.15~1990.03
土地 5부	문화일보	1992.09.01~1994.08.30
시 '司馬遷', '대추와 꿀벌', '해거름', '생각', '눈먼 말', '여로 1', '불행', '민들레', '생명', '비둘기'	현대문학	1994.10
나비야 청산가자	현대문학	2003.04~06
시 '옛날의 그 집', '까치설', '어머니'	현대문학	2008.04

◇ **출판연보**17)

도서명	출판사	출판시기
표류도(장편)	대한교과서	1959
김약국의 딸들(장편)	을유문화사	1962
가을에 온 여인(장편)	신태양사	1963
노을진 들녘(장편)	신태양사	1963
불신시대(단편집)	동민문화사	1963
어느 생애	육민사	1963
내 마음은 호수(장편)	신태양사	1964
시장과 전장(장편)	현암사	1964
표류도	예문관	1965

7) 여타의 연구 기록물에 '哀歌'가 '연가'로 오기되어 있음을 확인할 수 있었다.

8) 각종 연보에 전남일보 연재작으로 오기되어 있음을 밝힌다. (200자 원고지 1200여장). 2004년 "해방 이후 대구·경북지역 신문연재 소설에 대한 발굴조사 연구"(논문)을 통해 (한명환 외 3인) 발굴된 작품이다.

9) 토지문화재단 연보에는 8월호에 발표된 작품으로 나와 있는데, 여타의 연구 기록물에는 10월호에 발표된 작품으로 나와 있음을 확인할 수 있다.

10) 각종 연보에 없는 작품으로 토지문화재단 홈페이지 작품 연보에서 확인한 작품이다.

11) 이후 일월서각(1979)본에서는 『영원의 반려』로, 영서각(1979)본에서는 『영원한 반려』로, 『박경리문학전집』에서는 『영원한 반려』(지식산업사본, 1979)로 작품명이 달리 나와 있다.

12) 작품 발표 시기에 있어, 토지문화재단 홈페이지에는 1965-1966년까지 조선일보에 연재된 것으로 나와 있는데, 여타의 연구 기록물에서는 1967년 조선일보에 발표된 작품으로만 기재되어 있음을 확인할 수 있었다.

13) 박경리문학공원 홈페이지 작가연보에서는 토지 3부의 연재를 다음과 같이 밝히고 있다. 독서생활(77.01-05), 한국문학(77.06-78.01), 주부생활(~79.12)에 실린 것으로 나와 있다.

14) 여타의 연구 기록물에서 토지 3부의 발표지로 독서생활이나 주부생활 한 곳에 발표된 것으로 기록되어 있음을 확인할 수 있었다. 그러나 토지문화재단 작가 약력 사항을 살펴보면 동시에 두 잡지에 발표한 것으로 나와 있다.

15) 토지문화재단 작가 약력 사항에 토지 4부가 '마당'에 연재(81.9-82.7)된 것으로 나오는데 아직 필자가 미확인한 사항으로 각주에 밝힙니다.

16) 여타의 연구 기록물에는 토지 4부 발표지로 경향신문이 빠져 있음을 확인할 수 있었다. 토지 4부가 경향신문에 연재된 것을 확인하였고, 같은 시기 정경문화에 발표된 것으로 표기된 것은 잡지에 재수록했을 것으로 보인다.

17) 출간연보는 '토지문화재단' 홈페이지, 작가의 출간연보에서 확인한 사항을 중심으로 작성되었으며, 더 확인한 부분을 보충하였음을 밝힌다.

도서명	출판사	출판시기
파시(장편)	현암사	1965
Q씨에게(수필집)	현암사	1966
기다리는 불안(수필집)	현암사	1966
성녀와 마녀(장편)	현암사	1966
김약국의 딸들	현암사	19667
토지 1부	문학사상사	1973.06.20
토지 1부	삼성출판사(문학사상사→삼성출판사 변경)	1973.06.25
토지 1-2부(전 13권)	삼성출판사	1974
단층	세대사	1975
김약국의 딸들	삼중당	1975
박경리 단편선	서문당	1976
박경리(한국문학대전집)	太極	1976
토지 2부(전 5권)	영문출판사	1976
호수(수필집)	수문서관	1977
거리의 악사(수필집)	민음사	1977
죄인들의 숙제	범우사	1978
나비와 엉경퀴(원제; 죄인들의 숙제)	범우사	1978
기다리는 불안(수필집)	풀빛	1979
박경리문학전집(전 16권)	지식산업사	1979
영원의 반려(원제; 신교수의 부인)	일월서각	1979
영원한 반려(원제; 신교수의 부인)	영서각	1979
토지 3부	삼성출판사	1980
원주통신(수필집)	지식산업사	1985
단층	지식산업사	1986
불신시대	지식산업사	1987
시장과 전장	중앙일보사	1987
못 떠나는 배(시집)	지식산업사	1988
토지 1-4부(전 12권)	삼성출판사	1988
토지 1-4부 개정판(전 12권)	지식산업사	19898
나비와 엉경퀴	지식산업사	1989
만리장성의 나라(중국기행문)	동광출판사	1990

도서명	출판사	출판시기
타인들	삼천리	1990
재혼의 조건	삼천리	1990
도시의 고양이들(시집)	동광출판사	1990
시장과 전장	나남	1993
파시	나남	1993
김약국의 딸들	나남출판	1993
Q씨에게	솔	1993.11
토지 1-5부(전 15권)	솔출판사	1994
꿈꾸는 자가 창조한다(수필집)	나남	1994
자유(시집)	솔출판사	1994
환상의 시기(박경리 문학선)	나남	1994
가을에 온 여인	나남출판	1994
토지 16권(완결편)	솔출판사	1994.09
문학을 지망하는 젊은이들에게(산문집)	현대문학북스	1995.04
시장과전장(한국소설문학대계040)	두산잡지BU	1995.04
토지 1부(전 6권)	솔출판사본 한정본	1995
환상의 시기(한국명작소설총서1)	솔출판사	1996
파시	나남	1998.10
표류도	나남출판	1999.07(교보)
시장과전장	나남	1999.04
우리들의 시간(시집)	나남출판사	2000.01
토지 1부-5부(전 21권)	나남출판사	2002.01
만리장성의 나라	나남출판	2003.01
도시의 고양이들(시집)	나남출판사	2003
성녀와 마녀(재출간)	인디북	2003
문학을 사랑하는 젊은이들에게	현대문학	2003.04
청소년 토지(전 12권)	자음과모음(이룸)	2003.07
은하수	자음과모음(이룸)	2003.07
생명의 아픔(산문집)	이룸출판사	2004.07
나비와 엉겅퀴	자음과모음(이룸)	2004.07
영원으로 가는 나귀(김동리 서거 10주기 추모문집-박경리 외)	신아출판사	2005.06

도서명	출판사	출판시기
돌아온 고양이(동화)	작은책방(해든아침)	2006.12
가을에 온 여인	나남출판	2007.02
박경리 신원주통신-가설을 위한 망상 (산문집)	나남출판	2007.05
만화 토지(1부 7권)	마로니에북스	2007.05
(교과서 한국문학 시리즈) 박경리(전 5 권-김약국의 딸들, 시장과 전장, 불신 시대, 파시, 은하수)	휴이넘	2007.10
우리들의 시간(시집)	나남출판	2008.05
버리고 갈 것만 남아서 참 홀가분하다 (유고시집)	마로니에북스	2008.06
봄날은 연구에 물들어(추모문집)	마로니에북스	2009
(교과서 한국문학 시리즈) 박경리(전 5 권-김약국의 딸들, 시장과 전장, 불신 시대, 파시, 은하수)(개정판)	휴이넘	2010.05
동화 토지1-5부(전 38권)	자음과모음(이룸)	2010.01
파시	나남	2011.03
녹지대(1964-65 미출간 연재작)	현대문학	2012.01
토지 1부-5부(전 20권)	마로니에북스	2012.08
우리들의 시간(시집)	마로니에북스	2012.11
표류도	마로니에북스	2013.05
김약국의 딸들	마로니에북스	2013.03
파시	마로니에북스	2013.06
시장과 전장	마로니에북스	2013.05
뱁새족	마로니에북스	2013.05
그 형제의 연인들	마로니에북스	2013.03
노을진 들녘	마로니에북스	2013.08
애가	마로니에북스	2013.08
일본산고	마로니에북스	2013.08
(교과서 한국문학 시리즈) 박경리(전 5 권-김약국의 딸들, 시장과 전장, 불신 시대, 파시, 은하수)(개정판)	휴이넘	2013.06

◇ 번역연보[18]

원서명	제목	언어	출간년도	출판사	출판국
토지	토지	일본어	1986~1989	福武書店	Japen
토지	La Terre	불어	1994	ECRITURE	France
시장과 전장	Le marche et le champ de bataille	불어	1995	Belfond	France
김약국의 딸들	Les filles du pharmacien Kim	불어	1995	L'Harmattan	France
김약국의 딸들	Die Tochter des Apothekers Kim	독어	1996	Pendragon	Germany
토지	LAND	영어	1996	Kegan Paul International, UNESCO Publishing	U.K
토지	LAND	독어	2001~2005	Secolo	Germany
시장과 전장	Markt und Krieg	독어	2004	Secolo	Germany
김약국의 딸들	The Curse of Kim's Daugters	영어	2004	Homa&Sekey	U.S.A
김약국의 딸들	金局家的女	중국어	2006	上海?文出版社	China
토지	土地	중국어	2008~2009	民族出版社	China
청소년 토지	土地	일본어	2011	講鍰社	Japen
김약국의 딸들	Дочери аптекаря Кима	러시아어	2011	Издательство	Russia
토지	LAND	영어	2011	Global Oriental	U.K

18) 번역연보는 '토지문화재단' 홈페이지, 작가의 번역연보에서 확인한 사항을 중심으로 작성되었음을 밝힌다

숭 실 대 학 교
한국문예연구소
학 술 총 서 ㊺

박경리 문학의 가족 서사학

초판 인쇄   2014년   5월 16일
초판 발행   2014년   5월 30일

저   자 ㅣ 이금란
펴 낸 이 ㅣ 김미화
펴 낸 곳 ㅣ 인터북스

주   소 ㅣ 서울시 은평구 대조동 213-5 우편번호 122-843
전   화 ㅣ (02)356-9903 편집부(02)353-9908
팩   스 ㅣ (02)386-8308
전자우편 ㅣ interbooks@naver.com, interbooks@chol.com
등록번호 ㅣ 제311-2008-000040호

ISBN   978-89-94138-38-1   94810
          978-89-94138-07-7   (세트)

값 : 20,000원

이 도서의 국립중앙도서관 출판시도서목록(CIP)은 서지정보유통지원시스템 홈페이지(http://seoji.
nl.go.kr)와 국가자료공동목록시스템(http://www.nl.go.kr/kolisnet)에서 이용하실 수 있습니다.
(CIP제어번호: CIP2014015634)

                                        ※ 파본은 교환해 드립니다.